V. C. Andrews
Sinfonía inacabada

Colección Bestseller Mundial

V. C. ANDREWS

Sinfonía inacabada

Traducción de Natalia Carrero

PLANETA

Basado en los personajes, ideas y técnicas narrativas de la difunta V. C. Andrews
y completado por una selección especial de trabajos dirigidos por el Andrews Estate

Título original: Unfinished Symphony

© Virginia C. Andrews Trust and the Vanda Partnership, 1997
    V. C. Andrews es una marca de Virginia C. Andrews Trust
    Publicado de acuerdo con Pocket Books
© por la traducción, Natalia Carrero, 1998
© Editorial Planeta, S. A., 1998
    Córcega, 273-279, 08008 Barcelona (España)
Diseño de la sobrecubierta: Jordi Salvany
Ilustración de la sobrecubierta: foto © Gentl & Hyers/Photonica
Primera edición: setiembre de 1998
Depósito Legal: B. 27.354-1998
ISBN 84-08-02711-5
ISBN 0-671-53473-4 editor Pocket Books, una división de Simon & Schuster Inc., Nueva
York, edición original
Composición: Fotocomposición Gama, S. L.
Impresión: A&M Gràfic, S. L.
Encuadernación: Eurobinder, S. A.
Printed in Spain - Impreso en España

PRÓLOGO

Los edificios de Nueva York recortados contra el horizonte me dejaron boquiabierta. A medida que Holly y yo nos acercábamos a la chispeante ciudad, reflexioné sobre el cúmulo de acontecimientos que me habían llevado hasta allí. Como estaba demasiado excitada para descansar, y sin embargo también demasiado cansada para hablar con Holly, decidí escribir a Alice Morgan y agradecerle que me enviara la fotografía que me había lanzado a esta odisea, a este viaje en busca de mi pasado.

Querida Alice,

Gracias, gracias, gracias por enviarme el catálogo de moda con la fotografía de la modelo que era igual a mi madre. Tanto Kenneth como yo estamos de acuerdo contigo. Él se puso en contacto con la empresa del catálogo, que le dio el nombre y dirección de la modelo. Se llama Gina Simon. Y nunca adivinarás adónde me dirijo en este mismo instante en que te escribo. ¡A Los Ángeles! ¡Hollywood! Bueno, ahora mismo estoy en Nueva York (o al menos cruzándola en coche... ¡acabamos de pasar el Empire State Building!). Holly, la amiga de Kenneth, se ofreció a llevarme en coche hasta Nueva York, y después su hermana Dorothy y su marido, Philip, me han invitado a hospedarme en su casa de Beverly Hills. ¿Puedes creerlo?

Sin embargo, me asusta un poco hacer un viaje tan largo por un sueño. ¿Y si resulta que Gina Simon sólo es una mujer que se parece mucho a mamá? O quizá aún peor, ¿y si es mi

5

madre? ¿Qué significaría esto? Entonces, ¿quién está enterrada en su tumba de Provincetown? ¿Y por qué no me ha hecho saber que estaba bien, que en realidad no murió en aquel accidente de coche? Quizá cayó enferma y perdió la memoria. Si mamá tiene amnesia, ahora podría necesitarme más que nunca. Por eso debo ir. Necesito las respuestas a todas estas preguntas.

Puede que pienses que, con todas las emociones de hallar una clave sobre mi madre, sea más feliz. Sin embargo, al irme de Provincetown casi se me partió el corazón. Sé que la última vez que te escribí te dije que estaba sola, y que la abuela Olivia me lo estaba haciendo pasar mal, y aunque la verdad es que esto no ha cambiado nada, Cary y yo hemos crecido tan unidos que me resultó muy doloroso alejarme de él. Y fue horrible ver cómo lloraba la pequeña May al decirme adiós con la mano. Ellos han pasado a ser una verdadera familia para mí. Y Cary, por supuesto, algo más. Tengo que contártelo todo cuando hablemos.

Bueno, Alice. Espero recibir pronto noticias tuyas, y también que estés disfrutando en Sewell. Añoro muchísimo West Virginia. ¡Y a ti, claro! ¡Saluda de mi parte a todos los del colegio y mantén los dedos cruzados!

Con amor,

MELODY

1

UNA VISIÓN DEL FUTURO

La tienda de cristales de Holly parecía pequeña porque no había ningún espacio sin aprovechar. Olía a incienso y sonaba una música que parecía oriental. Sobre unas mesas antiguas en el centro de la tienda se repartían los cristales, grandes, brillantes y afilados, y las paredes laterales estaban forradas de estanterías de libros, altas y de madera de roble. Al echar un vistazo a los libros que estaban a mi lado, me di cuenta de que todos los títulos aludían a las prácticas de meditación, la astrología, la medicina de la fe, las cuestiones de después de la vida y la parapsicología, fuera lo que fuera eso.

En la pared del fondo había una gran vitrina de cristal llena de piedras del nacimiento, así como amatistas, topacios azules, zitrinas, granates y otros minerales con los que se habían hecho pendientes. En las estanterías de detrás de la vitrina había cajas de incienso, tés, barajas de tarot y hierbas medicinales. El techo estaba cubierto de cartas de las constelaciones y pósters que explicaban los poderes de las diversas piedras. Sobre la caja registradora, con un marco de flores, había una fotografía de un hombre que Holly me dijo que era el gurú budista que le había enseñado el arte de la meditación. En el umbral de la puerta que daba a las habitaciones de la trastienda colgaba una cortina de abalorios multicolores.

Al poco de estar en la tienda apareció tras la cortina un joven en silla de ruedas, y en seguida supe que era Billy Maxwell. Tenía el pelo largo hasta los hombros, muy fino y negro como el ébano, y una cara con cierto aire angelical debido a su cuidado cutis, casi de porcelana. En cuanto nos vio, se le iluminaron los ojos verdes y sonrió amablemente. Quizá por su incapacidad y su dependencia de sus brazos y hombros, tenía el torso fuerte y musculoso, cosa que resultaba evidente a pesar de la holgada camisa azul claro que llevaba. Iba con tejanos, calcetines blancos y zapatillas de deporte. En el cuello llevaba una cadena de oro de la que colgaba una gema grande y redonda, y en la oreja derecha lucía un pendiente con una turquesa.

—Hola, Billy —le dijo Holly mientras él se acercaba en silla de ruedas con los ojos fijos en mí.

—Hola. Habéis llegado antes de lo que esperaba. ¿Cómo ha ido el viaje? —preguntó, aún sin apartar los ojos de mí.

—Bien. Ésta es Melody.

—Encantado de conocerte —dijo Billy, y me ofreció la mano.

Tenía los dedos largos y suaves, y al darle la mano sentí su calor.

—Hola —dije, y me pareció que su expresión inspiraba mucha paz, tanta calma que me hizo sentir como en casa.

—Así que estás haciendo un viaje muy largo —dijo reclinándose en la silla.

—Sí —respondí, incapaz de ocultar mis nervios.

—Los chinos dicen que un viaje de miles de kilómetros comienza con un solo paso, y tú ya has dado ese paso. Suele ser el más duro —añadió—. Ahora será el impulso el que te lleve donde tengas que ir.

Asentí con la cabeza y miré a Holly sin saber qué debía decir o hacer, y ella se echó a reír.

—Melody, aquí te darán buenos consejos. Billy es el mejor guía turístico de nuestra galaxia.

Billy sonrió, pero siguió sin apartar los ojos de mí. Aunque me resultaba extraño que me mirara de forma tan intensa, no me sentí intimidada ni cohibida, pues advertí su sinceridad y preocupación, y fue como si le conociera de hacía años en lugar de minutos.

—¿Cómo ha ido por aquí? —preguntó Holly antes de que comenzáramos a recorrer la tienda.

—Bueno, la hija de la señora Hadron ha tenido un parto prematuro esta misma mañana, muy temprano, pero el bebé está bien. Ha pasado por aquí para darnos las gracias por el cuarzo ahumado... que realmente ayudó a su hija a superar la crisis. Y esta mañana el señor Brul ha estado aquí para decirte que la variscita le ha ayudado a recordar una vida pasada. Tenía muchos detalles vívidos que contar.

—¿Una vida pasada? —pregunté.

—Sí. Ha tenido una visión de sí mismo en Inglaterra, a mediados del siglo diecinueve. Me ha contado que era un tenedor de libros, cosa que tiene sentido porque ahora es contable.

—¿Quieres decir que crees que todos tuvimos vidas anteriores? —le pregunté pasando la mirada de él a Holly y luego otra vez a él.

—Sí —dijo Billy con una sonrisa—. Estoy convencido.

—Bueno, pero de momento tenemos que concentrarnos en su vida presente —dijo Holly—. Por aquí, cariño.

—Siento no poder ayudaros con las maletas —se disculpó Billy.

—No te preocupes —respondió Holly—. Ahora volvemos.

—Bien venida otra vez, Melody, y no te preocupes. Desprendes buenas energías. —Entrecerró los ojos—. Todo te irá bien —dijo con seguridad, como si realmente pudiera ver el futuro.

—Gracias —dije.

Sonaron las campanillas de la puerta de la tienda y entraron dos mujeres mayores. Mientras Billy las atendía, Holly me hizo atravesar la cortina hacia las habitaciones acondicionadas en la trastienda.

—Nuestras habitaciones están aquí detrás —me explicó.

La seguí por un corto pasillo. A la derecha había una pequeña sala con un sofá, un silloncito, dos butacas, una mesilla de vidrio y dos lámparas de pie.

—Ésta es la habitación de Billy —dijo mientras asentía con la cabeza refiriéndose a la puerta de la izquierda—. Para él es mejor estar cerca de la tienda. La mía es la de al lado, y tú puedes instalarte en la del otro lado de la salita —añadió mientras abría la puerta.

Era una habitación muy pequeña con una ventana que daba a la parte de atrás del edificio. No había mucho que ver: sólo una callejuela que servía de acceso para los camiones de la basura y una pequeña zona vallada para el perro de alguien, que ahora mismo estaba en su casita, por la entrada de la cual sólo asomaban sus largas patas negras. La ventana tenía unas cortinas de algodón marrón claro, con la silueta de una media luna y una estrella pintadas. En la mesilla de noche había una bola que era una vela de color malva. El edredón de la cama de madera oscura de pino era marrón claro, a juego con los almohadones, y parecía muy cómodo. De hecho, la habitación era muy acogedora con su alfombra de piel curtida, las paredes rosa fuerte, una lámpara, una mecedora, una mesa y un armario a juego, también de madera oscura de pino. En el rincón de la mecedora, había colgadas unas campanillas que ahora apenas se movían.

—Esta habitación es muy útil —me explicó Holly—. Todos nuestros amigos que pasan por Nueva York, nos hacen una visita. Sé que es muy pequeña, pero...

—Holly, está muy bien. Gracias.

—¿Qué te parece si te instalas? El baño está al fondo del pasillo. Refréscate un poco. Yo voy a hacer lo mismo y a llamar a mi hermana, y luego cenaremos algo. ¿Sabes? Billy es el que cocina.

—¿En serio?

—Y es muy buen *gourmet*.

—No recuerdo lo que me contaste de por qué va en silla de ruedas. ¿Dijiste que le dispararon?

—En un atraco, hará no más de cinco años. Billy echó a correr y el atracador le disparó y le dio de lleno en la médula espinal.

—Qué horrible. Me alegro de que me lo hayas contado, no me gustaría meter la pata.

—No te preocupes por eso. Billy está en paz consigo mismo y con su condición. Gracias a su espiritualidad, se apiada mucho más de los demás que de sí mismo. No recuerdo haberle visto deprimido ni una sola vez en los últimos años. Los que vienen por aquí sienten un poco de pena al ver a Billy, pero después de hablar con él suelen irse avergonzados de su compasión. Y, además, es un poeta maravilloso que ha publicado en muchas revistas literarias. Después le pediremos que nos lea algo.

Holly me pasó el brazo por los hombros y me acercó a ella.

—Melody, como ha dicho Billy, todo irá bien.

Asentí con la cabeza. Los descubrimientos, la rápida decisión de salir de viaje y el trayecto hasta Nueva York, además de lo abrumadora que era la ciudad, de pronto hicieron que me sintiera muy cansada. Sentí la fatiga en el cuerpo, las piernas débiles, y que se me cerraban los ojos.

—Echa una siesta —me aconsejó sabiamente Holly.

En cuanto me dejó sola, me tumbé y hundí la cabeza en la almohada.

Me despertó cierto tintineo, como el sonido de los vasos en el lavaplatos. Por unos breves instantes, no supe dónde estaba. El sol ya se había puesto y la habitación estaba llena de sombras. Mientras dormía, alguien había entrado y había encendido la lamparita que había junto a la mecedora. Me senté y me froté los ojos para acabar de despertar. La ventana estaba ligeramente abierta y la brisa que entraba hacía sonar las campanillas que colgaban del techo, creando así el misterio del sonido.

Oí unos golpecillos en la puerta.

—¿Sí?

Holly, con uno de sus vestidos de color amarillo brillante, una cinta en la cabeza verde y amarilla y sus pendientes de plata y cristales largos hasta los hombros, asomó la cabeza por la puerta entreabierta.

—Has dormido bastante. ¿Tienes hambre?

—Sí —dije.

—Bien. He hablado con mi hermana Dorothy y todo está arreglado. En cuanto sepamos la hora de llegada de tu avión, la llamaré para decírselo y ella irá a recogerte al aeropuerto con su chófer. Ahora mi amigo se está ocupando del billete, ha prometido llamarme dentro de una hora. Billy está preparando todo un festín. Refréscate un poco y ven cuando estés lista —dijo.

—Gracias, Holly.

—De nada, cariño. Oh —dijo antes de volver a cerrar la puerta—, he hablado con Kenneth. Te manda recuerdos y sus mejores deseos —añadió, pero yo advertí un ligero cambio en su tono de voz.

—¿Es que pasa algo?

—Parecía un poco desanimado. Quizá nos echa de menos. Sobre todo a ti —comentó.

—Seguro que estará trabajando veinte horas al día.

—¿Veinte? Más bien veintidós —dijo con una breve carcajada.

Cuando cerró la puerta me levanté de la cama, abrí la maleta y saqué algo para ponerme. Después de lavarme, peinarme y cambiarme de ropa, fui a la cocina. El olor a comida era tentador y sentí un pellizco en el estómago. Billy, inclinado sobre una mesa que sin duda estaba construida a medida de la silla de ruedas, se volvió hacia mí cuando entré. Holly estaba en la tienda con un cliente.

—Hola. ¿Qué tal? —me preguntó Billy.

—Me siento mejor después de la siesta. Creo que he dormido más de lo que pensaba. ¿Te ayudo en algo?

—Ya está todo —dijo mientras asentía con la cabeza refiriéndose a la mesa que ya estaba puesta—. Holly cerrará la tienda dentro de diez minutos y luego cenaremos. Ah, deja que encienda las velas —dijo—. Durante las comidas me gusta que la habitación esté poco iluminada. Cuando se disminuye el poder de los demás sentidos, se enfatiza el del gusto. ¿Lo sabías?

—No.

—Pues es cierto —dijo, y se echó a reír ante mi escepticismo—. ¿Nunca te has dado cuenta de que la comida sabe mejor en la oscuridad? Suponiendo que se trate de una buena comida, claro.

Encendió las velas y volvió a su mesa de trabajo.

—¿Cuánto tiempo llevas cocinando?

—Desde que soy vegetariano. Es mucho más fácil de preparar, y además, hacer una buena comida es un arte y da mucha satisfacción. Hoy casi todo el mundo cree que es un trabajo horrible, pero es porque no se enorgullecen de lo que hacen. No buscan la esencia de las cosas ni las recompensas interiores. Es como si para ellos la vida fuera un cúmulo de cargas. Nunca se lo toman con calma y rara vez disfrutan de sus propios logros. Pasan los días llenos de estrés y energías negativas.

Se volvió hacia mí.

—Pero no quiero aburrirte con ningún discurso. Según Holly, en cuanto empiezo soy como un reloj al que nunca se le acaba la cuerda.

—Tranquilo, no me importa, de verdad —dije—. ¿Y por qué eres vegetariano?

Billy dejó de preparar la comida y giró la silla de ruedas hacia mí para mirarme de frente.

—Sigo muchas tradiciones budistas y considero que la vida de los animales es sagrada, aunque también hay otras religiones que instan a sus seguidores a ser vegetarianos. En la iglesia católica romana, por ejemplo, desde 1666, los trapenses de los monasterios eran vegetarianos y entre los protestantes, los adventistas del séptimo día también lo son. Creo que no es necesario matar animales, es cruel y puede ser nocivo para la vida humana. Además, ésta es una forma de vivir más sana, siempre que no te olvides de tomar las proteínas necesarias.

Me sonrió.

—Ahora seguro que piensas que estoy un poco chiflado, ¿verdad?

—No —dije—, pero en Cape Cod conozco a muchas personas a las que no les gustaría nada que se dejara de comer pescado.

—Oh, bueno, para eso yo hago una excepción —dijo con un guiño de ojo—. A veces como pescado, si lo han cogido con redes y siempre que sepa que no le han añadido componentes químicos.

—Hay algo que huele muy bien... —afirmé.

—Es el menú de la cena —contestó Billy, y se irguió en la silla—. Empezaremos con una sopa fría de yogurt de calalú, y luego una ensalada de naranja, lechuga y nueces, seguida de arroz, zanahorias, champiñones y hamburguesas de nueces de pacana con pan tostado de siete cereales. De postre, he preparado una tarta bañada con sucedáneo de chocolate a base de algarrobas. Es algo especial para celebrar tu llegada —añadió.

Mi silencio le hizo echarse a reír.

—No sabes lo que te espera, ¿verdad? —dijo.

—Suena... interesante —dije, y él se rió aún más.

—¿Qué pasa aquí? —preguntó Holly al entrar en la cocina.

—Acabo de explicarle en qué consiste el menú y la he dejado sin palabras. Ha dicho que le parecía interesante. ¿No es eso diplomacia?

—Ah, no te preocupes, Melody. Te espera una sorpresa deliciosa —me aseguró Holly.

—¿Ya has cerrado? —le preguntó Billy, y ella asintió con la cabeza.

—Entonces comencemos el festín —anunció él mientras daba una palmada con las manos.

Una vez más pregunté si podía ayudar en algo, pero Billy insistió en que yo era la invitada de honor. Me sorprendió lo rápido que se movía por la cocina girando él mismo las ruedas de su silla. Holly apagó las luces y se sentó a la mesa.

La sopa era deliciosa y muy refrescante, y la ensalada estaba muy buena, pero lo que más me sorprendió fueron las hamburguesas vegetales porque por su textura y sabor parecían de carne de verdad.

—¿Cómo las haces? —le pregunté después de tragar.

—Tiene un don en las manos —dijo Holly.

Billy me preguntó sobre Cape Cod y mi vida allí y también sobre cuando vivía en Sewell, en Virginia. Él sabía escuchar muy bien y prestaba atención a todos los detalles. De vez en cuando, él y Holly intercambiaban una mirada que me hacía pensar que habían hablado mucho de mí y de mis circunstancias.

—Tienes que tener en cuenta —dijo cuando acabé de explicarle el motivo de mi viaje— que los lugares cambian a las personas. A todos nos influye el entorno, las personas que nos rodean, el clima, y sobre todo la clase de energías que haya. Aunque esa mujer sea tu madre, puede que te resulte más extraña de lo que esperas.

—Espero que no —dije con tono de lamento.

—Pero tienes que estar preparada —me aconsejó Billy.

—No sé cómo voy a prepararme para algo así.

—Quizá yo pueda ayudarte —dijo con una mirada intensa.

De pronto sonó el teléfono. Holly habló con su amigo de la agencia de viajes y, tras colgar el auricular, me dijo que ya tenía el billete de avión y una reserva para volar dos días después.

—Llegarás a Los Ángeles sobre las once de la mañana, hora local. Voy a llamar a Dorothy para darle el número del vuelo y decirle la hora —añadió mientras volvía al teléfono.

Ahora que mis planes se estaban haciendo realidad, se me disparó el corazón. Miré a Billy, que me estaba sonriendo con una mirada tan reconfortante que me ayudó a volver a sentirme relajada.

Esta vez, cuando Holly colgó el auricular negó con la cabeza.

—Dorothy te llevará a comer a un restaurante de Beverly Hills. Seguro que es uno de esos en los que te dan un trozo de apio y un bol de pasta por cien dólares —dijo—. Piensa que mi hermana es una persona que necesita que le sigan la corriente. Losángeleslandia es como la Disneylandia de los ricos y famosos.

—Va, Holly, deja que ella misma saque sus propias conclusiones —dijo Billy de forma generosa—. ¿Quién sabe? Puede que disfrute de ese mundo.

—Esta chica que ya ha bajado de las nubes, no. Mira Melody, entra y sal de allí. Descubre lo que tengas que descubrir, y si no es lo que esperabas o querías, pasa la página y ven aquí si te apetece, antes de volver a Cape Cod —dijo Holly—. Y otra cosa, no hagas caso del noventa por ciento de lo que te diga mi hermana, y mantente escéptica respecto al otro diez por ciento.

Volvió a sonar el teléfono; Holly respondió, habló con alguien unos minutos y, después de colgar el auricular, dijo que tenía que salir.

—Tengo que interpretar una carta astral. Es aquí al lado. Siento tener que irme la primera noche que estás aquí, pero...

—Estará bien —dijo Billy.

—¿Vas a leerle uno de tus poemas?

—Si ella quiere... —respondió, y se volvió hacia mí.

—Oh, sí, por favor —dije—. Pero insisto en que me dejes ayudarte a recoger todo esto.

—No hay problema. Soy un *gourmet* de cocina, y los *gourmets* aceptan la ayuda para recoger.

Holly y él se echaron a reír y yo sonreí. Aunque apenas llevaba unas horas en Nueva York, allí me sentía más a gusto que en la casa de mis, así llamados, parientes y familiares. Quizá Billy tenía razón; quizá existía una energía positiva y quizá él me daría la suficiente para ayudarme a adentrarme en los oscuros valles y túneles que se desplegaban ante mí. La pregunta era: ¿encontraría alguna luz al final?

Después de recoger la cocina y guardar los platos y demás utensilios me detuve en la salita, donde Billy estaba hojeando un cuaderno que tenía en el regazo.

—Adelante —dijo—. Estaba decidiendo cuál de mis escritos es el más adecuado para tus circunstancias, y todo el rato volvía a pensar en mi renacimiento.

—¿Renacimiento?

Asintió con la cabeza y se apartó los mechones de pelo de los ojos. En sus labios volvía a lucir esa sonrisa suave y angelical. Yo nunca había conocido a nadie que pareciera tan en paz consigo mismo. Me recordaba a la profunda calma que precede a una tormenta, cuando el mundo entero parece estar conteniendo la respiración. Cary lo llamaba el engaño de la Madre Naturaleza, porque después de arreglárselas para hacernos creer que todo iba bien, de pronto liberaba toda su furia.

—Sí, renacimiento, ya que yo ya había muerto muchas veces antes de mi... mi muerte —dijo—. Yo era como la mayoría de la gente, era ciego y sordo, estaba confundido por el ruido y la furia, anhelaba las cosas materiales, vivía en el nivel más bajo y jamás prestaba atención a la canción.

—¿La canción?

—La canción del espíritu, la voz más profunda que tenemos, la que nos vincula los unos a los otros, a todo ser viviente e incluso a las cosas carentes de vida. Incluso el hombre que me disparó forma parte de esta esencia espiritual, y en este sentido, cada uno somos parte del otro, y para siempre.

—¿Le cogieron?

—No, pero eso es lo de menos. Cuando me disparó, también se disparó a sí mismo. Estamos eternamente atados por ese acto.

—¿Quieres decir que puedes perdonarle por ello? —le pregunté, atónita.

—Claro. No hay nada que perdonar. Las energías negativas que poseía es lo que tiene que quitarse. Él estaba condenado, era prisionero de eso, igual que yo lo estuve y por un tiempo fui prisionero de la bala que me destrozó la columna vertebral.

—¿Cómo puedes ser tan positivo? —le pregunté llena de asombro y curiosidad.

—Cuando estuve en el hospital, me compadecí mucho de mí mismo, no paraba de recordar la de cosas que ya nunca podría hacer y de lamentarme de lo dependiente que sería de los demás, y la verdad, deseaba morir —me explicó—. De pronto, Holly se acercó a mi cama con su gurú, un hombre mayor de la India con unos ojos que parecían de cristal. Visitar a los enfermos e infundarles esperanzas era parte de su trabajo de caridad. Desde el primer instante en que le vi, sentí algo, como si él fuera capaz de compartir conmigo una fuerza interior, y transmitírmela. Él me enseñó a meditar y a abrir las puertas a mi nuevo yo. El primer poema que hice se lo dediqué a él. Desde entonces está en la India. Es el de la fotografía que hay en la tienda.

»Después de eso, Holly vino a verme, me ofreció trabajar con ella y acepté. Así que desde entonces estoy aquí.

»Veamos —dijo mientras pasaba las páginas—. Ah, sí. Esto era cuando empecé a escribir poesías. Ésta no la trabajé mucho. Había leído algo de poesía en algún periódico y pensé que me gustaría poner por escrito mis pensamientos. ¿Quieres que te la lea?

—Sí, por favor.

Se quedó mirando la página en un largo y profundo silencio, y luego leyó con una voz muy baja y suave.

Llegué al final de la luz
y vi el umbral de la oscuridad.
Pero cuando me toqué el rostro,
me di cuenta de que mis ojos estaban cerrados
*   y mi piel, fría.*
Cuanto creía amar y necesitar había desaparecido
y yo estaba desnudo, temblando en la pobreza.
Me estaban tomando medidas para el ataúd.
De pronto, oí una voz interior que me llamaba.
Me volví para mirar atrás,
para mirar abajo, para mirar en la profundidad
y vi una sola vela.
Me acerqué atraído hasta que pude cogerla
y poner el dedo en la llama.
Suave y meticulosamente, quemé mi cuerpo muerto
y cuando desapareció, dejé de estar desnudo.

Lentamente, alzó la cabeza.

—Es precioso —dije—, pero no estoy segura de haberlo entendido.

—Yo tenía que desprenderme de mi cuerpo viejo y tullido, tenía que quemarlo porque, literalmente, me aprisionaba. En cuanto encontré la luz interior, la verdadera espiritualidad, pude ir más allá del cuerpo físico y alcanzar un estado más elevado. Algún día tú también lo harás. Todo lo que amas y necesitas te parece perdido, y vas en su busca porque te sientes desnuda, sin sentido ni esperanza; pero verás que tienes en tu interior todo lo que necesitas y que no era preciso que dieras ningún paso en ninguna dirección.

No dije nada; nos miramos en silencio y, al poco, me sonrió.

—Vuelves a mirarme de ese modo. Piensas que estoy chiflado.

—No —le dije, y me reí—. La verdad es que espero que lo que dices sea cierto.

—Lo es, pero hay cosas que sólo puede descubrir uno mismo. Yo sólo puedo mostrarte el camino, señalarte una dirección.

—¿Por esto Holly te ha llamado el mejor guía de la galaxia?

18

—Sí —contestó, antes de reírse—. Bueno, ya son bastantes lecciones para una noche. ¿Te apetece dar un paseo?

—¿Un paseo?

Se echó a reír ante mi sorpresa.

— Bueno, tú andas y empujas la silla —dijo.

—Oh, claro —dije, con la esperanza de no haberle molestado al sorprenderme.

—Hace bastante calor. No creo que necesites una chaqueta.

Sin ningún titubeo, giró las ruedas de la silla y se dispuso a salir de la salita pasando por la cocina y la tienda. Yo casi tuve que correr para alcanzarle. En la entrada nos detuvimos para que él cerrara la puerta y me pidió que le empujara calle arriba. Al llegar a la esquina, cruzamos y nos adentramos en otra calle; pasamos delante de algunas tiendas, varios restaurantes y un pequeño teatro. Las aceras estaban llenas de personas bien vestidas; disfruté mucho viendo esta forma de vida con tanto encanto, ajetreo y bullicio.

Al llegar al campus de la universidad de Nueva York, Billy quiso que parásemos para escuchar a algunos oradores; unos hacían discursos políticos, otros sermoneaban sobre la llegada del fin del mundo. En una esquina, un hombre tocaba la guitarra y cantaba folk ante el pequeño círculo que se había formado a su alrededor. Había puesto el sombrero a sus pies, y la gente le echaba monedas y billetes.

Un poco más lejos había un grupo de muchachos cantando canciones espirituales a cappella; eran muy buenos, y también tenían una cesta para los donativos.

—¿Qué te parece? —me preguntó Billy mientras avanzábamos por la acera.

Pasábamos ante mendigos que pedían limosna, un hombre que estaba hablando con un árbol y un niño negro, que parecía no tener más de doce años, que tocaba los tambores bongó.

—Ahora entiendo por qué Holly dice que Nueva York es un carnaval constante.

Billy se echó a reír y me pidió que le llevara hacia un banco que estaba vacío y al que apenas llegaba el ruido. Me senté y observamos el tráfico, los grupos de turistas y los habitantes de la ciudad que se dirigían a sus destinos.

—Fue en esa esquina —dijo de pronto.

—¿El qué?

—Donde sucedió. Yo corrí en esa dirección. —Señaló hacia la izquierda con la cabeza—. Eran las dos de la madrugada más o menos. Yo estudiaba aquí.

—Oh. ¿Y no te afecta venir aquí?

—No. Siento curiosidad. Voy a darte un consejo, Melody Logan —dijo con una voz tan profunda y severa que me dio un escalofrío—. Aprovecha el momento, afronta de cara todo lo que temas y no dejes de buscar hasta que encuentres la salida. No dejes que nada te haga callar y encerrarte en ti misma. Allá adonde vayas y veas lo que veas, cuando más miedo tengas, piensa en esta esquina, en estas sombras, en mí sentado aquí observando el tiempo pasado, en el hombre de la pistola, en el ruido del disparo, y en mí mismo tumbado en esa esquina para luego, de pronto, elevarme por encima de mí y ser más grande que antes.

Me cogió la mano y sentí que me transmitía su fuerza espiritual y su coraje, y le sonreí.

—Gracias, Billy.

—Date las gracias a ti misma, apréciate y no dejes que nadie te haga sentir pequeña.

Se reclinó en la silla y de pronto pareció cansado, como si hubiera gastado todas sus energías conmigo.

—Quizá sea hora de volver —propuse, y él asintió con la cabeza.

Cuando llegamos, Holly aún no había vuelto.

—¿Quieres que te ayude en algo? —le pregunté.

—No, estoy bien —dijo sonriéndome—. Gracias.

Billy movió las ruedas de su silla por el pasillo, primero fue al lavabo y después a su habitación. Yo me dispuse a acostarme. Al dirigirse a su habitación, se detuvo en mi puerta.

—Buenas noches, Melody.

—Buenas noches, Billy —contesté.

Cuando avanzó hasta su habitación, me maravillé de lo amable que era y de lo bien que se había movido por las sombras de soledad, más allá de su puerta.

Apenas llevaba cinco minutos en mi habitación cuando esas sombras comenzaron a encerrarme. Ese lugar era extraño para mí, me hallaba lejos de los que yo quería o que me querían a mí, me sentía como una vagabunda que ha perdido todo sentido de la dirección y que ya no sabe el camino de su casa.

¿De qué pozo de fe había sacado Billy Maxwell tanta fuerza?

Seguí tumbada en la oscuridad pensando en Cary, oyendo su risa, recordando fugazmente su sonrisa, sus ojos cautivadores, incluso sus muecas de suficiencia. Pensar en él me reconfortó. Cerré los ojos y me concentré en el recuerdo del sonido del mar, en la imagen de la marea subiendo para limpiar la orilla.

Y al poco las sombras de la soledad retrocedieron. El sueño, como la marea, me inundó gratamente.

Me dejé llevar por la corriente.

A la mañana siguiente, cuando desperté me avergoncé de haber dormido hasta tan tarde, por lo que salí de la cama de un salto y me lavé y me vestí en seguida. Holly y Billy ya habían abierto la tienda y estaban atendiendo a los clientes.

—Siento haberme levantado tan tarde —dije en cuanto se fueron los clientes.

—Cariño, no pasa nada —dijo Holly—. Debías de estar agotada. Billy me ha dicho que salisteis a dar un paseo —añadió.

—Supongo que las emociones de estar en Nueva York me han fatigado.

—Le traeré algo para desayunar —dijo Billy mientras se dirigía a la cocina.

—Siento causar tantas molestias.

—No es ninguna molestia. Después de que hayas desayunado algo iremos a buscar los billetes de avión —dijo Holly—. Y luego me gustaría enseñarte un poco Nueva York. ¿Qué te gustaría ver?

—No sé.

Pensé en la de posibilidades que había, en las cosas y lugares sobre los que había leído y de las que tanto había hablado con Alice en Sewell, cuando planeábamos viajar juntas algún día. Ahora, lo que una vez fue una fantasía de la infancia para mí era una realidad.

—Me gustaría ver el Empire State Building, Broadway y la Estatua de la Libertad, el Museo de Historia Natural y...

—Sólo tenemos un día... —dijo Holly echándose a reír.

—Yo se lo enseñaré casi todo —anunció Billy desde la cocina—. Melody, ven a comer algo de fruta. El bol de multicereales, el zumo y el café te están esperando.

—¿Tú me lo vas a enseñar? —le pregunté sin ocultar mi sorpresa, y él y Holly se miraron y se echaron a reír.

—Billy se mueve por todas partes como nadie —dijo Holly—. Tiene una furgoneta con un elevador y el cambio de marchas adaptado para la silla de ruedas.

—Es un regalo de mis padres —dijo él.

Y yo pensé en lo extraño que era que no me hubiera hablado antes de ellos.

—No' puedo hacerte dejar la tienda. Yo...

—¿Qué quieres decir? Holly, de todas formas, merezco un día de vacaciones, ¿no?

—Más de uno —respondió Holly—. Será mejor que desayunes para poneros en marcha. Vamos —añadió—. Deja de ser doña preocupada.

Me reí y fui a tomar el desayuno. Luego, Holly y yo fuimos en coche a la agencia de viajes en que trabajaba su amigo para coger los billetes de avión. Cuando los tuve en las manos con el itinerario escrito, de pronto me asusté. ¿Realmente cogería ese avión al día siguiente, cruzaría el país para ir a una de las ciudades más grandes, viviría con unas personas que no conocía y buscaría a una madre que a lo mejor no quería verme?

Cuando volvimos, Billy había aparcado la furgoneta delante de la tienda. Después de enseñarme cómo funcionaba el elevador, se sentó al volante. Cuando nos pusimos en marcha para hacer mi visita turística por Nueva York, Holly nos despidió saludando con la mano; Billy parecía tan emocionado como yo.

—Siempre es divertido ver las cosas que nos resultan familiares a través de unos ojos vírgenes —me explicó—. Nos ayuda a apreciar más lo que tenemos.

Ver el Empire State Building de lejos era una cosa, pero estar delante y alzar los ojos era otra.

—¿Quieres subir? —me preguntó Billy.

22

—¿Se puede?

—Claro. Voy a aparcar en ese parking y subiremos en el ascensor. Hoy hace un día muy bueno. Seguro que se ve hasta Canadá.

—¿En serio?

—No —contestó riéndose.

—Seguro que piensas que soy una campesina —dije haciendo una mueca.

—Por supuesto que no, ¿y qué pasaría si lo fueras? Sería algo diferente y sincero —respondió.

Y pensé que Billy era capaz de convertir lo negativo en positivo. ¿Cómo podía ser tan perfecto?

Billy se desplazaba por la ciudad como si se tratara de un lugar no más grande que Sewell. Las multitudes, un verdadero mar de cuerpos y caras moviéndose por las aceras en un sentido u otro, la abundancia de coches, el ruido y la conmoción parecía que no existieran para él. Se movía en su silla de ruedas como si nada, mientras yo no cesaba de mirar en todas direcciones sin perderme nada.

El ascensor que nos llevó hasta la planta desde donde se podía disfrutar de la vista era el más emocionante en el que había subido, y cuando salimos a la terraza y nos acercamos a las rejas, literalmente me pareció que estaba en la cima del mundo, tanto que hasta grité de la emoción. Billy se echó a reír y me dio monedas para el telescopio por el que se veía el río Hudson y Nueva Jersey con gran claridad.

Luego fuimos en la furgoneta hasta Broadway y pasamos frente a todos los teatros con sus toldos y grandes carteles de neón hasta Times Square, una plaza que yo sólo había visto por la televisión y de la que había leído algo en los libros. El corazón me latía veloz por la emoción. Estaba impaciente por escribir a Alice. Billy decidió que podíamos comer en la mundialmente conocida Chinatown, donde él se tomaría su plato preferido —«verduras lo mein». Una vez allí, me compró un precioso abanico pintado a mano.

Después de comer fuimos a la Estatua de la Libertad. El cielo aún estaba casi todo azul y del puerto de Nueva York llegaba una ligera brisa. Al volver a la costa, me di cuenta de que Billy estaba más cansado de lo que hacía ver y le dije que era hora de volver a la tienda alegando que yo estaba cansada. Aunque no era cierto, Nueva York me inyectaba sus energías. El panorama del gentío, del cúmulo de cosas para ver y hacer, me resultaba fascinante y me ayudaba a olvidarme de todas mis preocupaciones y problemas.

Una vez en la tienda, los tres nos sentamos a tomar un té mientras yo no paraba de parlotear sobre lo que habíamos hecho. Después, cuando Billy se fue a meditar a su habitación, Holly y yo atendimos a los clientes. Me sorprendió la cantidad de personas que estaban intrigadas por sus cristales y gemas, y lo mucho que querían creer en sus poderes. Entraba toda clase de gente a comprar y a preguntar sobre los artículos; tanto viejos como jóvenes, hombres y mujeres. Algunos eran clientes fijos, y muchos daban testimonio de las afirmaciones que Holly hacía sobre sus piedras.

Cuando Billy salió de su habitación estaba como nuevo. Una vez más le ofrecí mi ayuda para preparar la cena, pero de nuevo me dijo que yo era la invitada y que a él le gustaba mucho prepararla. Después de que Holly cerrara la tienda, las dos nos sentamos en la salita a descansar mientras Billy cocinaba. Le hablé del poema que me había leído y de lo que me había dicho.

—Es una persona maravillosa. Me alegro de que se hiciera mi socio.

—Ha dicho que sus padres le regalaron la furgoneta, pero no me ha comentado nada más de su familia. ¿Dónde vive?

Holly hizo una mueca.

—Viven fuera de la ciudad, y también se alegran de que él no esté allí. No aceptan del todo su forma de vida. Su padre dice que es un hippy.

—Oh, qué triste.

—A Billy no le hace gracia, pero se ha resignado y lo acepta.

—¿Y tiene algún hermano?

—Un hermano mayor, que es abogado. Siempre que viene a Nueva York, viene a verlo; ¿o debería decir que sólo de vez en cuando, cuando pasa por Nueva York? No creo que le llame siempre. Él quería que Billy volviera a vivir con sus padres, pero Billy no se dejaría tratar como una persona incapacitada, como seguramente ya te habrás dado cuenta.

—Es una persona increíble —dije—. Inspira muchas cosas.

Holly asintió con la cabeza, pero al poco cobró una expresión algo seria.

—Melody, he estado trabajando en tu carta astral —dijo. Ahora que te conozco mejor y sé más de tus circunstancias, puedo ser más precisa y obtener una lectura más clara.

—¿Y?

—No creo que descubras lo que quieres —me dijo con delicadeza—. Quizá sería mejor que dieras marcha atrás y volvieras a la vida que tienes, con las personas que sabes que no te fallarán.

Fue como un trueno sobre mi cabeza, pero di un profundo suspiro y sonreí.

—Sabes que no puedo —le dije por lo bajo, y ella asintió con la cabeza—. Pero después de haber estado con Billy y haber aprendido tanto, ya no tengo tanto miedo como antes.

—Eso está muy bien.

—Te agradezco mucho todo lo que has hecho por mí. Holly, de no ser por ti no sé si hubiera tenido el valor de hacer esto. Gracias.

No me sonrió.

—Espero haber hecho lo correcto —dijo.

Ahora sólo podía preguntarle qué era lo que había visto en las estrellas que hasta a ella la hacía dudar.

Sin embargo, pensé, es mejor no preguntar.

2

INOCENCIA PERDIDA

A la mañana siguiente, cuando Holly y yo subimos al coche, Billy salió con su silla para vernos. Después de cargar el equipaje, me despedí de él; me cogió la mano entre las suyas y me miró intensamente a los ojos.

—Yo diría que a menudo, casi siempre, somos como barcos que nos cruzamos en la noche —dijo—. Pasamos tan poco tiempo de verdad los unos con los otros que apenas podemos conocernos, pero, Melody, contigo no lo siento así. Has sido muy amable conmigo, y has tenido la confianza de abrirme tu corazón. Gracias por compartirlo.

—¿Compartirlo? ¿Compartir qué? —le pregunté con una sonrisa—. ¿Mis problemas?

—Tus problemas son parte de tu persona, pero no sólo has compartido tus problemas. Te he visto emocionada. He podido sentir tus energías, y eso me ha dado muchas fuerzas.

Lo miré llena de asombro. ¿Cómo podía yo inspirar fuerzas en esos momentos: yo, que estaba temblando en la acera, asustada por el viaje que me esperaba?

Se inclinó hacia delante, se quitó la cadena de oro con el colgante que llevaba en el cuello y me la ofreció.

—Me gustaría que te lo quedaras —dijo—. Es un lapislázuli. Ayuda a liberar la tensión y la ansiedad, pero lo más importante es que te ayudará a comunicarte con tu yo más elevado. A mí me ha ayudado muchísimo.

—Entonces no puedo aceptarlo.

—Claro que sí. Quiero que te lo quedes, por favor... —insistió.

Como vi que no se quedaría contento hasta que aceptara su regalo, lo cogí y me lo puse, y entonces me sonrió.

—Gracias, Billy.

Me incliné hacia él para darle un beso en la mejilla, cosa que le hizo ruborizarse al instante y luego me apresuré hacia el coche.

—Cuida de la galaxia en mi ausencia —le dijo Holly, y él se echó a reír.

Iniciamos la marcha y nos despidió con la mano. Yo me volví para responderle, hasta que giramos en una esquina y le perdimos de vista.

—Es gracioso. Ni siquiera he pasado dos días aquí, pero me da la impresión de que conozco a Billy desde hace años —dije.

Holly asintió con la cabeza.

—Eso es lo que todo el mundo siente con Billy. Me alegro de que hayas tenido la oportunidad de estar un poco con él antes de irte a California —añadió.

¡California! Por su forma de decirlo y al pensarlo yo, me pareció como si se tratara de otro planeta. Mientras salíamos de la ciudad hacia el aeropuerto, permanecí sentada con las piernas juntas y las manos sobre el regazo, nerviosa. Piensa en algo agradable, en algo tranquilo, me dije para mis adentros.

De camino al aeropuerto, Holly me describió a su hermana con más detalle, pero me confesó que hacía casi un año que no se veían.

—Yo no iría a su casa; incluso cuando ella viene siento como si se avergonzara de mí. Tiene siete años más que yo, nos separa casi una generación, pero en el fondo la verdad es que tiene un buen corazón.

—Es muy amable de su parte hacer todo esto por mí, que no me conoce de nada —dije mientras me preguntaba cuán hondo estaba el fondo al que Holly se refería.

—A Dorothy le encanta ser generosa. Eso la hace sentirse todavía más reina. —Metió la mano en el bolso y sacó una pequeña cajita de joyas envuelta con un papel con motivos del carnero, el signo de aries, que era el de Dorothy—. Es una pulsera con amatistas. Las gemas de los aries son las amatistas y los brillantes, pero ella ya tiene bastantes brillantes. Ya lo verás.

—Se lo daré en seguida —prometí mientras metía la cajita en mi bolso.

—Gracias. Bueno —dijo en cuanto empezamos a ver los hangares de los aviones—, ya casi estamos.

El corazón me latía como un desfile de tambores al ver tantos coches, limusinas y autobuses, personas de aquí para allá y mozos cargando maletas. Sonaban los cláxones, los policías gritaban a los conductores e indicaban a los peatones que caminaran más rápido. Los aviones rugían sobre nosotras. ¿Cómo me iba a orientar en este laberinto de actividad? Todo el mundo parecía saber adónde iba y se desplazaba con rapidez. Me sentí como si flotara en un sueño y no pudiera avanzar en ningún sentido.

—No te preocupes —dijo Holly al ver la cara que ponía—. En cuanto aparquemos, vendrá un mozo a recoger tus maletas, te dará el recibo del equipaje y te indicará la puerta de embarque. Dentro del aeropuerto todo está muy bien señalizado —me aseguró—. Y si tienes alguna duda, siempre encontrarás cerca a alguien de las líneas aéreas.

Di un gran suspiro. Allí estaba, en camino. Ella se acercó a la acera, puso el freno y salimos del coche. El encargado cogió mis maletas y grapó los recibos en mi billete.

—Puerta cuarenta y uno —farfulló.

—¿Cuarenta y uno?

Cuando intenté que me lo repitiera, ya estaba con otras personas. Me volví hacia Holly.

—No puedo estar mucho tiempo parada aquí. Esto sólo es para dejar a los viajeros. Dentro verás unos monitores de televisión con los números de los vuelos, las puertas de embarque y la hora de salida.

—Holly, gracias por todo.

—Nos llamaremos por teléfono —dijo, me cogió las manos, se quedó mirándome y negó con la cabeza—. Tu madre debe de haber estado ciega para abandonar a una hija como tú.

Nos abrazamos y me cogí a ella como si fuera la boya que

me mantenía a flote en ese mar de personas, ruidos y actividad.

Se volvió para entrar en el coche y me ofreció una última sonrisa. Me quedé observándola mientras se alejaba, despidiéndome con la mano hasta perderla de vista. Ahora estaba completamente sola, sin un solo amigo en el mundo. Dos personas mayores pasaron bruscamente a mi lado, pero ninguna reparó en que estuvieron a punto de darme un golpe con sus maletas. Como no convenía que me quedará allí quieta, cogí fuerte el bolso y me dirigí hacia el interior antes de que otros me pisotearan.

Dentro no había mucha diferencia; las personas corrían de aquí para allá con los carros de las maletas, llamándose entre sí. En el mostrador había un hombre que discutía de forma vehemente con la azafata de tierra mientras la gente que estaba en la cola tenía expresión de estar harta y molesta. De cuánta utilidad les serían las palabras tranquilizadoras y la meditación de Billy Maxwell, pensé mientras negaba con la cabeza.

—¿Qué te parece tan gracioso? —me preguntó un hombre joven con un traje gris.

Tenía el pelo rubio y rizado, unos ojos castaños con una expresión pícara y un hoyuelo en la mejilla derecha que se le marcaba cuando apretaba los labios. Llevaba un maletín negro y un paraguas.

—¿Qué? Oh, sólo estaba mirando a estas personas, les sale humo por las orejas.

—¿Humo? —Se volvió y se fijó en la cola de personas—. Oh. —Sonrió con simpatía—. Eres una viajera experta, ¿verdad?

—¿Quién? ¿Yo? No, señor. Es la primera vez que cojo un avión, ¡la primera! —dije en voz alta.

—¿De verdad? Bueno, pues no lo parece. ¿Adónde vas? ¿No irás por casualidad a Los Ángeles?

—Sí —respondí—. Tengo que ir a la puerta cuarenta y uno.

—Es muy sencillo. Yo también me dirijo allí.

Asintió con la cabeza indicando a su izquierda. Avanzó unos cuantos pasos y, al ver que no le seguía, se detuvo.

—Yo no muerdo —bromeó.

—No estaba pensando eso —dije, nerviosa, y me encaminé hacia él.

—Me llamo Jerome Fonsworth —dijo—. Por desgracia, como tengo que viajar mucho yo sí soy un viajero experimentado. —Hizo una mueca—. Habitaciones de hotel, taxis y aeropuertos; ésa es mi vida. Vaya vida —sentenció con una sonrisilla.

—¿Y por qué viajas tanto?

Como hacía todo el mundo, caminaba con rapidez, tanto que casi tuve que correr para alcanzarle.

—Trabajo en un banco y a menudo tengo que ir de Boston a Nueva York, Chicago o Denver. A veces voy a Los Ángeles. Hoy precisamente me toca Los Ángeles. ¿Has oído hablar alguna vez de la película *Si hoy es martes, esto debe ser Bélgica*?

Negué con la cabeza.

—Bueno, en cualquier caso, ése soy yo. Ocupado, ocupado, ocupado. A veces me siento como una abeja —murmuró mientras agitaba el maletín al andar.

De pronto se detuvo frente a mí.

—Mírame —dijo—. ¿Te parece que estoy cerca de los treinta, que ya los tengo, o que estoy a punto de entrar en la cuarentena? No me mientas.

—Yo no miento —dije—, sobre todo a los desconocidos.

Se echó a reír.

—Eso me gusta. —Se detuvo e inclinó la cabeza para considerarlo—: Ya sabes, tiene sentido. Para mentir a alguien, tienes que conocerle. Yo tampoco miento a los desconocidos —reflexionó, y asitió con la cabeza—. ¿Y bien?

—No parece que tengas cuarenta años —dije.

—¿Entonces te parece que tengo treinta?

Esperó con una mirada intensa.

—Casi, o puede que treinta y pocos —afirmé.

—Eso es porque se me está empezando a caer el pelo por el estrés, pero la verdad es que sólo tengo veintiocho. —Comenzó a volverse, pero se detuvo—. ¿Cómo has dicho que te llamas?

—No te lo he dicho, pero me llamo Melody, Melody Logan.

—¿Melody? No me digas que cantas y que vas a Los Ángeles para convertirte en estrella —dijo con desdén mientras seguía caminando.

—No, no voy allí para convertirme en estrella —respondí, pero me pareció que no se enteró.

—Es por aquí —dijo señalando unas escaleras mecánicas—. Te revisarán el bolso, así que si llevas una pistola, es mejor que la saques ahora.

—¡Una pistola!

—Era una broma.

Cuando llegamos al pasillo de entrada, le vi poner el maletín en la mesa y me di cuenta de que lo revisaban en una pantalla de rayos x. Yo puse el bolso en la cinta corredera y me dirigí a la puerta metálica, pero de pronto sonó un pitido y en seguida se me acercó una encargada.

—¿Lleva monedas o llaves en los bolsillos?

—No, señora —dije.

—Debe de ser el collar. Póngalo en la cesta —ordenó.

Jerome Fonsworth se quedó mirándome con una sonrisa. Me quité lentamente el collar que me había dado Billy, lo dejé en la cesta y volví a pasar por la puerta, pero esta vez sin que sonara el pitido.

—Vale —dijo la encargada mientras me tendía la cesta para que cogiera el collar, cosa que hice en seguida, me lo volví a poner, cogí el bolso y me uní a Jerome.

—Debí haberte avisado de que te podía pasar esto. Yo siempre me quito este reloj. —Lo buscó y se puso un brillante reloj de oro en la muñeca—. ¿También vas con American Airlines, en el vuelo uno cero dos?

—Sí.

—Nos queda casi una hora. ¿Te apetece tomar un café o algo? —dijo mientras señalaba la cafetería con la cabeza.

—Me tomaría un té.

—¿Nervios en el estómago? —bromeó.

—La verdad es que sí —afirmé, pues no vi por qué tenía que avergonzarme por estar nerviosa.

Supongo que a él le debió de pasar lo mismo la primera vez que cogió un avión, pensé. Él se dio cuenta de mi tono de defensa.

—No pasa nada. El motivo por el que yo tengo bien el estómago es porque se ha convertido en una lata de conservas debido a la cantidad de comida rápida que como en la carretera y a la comida de los aviones. Vamos.

Me condujo hacia la cafetería, donde pidió un café y un donut para él y un té para mí.

—Gracias —dije cuando insistió en pagármelo.

—No es nada. Soy un directivo del banco de mi padre. El dinero crece en los árboles —dijo, e indicó una de las mesas que estaban cerca de la cafetería, donde nos sentamos y me ofreció el té.

—¿De verdad odias tu trabajo tanto como dices? —le pregunté.

—¿Odiarlo? No, tengo tanto trabajo que no puedo sentir nada. Sigo los pasos, hago lo que tengo que hacer y luego me voy a casa —dijo.

Al hablar, no me miraba a la cara, sino que sus ojos divagaban. Al igual que las personas que me rodeaban, parecía un amasijo de energía salvajes. Pensé que sería capaz de subir por las paredes hasta el techo montado en una nubecilla.

—¿Y dónde está tu casa?

—En Boston, ya te lo he dicho. No me estabas escuchando, Melody Logan. —Me dijo mientras me señalaba con el dedo índice—. Mira, yo me acuerdo de tu nombre y apellido. Cuando viajas, tienes que prestar atención a todo y a todo el mundo —me advirtió, mordió el donut y me lo ofreció.

—No, gracias.

—Cuando estemos volando te sentirás más tranquila —me aseguró—. La verdad es que volar es la mejor forma de viajar. Te pones los auriculares, te acomodas en el asiento y te duermes. Yo casi siempre tengo que trabajar en el avión porque voy retrasado con mis papeles. Odio el papeleo del trabajo.

—¿Y qué haces exactamente?

—Trabajo en créditos comerciales —contestó—. No tiene tanto encanto como lo que hace casi todo el mundo en Hollywood. Pero, dime, ¿qué vas a hacer allí? ¿Estás de vacaciones? —Mientras me preguntaba, siguió mirando a su alrededor como si no le importara mi respuesta, o quizá estaba buscando a alguien.

—No, voy a ver a mi madre.

—Oh —se volvió hacia mí—. ¿Es que tus padres se divorciaron y vives con él?

—No exactamente —contesté.

—No tienes por qué contarme tu vida personal. Sólo me estoy haciendo el entrometido para pasar el rato... Te llamas Melody, pero no cantas —dijo, y miró a su derecha mientras masticaba el donut de forma apresurada, casi zampándoselo.

—Toco el violín.

—¿El violín? —Se volvió hacia mí y se echó a reír—. ¿El violonchelo?

—Eso es otra cosa. Yo crecí en West Virginia, donde el violín es muy popular.

—Oh. Ya me parecía que tu acento era un poco raro. Así que el violín, ¿eh? Bueno, debe de ser muy bonito. —Se tragó el último mordisco de donut y se lamió los dedos—. Tengo más hambre de lo que pensaba, creo que voy a pedir otro donut.

—Oh, deja que esta vez te invite yo. Tú me has pagado el té —me ofrecí.

Se echó a reír.

—Una mujer independiente. Eso me gusta. Claro que sí. Pídeme uno normal... no, esta vez uno de chocolate —dijo.

Cogí mi bolso, abrí el monedero y saqué dos dólares.

—¿Será suficiente con esto?

—Sí —contestó mientras negaba con la cabeza—. Es más de lo que vale el té, así que no es que hayas hecho un trato muy bueno —me advirtió.

—Eso es lo que diría un banquero —respondí, y él aún se rió más fuerte.

—Gracias.

Me dirigí al mostrador y pedí el donut. Cuando volví, sus ojos aún desprendían chispas de risa.

—No estoy acostumbrado a que las mujeres me compren cosas. Las chicas que conozco pertenecen a la sociedad de las lapas —dijo mientras cogía el donut—. Vamos, comparte éste al menos, ¿de acuerdo?

—De acuerdo —dije, y acepté la mitad.

Comimos en silencio.

—Hace dos meses estuve en Los Ángeles, en una convención —dijo cuando se acabó su mitad.

—¿Y te gustó?

—¿Los Ángeles? Estuve en el Beverly Hilton. Ésa es la forma de ver Los Ángeles... chóferes, los mejores restaurantes. De hecho, ésa es la forma de ver cualquier lugar. ¿Dónde vive tu madre?

Dije de un tirón la dirección porque se me había quedado en la memoria desde que Kenneth Childs me la dio en Provincetown.

—En West Hollywood. Puede que sea bonito —dijo él—. ¿Y cómo es que no has estado allí antes?

—Ella no lleva tanto tiempo viviendo allí —respondí.

Aunque por la expresión de mi cara se dio cuenta de que en esta historia había algo más, no pareció querer entrometerse. Asintió con la cabeza y volvió a mirar a su alrededor.

—Acabo de acordarme de que tengo que llamar por teléfono. ¿Puedes vigilar mi maletín? Vuelvo en seguida —dijo, y se fue de un brinco, apresurándose por la terminal antes de que le respondiera.

Pensé que por su modo de quemar energías, no tardaría en aparentar los cuarenta o cincuenta años.

Me recliné en la silla y observé el gentío que iba de aquí para allá, los niños cogidos de la mano de sus padres y las parejas que también iban cogidas o caminaban juntas. ¿Adónde iba toda esa gente?, me pregunté. ¿Acaso había alguno que viajaba en avión por primera vez como yo?

De pronto Jerome volvió, sin apenas poder respirar.

—Tengo que hacer unas gestiones urgentes —dijo—, aquí, en Nueva York.

—Oh, lo siento.

—Tengo que volver a la ciudad. —Cogió su maletín y luego se detuvo—. El problema es que tenía que llevar estos papeles a Los Ángeles hoy mismo. Oye, ¿podrías hacerme un gran favor? Estoy dispuesto a pagarte.

—¿De qué se trata? —pregunté.

—Cuando llegues, en el aeropuerto habrá un hombre esperando en la puerta con un cartel en el que pone: «Fonsworth.» Sólo tienes que darle este maletín. Yo le llamaré para decirle que se lo llevarás tú. ¿De acuerdo?

—¿Sólo tengo que darle el maletín?

—Eso es —dijo—. ¿De acuerdo? Toma —añadió mientras sacaba un billete de cincuenta dólares de la cartera.

—Oh, no tienes que darme nada por algo tan sencillo.

—Insisto.

—Si insistes en pagarme, no lo haré. Si no nos hiciéramos favores tan pequeños como estos...

Me sonrió.

—¿Sabes? Cuando te he visto allí de pie, sonriendo de ese modo, ya me ha parecido que era mi día de suerte. Gracias. Y si alguna vez volvemos a encontrarnos, no olvidaré invitarte a otro té.

Me acercó el maletín.

—Habrá un hombre con un cartel... «Fonsworth». Lo verás en seguida —afirmó y luego se alejó hasta desaparecer entre un grupo de personas que acababan de salir del avión.

Me terminé el té y me levanté. El maletín pesaba un poco más de lo que esperaba, aunque tampoco era mucho. Fui por la terminal hasta llegar a la puerta cuarenta y uno, donde ya había muchas personas y le pregunté a una azafata qué tenía que hacer.

—En el mostrador te darán la tarjeta de embarque —me indicó.

Me puse en la cola. A los diez minutos llegué al mostrador y entregué el billete a la azafata, quien me dio la tarjeta de embarque. Luego me senté a esperar junto a las demás personas hasta que anunciaron que ya podíamos embarcar.

De nuevo, el corazón me comenzó a latir de forma alocada. Cuando oí el número de mi asiento, me uní a la cola e inicié el camino hacia el avión. La azafata de la puerta me sonrió amablemente y me indicó que fuera hacia la derecha.

—Tienes un asiento junto al pasillo —dijo.

En el asiento de la ventana ya se había sentado un hombre mayor con un traje marrón claro, y los ojos cerrados; pero en cuanto me senté, los abrió.

—Hola —dijo.

—Hola.

Dejé el maletín bajo el asiento, delante de mí, me puse el cinturón tal y como me habían dicho y volví a sonreír al señor de mi lado.

—¿Vas para casa?

—No, es la primera vez que voy a Los Ángeles —dije—. ¿Y usted?

—Voy a casa. Vengo de visitar a mi hermano que vive en Brooklyn. Como él es demasiado mayor para viajar, pues voy a verle yo. Antes nos turnábamos. No es nada fácil hacerse viejo, pero ya sabes eso que tanto se dice, hay que dejar paso a la alternativa —añadió, y se rió mientras sus gafas de gruesos vidrios se deslizaban casi hasta la punta de su nariz.

—¿Cuántos años tiene su hermano?

—Noventa y cuatro, dos más que yo —respondió.

—¿Usted tiene noventa y dos años? —le pregunté sorprendida.

—Soy joven. Si piensas que eres viejo, lo eres —dijo sin rodeos.

De hecho, sus ojos de color gris claro parecían jóvenes, tenía más pelo del que yo le hubiera puesto a un hombre de esa edad y una cara que, a pesar de estar llena de arrugas en la frente y las sienes, no estaba tan ajada; era delgado, pero sin duda no parecía débil ni frágil.

—Tengo que pedirle que me cuente su secreto —le dije con una sonrisa.

—¿Quieres decir el secreto de que siga tan jovial? —Se inclinó hacia mí—. Haz lo que tengas que hacer, pero deja las preocupaciones para los demás —respondió y volvió a reírse—. Todo está aquí. —Se llevó el dedo a la sien—. La mente antes que nada. Y dime, ¿vas a la universidad?

—Aún no —le contesté.

Y le hablé un poco de mí. Llevaba un audífono, que pensé que le iba muy bien pues parecía oír cuanto le decía. No me di cuenta de lo mucho que había estado hablando hasta que el piloto anunció que íbamos a despegar. Me recliné en el asiento y contuve la respiración.

—¿Es la primera vez que vas en avión?

—Sí, señor.

—Recuerda lo que te he dicho —dijo mi amigo viejo con ese brillo en los ojos—. Deja las preocupaciones para los demás.

Cerró los ojos y se reclinó en el asiento; parecía muy relajado. Tuve suerte de sentarme a su lado, pues me inspiró tranquilidad. ¿Cómo iba a estar nerviosa cuando un señor de noventa años era tan valiente?

Una vez en pleno vuelo, me habló de su vida. Se acordaba de la guerra entre España y América, y también de las dos guerras mundiales, claro. Le resultaba inconcebible pensar en la de cambios que había visto. Él y su hermano trabajaron con su padre en la industria de la confección desde los diez y doce años respectivamente. A lo largo de su vida tuvo muchos empleos, y al final acabó siendo un vendedor de seguros, se casó y se fue a vivir a California donde, según me contó, hizo algún dinero con los bienes de la propiedad. Era viudo desde hacía unos catorce años. Y también me habló de sus hijos y nietos. Me contó tantas cosas que perdí la noción del tiempo. Nos dieron la comida, y luego él echó una cabezadita. Yo leí una revista hasta que también caí dormida y, al despertar, oí al piloto anunciar que ya estábamos cerca de Los Ángeles.

—Recuerda —dijo mi amigo viejecito, con su mano sobre la mía—, el estrés y las preocupaciones, eso es lo que te suma años. Y bueno, el tiempo es sólo el recordatorio de que no estamos aquí para siempre.

—Gracias.

Luego todo sucedió muy rápido; el aterrizaje, recoger mis cosas, despedirme de mi nuevo amigo y bajar del avión. El corazón me latía con tal fuerza que tuve miedo de desmayarme antes de ver a la hermana de Holly, aunque no tuve que buscar demasiado porque estaba en la misma puerta de salida. Era una mujer de una belleza y elegancia inconfundibles, con una pamela blanca, un abrigo sobre un vestido de seda blanco, guantes a juego y unos pendientes con un gran brillante. Tenía el pelo muy lacio, rubio y muy brillante, y lo llevaba recogido por detrás, lucía un perfil escultural y un cutis perfecto.

Holly ya me había contado que su hermana Dorothy se había hecho muchas operaciones de cirugía estética en Beverly Hills; lo llamaba el «pánico a las arrugas de Dorothy». Tan sólo ver una arruga le daba pánico y la conducía al teléfono para llamar a su cirujano plástico. Se había afilado la nariz y estirado tanto los párpados y la piel que su cara parecía una máscara, pero tenía los mismos ojos joviales de color avellana que Holly. Sus labios eran más gruesos; más tarde me enteré de que también se debía a la cirugía plástica.

Junto a ella estaba su chófer con uniforme, un joven atractivo con los ojos azul turquesa y el pelo de color pajizo, muy bien peinado hacia ambos lados y con una onda en la frente. Tenía la barbilla partida y la mandíbula muy pronunciada; la comisura derecha de los labios ligeramente hacia arriba y la risa en los ojos cuando me vio caminar por la terminal, asustada y con los ojos bien abiertos.

Dorothy era alta, al menos diez o doce centímetros más que Holly, y pensé que el chófer fácilmente mediría metro ochenta o dos metros. Era esbelto, con la constitución de una estrella de cine y ese perfecto bronceado de Hollywood que yo había visto en las estrellas de las revistas; ese tono acaramelado le enfatizaba el azul acuoso de sus ojos.

Dorothy me saludó con la mano. A su lado había dos policías uniformados escrutando a cuantos salíamos del avión. Le devolví el saludo y me apresuré.

—¿Eres Melody?

—Sí —dije.

—En seguida he sabido que eras tú, ¿verdad, Spike? —dijo mientras me acercaba.

—Tenías una buena descripción —dijo él mientras ampliaba su atractiva sonrisa.

—Oh, querida, mírate. Qué encantadora —dijo ella—. Spike, ¿no te parece la cosita más fresca que has visto nunca?

—Sí, *madame* —dijo él mientras me miraba embobado con una sonrisa en los labios.

—Bienvenida a Los Ángeles —dijo Dorothy—. Mi hermana me lo ha contado todo, pero claro, primero quiero conocerte. Seguro que la mitad de lo que me ha dicho es producto de esa imaginación tan exagerada y salvaje que tiene. Spike, cógele el maletín. ¿Un maletín? —preguntó para sí arqueando las cejas—. ¿Cómo es que llevas algo tan... feo? ¿Mi hermana no ha sido capaz de darte una maleta más adecuada, un poco más femenina?

—No es mío. Es un favor que estoy haciendo a una persona —dije, y miré tras ellos en busca del hombre con el cartel.

—¿Un favor? —Dorothy miró a Spike, quien se encogió de hombros.

—En el aeropuerto de Nueva York he conocido a un hombre, un banquero. Iba de camino hacia aquí, pero le ha salido una urgencia y ha tenido que volver a la ciudad. Me ha pedido que traiga esto a Los Ángeles y se lo entregue a un hombre que lleva un cartel en el que pone «Fonsworth» —dije, aún mirando tras ellos—, pero no lo veo.

—Vaya cara —dijo Dorothy—, hacer que una jovencita que viaja por primera vez cargue con esto.

Volvió a mirar a Spike, cuya sonrisa se había desvanecido y tenía la frente llena de surcos. Él dirigió la mirada hacia los policías que estaban detrás de mí y me cogió en seguida el maletín, casi me lo arrancó de las manos. Al ver su rudeza estuve a punto de protestar, pues al fin y al cabo era responsabilidad mía, pero él se apartó rápidamente.

—Querida, ¿has tenido un buen viaje? A veces el avión se mueve mucho, y siempre se las arreglan para servir la comida cuando más se mueve. Yo no cojo el avión a no ser que viaje en primera clase, y tampoco es que se mueva menos, pero al menos te aseguras de estar un poco más cómoda. Bueno, tienes que contarme todo sobre ti y tu aventura, y claro, tienes que hablarme de mi hermana. Espero que no te hayas creído la mitad de las cosas que dice que es capaz de hacer. Iremos a comer —añadió antes de que yo pudiera decir una sílaba—, después de que Spike recoja tu equipaje.

Ella dio un profundo suspiro; Spike permanecía a unos pasos frente a nosotras.

—La verdad es que quiero entregar ese maletín —dije—. Lo he prometido y me siento responsable.

—Claro que sí, querida. ¿Spike?

Él se volvió mientras nos acercábamos al largo pasillo.

—El caballero que busca debe de estar en las cintas correderas de las maletas, ¿no crees? —dijo Dorothy.

Él se detuvo, miró por encima de nosotras y luego intentó abrir el maletín, pero estaba cerrado.

—No creo que debas hacer eso —protesté.

—Vuelvo en seguida —dijo Spike mientras se encaminaba hacia el servicio de caballeros.

—¿Por qué no deja que me encargue yo del maletín? —le pregunté a Dorothy.

—Te prometo que no tengo ni idea —dijo ella—. Es actor, y claro, como casi todos, es malhumorado e imprevisible. Hoy en Los Ángeles casi todo el mundo quiere entrar en la industria del ocio o vender inmuebles. Pero ya basta de hablar de Spike. Por favor, háblame de ti. ¿Dónde conociste a mi hermana?

Le hablé de Provincetown y de Kenneth, de la llegada de Holly a la playa y de cómo nos hicimos amigas.

—¿Aún tiene ese coche tan ridículo?

—Sí —le contesté mientras me reía y pensaba en los brillantes colores psicodélicos.

—A los ocho años ya se había hecho un montón de agujeros en las orejas, ¿lo sabías? Se los hizo una amiga y tuvo que ir al médico porque se le infectaron. Mi padre se enfadó muchísimo.

Antes de que Dorothy pudiera continuar, Spike volvió, pero sin el maletín.

—¿Dónde está el maletín del señor Fornsworth? —exigí al instante.

—En el cubo de la basura. Vámonos —le dijo a Dorothy.

—¿Qué? ¿Por qué ha hecho eso? —le pregunté en voz alta.

—Tranquila —dijo él con brusquedad.

—Espera un momento —comencé, dispuesta a que me diera una explicación.

Pero él me sorprendió agarrándome por el codo y empujándome, y antes de que yo pudiera decir nada, se volvió a Dorothy.

—Drogas —dijo él.

—Oh, querida.

—¿Qué?

—Ese maletín tenía un forro lleno de una cosa que se llama cocaína. ¿Has oído hablar de eso? —dijo con sarcasmo—. Seguro que por eso la policía estaba en la puerta. Han tenido un chivatazo; él se ha enterado y le ha enchufado el maletín a ella —le dijo a Dorothy, y me miró asintiendo con la cabeza—. Si te hubieran detenido, te hubieras visto metida en un gran lío. O quizá todos hubiésemos tenido problemas —añadió.

—Pero... —miré a Dorothy, cuyos ojos estaban tan abiertos como los míos—, si era un joven muy amable, un banquero. Seguro que es un error —dije.

Spike negó con la cabeza.

—Debe de haberla visto a un kilómetro —le dijo a Dorothy.

Me desprendí de sus garras y respiré hondo para tragar el nudo que sentía en la garganta.

—No es cierto. Le ha salido una urgencia, y aun así ¿cómo sabía que yo iba a aceptar? —le pregunté.

—Si te hubieras negado, hubiera buscado a otra persona o quizá lo hubiera dejado por hoy. Has cruzado el país con un montón de cocaína, y puede que incluso la hubieras llevado a casa de la señora Livingston —añadió con severidad.

Me sentí indefensa, con las lágrimas en los ojos mientras miraba a Dorothy, que agitó la cabeza en dirección a Spike con una mirada fría y reprobatoria.

—Oh, Spike, no seas tan duro con ella. Melody no lo sabía. —Me dio unas palmaditas en el hombro—. No es nada, querida. En este mundo tan loco suelen pasar estas cosas, pero ahora no tenemos de qué preocuparnos. Spike, ve a buscar sus maletas y vámonos. Estoy hambrienta. Iremos directos a The Vine, en Beverly Road. Espera a probar la ensalada de queso de cabra que hacen, Melody, y el sandwich de berenjena a la plancha.

Al pensar en el lío en que me podría haber metido justo al empezar mi viaje, se me cerró la garganta. Di un gran suspiro de alivio y le lancé una mirada a Spike, me sentía avergonzada por haberme enfadado tanto cuando él sólo estaba haciendo lo que creyó oportuno para protegernos. Él permaneció en silencio cuando seguimos por la terminal para ir a la zona de recogida del equipaje, donde vi a un hombre con una americana azul clara y vaqueros que llevaba el cartelito con la palabra «Fonsworth».

—No le mires —me ordenó Spike.

Nos acercamos a la cinta corredera. Sin embargo, no pude evitar volver a mirar a ese hombre, y a medida que la multitud se dispersaba, él se volvió y abandonó en seguida la terminal.

—Lo siento —le dije a Dorothy—. No tenía la menor idea de lo que me daba ese hombre.

—No pasa nada, querida. Por favor, odio las cosas desagradables. Cuando pasa algo horrible, me compro algo de ropa nueva para volver a sentirme bien. —Me examinó de arriba abajo con la mirada—. Eso es lo que haremos, comprarte algo bonito para que te lo pongas. Seguro que no tienes la ropa adecuada. Si quieres moverte por Beverly Hills, tienes que llevar algo más a la moda.

—Oh, pero no puedo pedirte que hagas eso por mí.

—Claro que no puedes, pero yo sí —dijo, y se rió.

Vi de lejos una de mis maletas y Spike la cogió.

—Casi se me olvidaba —dije mientras buscaba en el bolso—. Holly te manda esto.

Le ofrecí el pequeño paquete forrado con el signo de aries, y Dorothy puso los ojos en blanco.

—Oh, no, ¿de qué hechizo de magia se tratará esta vez?

Sin apenas abrirlo, lo metió en el bolso. Pensé en lo mucho que Holly se decepcionaría, pero antes de poder decir algo vi mi segunda maleta y se lo indiqué a Spike. Enseñamos mis billetes al encargado de la puerta y Spike llevó mis maletas hasta la limusina. Era un Mercedes negro, larguísimo, con lujosos asientos de piel, mueble bar y un pequeño televisor en la parte trasera. Spike nos abrió la puerta y subimos. La piel olía a nueva.

—Siento muchísimo lo que ha pasado —volví a decir, pues cuanto más lo pensaba, más me avergonzaba de haber puesto en peligro a las personas que eran tan amables conmigo.

—No te escucho —dijo Dorothy—. Yo no presto atención a las cosas desagradables. Sé hacerme la sorda cuando me interesa, así que será mejor que dejes el tema. Sigue hablándome de ti, de ese lugar... Provincetown —dijo—. La verdad es que Cape me gusta mucho, pero nosotros sólo vamos a Hyannis, ya sabes, donde viven los Kennedy. Spike, por favor, coge el camino más rápido para ir a The Vine —le dijo una vez él se puso al volante—. De verdad que voy a morirme de hambre aquí detrás.

—Sí, *madame* —dijo él, y me guiñó un ojo antes de salir del parking para tomar la carretera.

Con todo lo sucedido, ni siquiera había reparado en el hermoso cielo azul. Nos introdujimos en el tráfico y pronto estuvimos en una de las famosas autopistas sin peaje de California. Ya estaba allí, y en algún lugar no muy lejano también estaría mi madre. Si alguna vez la necesité, pensé, fue entonces.

3

ESPERANZAS DISIPADAS

Moverse por Los Ángeles era muy diferente de moverse por la ciudad de Nueva York. Parecía que había mucha distancia de un lugar a otro, y tampoco había edificios tan altos, aunque había muchas más calles. Sin embargo, era evidente que Spike se lo conocía todo porque en cuanto nos adentramos en el tráfico de la autopista, cogió una salida y comenzó a recorrer las calles de la ciudad con la limusina. Dorothy me dijo que ésa no era la parte más bonita de Los Ángeles, pero incluso las zonas más pobres me parecieron impecables y deslumbrantes. Las aceras relucían y unas vallas publicitarias gigantescas anunciaban las nuevas películas. Sin embargo, me pareció que por las aceras no había tanta gente como en Nueva York, sino que allí todo el mundo iba en coche. A los pocos minutos, Dorothy me señaló el cartel en que ponía CIUDAD DE BEVERLY HILLS.

—Ya estamos —afirmó con un suspiro profundo y agradecido.

Por lo que decía, parecía que Beverly Hills era una isla donde se sentía segura y a salvo del resto del mundo.

Spike condujo hasta la entrada de The Vine, un restaurante con una verja verde oscuro cubierta de parras y buganvillas de color fucsia. Dentro, tenía una terraza abierta que parecía totalmente llena de clientes. Los camareros y el resto del personal, con sus camisas blancas y pantalones y tirantes negros, se movían de aquí para allá con gracia, como si fueran invisibles entre la sin duda adinerada clientela que estaba sumida en sus conversaciones.

El mozo del restaurante vino a recibirnos en seguida, después de que Spike nos abriera la puerta.

—*Merci* —dijo Dorothy, con un movimiento de uno de sus guantes.

Cuando Spike volvió al coche me pregunté dónde comía, pero no tuve ocasión de formular la pregunta. Dorothy me hizo pasar por el camino de adoquines hacia la puerta de la terraza, en cuyo mostrador nos esperaba una joven atractiva.

—Señora Livingston —dijo mientras le ofrecía una sonrisa como la de los anuncios de dentífricos—, ¿cómo está?

—Lana, me muero de hambre. Te presento a Melody, una joven amiga de mi hermana. Es la primera vez que viene a Los Ángeles y he pensado que primero le enseñaría The Vine. Así que tienes que darnos una buena mesa —insistió Dorothy.

Lana se volvió y examinó la terraza.

—La número doce está libre —afirmó como si fuera un logro emocionante.

¿Por qué era tan importante dónde nos sentábamos?, me pregunté. Todas las mesas parecían iguales, y la terraza, con una fuente y unas flores resplandecientes, era preciosa te sentaras donde te sentaras.

—*Bellissimo* —Dorothy dio su aprobación.

Lana inició el paso por el camino de adoquines de la terraza y la seguimos hasta que se detuvo frente a una mesa que quedaba casi en el centro. Dorothy sonrió satisfecha, y después de sentarnos, Lana nos ofreció el menú que estaba encuadernado con una piel del mismo verde que las verjas.

—Señora Livingston, hoy tenemos una pasta especial de cabello de ángel con pimientos rojos y champiñones.

—Oh, eso está bien. *Merci*.

En cuanto Lana se fue, Dorothy se inclinó hacia mí.

—Normalmente esta mesa está reservada para las estrellas de cine —dijo—. Aquí todo el mundo puede verte.

—Oh.

¿Y por qué quería que todo el mundo nos viera?, me pregunté, e hizo que me sintiera más consciente de mi pelo, de mi ropa y de todo lo que hacía.

Miré la carta. Los precios eran desorbitados. Todo era *à la carte*, y las ensaladas eran casi tan caras como los entrantes. Las cosas sencillas estaban descritas de forma tan elaborada que no estaba segura de reconocerlas. ¿Qué era un corazón de apio?

—No pienses ni por un momento en el dinero —dijo Dorothy adelantándose a mi reacción—. Philip, mi marido, luego hace las cuentas de todo lo que gasto. —Rió—. Dice que como ayudo mucho a la economía americana, lo menos que puede hacer el gobierno es subvencionarme.

—¿A qué se dedica tu marido? —le pregunté—. No recuerdo que Holly me lo dijera.

—Es contable y mánager financiero, y tiene algunos clientes impresionantes —respondió mientras arqueaba las cejas, pero al poco cobró una expresión como la de una niña fanática de una estrella de cine—. Oh, creo que en el rincón de allí se ha sentado alguien —dijo mientras asentía con la cabeza refiriéndose a la derecha, y yo me volví.

—¿Alguien?

—¿Es un famoso de la televisión, verdad?

—No lo sé.

—Estoy segura. Bueno, veamos —dijo volviendo a la carta—. ¿Por qué no tomamos el plato especial de pasta de cabello de ángel después de la ensalada de queso de cabra? ¿Te parece? ¿Te gusta el té con hielo? Aquí lo hacen con un toque de menta.

—Sí, *madame*.

—Melody, por favor, no me llames *madame*. —Miró nerviosa a su alrededor por si alguien lo había oído—. Me hace sentirme vieja. Llámame Dorothy.

—Sí, *ma*... Dorothy —dije, y me sonrió mientras asentía con la cabeza de forma aprobatoria y se llevaba la mano a la pamela.

Vino el camarero y, aunque hablaba con un acento español tan pronunciado que me costó entenderlo, Dorothy no tuvo ningún problema. Pidió para las dos y añadió *Por favor*, en español. Yo ya me había dado cuenta de lo mucho que le gustaba introducir en las conversaciones expresiones francesas, italianas y españolas, y al hacerlo siempre hacía un ademán con la mano.

—Supongo que en el avión no habrás comido tan bien, pobrecilla...

—Estaba demasiado nerviosa —confesé.

—Es normal. Yo, cuando viajo, siempre estoy demasiado nerviosa para comer. Philip, en cambio, nunca se pone tan nervioso como para perder el apetito. Pero ahora vayamos al grano de tu problema —dijo, interrumpiéndose cuando el ayudante de camarero nos trajo el té con hielo—. Según creo, quieres descubrir si esa mujer es tu madre, una que vino aquí para convertirse en estrella de cine. Te han dicho que murió en un accidente de coche y que incluso su cuerpo fue trasladado a Provincetown.

—Eso es.

—Parece muy, muy complicado. Lo he comentado con Philip y él dice que deberíamos contratar a un detective privado. Al fin y al cabo, ¿por qué una jovencita como tú tiene que investigar algo así?

—Oh, no —protesté—. Tengo que hacerlo yo. Gracias, pero ya me ocuparé yo misma —insistí.

—¿En serio? —Se quedó mirándome por unos instantes y luego apartó la vista—. Bueno, supongo que puedes empezar a investigar por tu cuenta. Le diré a Spike que te acompañe. Cuando se trata de asuntos raros es muy bueno, como ya has podido ver, pero debes escucharle —me amonestó—. No me gustaría que te pasara nada mientras eres mi invitada —dijo. Luego pensó en lo que había dicho y añadió—: No me gustaría que te pasara nada bajo ninguna circunstancia.

—Gracias, Dorothy. De verdad te agradezco que te preocupes por mí y todo lo que estás haciendo —dije.

—Bueno, bueno, pero dejémoslo o me haré la sorda —volvió a amenazarme, y me eché a reír—. En fin —prosiguió sin apenas tomar aire—, cuéntame más cosas de mi hermanita pequeña. ¿Ese lisiado aún vive con ella en la trastienda de ese cuchitril de negocio?

—Yo no considero a Billy un lisiado —comencé.

Y le expliqué mi viaje a Nueva York y lo que hice con Billy en tan poco tiempo; mientras, ella me escuchaba con una sonrisa que me dio la impresión de que más que prestarme atención, me estaba examinando.

—Es tan maravilloso ser joven y emocionarse por todo —afirmó con un suspiro—. Te diría que casi es una pena que tengas que ver la dura realidad del mundo de verdad... Holly siempre se negó a afrontarla, pero ya has visto cómo vive mi hermana, como una hippy, casi como una gitana. Y sin embargo, cuando se lo propone, puede ser tan guapa y brillante... Yo podría encontrarle el marido adecuado en un soplo, claro, si me dejara... pero *qué será, será*.

Estuve a punto de protestar y de explicarle que yo pensaba que Holly era feliz y que vivía bien, pero en ese momento nos trajeron la ensalada. Aunque tenía un aspecto delicioso, la cantidad me hizo gracia y negué con la cabeza; sólo con cinco o seis cucharadas el plato quedaría limpio. Me sentí culpable de que me lo pagara.

—Dorothy, me parece mucho dinero para tan poca comida.

—Tonterías. Es más que suficiente. Tienes que prestar atención a tu dieta, sobre todo aquí, querida. Sólo tienes que fijarte en las mujeres de tu alrededor, mira... —me ordenó, y me di cuenta de que realmente quería que lo hiciera.

Miré alrededor con tanta discreción como pude; había muchas mujeres atractivas, todas con unos peinados preciosos y ropa cara. Sin duda, era un lugar para las bellas y ricas.

—Todo el mundo cuida su línea. Competición, competición, competición, querida. Aquí todas las mujeres compiten entre sí.

—¿Para qué? —pregunté.

Se echó a reír.

—¿Para qué? Pues para ganarse la mirada de un hombre, ¿para qué va a ser? Casi todas estas mujeres quieren salir en las películas o estar con los hombres que tienen poder, pero no te preocupes, ya te lo explicaré más tarde. Por lo poco que me has contado de tu pasado, me he dado cuenta de que tienes mucho que aprender, y a mí me gusta ayudar a una jovencita a ser... más sofisticada —afirmó—. No comas tan rápido. Supongo que no quieres parecer una ingenua del interior, y además ésta es la mejor mesa. Tenemos que disfrutar de ser el punto de mira. ¿Lo ves?, la gente ya se está preguntando quiénes somos —dijo mientras asentía con la cabeza refiriéndose a las personas de las demás mesas.

Tenía razón... nos estaban mirando. Dorothy se retocó la pamela y le sonrió a alguien.

—Puedes hacerte la simpática —dijo, aún asintiendo con la cabeza y sonriendo a la gente—, pero al principio no hables con nadie, espera a que empiecen ellos —me advirtió—. Cuanto más misteriosa seas, más sube tu listón. Philip lo diría así. —Le hizo un gesto con la cabeza a alguien que había a la derecha—. No te preocupes, ya aprenderás con el tiempo —me aseguró.

—Dorothy, la verdad es que no he venido aquí para esto —dije en voz baja—. Sólo he venido para ver a mi madre.

—Claro, pero como pasa con todo el mundo que viene aquí, pronto te vas a enamorar.

—¿Enamorarme? ¿Cómo? ¿De quién? —pregunté.

—¿A qué viene eso? Pues de ti misma, querida. ¿De quién va a ser? —dijo, y se rió—. Estoy segura —añadió cuando me quedé mirándola— que eso es exactamente lo que le pasó a tu madre.

Después de lo que acabó siendo una de las comidas más largas de mi vida, ya que después vinieron los capuchinos y las tartas de fruta que costaban tanto como los primeros platos, por fin salimos del restaurante. Spike nos esperaba junto a la limusina. Cuando nos abrió la puerta, me sentí como si fuera especial por la forma en que los peatones se pararon para mirar cómo la encargada del restaurante y resto del personal adulaban a Dorothy. Ella era como una esponja, se dejaba empapar de sus sonrisas artificiales y se alimentaba más con eso que con las míseras porciones de la comida que nos habían servido. Logré echar el ojo a la cuenta, y Holly no exageró cuando dijo lo que costaría, ya que Dorothy pagó ¡más de setenta y cinco dólares por cubierto!

Una vez en el vehículo pasamos ante otros restaurantes caros y seguimos por el Boulevard Santa Monica hacia lo que Dorothy me anunció que era la mundialmente famosa Rodeo Drive.

—Querida, mañana vendremos aquí a comprar ropa más adecuada para ti.

Spike giró hacia la derecha y pasamos ante unas casas muy grandes y bonitas, la una más ostentosa que la otra, con sus columnas griegas y altos setos. En el trayecto, Dorothy no paró de citar los nombres de las estrellas de cine, cantantes, directores y productores que sabía que vivían allí, pues algunos eran clientes de su marido Philip.

Por fin nos detuvimos ante una casa de estilo inglés, la más grande que yo había visto jamás. Tenía el tejado de dos aguas acabado en punta y unas ventanas altas y estrechas con los vidrios brillantes. A la izquierda había una gran chimenea coronada con tres sombreretes decorativos. Las paredes de la fachada eran una combinación de ladrillos y revestimiento de madera. Era la clase de casa que yo sólo había visto en las portadas de las novelas románticas.

—Hogar dulce hogar —sentenció Dorothy cuando Spike giró por el camino de losetas rosadas con lámparas de vidrio Tiffany.

El césped, segado a la perfección, parecía una alfombra esmeralda. A la izquierda había un hermoso sauce llorón, con sus lánguidas ramas que llegaban casi hasta el suelo, y a la derecha, un gran roble que parecía orgulloso y majestuoso al elevarse sobre las flores, la zona del jardín con rocas y plantas, buganvillas amarillas, blancas y rosas que colgaban de la alta valla de madera.

—¡Tu casa es enorme! —exclamé—. No creía que en una ciudad hubiera casas tan grandes. ¡Es una mansión!

—Supongo que sí. Tenemos veinte habitaciones —dijo—, contando las del servicio, el despacho de Philip, su gimnasio...

—Gimnasio... ¡Veinte habitaciones!

Dorothy se echó a reír.

—Philip se queja de que se nos queda pequeña, sobre todo cuando tengo reunión de mi club de mujeres.

La casa tenía un garaje de tres plazas, y como la entrada estaba a un lado, aún parecía más grande. Vi que sobre el garaje también había ventanas.

Spike aparcó frente a los arcos de la entrada principal y salió rápidamente del coche para abrir la puerta de Dorothy. En cuanto ella se bajó, se apresuró a abrir la mía, me cogió del codo y me ayudó a salir. Tener a alguien que me ayudara a hacer las cosas más sencillas me hacía sentirme como una tonta, pero temía cometer una equivocación en el protocolo.

—Spike, por favor, lleva sus maletas a la habitación rosa —ordenó Dorothy—. Tenemos muchas habitaciones de invitados, pero creo que ésta es la que más te gustará. Es muy adecuada para los jóvenes —dijo, y Spike me miró con una ligera sonrisa y se dispuso a abrir el maletero.

—Antes de que te instales para hacer una siesta más que conveniente, deja que te ponga al corriente de la casa —me dijo Dorothy, y la seguí hacia la puerta principal que pareció abrirse por arte de magia en cuanto nos acercamos.

Nos recibió un hombre bajito, moreno y calvo, con las cejas pobladas de gris y la nariz chata. Llevaba un traje azul marino y corbata; tenía la tez luminosa, con manchitas en los pómulos y en la parte inferior de la frente, y el cráneo repleto de pecas que se repartían hasta las sienes. Sus gruesos labios tenían una tonalidad anaranjada.

—Hola, Alec. Ésta es Melody. Vivirá con nosotros una temporada.

Él asintió con la cabeza.

—Muy bien —dijo él con voz grave y entrecortada. Me miró con sus ojos gris claro de tal forma que me hizo sentir que estaba pasando un examen previo para entrar en la casa. Al poco, se desplazó hacia un lado y entramos.

La entrada tenía el suelo de baldosas de lujo de color marrón, a juego con las paredes forradas de madera oscura de ciprés. Sobre nosotros colgaba una araña de cristal. La escalinata, que ascendía en forma de caracol, tenía la balaustrada de caoba tallada y estaba pulida de tal forma que ofrecía un brillo inmaculado. Spike comenzó a subir mis maletas junto con Alec, pero yo seguí a Dorothy para adentrarnos más en la casa.

A la derecha había un gran salón, donde un reloj de péndulo de madera oscura de pino dio las tres. Todos los muebles eran grandes, para llenar el espacio. Las cortinas eran de satén azul claro, y el suelo de mármol estaba cubierto aquí y allá de grandes alfombras persas ovaladas del mismo azul a juego. Había tanto que mirar que sólo pude agitar la cabeza: grandes cuadros al óleo con escenas de ciudades como París y Londres, así como inmensos jardines, todos ellos con elaborados marcos dorados, esculturas de vidrio que me parecieron que costarían cientos de dólares, estatuillas de porcelana tan delicadas y perfectas que seguro que estaban pintadas a mano, candelabros de oro y plata, espadas antiguas... ¿cómo se podía ser tan rico?

—Es acogedor, ¿verdad? —preguntó Dorothy con orgullo.

¿Acogedor? Era una sala en la que se podía hacer una visita turística, pero relajarse precisamente no, reflexioné; sin embargo, me limité a asentir con la cabeza.

Me enseñó la salita de estar, con sus lujosos sillones y sofás de piel; el despacho de Philip; el comedor, en cuya mesa cabían hasta veinte comensales; y la cocina, que más bien parecía digna de un restaurante. Sobre todo se mostró orgullosa de los hornos, aunque me explicó que ella jamás ponía a hervir ni un cazo de agua para el té.

—Ése es el trabajo de Selena —dijo, y me presentó a su cocinera, una mujer peruana, bajita y muy gorda, con los ojos tan oscuros como el carbón—. Selena vive en la parte trasera de la casa —explicó Dorothy—. Spike tiene un apartamento encima del garaje, pero la sirvienta, Christina, vive en la parte oeste de Los Ángeles. Viene cada mañana a las siete y se va después de la cena, normalmente sobre las ocho. Philip les paga a todos en negro —añadió con un suspiro.

—¿En negro?

—Son cosas que hacen los contables para evitar la avaricia del gobierno. Pero vamos a instalarte. Seguro que quieres ducharte y arreglarte un poco después del viaje.

—Sí. Y luego me gustaría ir a esa dirección.

—¿A qué dirección?

—Donde puede que esté mi madre —dije.

—¿Hoy mismo? —Hizo una mueca—. Seguro que prefieres esperar a mañana.

—Preferiría ir lo antes posible. He venido por esto —recalqué, y ella arqueó las cejas.

—Siempre me olvido de la cantidad de energías que tienen los jóvenes —dijo—. Muy bien, si insistes. Le diremos a Spike que esté listo dentro de una hora.

—Gracias, Dorothy, y gracias por enseñarme la casa. Es maravillosa.

Sonrió.

—Casi toda la decoración es mía, aunque con la ayuda de diseñadores profesionales, claro. Holly sólo ha venido una vez. ¿Puedes creerlo? Creo que le da miedo volver, que tiene miedo de que esto le acabe gustando —añadió con un guiño.

Lo dudo, pensé. A Holly le gustaba lo espiritual, no lo material, quise decir; pero mantuve los labios sellados.

Subimos por la escalera. Alec ya había sacado las cosas de mi maleta, había colgado lo necesario y había colocado lo demás en los cajones del armario. Cuando vi que lo había hecho, sentí vergüenza, sobre todo por la ropa interior.

Sin embargo, como el dormitorio me dejó tan asombrada, ni tuve tiempo de pensar en ello. No era un dormitorio, sino un aposento digno de una princesa. No podía creer la elegancia de aquella habitación, el esplendor, ¡la opulencia! Las paredes estaban forradas de seda de damasco de tonos rosados y rojizos exquisitos, más ricas que el pálido malva de la alfombra que me pareció que, como mínimo, tendría cinco centímetros de grosor. La cama, de madera de pino, era de las dimensiones de la de una reina, y la madera estaba tratada de tal forma que tenía vetas rosadas. Tenía dosel y la colcha era afelpada y suave. Incluso el vestidor, en el que se podía entrar, era más grande que cualquier habitación en la que había dormido. Al fondo tenía estantes para los zapatos, un espejo y un pequeño tocador.

En el cuarto de baño todos los complementos eran de bronce; el suelo, de baldosas blancas; la bañera, con hidromasaje; también había una ducha en cuyo interior parecía que cabía una familia entera y un lavamanos doble. ¡Y sólo era la habitación de invitados! ¿Cómo sería el dormitorio principal de Dorothy y Philip?

—Dorothy, estoy asombrada de lo maravillosa que es tu casa —volví a decir.

—Me alegro de que te sientas cómoda —respondió.

—¡Cómoda! Esto es un palacio. ¿Cómo no iba a sentirme cómoda?

Se echó a reír.

—¿Estás segura de que quieres ir tan pronto a West Hollywood? ¿Por qué no te mimas un poco, querida? Date un hidromasaje en la bañera, descansa, mira un poco la televisión en la habitación. Antes de que llegue Philip tomaremos unos entremeses ligeros y luego cenaremos bien...

—Dorothy, suena maravilloso, pero me sentiría culpable. No he venido aquí para pasarlo en grande, sino para encontrar a mi madre —le recordé.

Dio un suspiro y se encogió de hombros.

—Hoy todo el mundo tiene muchas prisas. Bueno, le diré a Spike que se prepare.

—Gracias. Por todo.

Me lanzó una sonrisa y me dejó para que me duchara y me cambiara de ropa. Me sentía cansada, casi exhausta, pero aún era más fuerte la emoción de estar allí, tan cerca de encontrar a mi madre. Entré en la ducha y dejé que el agua tibia me cayera encima hasta que sentí escalofríos y decidí salir, me puse unos tejanos y mi mejor camisa, me cepillé el pelo, suspiré profundamente, cerré los ojos y pensé en Billy Maxwell y Holly sentados junto a mí, aconsejándome sobre cómo apaciguar mis nervios y hacer acopio de energía, la energía que necesitaba para encontrar a mi madre.

Al pensar en el tiempo transcurrido desde que mi madre me había dejado en Provincetown con los parientes de mi padrastro, de pronto me invadió un nuevo y descontrolado temor. ¿Acaso yo habría cambiado tanto con el tiempo y los acontecimientos como para que ella no pudiera reconocerme, sobre todo si padecía de alguna clase de amnesia? No había pasado tanto tiempo, pero yo me sentía distinta. Cuando me encontrara delante de ella, ¿cómo empezaría? Me parecía ridículo acercarme a una persona y decirle «Hola, ¿te acuerdas de mí? Soy tu hija. Tú eres mi madre». Si había alguien alrededor, seguro que pensaría que estaba loca.

Al bajar por la escalera de caracol alfombrada y cruzar el pasillo de la entrada hacia la puerta, sentí que disminuía de tamaño. Fue una ilusión, claro, avivada por las dimensiones de todo lo que me rodeaba; en realidad, por las de la tarea que estaba a punto de iniciar. Di un profundo suspiro y salí al exterior.

Spike estaba apoyado en la limusina leyendo un ejemplar del *Variety*. Me miró con una sonrisa, dobló el periódico y me abrió la puerta trasera dando un gracioso paso hacia atrás mientras me hacía una reverencia con la cabeza, muy afectada y deliberadamente teatral.

—*Madame* —dijo.

—Gracias —contesté con una voz que apenas fue más que un susurro, y me dispuse a subir, pero me detuve—. Oh, ésta es la dirección —dije mientras le ofrecía el pedazo de papel que podría contener la clave de mi futuro—. ¿Está muy lejos?

—En esta ciudad no hay nada que esté muy lejos excepto un buen papel —comentó.

Subí, cerró mi puerta y se apresuró a sentarse al volante.

—¿Te apetece hojear esto? —dijo mientras me ofrecía el ejemplar del *Variety*.

—No, gracias —respondí.

Se encogió de hombros.

—Creía que te gustaría ver cómo son los periódicos de Hollywood. Todo son noticias de actores de cine. Apuesto a que nunca has leído ninguno —murmuró.

—No, no he tenido motivos para hacerlo —expliqué.

Se echó a reír mientras ponía el vehículo en marcha.

—Yo no pretendo ser actriz ni nada de eso —añadí al ver que no abandonaba su sonrisilla burlona.

—Todas las mujeres son actrices, así que a todas les encantaría trabajar en el cine —bromeó.

—Pues a mí no. Y no todas las mujeres son actrices —le espeté.

Él volvió a reír; su constante sonrisilla era enervante.

—Yo quiero ir a la universidad y dedicarme a otras cosas —proseguí mientras me preguntaba por qué me parecía tan importante explicárselo.

—Tu madre vino aquí para hacerse actriz, ¿verdad? —me preguntó a medida que avanzábamos por la carretera, y yo erguí los hombros.

—Si quieres ser actor, ¿cómo es que trabajas de chófer? —le contesté como respuesta.

Se volvió y me miró para ver si yo lo decía en serio.

—Eso lleva mucho tiempo, requiere mucha dedicación, llamadas a muchas puertas y hacer cientos de audiciones antes de que llegue el momento de dar el gran salto —dijo con tono de lamento—. Y hasta que eso llegue, a no ser que hayas nacido con una flor en tal parte o tengas amistades ricas y dispuestas a apostar por ti, trabajas en lo que sea para poder pagarte la comida y la vivienda. Éste trabajo no me va mal. Siempre que tengo una audición importante, la señora Livingston me da tiempo libre, incluso si eso significa tener que ir en taxi.

—¿Cuánto tiempo llevas intentando ser un actor con éxito? —le pregunté.

—Tres años, no es broma —respondió.

—¿Y has salido en alguna película?

—He hecho algunos papeles cortos. Tengo la tarjeta del Sindicato de Actores de Cine. Es lo máximo que puedo decir. Y también que hace seis meses me dieron un papel. Duró casi un mes.

—Entonces debes ser bueno —le dije, y se volvió para lanzarme una de sus atractivas sonrisas.

—Lo soy. Sólo me falta demostrárselo a las personas influyentes, para que se enteren. De todos modos, al cabo de un tiempo, es cuestión de lo que digan tus estrellas y la fortuna —añadió—; de estar en el lugar oportuno en el momento oportuno.

—¿Crees en la astrología?

—Eh, cuando se trata de conseguir un papel, yo creo en lo que me digan.

—¿Tan importante es para ti?

—¿Bromeas? —Se volvió y me clavó los ojos, como si yo acabara de bajar de otro planeta, pero al poco me sonrió—. Cuando lleves unos días aquí ya lo entenderás —dijo—. Está en el aire.

—Espero no quedarme tanto tiempo —murmuré, y miré por la ventana.

Spike no dejaba de mirarme por el espejo retrovisor, y crucé fugazmente mis ojos con los suyos antes de volverme para contemplar el paisaje casi cegada por la luz. No podía evitar estar nerviosa por lo que me esperaba al cabo de tan sólo unos minutos; tenía un nudo en el estómago. Al final, Spike se dio cuenta de mi ansiedad y se compadeció.

—Hace mucho que no ves a tu madre, ¿verdad? —me preguntó con suavidad.

—Sí.

—¿Y ni siquiera estás segura de que se trata de tu madre?

—Sí —dije—, aunque todo indica que puede serlo.

Negó con la cabeza.

—Vaya carro lleva ése. Esta dirección está en una zona de apartamentos baratos. Casi todos los dueños los subarriendan a personas que intentan entrar en el negocio.

—¿El negocio?

—Así llamamos a Hollywood, al meollo —dijo—. Aquí tenemos nuestra propia jerga —rió.

—Es como si fuera otro país —murmuré, aunque lo suficiente alto para que me oyera, cosa que aún le hizo reír más.

—¿De verdad que no quieres hacerte famosa en el negocio del espectáculo? Seguro que tienes talento para algo.

Seguí mirando por la ventana.

—Sé tocar el violín, y algunas personas dicen que lo hago bien.

—Ya ves, muchas estrellas de música country se han convertido en famosos actores de cine —dijo.

—Yo no soy una estrella de música country, ni mucho menos —dije moviendo la cabeza.

Qué fácil era para algunas personas caer en la trampa de empezar a creer en sus propias fantasías, pensé. ¿Era esto lo que le había pasado a mamá?

—Tienes que ser positiva contigo. Mírame a mí. Yo tengo que hacer diez o veinte audiciones a la semana y casi nunca me llaman para decirme nada, pero ¿crees que dejo que eso me desanime? No, sigo yendo. Tarde o temprano... tarde o temprano... —canturreó.

Me fijé en él y me pregunté si no sería él, y no yo, de quien había que compadecerse.

—Está justo al final de esta calle —dijo por fin después de girar.

Sentí que se me paraba el corazón para luego comenzar a palpitar veloz, golpeando como alguien contra una puerta cerrada. Cuando Spike disminuyó la velocidad, contuve la respiración.

—Es aquí —dijo—. Los Jardines Egipcios. Me encantan los nombres de estos lugares.

Miré con atención por la ventana. Altos cercos rodeaban el complejo de fachada de estuco rosa que bordeaba una piscina en forma de elipse. Los edificios sólo eran de cinco plantas, cada uno con su terracita. En alguna había jardineras con plantas que colgaban, y todas tenían una mesita con sus sillas. Aunque las persianas eran de color rosa brillante, los edificios parecían gastados, algo ajados, desconchados y maltratados en algunas partes. El jardín era irregular y algunos arbustos parecían enfermos, con muchas ramas sin flores.

A la derecha de la puerta principal se podía leer los nombres de los residentes, y justo encima, el nombre del complejo trazado con peltre oscuro. Spike tenía razón. No vi nada egipcio ni vagamente árabe en el lugar, y al igual que él me pregunté por qué se llamaban Los Jardines Egipcios. La puerta principal se abrió y salieron riendo dos jóvenes con pantalones cortos, polo y zapatillas de deporte, ambos eran delgados, atractivos, y con el pelo castaño y ondulado. De hecho, eran tan iguales que me pareció que podían ser gemelos.

—Chicos guapos —dijo Spike entre dientes, y salió del vehículo para abrirme la puerta.

Por un instante pensé que me iban a fallar las piernas, pero me esforcé y bajé.

—Yo te espero aquí mismo —dijo Spike.

—Gracias —dije, o al menos eso me pareció, pues ni siquiera estaba segura de poder hablar.

—¿Estás bien?

Asentí con la cabeza y me dirigí hacia la puerta principal. Leí los nombres de los residentes hasta que encontré a Gina Simon y, con la mano temblorosa, me dispuse a apretar el botón que estaba al lado de su nombre.

— No hace falta que lo hagas —oí que decía una voz femenina.

Me volví y vi a una mujer joven con el pelo rubio platino que se acercaba. Llevaba un top rosa, shorts blancos y el pelo recogido en una cola de caballo. Hablaba mientras hacía footing, con su atractivo rostro sonrojado y algunas gotas de sudor en la frente—. No funciona. Se suponía que tenían que venir a arreglarlo la semana pasada, y la anterior y la anterior, pero aquí no hay nada que se haga rápido. —Dio unos suspiros mientras seguía dando saltitos para no perder el ritmo—. ¿A quién buscas?

—A Gina Simon.

—Oh, Gina. Claro. Vive justo delante de mí. En el cuarto C. Pasa —dijo, y entró por la puerta, donde se detuvo para aguantarla, aún sin dejar de mover los pies—. No está cerrada. Sería demasiada seguridad.

La seguí hacia el interior mientras ella fue haciendo footing hacia la entrada. Caminé rápido para seguirle el paso. Cuando llegó a la piscina se detuvo, donde había tres mujeres jóvenes tomando el sol en biquini sobre unas tumbonas. Eché un vistazo para ver si mamá también estaba en la piscina y me alivié al no verla porque no quería encontrármela delante de toda esa gente.

Un hombre alto y muy delgado, con el pelo corto castaño claro, estaba sentado en el trampolín con las piernas colgando.

—Eh, Sandy, ¿qué tal la sesión de gimnasia? —le preguntó a la mujer con la que yo había entrado al complejo.

—Casi me choco con un idiota que iba en moto cerca de Melrose —dijo ella.

Una de las mujeres de las tumbonas se incorporó y se apoyó en un codo. Tenía una melena larga castaña muy rojiza. Salvo por la nariz, que era demasiado afilada, también tenía unos rasgos bonitos.

—¿Perdiste las cinco libras? —preguntó con una mirada de retintín y sonrisa de gata.

—A eso voy —dijo Sandy, y se dio la vuelta y me miró—. Vámonos antes de que se te coman viva. —Las tres chicas se echaron a reír. Me apresuré tras ella, la seguí bordeando la piscina y después por un camino hacia las escaleras del segundo edificio. Una vez dentro, dejó de hacer footing.

—Estoy intentando perder peso para una audición. Es una sesión de fotos, y ya sabes que la cámara te pone kilos encima. El ascensor está ahí —dijo refiriéndose al pasillo de su izquierda—. Soy Sandra Glucker, pero mi nombre artístico es Sandy Glee.

—Yo me llamo Melody.

—Perfecto —dijo ella mientras movía la cabeza—. Me encanta. ¿Qué eres, actriz, bailarina, cantante?

—Nada de eso —dije.

—¿No? —Se detuvo y me miró de frente—. ¿Eres escritora?

—No —dije con una sonrisa—. No soy del mundo del espectáculo.

—Oh, oh —repitió, como si de pronto se hubiese dado cuenta de que en California había gente diferente, y volvió a mirarme—. Pues eres lo bastante guapa para ello.

—Gracias.

—Gina Simon. ¿De qué conoces a Gina? Oh, no me hagas caso. No tienes por qué decírmelo. Es que soy una adicta a los chismes, pero creo que eso no es tan malo como otras adicciones que también abundan por aquí.

Entramos en el ascensor y ella apretó el botón del cuarto.

—Nos conocemos de otro lugar —dije con la esperanza de que eso le bastara.

—¿De otro lugar? ¿Es que hay otro lugar? —Se rió de su comentario y yo le sonreí. Al poco se abrió la puerta del ascensor—. ¿Eres de Ohio?

—¿De Ohio?

— Gina es de Ohio, creo que de una pequeña ciudad cerca de Columbus. Entonces, ¿es que fuisteis a la misma escuela o algo así?

—¿A la escuela? No.

¿Cuántos años creía que tenía yo? Y lo que era aún más importante, ¿cuántos años creía que tenía Gina Simon?

—¿Entonces qué, es *top secret*? El cuarto C es ése.

Señaló la puerta del fondo del rellano, pero en lugar de ir directamente a su apartamento, se quedó mirándome con curiosidad mientras yo me dirigía al cuarto C.

Me volví para mirarla y ofrecerle una sonrisa nerviosa. Luego di un gran suspiro y golpeé la puerta.

—El timbre funciona —dijo ella—. O al menos debería.

—Oh, gracias.

Llamé y esperé. Y ella también. No me abrió nadie. Volví a llamar al timbre. Los segundos me parecían minutos.

—Seguramente no está. Quizá haya ido a una audición. ¿No la has llamado antes?

—No —dije con pesar.

—Lástima. En Los Ángeles siempre tienes que llamar antes. Seguramente yo la veré luego. ¿Quieres que le diga que has venido?

—No —dije, y me di cuenta de que había sido demasiado rápida. Le sonreí—. Quería darle una sorpresa.

—¡Oh, oh! Me encantan las sorpresas. Y estoy segura de que a Gina también. —Chasqueó los dedos—. ¿No serás su hermana, verdad? Me dijo que tenía una hermana pequeña. Eres tú, ¿verdad? —prosiguió antes de dejarme hablar—. Es fantástico. Se pondrá tan feliz. Echa mucho de menos a su familia.

—¿Sí?

—Claro. En el fondo, a parte de lo guapa que esté y de lo sofisticada que parezca, Gina es una muchacha sencilla. Por eso todo el mundo la quiere. ¿Quieres esperar en mi apartamento?

— Eh... no. Ya volveré más tarde. Gracias —dije.

—¿Seguro? Porque...

—Seguro, gracias —dije.

Con el corazón latiéndome veloz, me apresuré hacia el ascensor y apreté el botón de la planta baja. Mientras la puerta se cerraba, Sandy Glee avanzó para volver a mirarme con expresión confusa.

Cuando la puerta se abrió salí en seguida. Luego corrí por el camino, pasé de largo la piscina, donde todos me miraron, hasta llegar a la entrada principal. Salí y me apresuré hacia el coche.

—¿Qué ha pasado? —me preguntó Spike mientras me abría la puerta.

Yo negué con la cabeza.

—Ella no estaba, y...

—¿Y qué?

—¡Creo que no es mi madre! —lloré.

4

UN MUNDO DIFERENTE

—¿Quieres volver directamente a casa? —me preguntó Spike.

—Me da igual.

Seguí llorando y me acurruqué a un lado del asiento. Había hecho todo este viaje para nada, pensé, por un sueño, un sueño infantil. Debí hacer lo que me propuso Dorothy: contratar a un detective privado para que inspeccionara antes el terreno. Pero hasta esa idea era una tontería. ¿De dónde sacaría el dinero para pagarle? La abuela Olivia no me lo hubiera dado. A ella no le importaba que mi madre pudiera seguir viva, a no ser que eso significara que ya no tuviera que volver a verme, que yo no volviera a Provincetown y que siguiera lejos de su preciosa familia.

—Siento que te hayas llevado una decepción —dijo Spike—, pero en Los Ángeles tienes que aprender a vivir sin que las decepciones te afecten.

—¡Yo no quiero vivir en Los Ángeles! —le contesté a voz en grito.

—Claro que quieres. Aún no has visto lo mejor —respondió—. Mira esas casas de ahí arriba. Las llaman las Colinas de Hollywood. Tienen unas vistas maravillosas. ¿Te das cuenta de cómo están construidas en el borde de la colina? Supongo que se tambalearán bastante al mínimo temblor de tierra, ¿eh?

A pesar de que no quería, eché un vistazo a las casas entre los dedos.

—Y aquí tienes el mar muy cerca. Si quieres ir y relajarte o tomar un poco de sol, eh... sólo tienes que conducir unos kilómetros. Te lo enseñaré —dijo, e hizo un giro, aumentó la velocidad y se dirigió hacia el oeste—. Pongamos que estás en el trabajo y que has tenido un mal día, así que antes de ir a casa con la vieja dama, te desvías un poquito —divagó—. Cuando vives en el quinto infierno, te paras en alguna taberna asquerosa y te lamentas con tus cervezas, pero aquí... eh... mira eso. Mira ese edificio. La fachada salía en *Lo que el viento se llevó*. ¡Es Tara!

Miré por la ventana.

—Eso son unos estudios de cine —prosiguió.

Me incorporé en el asiento para observar aquellos grandes edificios blancos y los camiones. A los pocos minutos, Spike me dijo que mirara justo delante, y ahí estaba... el océano Pacífico. Al ver las olas y la vasta extensión de agua azul plateada, el corazón me dio un vuelco. Pensé en Cary y May, en los paseos por la playa con *Ulises*, el perro de Kenneth, siguiéndome los pasos. Recordé la sensación de la brisa en el pelo, el olor del aire salobre, el graznido de las gaviotas sobre mí, la maravillosa sensación de sentirse viva y ser parte de la naturaleza.

Spike tenía razón. Salimos de una ciudad y, al poco, allí estábamos, aparcando en lo alto de un acantilado con vistas a un largo tramo de playa.

—Vamos a andar un poco por la valla y ver la autopista de la costa del Pacífico.

Salió y me abrió la puerta. Yo di un gran suspiro, me relajé y bajé.

—Ven, sígueme —me instó.

Caminamos por una zona de hierba; había algunos bancos y personas mayores que se habían sentado alrededor de sus mesas plegables para jugar a las cartas.

—Esto es Santa Mónica —me explicó Spike—. Una pequeña urbanización de la playa, llena de turistas europeos y del resto del país. Y ahí está el muelle de Santa Mónica —dijo señalando hacia la playa—. Mira la rueda gigante. Ahí también hay un tiovivo. ¡Es muy divertido! La gente ya empieza a irse de la playa —añadió mientras asentía con la cabeza en dirección a la costa que se hallaba debajo de nosotros. Por esa autopista del Pacífico no cesaban de pasar coches y, a lo lejos, el sol se estaba poniendo entre dos nubes—. Eso es Malibú —dijo Spike continuando con su explicación—. Es bonito, ¿verdad? A veces, cuando no tengo ninguna audición, me paro por aquí a contemplar el paisaje. Me abre la mente, me anima... ¿sabes lo que quiero decir?

—Sí —le dije—. Yo he vivido en Cape Cod. Conozco la fuerza del mar.

—Oh, sí, claro. Me había olvidado. No sé por qué sigo pensando que eres de una pequeña ciudad de West Virginia. No puedes ocultar ese acento —bromeó—. La verdad es que es muy gracioso, y diría que a algunos directores de casting les encantaría.

Asentí con la cabeza y me mordí el labio inferior tratando de no mostrar mis sentimientos.

—Mis padres eran muy mayores cuando me tuvieron —se ofreció a contarme Spike—. Mi madre tenía casi cuarenta años y mi padre ya era cincuentón.

—¿Cuándo naciste tú? —le pregunté, agradecida por el cambio de tema.

—Sí. Supongo que una mañana se despertaron, se quedaron mirándose y se dijeron: «¿Sabes? Nos hemos olvidado de tener hijos.» —Se echó a reír—. Papá murió el año pasado. A los setenta y nueve años.

—¿Y tú de dónde eres?

—De Phoenix. Mi madre aún vive allí con su hermana en una de esas residencias de la tercera edad. Es una adicta al golf. Cuando la llamo por teléfono sólo me habla de la gran jugada que acaba de hacer. Le dije que cuando se muera le diré a la gente que siga al coche fúnebre en carritos de golf. —Se volvió a reír y luego negó con la cabeza—. Pero no le hizo ninguna gracia.

Los dos permanecimos allí observando el paisaje. Los barcos veleros parecían pegados sobre el azul del horizonte que ya estaba oscureciendo, y aún más lejos había lo que parecía un transatlántico rumbo al sudoeste.

—Si un día quieres ir a la playa, estaré encantado de acompañarte —se ofreció Spike.

—Gracias, pero no sé si estaré mucho tiempo aquí.

—Apuesto a que a los Livingston no les importará que te quedes mucho. Deberías aprovecharte.

—No quiero aprovecharme de su hospitalidad —dije—, y además en Provincetown hay personas que me esperan.

—¿Personas que te esperan? ¿Te refieres a un novio? —preguntó con una pícara mirada.

—Sí —admití.

—¿Y a qué se dedica?

—Ahora se ocupa del barco de su padre, de la pesca de langostas, y en otoño de la recolecta de arándanos.

—Parece... bonito —comentó Spike, pero movió la cabeza de forma algo esquiva para que no pudiera verle los ojos.

¿De verdad se lo parecía? ¿De verdad que en el fondo deseaba algo menos superficial que actuar o intentar ser actor, o se estaba burlando de mí?

—Lo es —dije a modo de defensa, y me miró con una sonrisilla.

—Melody, eres demasiado joven para estirar la pata y sentar cabeza. Mira eso. Hay un mundo muy grande que explorar. Hay tanto que ver y que hacer...

Nuestras miradas se encontraron. Pensé que si no era sincero, después de todo era un buen actor.

—¿Y qué te ha convencido de que esa mujer no era tu madre? —preguntó por fin.

—Es del centro de los EE.UU, de Ohio, y parece que es mucho más joven que mi madre —dije.

—Pero en el catálogo se parece mucho a tu madre.

—Mucho. Con otro color de pelo, pero eso no es nada.

—Bueno, aquí todos mienten en lo que se refiere a la edad. Es típico del lugar. Hollywood es un mundo de jóvenes, sobre todo para las mujeres, y aún más para una mujer que quiere ser modelo o estrella de cine.

—¿De verdad?

—Totalmente cierto —dijo.

—Pero se ve que esa mujer tiene una hermana menor, y mi madre no tiene ningún hermano —dije.

—¿Y? Aquí la gente se inventa su pasado. Es como si salieran de una película de invención propia —me explicó—. Antes de abandonar, vuelve a intentarlo. ¿Por qué no la llamas por teléfono más tarde?

—No tengo su número —dije.

—Pero saldrá en el listín de teléfonos, sobre todo si quiere ser actriz o modelo. Seguro que quiere ser fácilmente localizable.

Asentí con la cabeza.

—Supongo que deberíamos volver —dije—. A Dorothy no le ha gustado mucho que me haya ido tan de prisa.

—Claro —dijo.

Me ofreció una de sus cálidas sonrisas, me cogió la mano y me acompañó a la limusina. Cuando me abrió la puerta, las personas que estaban jugando a cartas me miraron para ver quién era yo y los coches que pasaban disminuyeron la velocidad para mirarnos. Pensé que allí todo el mundo estaba muy alerta para echar el ojo a una celebridad. Por primera vez desde que llegamos, la verdad es que deseé serlo. ¿Comenzaba ya a afectarme esa enfermedad?

Cuando volví a la mansión de los Livingston, Dorothy se apresuró a bajar al vestíbulo para darme la bienvenida.

—¿Qué ha pasado? He estado esperándote en ascuas. Debí haberle dicho a Spike que me llamara desde la limusina. ¿Y bien? —preguntó.

—Aún no sé nada seguro —contesté.

Le expliqué lo sucedido y por qué estaba llena de nuevas dudas.

—Pobrecilla. Hacer un viaje tan largo para acabar decepcionada. ¿Por qué esa horrible mujer no estaría en casa? —dijo, y apretó los labios.

—Spike dice que debería intentar llamarla por teléfono.

—¿Sí? Bueno, supongo que también puedes hacer eso. Pero vamos a cenar dentro de una media hora. Philip ya ha llegado y se está arreglando.

—¿Arreglando?

—Siempre nos arreglamos para cenar. No te preocupes. Ponte lo más bonito que tengas y ya está —dijo—. Mañana te llevaré a Adroni's, en Rodeo Drive, para comprarte algo de moda.

—Oh, la verdad, no creo que...

—Recuerda —dijo con cierto retintín—, soy sorda.

Sonreí.

—Gracias Dorothy.

—Mi hermana, la médium, y disculpa la expresión, ha llamado antes para preguntar si habías llegado bien. Le he dicho que si la médium es ella, cómo es que no sabe de antemano las respuestas a sus preguntas. —Dorothy se echó a reír de su chiste y yo sonreí imaginando la reacción de Holly—. Como me había olvidado por completo del regalito que me diste en el aeropuerto, he tenido que fingir que lo había mirado. Y acabo de verlo hace nada. ¿Dónde cree que voy a ponerme eso? —añadió mientras negaba con la cabeza—. Pero bueno, le he dicho que la llamarías mañana. Estaba a punto de hacer algún maleficio vudú.

—Gracias —dije, y me dirigí hacia las escaleras—. Bajaré en seguida.

—Querida, no te preocupes por esa mujer. Aunque no sea tu madre, sigues siendo bienvenida para quedarte aquí y disfrutar de Los Ángeles el tiempo que quieras.

—Gracias —dije volviéndome hacia ella, y me apresuré a subir las escaleras hacia mi afelpada habitación.

No fue hasta que me dejé caer en la cama que me di cuenta de lo cansadísima que estaba. Fuera joven o no, al final me afectó la diferencia horaria. Al fin y al cabo, para mí era tres horas más tarde que para los demás. Descansaré unos minutos, pensé, y me tumbé con los ojos cerrados. Un golpe en la puerta me despertó. Me senté en la cama.

—¿Sí?

La puerta se abrió y Alec me miró con fijeza.

—Los señores Livingston la están esperando en el comedor —anunció.

—Oh, ¡me he dormido! Voy en seguida.

Me lamenté y bajé de la cama. Él hizo una mueca y cerró la puerta.

Me refresqué la cara con agua fría, prácticamente me arranqué la blusa y los tejanos y me puse el vestido. Me pasé una vez el cepillo por el pelo y salí rápidamente de la habitación.

Los Livingston estaban en la otra punta de la larga mesa. Él, en el extremo, llevaba una chaqueta informal de color oscuro y corbata azul marino. Tenía el pelo fino, castaño oscuro y lo llevaba perfectamente peinado con raya al lado y cortado pulcramente alrededor de las orejas. Me miró fijamente, estudiándome de arriba abajo con sus ojos color avellana, antes de bajarlos para volver a mirar por encima de su nariz grande y huesuda, bajo la que lucía un cuidado bigote. Tenía los labios finos y la barbilla suave, casi redonda.

—Hola, querida. Me gustaría presentarte a Philip. Philip, ésta es Melody, la amiguita de Holly.

—Hola —dijo él y me ofreció una sonrisa fugaz, como si alguien hubiera encendido y apagado una luz.

—Querida, siéntate aquí —dijo Dorothy mientras me indicaba con la cabeza la silla que estaba delante de ella.

Llevaba un vestido de noche negro de mangas holgadas y cuello cuadrado de volantes, unos pendientes largos de brillantes a juego con el collar y la pulsera, y al menos dos anillos más que los que llevaba cuando la vi por primera vez.

Me senté y al instante Philip miró a Alec, quien rápidamente se dispuso a servirnos.

—Le he explicado a Philip el pequeño episodio que has vivido hoy —prosiguió Dorothy—, y se le ha ocurrido una idea maravillosa. Cuéntasela, Philip.

—Lo estás haciendo bien —dijo él.

Me lanzó una mirada y luego miró su plato mientras golpeteaba con los dedos sobre la mesa. Alec comenzó a servirnos unos boles con lo que me pareció caldo claro de pollo, arroz y zanahoria.

—Philip dice que esta mujer debe tener un número de la Seguridad Social. Todo el mundo lo tiene. Llamará al director de la empresa del catálogo y le pedirá el número de ella para ver si se corresponde con el nombre de tu madre o el de la modelo. ¿No te parece una idea maravillosa?

Asentí con la cabeza y miré a Philip, quien comenzó a tomar la sopa.

—Es sólo sentido común —murmuró entre sorbo y sorbo, y al poco se detuvo con la cuchara perfectamente quieta delante de él y sin el menor temblor en la mano—. Pero claro, hay gente con identificación falsa que se hace un número nuevo de la Seguridad Social. Ya veremos —añadió.

—Querida, así que ya ves, ya no tienes que perder más el tiempo siguiendo la pista de esta mujer. Relájate y disfruta de tu estancia —dijo Dorothy.

Philip torció la comisura derecha del labio de tal modo que pareció que sus labios fueran de arcilla de color rosa pálido.

—Pero no podré hacerlo de la noche a la mañana —murmuró él.

—No pasa nada, pero sigo queriendo conocer a esa mujer —dije.

—Philip cree que puede ser peligroso.

—No he dicho peligroso, sino desagradable.

—Bueno, más o menos es lo mismo —insistió Dorothy.

Él dejó la cuchara sobre la mesa, se reclinó en la silla y Alec retiró el bol. Como yo apenas había tomado la mitad de mi pequeña porción, cuando sentí que Alec se inclinaba por encima de mi hombro, tomé dos cucharadas rápidas. Dorothy no había metido la cuchara más de dos veces en el bol, pero pareció que ya tenía suficiente.

Siguió una pequeña ensalada acompañada de unas rebanadas de pan más finas que el papel, tanto que se deshacían entre los dedos.

El plato principal fueron medallones de ternera con salsa de limón, acompañado de judías finas y puré de patatas con un aroma que no supe identificar. Todo estaba delicioso, pero mientras comía me di cuenta de que Dorothy no dejaba de mirarme y me acordé de su consejo sobre comer demasiado, por lo que, aunque podía haber comido más, decidí no hacerlo.

Philip apenas tenía conversación, pero escuchó mis explicaciones sobre la pesca de langostas y el turismo de Cape Cod. Me dijo que algunos de sus clientes estaban interesados en invertir en una cadena de hoteles que daban servicio a Cape, pero que a él la idea no le entusiasmaba demasiado.

Tras la cena, llegó el café con un servicio de plata y el postre de crema. Fue una cena maravillosa, y así se lo comuniqué al darles las gracias.

—Philip, podríamos decir a Selena que mañana por la noche hiciera langostas en honor de Melody —dijo Dorothy cuando la comida llegó a su fin.

—Ahora las langostas están muy caras —farfulló él.

Me pregunté cómo alguien con tantísimo dinero se preocupaba por el precio de las langostas.

—Oh, tonterías —dijo Dorothy.

—Yo no disfruto cuando como algo que sé que está más caro de lo que debería —insistió él.

—Dorothy, de verdad que no necesito comer langostas.

—Claro que no lo necesita —dijo Philip mientras asentía con la cabeza—. En Cape las tiene regaladas, y las de aquí no serán tan buenas. Piensa en otra cosa —dijo—. Tengo un poco de trabajo en el despacho —explicó mientras se levantaba, y entonces me di cuenta de que no era tan alto como Dorothy—. Encantado de conocerte —añadió asintiendo con la cabeza, y se dispuso a marcharse.

—Philip es el hombre más eficiente que he conocido en toda mi vida —dijo Dorothy—. Repasa la contabilidad de la casa una vez al mes y tiene ideas brillantes para ahorrarnos dinero. Dice que si lo hace para sus clientes, por qué no lo va a hacer para sí mismo. Supongo que tiene razón. Bueno, ¿quieres que te deje algo para leer? Puedes mirar en la biblioteca. Yo procuro estar al corriente de todo. Soy socia de tres clubs de libros.

—Antes me gustaría telefonear a Gina Simon —dije.

—Oh. Bien, entonces puedes usar el teléfono de la salita. Allí tendrás un poco de intimidad —sugirió.

—Gracias —dije mientras intentaba recordar dónde estaba la salita en esa casa tan grande. Ella debió leerlo en mi expresión.

—Querida, está por el pasillo, la tercera puerta a la izquierda. En el estante de la mesilla hay un listín.

—Gracias.

—De nada. Vendré dentro de un rato, y luego podemos ir al salón de la tele para ver algo si quieres. Esta noche ponen *Vidas desesperadas*. ¿Lo sigues? Philip dice que no es más que un culebrón, pero es mucho más que eso, es... mucho más —dijo.

—No lo conozco.

—¿No lo conoces? Oh, querida. Bueno, a lo mejor te gusta.

Me dirigí a la salita para llamar. Encontré a tres Gina Simon en el listín, pero sólo una con la dirección que conocía. De nuevo con las manos trémulas, cogí el auricular. Era un teléfono antiguo de bronce y marfil, y la primera vez que llamé me equivoqué al marcar un número que no existía.

La siguiente vez marqué bien, pero al cabo de tres rings me respondió un contestador automático.

—Habla Gina Simom. Siento no poder atender tu llamada. Por favor, deja tu nombre, la hora y tu mensaje después de la señal —indicó la voz que escuché con atención y que me pareció la de mamá, aunque con cierta afectación, una dicción tan cuidada que no reconocí del todo.

Esperé y volví a llamar, sólo para volver a escuchar la voz. Parece ella, me dije. Tiene que ser mamá.

Dorothy vino a la salita con un gatito blanco de angora en los brazos.

—Ésta es *Esponja* —dijo—. ¿No te parece preciosa?

—Sí, lo es.

—Philip no me deja tenerla por la casa. Suele estar con Selena. Dice que si le dejamos rondar por aquí, deja pelos por todas partes. Es tan remilgado con la casa. En cuanto hay una mota de polvo, Philip se entera.

Suspiró y se sentó en la silla acolchada que estaba delante de mí, con la gata ronroneando en su regazo.

—¿Ya has intentado llamar a esa mujer?

—Me ha salido un contestador automático —dije—. Parece la voz de mi madre.

—¿Y has dejado mensaje?

—No. No sabía qué decir.

—A lo mejor ella estaba en casa, escuchando —dijo Dorothy mientras asentía con la cabeza—. A veces la gente lo hace. Espera a ver si es alguien importante y luego responden. Si no les interesa, dejan que el contestador registre el mensaje y ya está. Philip dice que es una máquina poderosa.

—¿Una máquina poderosa?

—Sí, cuando hablas, no lo haces con nadie, y eso te resta importancia.

—No puedo imaginarme a mi madre pensando de esa forma.

—Bueno, si esa mujer quiere llegar a ser alguien en la industria del espectáculo, se comportará de ese modo, créeme. Yo he conocido a muchos que lo hacen.

Lo pensé. ¿Era eso lo que Billy Maxwell me había dicho poco antes de salir de Nueva York... prepárate para encontrarte con una mujer muy distinta, incluso en el caso de que sea tu madre? Quizá eso fuera muy cierto.

—Desearía que el mundo en que vivimos no fuera tan consciente de cada mínimo detalle —dijo Dorothy con ojos somnolientos mientras acariciaba a la gata en su regazo—. Philip quiere que yo sea perfecta, que siempre lo esté. A la que llevo un pelo fuera de lugar, me pregunta por qué no he ido a la peluquería esa semana —dijo con un tono de lamento que yo no esperaba.

—No lo parece —le dije.

Ella salió de su ensoñación y arqueó las cejas.

—Es un hombre, ¿no? Todos son iguales, te miran con lupa, te buscan la menor arruga, la menor manchita de la edad, te miden el pecho, la cintura y las caderas para ver si encuentran un horrible kilo de más.

»Yo tengo un entrenador personal que viene a casa tres veces por semana. Es un pesado, pero le soporto por Philip. Y supongo que también por mi propio bien —añadió con un suspiro—. Bueno, una mujer debe hacer lo que pueda, ¿no?

—No estoy segura. Supongo que nunca he pensado en ello —dije.

—Claro que no lo has pensado. Tú aún eres joven, y muy guapa. Aún tienes mucho que recorrer, pero créeme, un día te despertarás, te mirarás en el espejo y te darás cuenta de que te ha salido una arruguita aquí y un poco más de grasa allí, y verás que es hora de dedicar un poco más de tiempo a tu belleza.

»Claro que, si eres lo bastante lista, no te conformarás con cualquiera, y te casarás con alguien acaudalado, como he hecho yo, alguien que te pueda proporcionar lo último en cirugía plástica.

—¿Cirugía?

—Y ahora no te quedes ahí sentada y me halagues y me digas que no te has dado cuenta de lo firmes que son mis nalgas para la edad que tengo, sin haber pensado que me he hecho algo —dijo con una sonrisa.

—La verdad es que no me he dado cuenta, pero...

¿Una operación en la parte trasera?

—No es mucho más que un michelín en la barriguita. No puedo decirte la de veces que me lo he hecho. Oh, y los ojos, claro. Hay personas que tienen mucha suerte. Nacen con unos genes que les ayudan a seguir pareciendo jóvenes más tiempo. La madre de Philip, por ejemplo, apenas tiene una arruga a sus casi ochenta años, y mira a Philip. Bueno, pero para los hombres es diferente. Ellos sí que pueden tener arrugas. Les hace más distinguidos, pero las chicas...

»Bueno —dijo con expresión algo más animada—, ¿crees que nuestras relaciones sexuales serían tan fuertes si yo no me preocupara de seguir atractiva? En el último número de *Venus* hay un artículo sobre esto. Según unos estudios científicos, una relación tiene éxito cuando marido y mujer hacen el amor con una regularidad de cinco veces al mes, incluso a nuestra edad. Se lo conté a Philip y me dijo que él había calculado que lo hacíamos entre cuatro y seis veces. Nosotros lo apuntamos en el calendario. Seguro que lo has visto en la pared junto a nuestra cama. A Philip le gusta mucho el orden.

»Oh, ya sé lo que hacen los hombres cuando sus mujeres son feas —prosiguió haciendo caso omiso de mi expresión de sorpresa—, sobre todo en esta ciudad —añadió mientras asentía con la cabeza—. Una mujer tiene que trabajarse su relación. Ése es su trabajo. Y no tengo ningún reparo en decirte que yo en esto tengo mucho éxito.

»Ya has visto cómo me miraban los jóvenes camareros de The Vine —dijo mientras pestañeaba y sonreía—. No tienen la menor idea de cuál es mi edad, y nunca la tendrán —dijo con firmeza—. Protege tu edad como proteges tu vida. Nunca le digas a un hombre tu verdadera edad. Quítate siempre cinco o siete años, por lo menos —me aconsejó.

»Oh, no —dijo de pronto mientras se levantaba—. Ya ha comenzado *Vidas desesperadas*. Rápido —me ordenó mientras salía de la salita.

Me quedé allí sentada tratando de digerir lo que me había contado, igual que cuando se intenta digerir una comida demasiado pesada. Sus palabras se me repetían sin cesar.

—¡Querida, ven conmigo! —dijo a voz en grito.

Me levanté y me uní a ella en el pasillo. Entró en el salón de la televisión y conectó el aparato. Se sentó en su confortable sillón sobre las piernas dobladas y clavó los ojos en la pantalla como una adolescente a punto de ver a su ídolo. Yo me senté en el sofá de al lado y escuché los suspiros y jadeos que hacía a medida que desfilaba ante nosotras un atractivo joven tras otro.

Pero comencé a sentirme muy cansada, como si mi cuerpo fuera de plomo. Sentí que los párpados me pesaban más y más y me dormí unos minutos, hasta que me despertaron sus gritos; se quejó de algo que había dicho o hecho un personaje, como si creyera que de verdad le pudieran oír.

—¿Eso no te ha puesto furiosa? —dijo con excitación mientras se volvía hacia mí.

Asentí con la cabeza, aunque no tenía la menor idea de por qué se había puesto tan nerviosa.

—Y sobre todo odio que te dejen tan colgada. Pero —dijo, sonriendo de pronto mientras el humor le cambiaba hacia el extremo opuesto—, como dice Philip, así es cómo te enganchan noche tras noche y logran vender sus productos. Querida, pareces cansada. Quizá deberías acostarte. Ya sé que es tarde para ti.

—Sí, supongo que al final todo ha podido conmigo —dije mientras me levantaba—. Muchísimas gracias por todo.

—Tonterías. Mañana, después del desayuno, iremos a Rodeo Drive y te compraremos un poco de ropa adecuada. No —dijo mientras alzaba la mano para detener mi queja—, no digas nada que me vuelvo sorda. Philip y yo no tenemos hijos. Nunca me hizo gracia la idea de quedarme embarazada, y la verdad es que Philip no soporta muy bien a la gente menuda. Pero de vez en cuando a los dos nos encanta hacer algo por los jóvenes. Cuando se lo merecen tanto como tú, claro. —Sonrió—. Que duermas bien.

—Gracias —volví a decir, ya demasiado cansada para seguir hablando, y subí por las escaleras como una sonámbula.

A pesar del cansancio, antes de apagar la luz y acurrucarme bajo el edredón, descolgué el teléfono y marqué el número de Gina Simon. Esperé y esperé, hasta que salió el contestador otra vez, y otra vez, y escuché la voz con atención, sintiéndome cada vez más convencida de que era igual que la de mamá. ¿O era que yo deseaba que lo fuera?

¿Y por qué no respondía? ¿Se había ido? Quizá pasaran días, e incluso semanas, antes de que pudiera encontrarme cara a cara con ella.

Hundí la cabeza en la almohada y cerré los ojos, agradecida de estar demasiado cansada para seguir pensando, pero aún preocupada por lo que me deparaba el mañana.

5

UNA PÍLDORA AMARGA

Una vez más me despertaron unos golpecitos en la puerta, pero en esta ocasión entró una mujer de aspecto agradable y con algunas canas grises en el pelo oscuro. Me trajo la bandeja del desayuno; cafetera, taza y azucarero de plata; huevos, un croissant, mermelada y mantequilla servidos en platos también de plata; y un vaso alto de zumo de naranja natural. En medio había un jarroncito con una rosa fucsia.

—Buenos días —dijo la mujer.

Lucía una sonrisa iluminada por los ojos azules más cálidos que yo había visto. Mediría poco más de metro y medio, tenía el pecho pequeño y las caderas demasiado anchas para el gusto de Dorothy, y aunque sus brazos eran fuertes, tenía las manos pequeñas.

—Soy Christina, la sirvienta de la señora Livingston. Me ha pedido que le traiga el desayuno.

—Oh, no tenías por qué hacerlo —dije mientras me sentaba en la cama y me frotaba los ojos para acabar de despertarme—. ¿Qué hora es? —Miré el reloj, que estaba en el ombligo de una gaviota de cerámica de color azul claro—. Nunca había dormido hasta tan tarde.

—Querida, no pasa nada. La señora Livingston ha insistido en que lo hiciera —dijo Christina mientras dejaba la bandeja en una mesilla de cama que había sacado del armario—. Tienes dos huevos pasados por agua dos minutos —dijo mientras levantaba la tapa para mostrármelos—. ¿Quieres algo más? ¿Copos de avena, un zumo de otra cosa? Tengo pomelos o ciruelas frescos.

—Gracias, esto ya me va bien, pero yo ya hubiera bajado —dije al sentirme incómoda por las molestias que se había tomado.

—Sólo el señor Livingston baja a desayunar por norma —respondió Christina con una sonrisa—. Lee los periódicos de la mañana y no le importa comer solo. La señora Livingston siempre desayuna en la cama. ¿Tienes todo lo que necesitas? —preguntó mientras se dirigía al baño—. ¿Quieres más toallas o alguna otra cosa?

—De momento estoy bien —contesté mientras me tomaba el zumo—. Gracias.

Ella asintió con la cabeza y observó cómo mordisqueaba el croissant.

—Me he enterado de que eres del este y que es la primera vez que vienes a California —dijo.

—Sí.

—Yo nunca he estado en Nueva York, pero espero ir algún día. Tengo una hija que no debe ser mayor que tú —añadió—. Se llama Stacy. Este año ha empezado a estudiar en la universidad, trabaja en unos almacenes y hace algunos cursos. Quiere ser profesora de escuela primaria.

—Eso está muy bien —dije—. Supongo que le gustan los niños.

—Sí, a mí me ayuda mucho con mis otros hijos. Me encantaría que pudiera estudiar a tiempo completo, pero... de momento aún no nos lo podemos permitir.

—¿Cuántos hijos tienes?

—Cuatro pequeños —añadió.

—¿Cuatro?

Me pregunté cómo se las arreglaba para cuidar de cuatro hijos, trabajar de sirvienta y tener un carácter tan agradable.

—El más pequeño tiene seis años, es un niño. —Se detuvo en el umbral de la puerta—. Déjalo todo junto a la cama. Yo subiré más tarde —me dijo—. Y si necesitas algo, sólo tienes que decírmelo —añadió mientras se iba.

No pude evitar sentirme culpable de que me mimaran tanto cuando aún tenía que contactar con mamá, por lo que que me tomé rápidamente el delicioso desayuno y luego me duché y me vestí, entreteniéndome más de lo normal con el pelo. Dorothy me hizo ser tan consciente de mi aspecto que temía que me llevara directamente al salón de belleza si no le parecía lo bastante guapa para saludar a la mañana californiana.

El señor Livingston estaba a punto salir de casa cuando bajé; llevaba traje de rayas y corbata granate y blanca. Mientras bajaba por las escaleras, se detuvo en la puerta y me miró.

—Buenos días —dijo.

—Buenos días.

—Espero que hayas dormido bien —dijo sin apenas sonreír.

—Sí, gracias.

—Bien, que tengas un buen día —añadió, y me dio la impresión de que no se sentía cómodo al tener que hablar conmigo a solas. Con el maletín en la mano, se volvió y se apresuró a salir de la casa.

Pensé en volver a llamar por teléfono a Gina Simon, pero pensé que me volvería a salir el contestador automático. Era mejor ir en persona. Tuve que preguntarme si Sandy Glee le habría dicho que había ido alguien a visitarla y me habría descrito.

—Disculpe, señorita —dijo Alec, como si de pronto hubiese aparecido de ninguna parte—. Tiene una llamada de teléfono.

—¿Una llamada? ¿Para mí?

—Se llama Melody, ¿verdad? —preguntó con gravedad, como si creyera que yo se lo había reprochado.

—Sí.

—Entonces tiene una llamada de teléfono. Puede cogerlo en la salita —dijo mientras asentía con la cabeza indicando la dirección de dicha estancia.

—Gracias.

Me apresuré y descolgué el auricular.

—Hola.

—Hola —dijo Holly—. Sentí no poder hablar contigo ayer,

pero tuve que hacer una lectura y cuando acabé, me pareció que ya era demasiado tarde para volver a llamar.

—No pasa nada.

—¿Cómo va todo? ¿Ya has conocido a la mujer del catálogo? Kenneth me ha llamado esta mañana para preguntarme si tenía noticias tuyas.

Le conté la visita que había hecho al complejo de apartamentos y lo que Sandy Glee me dijo sobre Gina Simon.

—Melody, no recibo buenas vibraciones. Acuérdate de lo que te dije. Si las cosas no van como esperabas, haz las maletas y vuelve —dijo.

—Lo haré —prometí.

—Bien. ¿Y cómo te trata mi hermana?

—Como si fuera una reina —dije, y le expliqué cómo era mi habitación y lo del desayuno en la cama.

Holly se echó a reír.

—Ya veo. Es un personaje, ¿eh? Y Philip, ¿se ha dignado a dirigirte más de dos palabras?

—Unas siete u ocho —contesté, y me reí. Me sentó muy bien oír la voz de Holly, así como su sinceridad y su calor—. Holly, eres muy amable por llamar y preocuparte por mí.

—¿Acaso no harías tú lo mismo por mí? —preguntó—. Billy también te manda recuerdos.

—Salúdale de mi parte, y dile que os llamaré en cuanto sepa... algo —dije.

—Vale. Cuídate, y no dejes que Dorothy te enrede con un estiramiento de piel mientras estás ahí —me advirtió antes de colgar el auricular.

Dorothy se presentó antes de que yo lo colgara.

—Bueno, ya te has levantado —dijo mientras entraba en la estancia—. Las tiendas acaban de abrir.

—Siento haber dormido tanto. Normalmente me despierto mucho antes.

—¿Dormir tanto? Tonterías. Una mujer necesita dormir. Esa idea pasada de moda de que la belleza necesita descansar, resulta que es cierta. Si no descansas lo suficiente, la piel envejece más rápido. Yo nunca me levanto más pronto que hoy, a no ser que tenga un motivo muy importante. Pero bueno, ya he avisado para que el coche esté preparado. Sólo tengo que decirle a Selena lo que Philip quiere que prepare para cenar, y luego nos vamos de tiendas.

—Dorothy, la verdad es que sólo quiero volver al complejo de apartamentos para ver a Gina Simon y...

—Pero antes necesitas algo de ropa decente. Ya irás luego —insistió.

—De verdad, yo...

—Soy sorda —dijo mientras negaba con la cabeza, con las manos en las orejas—. Quedamos fuera. Spike viene en seguida con el coche.

Se dirigió hacia la cocina. No se podía hacer otra cosa que dejar que fuera generosa, pensé, y luego hacer otra visita a Los Jardines Egipcios.

De todas formas, no pude evitar quedar impresionada por las tiendas de Rodeo Drive. Papá George y mamá Arlene, que eran nuestros vecinos de Sewell en West Virginia, solían decir que sus abuelos llegaron a América creyendo que las calles estaban pavimentadas de oro. Pensé que eso era lo más acertado que se podría decir. Las tiendas de ropa de diseño, con sus maniquíes luciendo vestimentas de lujo en los escaparates, las galerías de arte antiguo y contemporáneo, los preciosos restaurantes y las joyerías carísimas; todo ello parecía dispuesto para las compras de los ricos y privilegiados. Allá donde miraba veía Rolls Royces, Mercedes y otros coches caros, así como limusinas iguales que la nuestra, con los chóferes uniformados que le abrían la puerta a personas que parecían competir para ver quién vestía mejor.

—Aquí mismo, Spike —indicó Dorothy, y se volvió hacia mí para decirme—: Conozco mucho esta tienda. Tienen cosas del gusto de las chicas de hoy. Ya verás —prometió.

Cuando entramos, pensé que el negocio estaba a punto de cerrar porque había muy pocas cosas expuestas. Cada artículo era tratado como si fuera una obra de arte. En el fondo de la tienda había una barra donde un camarero preparaba capuchinos y expresos para los clientes. La dependienta reconoció en seguida a Dorothy y se acercó rápidamente a ella, con sus zapatos de tacón fino repiqueteando sobre los azulejos españoles.

—Encantada de verla, señora Livingston. ¿Qué tal está? —preguntó mientras le ofrecía la mano lánguidamente.

En la muñeca llevaba una pulsera de brillantes, y parecía que se había pasado la mitad del día maquillándose y peinándose porque no llevaba ni un pelo fuera de lugar y tenía el cutis más pulido que yo había visto nunca, con un tono bronceado hasta la base del cuello, donde lucía un blanco lechoso. Dorothy le dio fugazmente la mano.

—Muy bien, gracias, Farma. Ésta es una amiga de mi hermana, de la costa del este. Ha tenido que venir aquí con prisas y ni siquiera ha podido hacer el equipaje. Así que he pensado que podríamos buscarle algo bonito para lucirlo de día y también algo de noche.

—Oh, qué bien —respondió Farma y me miró con una sonrisa iluminada y el signo del dólar en los ojos—. Acabamos de recibir unos trajes chaqueta con pantalón que son italianos y de un color que es perfecto para...

—Melody —dijo Dorothy—. Sabía que encontrarías algo.

—Ven, querida —dijo la dependienta mientras me tomaba las medidas con los ojos—. Qué tipito más mono tienes.

—¿Verdad que sí? —dijo Dorothy.

Nunca había sentido nada tan suave como la tela de aquel traje chaqueta. Era de un blanco roto con un cierto tono rosado y me sentaba perfectamente. Cuando me miré en el espejo me inflé de orgullo, pero al ver la etiqueta que colgaba de la manga izquierda casi me desmayé. ¡Costaba ciento cuarenta dólares!

—Le sienta de maravilla —dijo Dorothy—. Qué elección tan maravillosa para un traje de día —dijo sin ni siquiera mirar el precio—. Y ahora pensemos en algo de noche. Tengo planeado llevarla mañana por la noche al Chasens, y nunca se sabe con quién puedes encontrarte.

—Oh, tengo un vestido negro monísimo, recién llegado de París.

Farma se apresuró a cogerlo y yo miré a Dorothy.

—Dorothy, ¡mira el precio de esto! —dije a modo de exclamación, y ella miró la etiqueta con indiferencia.

—¿Qué pasa, querida? Hoy día la ropa decente es cara.

—Pero esto...

—Por favor —dijo con los ojos bien abiertos—, no me pongas en ridículo. Conozco a todos los dependientes de estas tiendas, y ellos me conocen. Oh, es precioso —dijo cuando Farma nos trajo el vestido de noche de talle ajustado. Aunque reacia, me lo probé, y también me quedaba perfectamente y me realzaba el tipo, pero ¡costaba ciento ochenta dólares! Me costó respirar cuando Dorothy le dijo que lo envolviera.

—El traje pantalón se lo llevará puesto —sentenció.

—Muy bien —dijo Farma.

—Dorothy... —me quedé atónita.

Ella se acercó para hablarme en voz baja.

—Si no me gasto el dinero, Philip se limita a invertirlo en una de esas fundaciones deprimentes y no se puede tocar durante mucho tiempo. Y lo cierto es que nunca acabo de gastarme toda mi mensualidad.

—¿Tienes una mensualidad? —le pregunté, sorprendida por la idea de que una mujer madura recibiera una mensualidad.

—Claro. Y si no la utilizo, no puedo pedirle que me la suba, ¿no? Él es demasiado inteligente. Dice que si no gasto lo que tengo, entonces, ¿para qué me la va a subir? Todas mis amigas tienen su mensualidad, y resulta que la mía es la más alta. No pienso perder esa posición —añadió.

»Además —prosiguió—, a mí no me gusta tanto dar el dinero a las obras benéficas como comprar algo a una guapa jovencita. Así me siento... —sonrió—, pues como más joven. Claro... yo antes tenía un tipito como el tuyo. Y ahora ponte el traje. Vamos a comer a un lugar especial, donde estarán muchos de mis amigos.

Sonrió triunfalmente.

—Cuando Spike vuelva a llevarte a ese complejo de apartamentos —dijo—, la gente se fijará más en ti y se quedará impresionada. Te tomarán más en serio. Ya lo verás. Aquí la gente se impresiona por la ropa y los coches primero, y luego empiezan a pensar en la persona que lleva esa ropa y va en ese coche. Ya aprenderás.

—Tengo la sensación de que cuando salí de la Costa Este tenían que haberme dado un pasaporte —comenté, y ella se echó a reír tan alto que tuvo que explicarle el motivo a Farma, quien a su vez se rió con ella.

Mientras me ponía el traje pantalón italiano, Dorothy se

compró tres blusas y dos faldas para ella. Pensé que al final la factura subió lo bastante para pagar la comida y el mantenimiento de una familia de cuatro personas en Sewell, pero no me atreví a decir nada más.

Antes de que Dorothy le dijera a Spike que nos llevara a comer, insistió en comprarme un par de zapatos a juego con el traje y otro para el vestido de noche. Luego comimos en un pequeño café de Rodeo Drive, donde un bocadillo valía lo mismo que un menú completo en cualquier otro lugar de América. Era como si allí Dorothy conociera a todo el mundo; no cesó de presentarme como una buena amiga de su hermana. Les oí parlotear sobre ropas, joyas y las compras que habían hecho por la mañana. Todas se las arreglaron para acabar diciendo lo que se habían gastado, como si cuanto más alto fuera el precio, más justificación tuviera la compra.

La cabeza me daba vueltas al pensar en este torbellino de gasto de dinero, cuando Dorothy le dijo a Spike que me acompañara a casa. Alec salió para cargar con mis bolsas y llevarlas a mi habitación, y entonces por fin me dejaron hacer otra visita al complejo de apartamentos.

—Estás maravillosa —dijo Spike—. Estás hecha para llevar ropa cara.

—Nadie está hecho para cosas tan caras. Es un escándalo —dije, y se echó a reír.

—Es lo que se supone que tiene que ser. Esto es Hollywood. Luego te llevaré al Grauman's Chinese Theater y verás las huellas de las estrellas en el suelo.

—Preferiría encontrar las huellas de mi madre —dije entre dientes, y me recliné en el asiento con la esperanza de que esta vez tuviera más éxito.

Ahora que sabía que el interfono del complejo no funcionaba, decidí entrar por la puerta principal y seguir el camino que pasaba por la piscina. En las hamacas, varios hombres y mujeres jóvenes tomaban el sol, algunos aguantaban con las manos unas pantallas reflectoras debajo de su barbilla. A diferencia de la primera vez, nadie reparó en mí, y tampoco vi a Sandy Glee por ninguna parte. Cuando me acercaba al edificio en el que sabía que estaba el apartamento de Gina Simon, oí una fuerte carcajada que me pareció familiar. Una mujer que en seguida supe que era mamá salió por la puerta acompañada de un hombre bajito y robusto, con el pelo cano, nariz regordeta, gruesos labios y unas gafas con los vidrios tan gruesos que hacían que sus ojos parecieran los de un pez muerto.

Supe que era mamá porque cuando me vio dio un grito ahogado, se llevó la mano al cuello y se detuvo. Su acompañante la miró con curiosidad, y luego me miró a mí. Mamá recuperó la compostura, dio un profundo suspiro y sonrió al hombre.

—¿Te pasa algo? —preguntó él.

Yo permanecí quieta, esperando; el corazón me latía como un tambor.

—¿Te has olvidado algo? —siguió diciendo él cuando ella no le contestó.

— No —dijo ella—. Nada.

— Bueno, será mejor que nos pongamos en marcha. Gerry Spindler es de esos productores que prefieren ser los últimos en llegar a las citas, no las personas a las que tiene que entrevistar. Cariño, no es que piense que tiene sus dudas contigo. Tendría que ser de piedra para pasar de ti —dijo el hombre robusto, y se rió de forma grotesca, agitando los carrillos y retorciendo los labios.

Mientras avanzaban hacia mí, mamá me miró con fijeza.

—¡Mamá! —la llamé justo cuando acababa de pasar de largo.

—¿Perdón? —dijo ella.

El hombre robusto se volvió para mirarme.

—Mamá, ¿qué pasa? Alice vio una fotografía tuya en un catálogo, me la envió a Provincetown y Kenneth descubrió dónde estabas y quién eras —dije rápidamente—. La abuela Olivia me dio el dinero para venir aquí. Mamá, ¿no me reconoces?

—¿Qué? —dijo ella, y se echó a reír.

—¿Quién es ésta? —preguntó el hombre.

—No tengo ni idea —dijo mamá. Sus ojos se volvieron tan fríos como dos pequeñas rocas en el arroyo de una montaña de West Virginia.

—Mamá, soy yo, Melody. ¿De verdad que no me reconoces?

—Primero, cariño —dijo ella con un tono grave y severo que no reconocí—, yo no podría ser tu mamá. Tendría que haberte tenido a los seis años.

El hombre robusto soltó una fuerte carcajada.

—Y segundo, nunca te he visto antes en toda mi vida. Me gustaría que arreglaran de una vez por todas el sistema de seguridad de este lugar —le dijo al hombre robusto—. Puede colarse toda clase de gentuza de la calle, y ya sabes qué es lo que ronda por ahí.

—Sí —dijo él mientras asentía con la cabeza y me miraba.

—Mamá... —Sentí el ardor de las lágrimas en los ojos. Traté de tragar saliva para seguir hablando, pero tenía un nudo en la garganta y no pude.

—A lo mejor es una broma de alguien —dijo el hombre robusto—. De todos modos, no te preocupes por el sistema de seguridad. Conseguirás el trabajo y te mudarás a un sitio con más clase, cariño. Y lo mismo hará el señor Marlin.

—Por favor, escúchame —dije por fin.

Mamá me clavó la mirada para luego, en seguida, echar la cabeza hacia atrás y apartarse el pelo de los ojos. Me sorprendió el gran vacío que podía haber en sus ojos, como si supiera cómo deshacerse de sus sentimientos. Se cogió con decisión al brazo de su gordo acompañante y siguieron por el camino como si yo no existiera.

Me quedé allí, mirándoles mientras se alejaban hasta desaparecer tras la esquina. Ella se echó a reír por algo que él dijo y luego me lanzó una última mirada de desdén. Me dejé caer en el banco de piedra que estaba a un lado del camino, atónita, sintiendo frío e incluso temblando bajo el sol de California. A pesar de la frialdad de mamá, había algo en sus ojos que me dijo que me reconoció y que no sufría amnesia, pero al mismo tiempo había algo que decía: «Vete, no te atrevas a volver a meterte en mi vida, sobre todo ahora.»

¿Cómo podía fingir que tenía veinte años? Lo parecía, pero ella sabía que no los tenía, ¿y cómo podía dejarme así, haciéndose la sorprendida y la incrédula después de que yo viniera de tan lejos? Hundí la cara entre mis manos y comencé a sollozar. Había hecho todo este camino para que mi propia madre me ignorara y me rechazara, la que yo esperaba que se alegrase tanto de verme que se le curase la amnesia. Di un gran suspiro y me apoyé en el respaldo. Seguí allí con la mirada fija, negando con la cabeza, sintiendo náuseas y mareos, y, aunque me cayeron las lágrimas por las mejillas hasta la barbilla, ni siquiera traté de secármelas.

Un hombre joven muy guapo y de pelo castaño y una mujer rubia y atractiva pasaron de forma apresurada por el camino. Ambos me miraron y me sonrieron como si ver a alguien llorando en un banco formara parte del paisaje y fuera de lo más normal. Entraron en el edificio dejando tras de sí sus carcajadas. Sobre mí, se abrió una ventana de la que salió una canción latina. Ése no era lugar para lamentarse, pensé, y me levanté. Lo cierto es que me tambaleé por unos instantes, con el mundo dando vueltas a mi alrededor. Me agarré al respaldo del banco y esperé a que se me pasara el vértigo, pero éste siguió como unos calambres que no se querían ir.

—Eh, ¿qué haces ahí? —Me volví y vi a Spike—. ¿Estás bien?

—No —me eché a llorar.

—¿Qué ha pasado? Te estaba esperando. He pensado que era mejor venir a ver si te encontraba. Eh —dijo, y me cogió para evitar que me cayera en el camino de cemento.

Al cabo de unos minutos desperté en sus brazos. Estaba sentado en el banco, conmigo en su regazo, y me acariciaba la mejilla con delicadeza.

—Melody... Melody...

—¿Qué ha pasado?

Volví a abrir los ojos y dejé de verlo todo borroso.

—Te has desmayado —me explicó.

—Oh, lo siento —dije sintiéndome horriblemente avergonzada.

Por suerte, no pasó nadie más que nos viera. Seguíamos solos; Spike me ayudó a incorporarme en el banco.

—¿Te encuentras bien? Respira hondo. Vamos. Eso es. ¿Qué ha pasado? —me preguntó cuando recuperé los colores.

—La he visto —dije—. Aquí mismo. Ha salido del edificio con un hombre y he estado a menos de un metro de ella.

—¿Y?

—Es mi madre, pero ha fingido que no me conocía. Ha dicho que por la edad que tiene no podría tener una hija como yo y se ha reído de mí. —Comencé a sollozar otra vez—. Le ha dicho al hombre que yo era gentuza de la calle y que estaba harta de que no arreglaran el sistema de seguridad porque así yo no habría entrado.

—Tómatelo con calma —dijo Spike, y me rodeó los hombros con el brazo—. Seguro que estaba actuando para ese hombre.

—Pero, ¿por qué? ¿Por qué eso era más importante que yo? He cruzado el país entero para encontrarla, y hacía tanto tiempo que no me veía... ¿Por qué?

Él se encogió de hombros.

—Seguro que tenía una audición o algo parecido, y a lo mejor el tipo era un productor que se estaba camelando. No sé. Esto es Hollywood.

—Lo dices como si eso justificara todo lo que pasa aquí —le espeté—. A mí qué me importa que sea Hollywood. Las personas deberían respetarse, sobre todo las madres a sus hijas.

Me sonrió como si hubiera dicho la mayor tontería.

—¿Sabes una cosa? —dijo mientras asentía con la cabeza y miraba mi expresión de desdén—, tú serías una buena actriz. Tienes tu propia integridad. Puedes descender al pozo de los sentimientos y sacar las reacciones correctas.

—¡Yo no quiero ser actriz! ¡No quiero quedarme en Hollywood! Yo no estoy fingiendo que me siento mal. Me siento mal. Quiero que mi madre me reconozca y me explique por qué ha hecho eso tan horrible —exclamé.

—A lo mejor lo hace uno de estos días —dijo él con calma—. Pero ahora seguro que no es el momento adecuado. Vamos, salgamos de aquí. Odio los complejos como éste, llenos de gente que quiere entrar en el mundo del espectáculo. Se percibe la desesperación en el aire. Es deprimente —añadió mientras se levantaba—. Vamos. —Me ofreció la mano, la acepté y me levanté—. ¿Estás bien? ¿Puedes andar?

—Sí.

—Bien.

Me rodeó con el brazo y empezamos a andar. Cuando volvimos a pasar por la piscina, la imagen de un chófer caminando de este modo con una jovencita vestida con un traje italiano carísimo atrajo varias miradas. Eso casi me hizo reír, pero sentía demasiado pesar en el corazón para tanto júbilo. Lo único en que podía pensar era en la frialdad de mamá, en sus ojos de indiferencia y en su voz cortante como una sierra.

Entré en la limusina y Spike inició la marcha mientras seguía excusando a mamá.

—Si es tu madre, cuando te encuentres a solas con ella será diferente —me aseguró—. La has cogido por sorpresa, eso es todo.

—Segurísimo que es mi madre —dije—. La he reconocido en cuanto la he visto, y ella me ha reconocido. Ella... ha cambiado tanto.

—Esto es...

—No lo digas —le advertí, y se echó a reír.

—Eh, tienes que calmarte, respira un poco y vuelve a intentarlo. Llegarás al fondo de todo esto. Estoy convencido.

No respondí. Observé con una mirada vacía el paisaje que pasaba ante nosotros, sin advertir la belleza de las flores ni los hermosos prados, las tiendas ni las increíbles vallas publicitarias. Preferiría no estar aquí, pensé. Cerré los ojos y deseé estar paseando por la playa. Me concentré tanto que creí oír las olas rompiendo en la orilla y ver sus crestas blancas resplandeciendo bajo el amanecer de Nueva Inglaterra. Eso me hizo sonreír.

—¿Estás bien? —preguntó Spike mirándome por el espejo retrovisor.

—Sí.

—Bien. Eh, ¿te he dicho que mañana tendré la oportunidad para hacer un buen papel?

—No.

—Es un papel recurrente. ¿Sabes lo que es?

—No.

—Bueno, si me lo dan, saldré en un episodio y luego los guionistas me harán aparecer en otros, así que trabajaré con regularidad y saldré bastante. A partir de eso, la meta es el cielo —dijo—. No es un gran papel para empezar, sólo son unas treinta líneas, pero lo que cuenta es el impacto que produzca en la serie. ¿Quieres ver el guión, y ayudarme a ensayar?

—¿Que te ayude a ensayar? ¿Cómo voy a ayudarte?

—Yo recito las líneas que me tocan y tú lees las otras. Me gustaría que me oyeras recitarlas. Eres un oído nuevo, y seguro que te das cuenta de los errores que cometo.

—Spike, yo no tengo ni idea de esto.

—Eso es lo que te convierte en una experta —dijo, y se rió—. Vamos. No querrás sólo salir por ahí con Dorothy, ¿no?

—La verdad es que no —contesté.

Seguramente fui poco amable al decir eso sobre alguien que se había portado de forma tan generosa y hospitalaria conmigo, pero la verdad es que no estaba de humor para oír nada más sobre ropa cara o tipos de belleza. Cómo deseaba ver a Holly y a Billy. Si no estuvieran tan lejos... También deseé subir por las escaleras de madera al altillo privado de Cary y arrojarme en sus brazos.

Pero estaba allí, entre desconocidos, y mi propia madre era la mayor desconocida de todos.

—¿Lo harás? Por favor —me pidió.

—De acuerdo —respondí.

—Magnífico —dijo Spike—. Te lo agradezco muchísimo.

Cuando llegamos a la residencia de los Livingston, en lugar de parar la limusina delante de la casa, Spike aparcó directamente en el garaje. Me abrió la puerta y me acompañó a una puerta lateral por la que unas escaleras ascendían hasta su apartamento.

—No te fijes en el desorden que hay —dijo, y tiró unas ropas a un montón que estaba detrás del sofá—. Entre conducir para la señora Livingston y prepararme para las audiciones no tengo mucho tiempo para hacer de amo de casa. ¿Te parece que el ambiente está un poco cargado? —dijo mientras abría una ventana.

—Está bien —dije.

En el sofá había un montón de guiones que él se apresuró a apartar para hacerme sitio.

—¿Quieres beber algo? ¿Cerveza, un zumo, agua?

—Sólo un poco de agua, gracias.

—Claro.

Se dirigió a la cocina y yo observé a mi alrededor el desangelado apartamento. En las paredes no había nada, y salvo los guiones amontonados aquí y allá, el lugar no tenía ninguna personalidad. Me recordó a los moteles baratos en los que estuvimos mamá, Archie Marlin y yo cuando hicimos el viaje a Provincetown. Ahora me parecía que eso había pasado hacía siglos. Resultaba difícil creer que la mujer que acababa de ver era la misma, pero lo era, yo estaba segura, y en este momento empecé a sentir rabia.

—¡Oh, vaya cara que pones! —dijo Spike al volver con un vaso de agua fresca.

Me lo dio y bebí.

—Ella no tiene derecho a tratarme así. A mí qué me importa quién era el que la acompañaba —dije.

Él asintió con la cabeza.

—Ya se lo dirás a ella, estoy seguro —dijo—. Voy a decirte una cosa —dijo mientras daba un paso hacia atrás y me miraba de pies a cabeza asintiendo—, cuando te enfadas y se te sonroja la cara y se te ponen unos ojos como si tuvieran velas encendidas por detrás, es mucho más emocionante.

Unió las manos, el pulgar contra el pulgar como si fuera un director de cine, y me miró por el agujero que mediaba entre ambos, moviéndose como si fuera la cámara de un director en busca de la mejor perspectiva. Yo negué con la cabeza y me eché a reír.

—Tú siempre estás en una película —dije.

—Eso es la vida, una película. Sólo intento obtener críticas buenas, eso es todo —dijo, y se rió de su chiste.

Se sirvió un vaso de cerveza y luego me ofreció un manuscrito con las páginas marcadas.

—¿*Vidas desesperadas*? —dije al ver el título—. Es el programa preferido de Dorothy.

—Lo sé. Aún no se lo he dicho, pero voy a salir en un episodio. Ella me pondría demasiado nervioso. Bueno, el tema es el siguiente. Yo soy Trent Windfield, que ha descubierto que está más enamorado de la hermana de su novia que de su novia. La hermana se llama Arizona.

—¿Arizona? Eso es un estado —dije, y vi el nombre escrito en una página.

—Sus padres la llamaron así porque era donde tenían su rancho de multimillonarios. En esta escena, Trent decide contarle a Arizona lo que siente por ella. El problema es que él es un estudiante de universidad y que ella aún está en el colegio. El padre de Arizona, un hombre con un temperamento muy fuerte, sería capaz de hacer que a él le pegaran un tiro.

—¿Y qué siente Arizona por Trent? —pregunté mientras echaba un vistazo al guión.

—Ella siempre ha sentido algo por Trent, pero nunca se imaginó que pudieran llegar a algo. Está abrumada, aunque también emocionada, muy excitada. Es como si su sueño se hiciera realidad. ¿Estás lista? —me preguntó al ponerse de pie delante de mí.

—Supongo que sí.

—Al principio de la página —dijo.

Le vi bajar la cabeza y después levantarla poco a poco con otra expresión, con los ojos llenos de emoción.

—Nadie sabe que estoy aquí —dijo—. He venido directamente con el coche a tu casa. —Se arrodilló a mis pies, cosa que me cogió tan por sorpresa que quedé boquiabierta—. Tienes que leer tu parte —me indicó entre dientes.

—Oh. —Miré la página—. ¿Por qué? Trent, ¿por qué has venido primero aquí?

Me cogió la mano.

—Por lo que te dije justo antes de irme... lo que te dije que sentía que me atormentaba. No podía estudiar. No podía hablar con nadie. Sólo podía pensar en ti. Cada vez que miro a otra chica veo tu cara, Arizona. —Se inclinó sobre mis rodillas y se me acercó más.

Volví a mirar la página.

—Si te estás burlando de mí, eres muy cruel —dije.

—Eso sería como burlarme de mí mismo, como ser cruel conmigo mismo —dijo—. Sé que esto es como morder la fruta prohibida, pero me arriesgaría a que me expulsaran del Paraíso aunque sólo fuera por recibir uno de tus besos —dijo.

Me dispuse de nuevo a mirar la página cuando él deslizó los dedos bajo mi barbilla y con delicadeza me levantó la cabeza para luego inclinarse hacia a mí y darme un suave beso en los labios. Yo abrí mucho los ojos.

—Arizona —dijo—. Tengo tu nombre grabado en mi cerebro.

Él volvió a besarme, esta vez apoyando las manos en mis hombros para cogerme, empujarme para sí y besarme con más ímpetu, sacando la lengua entre sus labios e introduciéndola entre los míos. Sorprendida, me recliné en el asiento.

—Sabía que tú también me querías. Lo sabía —dijo, y me inundó la cara de besos.

Llevó sus labios hasta mi cuello y me puso las manos en la cintura.

—Spike —dije.

—Trent —respondió él.

Volvió a poner sus labios sobre los míos, a besarme y a obligarme a apoyarme contra el sofá. Sacó la mano derecha de mi cintura y la ascendió por mi torso hasta llegar al pecho.

—Espera —grité.

—No hay tiempo para esperar —dijo, aún sin dejar de actuar como si estuviéramos en escena.

Pero las palabras que yo le dije eran de mi propia cosecha; no estaba leyendo una página. De hecho, el guión se me había caído de las manos. Spike me empujó contra el sofá, me puso los labios en la barbilla, en el cuello, y luego con la mano me abrió la chaqueta del traje para poder deslizar los dedos por debajo de mi blusa de seda. Cuando me tocó el sujetador, me volví y me las arreglé para quedar libre.

—No tengas miedo —me susurró al oído—. Así es como los adultos hacen el amor.

—¡Spike, para! —grité.

Pero él me levantó el sujetador y en seguida sentí que las yemas de sus dedos me tocaban los pechos y me acariciaban los pezones mientras sus labios seguían recorriendo mi cuello y mi cara. Con la mano izquierda me cogía la cabeza para obligarme a corresponder a sus besos.

Logré subir un poco más las rodillas y luego, con todas mis fuerzas, le di una patada en el estómago. Él perdió el equilibrio y cayó fuera del sofá. No esperé a que se recuperara. Me levanté de un salto y en seguida me arreglé la ropa.

—¿Estás loco? —le recriminé.

Él se sentó; tenía una gran sonrisa burlona en la cara.

—Sólo estaba metiéndome en la escena. ¿Por qué te has puesto tan nerviosa?

—Eso no sale en la escena que tienes que hacer —le acusé.

—Es lo que se llama improvisación. Te ayuda a mejorar la actuación, a meterte dentro del personaje. Eso es todo. Vamos —dijo mientras daba unos golpecitos al sofá—. Volvamos a probar, y cuando te hayas metido en la piel...

—Yo no voy a meterme dentro de nada —le dije mientras me apartaba—. Si esto es actuar, preferiría hacer la colada de otra persona —añadí.

Se echó a reír.

—Melody, la verdad...

—Gracias por esta introducción al arte dramático —le dije mientras me dirigía hacia la puerta—. Debes de hacerlo muy bien. Buena suerte. —Salí del apartamento, bajé por las escaleras y me encontré bajo un sol brillante.

Tal vez allí todo el mundo estaba loco. Tal vez, como había dicho Spike, cada uno vivía en su propia película. Sin duda, mamá lo parecía.

En lugar de ir hacia la casa, avancé por el camino de losetas y salí a la calle. El cielo se había puesto brumoso y soplaba una fresca brisa a pesar del fuerte sol. El tráfico pasaba lentamente y la gente me miraba con curiosidad. Los jardineros podaban los setos y barrían las hojas y los escombros que había delante de las hermosas casas. Caminé con los brazos cruzados y el corazón aún acelerado por el episodio vivido con Spike.

Y luego me detuve para observar a una niña pequeña, con coletas largas y doradas, que salió de un coche en brazos de una mujer que tenía que ser su madre. La niña se cogía a ella con una encantadora desesperación y me miró con fijeza por encima de los hombros de su madre. Feliz y segura, me ofreció una dulce sonrisa y luego me saludó con la mano como si nos conociéramos. Le respondí al saludo y por unos instantes me sentí como si me estuviera saludando a mí misma, hacía muchísimos años, cuando más o menos tenía su edad y mi padrastro aún vivía. Claro, entonces aún no sabía que lo era, sino que creía que era mi verdadero padre. Él me quería igual que un padre de verdad.

La mujer llevó a la pequeña a la casa, grande y preciosa, en la que estaría cómoda y a salvo, y donde incluso cualquier idea desagradable se abandonaba en el umbral. Permanecí allí, sonriendo y pensando en ella. No sé cuánto tiempo estuve, pero de pronto me di cuenta de que cerca de mí había un coche parado y alguien me estaba observando.

Era el señor Livingston.

Me saludó con la mano.

—¿Estás bien? —me preguntó.

—Sí —dije—. Gracias. Sólo estaba dando un paseo.

—En Beverly Hills eso se considera un poco raro —observó él—. No te alejes demasiado —dijo, subió la ventanilla del coche y siguió la marcha.

Lo miré hasta que giró por la esquina y después me puse en marcha. Quizá allí estar sola y pensar era algo raro.

Haría lo que me había sugerido Spike. Volvería a enfrentarme a mi madre, con la esperanza de que esta vez estuviera sola, y si el resultado era el mismo, cogería el primer avión para alejarme de allí y dejaría a mamá y mi pasado tras de mí.

6

EL PACTO DEL DIABLO

Alec me recibió en la puerta cuando volví del breve paseo y, con un tono formal y muy tirante, me informó de que los señores Livingston querían verme de inmediato en el salón.

—Melody, querida, ¿dónde has estado? —me preguntó Dorothy en cuanto me presenté ante ellos.

Estaba sentada en el sofá, y Philip, en su confortable sillón, con una pose regia. Parecía que habían tenido una seria conversación.

—Philip me acaba de decir que te ha visto vagando sin rumbo por Beverly Hills. ¿Por qué no has venido aquí directamente para informarme de tu segunda visita a esos lo-que-sea egipcios?

—Es que quería estar un poco sola —contesté. No quise contar nada de Spike y del pequeño drama sucedido en su apartamento—. No estaba vagando sin rumbo. Sabía adónde iba. ¿Es que aquí nadie pasea? ¿Para qué están las aceras?

—Pobrecilla, querida. Acercáte ahora mismo y cuéntanos con detalle cómo ha ido tu visita —insistió mientras daba golpecitos en el asiento del sofá que quedaba a su lado.

Philip me miraba con fijeza, con las manos juntas como un cura y una expresión de desaprobación en sus ojos oscuros y redondos. Entré a paso lento, me senté, di un profundo suspiro y comencé.

—La he visto —dije con una voz que incluso a mí me pareció la del destino—, y ha fingido que no me conocía.

Philip asintió con la cabeza y miró a Dorothy con severidad.

—Ha pasado lo que yo anuncié —dijo él—, a pesar de lo poco que sé de esta situación tan estrafalaria. Dorothy...

—Philip, ahora calla. Ya nos ocuparemos nosotras del asunto —dijo ella, pero él no pareció convencido.

—Dorothy, éste no es uno de tus juegos sociales. Ya te dije lo que pensaba cuando oí hablar de esto por primera vez. Melody, sentimos mucho tu situación —dijo dirigiéndose a mí—, pero la verdad es que no estamos preparados para solucionar el problema como pretende Dorothy. A mí esto me parece más bien asunto de la policía. Aquí hay alguien que está estafando a alguien —prosiguió—. Quizá una compañía de seguros. La verdad es que yo no puedo comprometerme con el tema, en ningún sentido. Tengo un gran compromiso con mis clientes, que son personas de alto nivel, y no puedo permitirme nada de publicidad negativa. Tú pareces una jovencita lo bastante inteligente para apreciarlo.

—Sí señor. Lo siento. Mañana mismo me iré.

—No tienes que irte tan rápido —dijo Dorothy, aunque no con la misma firmeza con que me lo decía casi todo.

—No quiero que sientas que te estamos echando. Eres amiga de mi cuñada, y Dorothy se comprometió con su hermana —añadió él mientras la miraba a ella de reojo y con desaprobación—. Puedes quedarte todo el tiempo que quieras, mientras no traigas a nuestra casa nada de esta desgracia, pero a mi entender, el mejor consejo que puedo darte es que vuelvas al lugar donde esté tu hogar y las personas que se preocupan por ti —dijo Philip.

—Sí, señor —respondí con vocecilla entrecortada.

—Puedes informar de lo que sabes a las autoridades correspondientes y dejar que ellos tomen las medidas oportunas —prosiguió—. Si quieres, puedo ayudarte a hacerlo.

—No he venido aquí para eso. A mí eso no me importa. Yo quería descubrir lo que realmente le pasó a mi madre. Quería ver si me necesitaba.

Hablé con los ojos llenos de lágrimas, pero mis lágrimas

95

desafiaron a la gravedad y permanecieron bajo mis párpados.

—Ya veo. Bien, Dorothy sabe que si necesitas dinero para el viaje de vuelta...

—Tengo lo que necesito. Gracias —dije.

—De acuerdo. Siento mucho tu problema. Eres una jovencita muy agradable y estoy seguro de que te repondrás y harás algo que merezca la pena en la vida.

—Oh, ella hará mucho más que eso —dijo Dorothy—. Es una jovencita excepcional.

—Sí, bien. Voy a subir a arreglarme para la cena. —Le lanzó otra mirada aún más severa a Dorothy—. Dorothy, no te dediques a dar consejos que no deberías.

—Philip, creo que sé perfectamente lo que puedo y lo que no puedo decir.

—La verdad es que eso espero —dijo él con una mirada de clara advertencia, luego me clavó los ojos, se levantó y salió de la habitación.

—Lo siento —dije—. No quiero crearte ningún problema. Quizá debería irme ahora mismo. Puedo hospedarme en un motel hasta que consiga los billetes del viaje.

—Por supuesto que no vas a hacer eso. No le hagas caso. Sólo está haciendo... está haciendo de Philip Livingston —dijo ella, como si eso lo explicara o lo justificara—. Ahora quiero conocer todos los detalles. Vamos. Cuéntamelo todo de principio a fin —me rogó mientras se inclinaba hacia mí con los ojos abiertos.

Por un momento tuve la sensación de que me trataba, a mí y a mi problema, como si fuera otro episodio de su culebrón preferido. Sin embargo, le relaté los acontecimientos tal y como fueron, omitiendo la escena de Spike, y cuando acabé ella dio un profundo suspiro.

—A lo mejor Philip tiene razón, querida. A lo mejor deberías seguir con tu propia vida. No es que quiera echarte de aquí, pero...

—Mi madre es parte de mi vida —dije.

Dorothy me sonrió y negó con la cabeza como si yo hubiera dicho algo ridículo.

—La familia puede ser tanta carga... Mira lo que me pasa con Holly.

—Holly es muy feliz, tiene muchos amigos y conoce a muchas personas maravillosas —repliqué—. No puedo pensar en nadie más que se haya portado tan bien conmigo como ella.

—Oh, tiene un corazón de oro, sobre todo cuando se trata de ayudar a los demás, pero ¿se ha ayudado alguna vez a sí misma? Holly, no. Siempre ha sido así, siempre ha estado como una nube. Yo intenté que tuviera más dinero e hiciera algo más en la vida, pero eso es lo máximo que se puede hacer, y luego tienes que hacer lo que dice Philip, seguir con tu propia vida. Philip sí que sabe dar los mejores consejos. Siempre lo ha hecho. A veces me da la sensación de que para mí es más un padre que un marido. —Sonrió—. Querida, ¿estás bien? ¿Hay algo más que quieras contarme?

—Estoy cansada —dije, y pensé que Dorothy estaba tan ensimismada consigo misma que era incapaz de escuchar lo que no quería—. Subiré a descansar un rato.

—Claro. Hazte un hidromasaje en la bañera y verás cómo de pronto el mundo te parecerá mucho mejor. Créeme, ya verás. Cuando estoy deprimida voy al gimnasio, me hago la cara, tomo un baño de lodo y me hago un masaje. ¿De qué sirve el dinero si no es para hacerte feliz y olvidar las cosas negativas? —añadió con una fugaz carcajada.

Lo que me dijo me hizo pensar en la salida que hicimos al ir de compras y el dinero que se había gastado conmigo. Ahora estaba convencida de que, a pesar de lo que ella me había dicho, a Philip no le sentaría nada bien descubrirlo.

—Dorothy, me gustaría que devolvieras el vestido de noche a la tienda. Ahora ya no lo voy a necesitar y...

—Claro que lo necesitarás. ¿Es que en el Este no tienes compromisos agradables? Y piensa en la envidia que sentirán las demás chicas cuando te vean con un vestido de diseño.

La miré a los ojos, demasiado cansada para discutir.

Hizo sonar una campanilla y a los pocos segundos apareció Christina en el umbral.

—Christina, por favor, ¿podrías preparar un hidromasaje para Melody?

—Puedo hacerlo yo misma —dije.

—Por favor, Christina, haz lo que te he dicho —dijo Dorothy con firmeza.

—Sí, señora Livingston —dijo Christina, y de inmediato se retiró para hacerlo.

—La verdad, querida. Tienes que dejar que los sirvientes hagan su trabajo, si no... —Se echó a reír—. Si no, no los necesitaríamos y ellos no tendrían trabajo, y Christina no podría mantenerse si no trabajara. Tiene que alimentar a un montón de hijos. Que disfrutes del baño. Alec te avisará para la cena.

Se levantó y una vez de pie, me miró unos instantes.

—Me gustaría que pudieras quedarte un poco más. Tengo tanto que enseñarte —dijo, y negó con la cabeza con una expresión de pesar en los labios y se marchó.

¿Qué tienes que enseñarme?, pensé y observé a mi alrededor ese palacio en el que dos personas compartían una riqueza que para mí era inimaginable, y pensé que entre ellos parecían comportarse como desconocidos. Yo no quiero aprender cómo conseguir la mejor mesa de un restaurante o cómo evitar la aparición de una arruga en la cara. No, yo quería aprender algo más profundo. Quería aprender adónde pertenecía realmente. Aunque me quedara allí diez años más, no conseguiría que Dorothy Livingston lo comprendiera.

Cuando me levanté y me dirigí hacia la escalera, sentí que las piernas se me habían convertido en piedras. Fuera hacía otro día soleado, pero dentro de mi corazón el cielo estaba tapado con las nubes espesas y gruesas de la desesperación. Al acercarme a mi habitación oí a Christina cantando junto a la bañera de hidromasaje.

—Te he puesto sales con esencias para el hidromasaje —dijo cuando me oyó entrar.

—Gracias.

Me miró con detenimiento.

—¿Has tenido un mal día? —me preguntó.

Comencé a negar con la cabeza, pero los labios y la barbilla me temblaban. Tuve que morderme el labio inferior para evitar que se me escapara el sollozo.

—Pobrecilla —dijo mientras se me acercaba.

Pero no pude evitarlo; rompí a llorar y ella me abrazó y me acarició el pelo.

—Vamos, vamos, ya está, nada es tan malo.

—Sí que lo es —gemí—. Hoy mi propia madre se ha negado a reconocerme. Se fue y me abandonó con unos parientes en el Este, y luego creo que fingió su muerte para deshacerse de mí para siempre.

Christina pareció sorprendida por unos instantes y luego asintió poco a poco con la cabeza, con los labios firmes.

—Toda mujer que reniega de su hijo es que tiene algún problema —sentenció—. No es natural, y para ella tiene que ser doloroso.

—¿Eso crees? —le pregunté mientras me secaba los ojos.

—Oh, sí. Cuando seas madre lo comprenderás —dijo con una sonrisa—. Tu hijo es parte de ti, siempre es tu niño. Duele ver crecer a los hijos porque te das cuenta de que se están apartando de ti, pero esa es una forma diferente y sana de desprenderse de ellos.

»Estoy segura de que tu madre se pondrá en contacto contigo —añadió, y me apretó suavemente la mano.

—Ella no sabe dónde me hospedo.

—Entonces seguro que espera que vuelvas —me aseguró Christina.

—No sé —contesté mientras lo pensaba.

Quería compartir su optimismo, convertir toda imagen horrible en pequeña e insignificante, creer que después de una tormenta siempre sale el arco iris, pero ya me había llevado demasiadas decepciones.

—Querida, ten un poco más de fe —me dijo—. Relájate, cena bien, duerme y descansa mucho, y mañana, mañana te parecerá mucho más prometedor.

Su sonrisa era como la luz del sol después de la lluvia, por lo que no pude evitar corresponderla.

—Gracias —dije—. Tus hijos son muy afortunados por tener una madre tan buena como tú.

—Oh, eso es lo que no paro de decirles —bromeó.

Volvió a hacerme reír y por un instante me sentí como antes, llena de luz y alegría.

Disfruté del hidromasaje, me lavé, me relajé y practiqué la meditación. Pensé en Billy Maxwell, que había superado su desgracia, y me sentí con más fuerzas. Incluso sentí hambre y deseé que llegara la hora de la cena.

Justo después de vestirme oí un golpe en la puerta y Christina asomó la cabeza.

—¿Va todo bien?

—Sí, gracias, Christina.

—Tienes una llamada de teléfono —dijo—. Deja el baño tal como está. Ya vendré a recogerlo antes de irme —añadió, y cerró la puerta para dejarme sola.

Pensé que sería Holly otra vez. Quizá Dorothy la había llamado y le había explicado lo que decía Philip. Holly querría que volviera a Nueva York y me quedara unos días con ella. Tuve que admitir que me parecía la mejor idea.

—Hola.

—Melody —dijo Cary.

—¡Cary!

—Llamé a Holly y me dio el número de su hermana. ¿Estás bien? ¿Cómo fue el viaje?

Hablé de forma atolondrada para resumirle todo lo que me había pasado, empezando por el desastre que casi me pasa en el aeropuerto. Él me escuchó en completo silencio de principio a fin, y de pronto me di cuenta de que en el Este ya era bastante tarde.

—Parece que desde que te fuiste de Nueva York, todo ha ido fatal —dijo.

—Pero ¿y tú cómo estás? —pregunté.

—Melody, por aquí las cosas no van demasiado bien. La verdad es que te llamo desde el hospital.

—¡El hospital! ¿Qué te ha pasado?

—A mí nada. Papá vuelve a estar en la unidad de cardiología. Ha tenido otro ataque al corazón. Creo que esta vez se lo ha provocado él mismo, de tanto quejarse por estar tan limitado e insistir en hacer más cosas de las que debería.

—Oh, Cary. Lo siento muchísimo. ¿Cómo está tía Sara?

—Ya conoces a mamá. No para de trabajar para no pensar.

—¿Y May?

—Tampoco está tan bien. Te echa mucho de menos —dijo—. Que es más o menos la mitad de lo que yo te echo de menos, aunque yo comprendo que hayas tenido que irte —añadió con rapidez.

—Cary, yo también te echo mucho de menos.

—¿Y ahora qué vas a hacer?

—Aún no estoy segura. Te llamaré en cuanto lo sepa —le prometí—. Si puedes, dile a tío Jacob que espero que se recupere.

—Lo haré.

—Y tú cuídate, Cary. No puedes ocuparte de todo —dije porque le conocía bien.

Se echó a reír.

—Mira quién habla. ¿Sabes a quién he visto esta mañana en el hospital? —dijo—. A la abuela Olivia. No ha podido evitarlo y me ha preguntado si sabía algo de ti. Le he dicho que esta noche te llamaría y me ha hecho prometerle que le informaría de las últimas noticias.

—Lo único que le importa es que su inversión haya merecido la pena y que yo no vuelva nunca —dije con sequedad.

—Pero la estás volviendo loca —dijo, y se echó a reír de forma nerviosa.

—De momento creo que a la única persona a la que he vuelto loca es a mí misma —me lamenté.

—Esta tarde he visto a Kenneth en la ciudad, pero no he hablado con él. Ha sido justo cuando se iba en la camioneta. Me ha parecido... más descuidado, si es que es posible. Supongo que no se cuida demasiado.

—Qué lástima. Es lo que me temía que pasaría.

—En tu ausencia, nos estamos desmoronando —dijo Cary.

—Oh, Cary.

—Melody, no sé si te lo dije lo bastante claro para que lo creyeras, pero te quiero. De verdad.

—Cary, te creo, y yo también te echo mucho de menos.

—Cuídate, y no te enamores de ninguna estrella de cine —bromeó.

—De eso no tienes por qué preocuparte —dije, y me reí.

Su despedida fue como un giro del viento, se quedó unos instantes para luego desaparecer con el final de la llamada. Cuando la línea se cortó me quedé con el auricular en la mano, como si al hacerlo pudiera mantener por más tiempo la voz de Cary y los gratos recuerdos que guardaba de él.

Cuando bajé para cenar la atmósfera me pareció más tensa de lo normal, si cs que era posible. Philip apenas dijo una palabra y comió como si estuviera solo en la estancia. Dorothy intentó crear un poco de conversación, me habló de un nuevo maquillaje que había descubierto y de una crema hidratante que le hacía tener una piel tan suave como la de un bebé.

La comida fue un lujo, un plato mexicano que se llama fajita. Dorothy me dijo que la comida mexicana era muy popular en Los Ángeles.

—Porque aquí hay muchos mexicanos y casi todos son buenos cocineros —explicó.

Después de la cena quiso que viera la televisión con ella; parecía que Philip casi nunca hacía nada con ella por las noches. Normalmente tenía trabajo en su despacho, y si no trabajaba, se ponía a leer. Dorothy me había dicho que odiaba la televisión, excepto los programas de economía, que a ella le parecían terriblemente aburridos. Me pregunté qué les motivó a ir juntos al altar para prometerse amor eterno y devoción hasta que la muerte los separara. Me parecía que el único romance que Dorothy había vivido en su vida era el que veía con devoción religiosa en los culebrones.

Pensé en lo que me había dicho Christina, en Cary, en May y en Kenneth, y en las personas que me necesitaban en Provincetown. Como perder más tiempo hacía que me sintiera culpable, me prometí que ya no lo perdería más.

—Voy a ir una vez más a Los Jardines Egipcios —anuncié después de cenar, cosa que avivó la expresión de Philip—. Y no me iré hasta que haya conseguido algunas respuestas de verdad.

—¿Esta noche? —preguntó Dorothy.

—Sí, ahora mismo —dije.

—Melody, la verdad, ¿crees que eso es inteligente, sobre todo a estas horas? —me preguntó Dorothy, y miró a Philip como si le pidiese ayuda.

—Yo no te aconsejaría que lo hicieras —dijo él—. Después de lo que te ha pasado, no es muy inteligente.

—A veces tenemos que hacer lo que nos manda el corazón en lugar de obedecer a las exigencias de nuestros pensamientos —respondí.

—Eso conduce inevitablemente a la desgracia —replicó él.

No dije nada más, pero ambos dieron por sentado que estaba dispuesta a ir.

—Preferiría que no involùcraras en esto nuestra limusina —dijo Philip mientras se levantaba de la mesa.

—Llamaré a un taxi.

—Philip —dijo Dorothy.

—Me temo que debo ser firme al respecto —dijo él.

—Lo comprendo. Habéis sido muy amables conmigo, y os agradezco vuestra hospitalidad.

—No es la primera vez que mi cuñada me mete en una situación difícil —puntualizó Philip.

—Melody, ¿por qué no esperas a mañana? Quizá entonces veas...

—Tanto si es de día como de noche, no quiero que nuestro coche se vea involucrado —repitió Philip alzando el tono de voz, y Dorothy se reclinó en la silla como si la hubieran abofeteado.

—Cogeré un taxi y ya está —dije mientras me levantaba.

—En Los Ángeles no se para a los taxis. Se piden por teléfono y te vienen a buscar —dijo Philip—. Diré a Alec que llame por ti.

Se fue del comedor.

—Por favor, querida, ve con cuidado —dijo Dorothy.

—Sí.

Como llevada por los latidos de mi apresurado corazón, subí en seguida a buscar mi bolso. La verdad es que me alegraba de que Spike no me acompañara. Después de lo que había pasado en su apartamento, no estaba segura de si podría mirarle a la cara.

El taxi acababa de llegar cuando salí de la casa. Me dirigí con rapidez hacia él y le indiqué la dirección al taxista. Estaba a punto de hacer lo que había decidido que sería el último intento de acercarme a mamá. Si fallaba, por la mañana volvería al este.

De noche, Los Jardines Egipcios parecían diferentes, incluso más sórdidos si es que era posible. Algunas farolas del camino no funcionaban y en los edificios también había muchas luces fundidas. Las sombras eran alargadas y muy oscuras. La puerta de entrada chirrió cuando la abrí. En la piscina, vi a dos hombres jóvenes hablando y bebiendo algo en vasos largos, y cuando pasé ante ellos se quedaron mirándome. Justo al llegar a la última esquina tras la que se hallaba el edificio de mamá, vi salir a un hombre que se detuvo para encender un cigarrillo. La llama de la cerilla le iluminó la cara y el pelo por unos instantes, y me asusté y me refugié en la sombra. Era Archie Marlin. Le hubiese reconocido en cualquier parte.

Aún tenía el pelo rojizo y la piel lechosa con pecas en la barbilla y en la frente. En Sewell todo el mundo decía que parecía diez años más joven de lo que era, aunque nadie sabía su verdadera edad. Nadie sabía mucho de Archie Marlin. Él nunca daba ninguna respuesta clara a las preguntas sobre su vida. Siempre bromeaba o se encogía de hombros y soltaba alguna tontería, pero había llenado a mamá de las suficientes promesas como para hacerle creer lo que fuera y lograr que se marchara con él.

Cuando pasó ante mí, con una ingeniosa sonrisilla en sus labios anaranjados, contuve la respiración. Avanzó por el camino y dobló la esquina. Entonces comencé a respirar con el corazón disparado. Aún no quería encontrarme con él, si es que alguna vez había querido, pero verlo de nuevo fue como el último y definitivo signo para asegurarme de que la mujer que estaba en un apartamento de ese edificio era, más allá de toda duda, mi madre.

Cuando entré y me dirigí al ascensor sentí las piernas tan débiles y delgadas como las de un espantapájaros. Las puertas del ascensor se abrieron, entré rápidamente y pulsé el botón del piso de mamá. Era como si tuviera el corazón en la garganta. Qué horrible, pensé, qué horrible que tenga que pasar tanto miedo para ver a mi propia madre. Al poco, me hallé delante de su puerta, titubeando, con los dedos temblando al llamar al timbre. Por fin, lo hice y esperé.

De pronto la puerta se abrió; ahí estaba mamá, en bata, despeinada y sin maquillaje, con los ojos fríos. Dio un paso atrás y habló antes de ver quién era.

—Richard, ¿qué te has olvidado esta vez? —preguntó, y se

fijó en mí. Con una expresión gélida, al principio con un brillo de júbilo pero luego en seguida con un punto de molestia, dijo—: ¿Otra vez tú?

—Mamá...

Se quedó mirándome, y luego se inclinó para echar un vistazo al rellano de su piso.

—Ya veo que no he podido librarme de ti tan fácilmente. Entra —me ordenó mientras me cogía para hacerme pasar al apartamento.

Mamá cerró la puerta con rapidez, me miró de forma agria y luego se encaminó hacia la sala de estar dándome la espalda.

—Mamá, ¿por qué finges que no me conoces? —le pregunté, y me sequé rápidamente una lágrima.

—Porque no te conozco —dijo—. No conozco a nadie de aquella vida. No puedo, es que no puedo —dijo mientras se golpeaba las caderas con las manos y se volvía hacia mí—. ¿Por qué has venido aquí? ¿Cómo me has encontrado?

—Alice te vio en una fotografía de un catálogo y me la envió. Se la enseñé a Kenneth y a él también le pareció que seguro que eras tú. Luego llamó a un amigo suyo de Boston que le ayudó a seguirte la pista para mí.

—¿Kenneth? —Su expresión se relajó, sonrió un poco y, al darse cuenta de lo que había hecho, se enfadó y volvió a adquirir una mirada severa—. No conozco a nadie que se llame Kenneth, excepto Ken Peters, el de ICM. Tienes que irte —dijo—. Diles... diles que yo no era la que pensabas y que...

—Pero mamá, ¿por qué?

—Es lo mejor para todos —dijo.

Se cruzó de brazos e irguió los hombros como una de las estatuas de Kenneth, decidida a seguir firme, a reforzar su resistencia. Entonces yo rompí a llorar de forma más abierta.

—Deja de llorar —me dijo—. ¿Es que no lo ves? Me lo lías todo y arruinas las oportunidades que tengo, justo cuando empezaba a llegar a alguna parte. Podría tener un buen papel en una u otra película, y un trabajo mejor como modelo. Estoy conociendo a gente importante. Y justo cuando estoy empezando, apareces de la noche a la mañana y casi me lo fastidias todo.

—Mamá, no lo entiendo. —Di un profundo suspiro—. ¿Cómo has podido hacer esto? Toda tu familia y todo el mundo cree que estás muerta. Había un cuerpo. Estás enterrada en el nicho familiar de Provincetown.

Se echó a reír, cogió una pitillera de imitación a marfil que estaba en la mesilla de color marrón claro y sacó un cigarrillo.

—¿Quieres decir que Olivia Logan permitió que enterraran a ese pobre cadáver en el precioso nicho familiar aunque creyera que era yo?

Volvió a reírse, encontró una cerilla y encendió el cigarrillo. Luego se acomodó en una butaca gastada y me miró mientras soplaba el humo.

—Tienes buen aspecto —dijo—. Te has hecho muy guapa. Supongo que Jacob no te echó de su casa.

—Mamá, está muy enfermo. Sufrió un ataque de corazón y estuvo a punto de morir, y ahora está otra vez en el hospital.

—No me sorprende. Se parece demasiado a su madre para disfrutar de la vida o dejar a los demás que la disfruten. Al final se le ha acabado de agriar el corazón. —Dio un profundo suspiro, negó con la cabeza y miró a través de las puertas correderas del balcón—. No puedo tener una hija de tu edad —dijo—. No me darían ningún trabajo decente en esta ciudad.

—¿Por qué?

—Porque es así. Aquí los jóvenes lo consiguen todo, sobre todo las mujeres. Mira, cariño, tú no eres hija mía. Yo no soy una buena madre. Nunca lo he sido y nunca lo seré. No está en mi naturaleza.

—¿Por qué no? —le pregunté.

—Porque... porque soy demasiado egoísta. Chester tenía razón en esto. ¿No te acuerdas? Siempre era Chester el que se ocupó de ti, no yo. Y te pasaste la mayor parte de tu infancia en la casa de al lado con Arlene y George.

—Mamá, papá George murió —dije con tristeza.

—¿Sí? —Asintió con la cabeza—. Cuando me fui ya estaba muy enfermo. No creí que durara mucho. Ya ves —dijo mientras alzaba la cabeza y me lanzaba una mirada asustada—, ya ves lo corta que es la vida, lo rápido que pierdes tu oportunidad de hacer algo. Melody, fuera de aquí yo no tendría una segunda oportunidad. Para mí es así. Por eso hice lo que me propuso Archie cuando pasó lo del accidente.

—Mamá, no lo comprendo. ¿Qué pasó?

—Archie tuvo un accidente de verdad —dijo moviendo el cigarrillo en el aire—. Volvía de una fiesta en un bar en que se suponía que había una reunión de productores y agentes. Una de sus jóvenes clientes iba con él. La chica era realmente muy joven, pero les volvía locos a todos, excepto a Archie, claro. De todos modos, quiso que yo le prestara a ella mi carnet de identidad para aquella noche. En el camino de vuelta, Richard, que como ya sabes ahora se llama así, perdió el control del coche y en cuanto chocó, ardió en llamas. Él salió disparado, pero la chica quedó atrapada dentro y murió.

»Cuando la policía encontró el cuerpo con mi carnet de identidad, Archie y yo lo hablamos y decidimos que lo mejor era que me aprovechara de ello para apartarme de mi familia. Así que tomé una nueva identidad. Soy Gina Simon, Gina Simon, ¿lo oyes? ¡Aquí todos me creen mucho más joven de lo que soy! —añadió para defenderse—. No puedo llegar a ninguna parte a no ser que sea tan joven, así que por esto lo hice. No me mires de ese modo —me espetó—. Yo sabía que estabas bien, con una familia. No fue como si te hubiera abandonado en cualquier parte.

—Una familia —dije llena de ira—. Me dejaste con una familia a la que sabías que no le gustabas.

—Sí, pero tú no eres yo —dijo mamá—. Creí que con el tiempo se darían cuenta y que no te culparían por ser mi hija. Y ellos tienen dinero, incluso Jacob.

—Ya no. El negocio no le va tan bien, es un trabajo muy duro y ahora está muy enfermo...

—No puedes vivir conmigo. ¿Por qué has venido aquí? ¿Cómo voy a meterte en mi vida? Vete y espera a que me haya establecido, a que gane mucho dinero y te mande buscar —prometió—. Tienes que irte antes de que alguien se dé cuenta de quién eres. ¿Dónde te hospedas? —me preguntó con rapidez, al darse cuenta de pronto de que tal vez algunas personas ya lo sabían.

—Estoy en casa de la hermana de Holly Brooks, Dorothy Livingston, pero sólo hasta mañana —le contesté.

—¿Holly Brooks? Conozco ese nombre.

—Es una amiga de Kenneth.

—Oh. Oh, sí. ¿Está viviendo con él?

—No, ella vive en Nueva York. Se ha portado muy bien conmigo. Me ha ayudado a venir aquí.

—Y esta Dorothy... ¿qué sabe de nosotros?

—Sólo lo que le he dicho... que has fingido no conocerme.

—Bien. Pues vuelve y dile que al venir otra vez aquí has visto que te habías equivocado. Y luego vuelve con Jacob y Sara.

—No puedo volver con Jacob y Sara —le dije—. Si vuelvo, tengo que vivir con la abuela Olivia.

—¿Con Olivia? ¿Por qué? —preguntó.

Me senté en el sofá y comencé a explicarle la historia de lo que había descubierto, de cómo había ido a visitar a su madre, mi abuela Belinda, y de cómo supe que el padre de mi madre era el juez Childs.

—Al final comprendí por qué Kenneth y su padre no se llevan bien. Él culpa a su padre de haberte perdido —dije.

Mamá sonrió.

—Kenneth —dijo por lo bajo con tono evocador—. Supongo que si todo hubiera sido diferente, nos hubiéramos casado. No sabes lo guapo e inteligente que era. Volvía locas a todas mis amigas. Él nunca fue como los demás, estar con él siempre era emocionante. —Se le desvaneció la sonrisa—. Pero cuando supe la verdad y se la dije, fue como si le hubiera dado un mazazo.

»Los nobles de sangre azul que me hicieron sentir inferior por fuera son muy remilgados y educados, sí. Yo era la pobre, la pequeña desechada, la niña abandonada que vivía de la amabilidad y generosidad de Olivia. Cómo me lo recordaba sin cesar. Me acogió en su casa sólo para evitar la vergüenza, pero odiaba cada minuto que yo estaba allí y educó a sus hijos haciéndoles creer que yo estaba infectada. Sólo yo la saqué de quicio, ¿verdad? Logré que Chester se alejara de ella, y por eso me odió para siempre.

»¿No sonrió en mi entierro? Me hubiera encantado estar allí para observar a esos hipócritas —añadió, y dio una fuerte calada al cigarrillo.

—No, no sonrió. Se portó con dignidad. Fue un entierro muy bonito. Kenneth también vino.

—Pobre Kenneth. ¿Se entristeció mucho?

—Sí.

Se reclinó en la butaca, satisfecha.

—No es tan malo que te entierren una vez, sobre todo cuando con ello también entierras un pasado horrible. —Me miró sin comprender—. Melody, pero todo eso ya ha pasado y está a metros bajo tierra. No puedes desenterrarme. No es justo. Por fin me he desprendido de las cadenas, del peso de mi pasado, y ahora tengo oportunidades, nuevos amigos... —Miró a su alrededor—. Esto es sólo temporal. Después de los próximos trabajos que me den viviré en un apartamento lujoso, quizá en Brentwood. Archie me lo asegura —dijo.

Bajé la mirada; el corazón me latía tan fuerte que creí que me iba a salir disparado.

—¿Y por qué Olivia quiere que vayas a vivir a su casa?

—Porque tío Jacob está muy enfermo, y también porque quiere controlar cualquier posible escándalo. Le dije que quería vivir con Kenneth, ya que él es mi tío, pero dijo que eso sólo despertaría los rumores.

—Oh, en eso tiene razón. Olivia conoce bien su pueblo. De todos modos, a lo mejor no es tan mala idea. Es una casa muy bonita. A mí me gustaba mucho vivir allí cuando ella no estaba agobiándome o gritándome por una u otra cosa.

—Quiere buscarme una escuela adecuada y me dijo que yo recibiría la herencia de la abuela Belinda, que es la mitad de la fortuna de los Gordon.

—Eso está muy bien. Así que ya ves, deberías volver en seguida.

—Pero... yo no quiero el dinero, ni una escuela de chicas snobs, mamá. Olivia no es mi madre. Ni siquiera es mi abuela. Me da miedo vivir con ella, me da miedo que me haga la vida tan miserable como a ti.

—Ella no tuvo toda la culpa. Yo también tuve parte —confesó mamá—. Estaba muy enfadada con ellos, con todos, y quería hacerles pagar mi infelicidad.

—Cuando me miran, siempre te ven a ti —dije—. Olivia lo hace, al margen de lo que diga ella, y también tío Jacob. Incluso Kenneth —añadí, y ella se animó.

—Oh.

—Quiso que posara para él, como cuando tú eras su modelo —dije.

Se le agrandaron los ojos.

—¿De verdad? ¿Y lo hiciste?

—Sí. Hizo una escultura maravillosa. Dice que es su mejor obra, *La hija de Neptuno*. Pero la cara de la estatua se parece mucho más a ti que a mí —dije, y me di cuenta de que esto le gustó.

—Ponte de pie —me pidió de pronto, y así lo hice—. La verdad es que te has hecho muy guapa. Eres una jovencita muy atractiva. Kenneth no puede haber echado mucho de menos mi cara. —Volvió a pensar por unos instantes—. ¿Aquello no te ha gustado en absoluto, no has conocido a nadie?

—Cary es muy amable, mucho. Le echo de menos, y quiero mucho a May, pero mamá, te he añorado a ti. De verdad. No me gusta estar... sola. No es justo.

Asintió con la cabeza y apagó el cigarrillo.

—Me costó abandonarte, y mentirte —dijo—. Quizá no tanto como te hubiera gustado que me costara, pero me costó. No me gustaba la idea de dejarte atrás, pero no había otra forma de hacerlo. ¿Lo entiendes?

Asentí con la cabeza, aunque en verdad no lo entendía.

—Tuve que hacer caso a Archie. Él tiene mucha más experiencia en esto —dijo a modo de defensa—. ¿Qué vamos a hacer? —preguntó para sí.

—Mamá, por favor, deja que me quede contigo.

Se quedó mirándome con una sonrisa.

—Melody, siempre fuiste una influencia aleccionadora para mí, ¿verdad? En Sewell, cuando pasaba demasiado tiempo en el bar restaurante de Frankie y volvía a casa, me bastaba mirarte a la cara para sentirme malditamente culpable, y al instante se me pasaba el colocón. También te odié por eso —confesó—, pero luego te quise por lo mismo, supongo que tanto como se puede querer a una hija.

Se irguió.

—Aquí aún no tengo gran cosa —dijo—. Comparado con lo que Olivia tiene y puede ofrecerte, ni siquiera es una gota en un cubo.

—Mamá, pero eso a mí no me importa. Yo debería estar contigo.

—No puedes —gimió—. Es que no puedo tener una hija de tu edad.

Pensé con rapidez al recordar lo que se había creído su amiga Sandy.

—Yo podría ser tu hermana pequeña. Le has dicho a la gente que tenías una —propuse inmediatamente.

—¿Cómo lo sabes?

—La primera vez que vine aquí conocí a una mujer. Se llamaba Sandy y pensó que yo era tu hermana pequeña y que quería darte una sorpresa —dije.

—No me extraña. —Sonrió y me miró—. Sí que parecemos hermanas. Quiero decir que parezco lo bastante joven para serlo, ¿no crees?

—Sí, mamá, sí que lo pareces.

—Mira —dijo de pronto señalándome con el dedo—. Ése es justamente el problema. No puedes llamarme mamá. Las hermanas pequeñas no llaman mamá a su hermana mayor, ¿no?

—No lo haré.

—Te olvidarás.

—No te llamaré mamá —insistí.

Se relajó mientras reflexionaba sobre mi propuesta.

—Tener una hermana pequeña aquí haría que todo el mundo me creyera —pensó en voz alta.

—Es cierto, sí —dije asintiendo con la cabeza.

Sólo puedes llamarme hermana o Gina. No puedes olvidarte y llamarme Haille.

—Mamá, eso nunca lo he heho.

—¡*Mamá*!

—Pero si aquí no hay nadie más —dije inmediatamente.

—A Archie esto no le va a gustar. Se enfadará conmigo —dijo mientras negaba con la cabeza.

—No tiene derecho a enfadarse contigo. Has hecho lo que él quería, ¿no?

—Sí, sí, lo he hecho —dijo. Me miró y luego sonrió—. De todos modos, cuando le diga que tiene otra cliente de primera no le sentará nada mal —dijo.

—¿Otra cliente de primera?

—Tú, tontorrona. Eres muy guapa. Tú también puedes llegar a ser modelo o actriz. Se lo diremos a todo el mundo. Te he hecho venir para que hagas carrera, como yo. ¡Y entonces seremos hermanas de verdad! —exclamó—. A lo mejor incluso llegamos a hacer algo juntas.

Negué con la cabeza.

—Yo no podría...

—Claro que puedes. Es muy fácil. Sonríes cuando te pidan que sonrías y parpadeas cuando tengas que hacerlo, y antes de que te des cuenta te pagarán cientos de dólares la hora sólo por haber posado.

—No sé si puedo hacerlo —dije mientras me acordaba de lo que Spike ya me había enseñado acerca de este negocio.

—Créeme, puedes hacerlo —dijo—. Vale, puedes quedarte en el otro dormitorio y lo intentaremos. Si no funciona, tienes que prometerme que volveras a Cape e irás al colegio. ¿Y bien? Querías estar conmigo, pues si eso es lo que quieres, tiene que ser así. Piénsalo.

Permanecí allí, sin decir palabra durante unos instantes. ¿Acaso podía dejar pasar la oportunidad de volver a estar con mamá? ¿Esperar la perfecta ocasión de descubrir quién era mi padre? Antes de que pudiera pensar bien en su propuesta, sonó el timbre de la puerta.

—¿Quién demonios puede ser tan temprano? —murmuró, y se levantó para ir a la puerta.

Era Sandy Glee.

—Te he visto —dijo mirándome a mí por encima del hombro de mamá—. Te he visto por el camino desde mi ventana. Gina, ¿no vas a presentarme a tu sorpresa?

—Melody —dijo mamá volviéndose hacia mí—, como ves, aquí no es posible tener secretos. Todos son unos fisgones. Ésta es mi hermana pequeña —dijo mientras me miraba con cautela.

—Ya lo sabía —puntualizó Sandy mientras aplaudía con sus delgadas manos.

—Va a quedarse conmigo un tiempo para probar suerte en Hollywood, como el resto de los demás bobos que estamos aquí.

—¿Y Richard también será su representante?

—Pues sí.

—Bueno. Bienvenida a la guerra —dijo Sandy—. Mañana por la noche he invitado a unas cuantas personas a cenar, bueno, cada uno traerá algo. Lo digo por si quieres presentarle a gente —dijo Sandy—. Sobre las siete.

—Allí estaremos —aseguró mamá.

—Nos vemos luego, hermanita —dijo Sandy mientras me saludaba con la mano.

Cuando se fue mamá se volvió hacia mí con una amplia sonrisa.

—Ha funcionado. Lo sabía. Sí que parezco lo bastante joven para ser tu hermana. En esta ciudad todos se tragan las mentiras. Es un lugar ideal para los que odian la verdad.

»Bienvenida a casa, Melody —dijo con sinceridad—. Por fin puedo darte un abrazo.

Incluso mientras me abrazaba y me daba el afecto que tanto necesitaba, tuve que preguntarme: ¿En qué lío me he metido?

7

NUEVOS COMIENZOS

Mamá hizo café y nos sentamos en la pequeña cocina para charlar y contarnos cómo nos había ido desde que me dejó en Provincetown.

—De verdad que lo pasé fatal cuando tuve que dejarte —dijo—. Recuerdas lo mucho que me costó, ¿verdad? Creo que lloré todo el viaje desde Provincetown a Nueva York, pero Archie, Richard, quiero decir... tenía razón al aconsejarme que no te llevara conmigo. Fue un viaje muy duro, luchando por el trabajo, intentando obtener citas con personas importantes de las grandes ciudades, yendo de un motel barato a otro, a veces sin tener apenas bastante dinero para pagarnos la comida. Hubieras odiado cada minuto. Hubieras tenido que pasar muchas noches sola en un motel de mala muerte. Algunos ni siquiera tenían televisor.

»¿Cómo se podría comparar esa vida a la de estar con la brisa del mar, yendo a una buena escuela, comiendo bien...? Entiendes por qué lo hice, ¿verdad, cariño? ¿Ya no me culpas por ello? —me preguntó con voz trémula.

Di un profundo suspiro y aparté los ojos para que no viera la profunda herida que me había hecho. Una vez Kenneth me dijo que yo también debía tener la piel traslúcida porque resultaba muy fácil adivinar mis emociones y pensamientos. De cualquier modo, pensé que ahora que había encontrado a mi madre, no tenía sentido no ser sincera con ella y mentirle.

—Mamá, te odié por ello —admití—. Solía quedarme sentada en la habitación de Laura a escuchar con atención por si oía sonar el teléfono a través de la pared, y te odiaba por no llamarme, te odiaba por hacerme promesas que no pensabas cumplir.

—Lo sé. Y eso a mí también me preocupaba, pero Richard me decía: «Si la llamas cuando no puedes ir a buscarla, aún será más cruel, ¿no te parece?» Tenía razón.

—No tenía razón. Mamá, yo necesitaba oír tu voz —insistí.

Dejó la taza de café sobre la mesa con tal fuerza que casi se rompe.

—Tienes que dejar de culparme por ello. No puedo estar estresada —gimió—. El estrés hace envejecer y que salgan arrugas, y con un aspecto fatal no se consigue trabajo. La cámara se da cuenta de todos los detalles, ya lo sabes. Si no te pueden hacer primeros planos, no te quieren. No me darían ni un trabajo. ¿Es eso lo que quieres? De todos modos, Richard no lo consentirá. No dejará que te quedes —me advirtió.

Observé el apartamento y de pronto caí en la cuenta de lo que me estaba diciendo.

—¿Él también vive aquí?

—¿Y qué pensabas? No sabes lo caro que es vivir y trabajar en Los Ángeles. Es muy difícil conseguir un apartamento como éste. ¿Para qué íbamos a tener cada uno su piso y pagar dos alquileres?

—¿Estáis casados? —le pregunté, y contuve la respiración.

—No, nunca nos hemos casado. Yo no quiero volver a casarme, al menos durante muchísimo tiempo... pero Richard es... bueno, él es algo más que mi agente; es mi administrador. Se ocupa de todas nuestras necesidades. Lo hace con todos sus clientes.

—¿Cuántos clientes tiene? —pregunté.

—Unos seis o siete, pero de momento ninguno gana tanto como yo, así que ya ves por qué es tan importante que todo siga igual para nosotros —repitió—. Pero dejemos de hablar del horrible pasado —dijo mientras alzaba las manos sobre la mesa—. No quiero oír ni una palabra más de lo mucho que has sufrido ni que me recuerdes lo que hice cuando vivía allí.

No me hagas preguntas sobre ninguno de ellos, y ni siquiera pronuncies sus nombres delante de mí —me ordenó—. Si quieres vivir aquí, éstas son las reglas, ¿entendido? Melody, en serio. —Me clavó los ojos, más fríos que nunca.

—¿Ni siquiera el nombre de Kenneth? —pregunté.

—Sí, sí, sí, ni siquiera Kenneth. Nadie. Te lo prohíbo. No he tenido otra vida antes que ésta. Ahora quiero creerlo así. Es lo que me aconseja Richard. Tuvimos que hacer ciertos cambios para nuestro bienestar. Odio ser egoísta, pero éste es un egoísmo bueno porque nos ayuda a conseguir el éxito.

—Mamá, ¿y él por qué tuvo que cambiar de nombre? Yo nunca me creí eso de que Archie era un mote.

—Es cierto. Archie no era su nombre. Era el de su hermano mayor, y él lo adoptó la primera vez que se fue de casa para que le consideraran mayor. Es la gran diferencia entre los hombres y las mujeres; a ellos les gusta aparentar mayor edad y no se les castiga por ello ni por tener canas y arrugas como a nosotras.

»De todos modos —prosiguió—, su hermano se metió en un gran lío de usureros, préstamos y cosas de ésas... y cuando Richard se enteró se deshizo de ese nombre como de un abrigo viejo para que no le confundieran. Por eso no le gusta hablar de su familia. Se avergüenza de ella. Su padre no era mucho mejor. Pero no digas nada de esto delante de él. ¿Entendido? Se enfadaría muchísimo conmigo. Es muy sensible al respecto.

—No diré nada —dije, aunque sin acabar de creerme esa historia.

—Bien. Mientras hagas lo que te he dicho, creo que estaremos bien —dijo, aunque no del todo convencida.

Volvió a mirarme con severidad y luego inclinó la cabeza con una sonrisa.

—Me gusta el traje que llevas.

—Me lo ha comprado Dorothy Livingston.

—¿Sí? Tú y yo tenemos la misma talla más o menos. Podemos intercambiarnos la ropa, pero eso sí, tienes que cuidar lo que yo te preste, ¿de acuerdo? Tengo algunas cosas que son muy especiales, diseñadas para las audiciones. ¿Has traído mucha de tu ropa a California?

—No mucha, no.

—¿Y dónde están tus cosas?

—En casa de los Livingston.

—Bueno, supongo que tendrás que ir a por ellas, pero cuando vayas no les cuentes demasiado. —Reflexionó por unos instantes—. Ya sé lo que puedes decir —añadió emocionada—. Dile a ella que vuelves a Provincetown. Seguro que no la vuelves a ver, y así ella dirá a los que le pregunten por ti que te has ido.

—¿Y por qué no le digo la verdad y ya está? —pregunté, y ella se echó a reír.

—Cariño, cuando no sea necesario, no digas nunca la verdad. Eso es algo que debes guardar muy en el fondo como último recurso. Guárdalo para alguien que haya tenido que abrirse camino en la vida por la vía difícil. Sé lo que te digo. Cuanto menos cuentes a la gente sobre ti, mejor te irá. Siempre hay un modo de arreglárselas, y la verdad puede reducir tus posibilidades. Richard me enseñó muy bien esta lección —dijo mientras asentía con la cabeza.

»De acuerdo —prosiguió—, vamos a echar un vistazo a tu habitación.

Se levantó y se dirigió hacia la puerta de la segunda habitación.

La seguí y ella encendió la luz que resultó ser tan sólo un tenue brillo porque la lámpara estaba llena de polvo.

—Éste será tu dormitorio. Como ves, sólo tenemos un baño, así que no lo acapares. Puedes ayudarme a mantener la casa limpia. Para una chica que trabaja es muy difícil hacerlo mientras tiene que estar arreglada para una audición en cualquier momento. Por eso se ve un poco desordenada —dijo.

Pero yo me acordaba de que mamá nunca fue una buena ama de casa. En Sewell, Chester, mi padrastro, y yo nos ocupábamos de la limpieza de la caravana en la que vivíamos.

Examiné la pequeña habitación. Las paredes eran irregulares, de color rosa gastado y tenían grietas. Incluso la habitación de invitados de casa de Holly, en Nueva York, con una sola ventana, era más cómoda y parecía más acogedora que esta estancia de paredes desnudas y llena de polvo, con una cama que ahora estaba llena de ropa, carpetas de cartón y viejos ejemplares de revistas y periódicos de cine. La fina alfombra estaba muy desgastada y deshilachada en algunas partes. Las cortinas de las dos ventanas estaban acartonadas por el polvo y decoloradas por el sol. En los rincones del techo había telarañas, y en el rincón derecho del suelo también me fijé que había un montón de algo que me parecieron estuches.

—Tendrás que hacer un poco de limpieza, pero no pierdas nada.

—¿Qué es lo de ese rincón? —pregunté.

—Oh, eso no lo toques. Son relojes de Richard, relojes de pulsera antiguos. Los vende en la costa. Un amigo suyo se dedicó a esto y ya ha conseguido un buen pico de dinero.

—¿Vende relojes antiguos? Creía que era un agente con seis o siete clientes.

—Melody, todos los que intentan hacerse un lugar en el negocio se dedican a otra cosa en sus ratos libres. Casi todos los que viven aquí trabajan como camareros en restaurantes o aparcan coches, incluso hacen de mozo en los almacenes de las tiendas. Hacen cualquier cosa para poder comer y pagar el alquiler, hasta que se da el gran salto.

—Ya. El chófer de Dorothy es un actor. Me dijo que había actuado en algunas películas.

—¿Cómo se llama? —preguntó inmediatamente.

—Spike. No me acuerdo de su apellido.

—Spike. Al menos debo conocer a veinte Spikes —dijo mamá, y se echó a reír.

Las dos nos volvimos cuando se abrió la puerta y entró Archie Marlin. En cuanto me vio, se puso rojo por la sorpresa y luego por el enfado.

—¿Qué demonios...? ¿Cómo ha venido hasta aquí? —quiso saber.

Cerró la puerta de golpe y se quedó mirándonos con las manos en las caderas y el cigarrillo en la comisura de los labios. Se lo quitó de la boca.

—¿Eh? —dijo mientras me señalaba con el cigarrillo—. ¿La has hecho venir a mis espaldas?

—No, Richard. Una amiga suya de Sewell vio mis fotografías del catálogo *En Vogue*. Se lo envió a Melody y ella contactó con alguien del mundo de la publicidad, que me siguió la pista para ella. Melody ha venido a Los Ángeles a buscarme.

—Suena fantástico —dijo mientras alzaba y dejaba caer los brazos—. Es justo lo que necesitábamos en estos momentos. Tu hija —dijo con desagrado.

—Pero nadie sabe que me ha encontrado, ¿verdad, cariño? —me preguntó ella.

Negué con la cabeza.

—Muy bien. ¿Y ahora qué vamos a hacer con ella? —preguntó él como si yo fuera un cachorro al que habían dejado abandonado delante de su puerta—. Y justo cuando he conseguido que todo el mundo crea que eres lo bastante joven para hacer esos papeles.

—Esto no va a ser ningún problema. Ya lo hemos arreglado —le dijo mamá.

—¿Ah, sí? ¿Cómo? —preguntó él.

Se dejó caer en la gastada butaca; la ceniza del cigarrillo le cayó por los pantalones y el asiento; todo ello sin hacerme el menor caso.

—Sandy se ha creído que es mi hermana pequeña. ¿Te acuerdas de la historia que me dijiste que contara? ¿Que tenía una hermana pequeña que vivía en el centro de EE.UU? —dijo ella mientras asentía con la cabeza para que lo recordara.

Pensé que le resultaría difícil acordarse de todas las mentiras que había repartido desde West Virginia a California.

—Sí, me acuerdo. ¿Y?

—¿Es que no lo ves? —Se volvió hacia mí—. Melody me ha seguido hasta encontrarme para hacer su propia carrera —dijo mamá.

Y de pronto él se volvió y me observó con interés.

—¿Tu hermana pequeña? Haciendo su propia carrera, ¿eh? —Se inclinó hacia adelante—. Acércate un poco —me ordenó.

—Vamos, cariño. Richard no muerde —me dijo mamá con una sonrisa.

Avancé unos pasos hacia él, quien se levantó para mirarme con ojos lujuriosos y examinarme de tal forma que me hizo sentir desnuda. Hizo una mueca con los labios.

—Sí, ahora es una monada ¿verdad? ¿Cuántos años tienes? No importa. De ahora en adelante tienes veintiuno, ¿de acuerdo?

—¿Veintiuno? —Miré a mamá, pero ella sólo sonrió mientras asentía con la cabeza, y me volví hacia Richard—. Nadie se lo va a creer —le dije.

—Claro que se lo creerán. De todos modos, lo que es más importante, a nadie le importa que mientas o no. Sí —dijo mientras asentía con la cabeza y le brillaban los ojos al desnudarme con la mirada—. Puedo encontrarle trabajo.

—Preferiría encontrarlo yo misma —dije.

—¿Tienes algo de dinero?

—Sí. La abuela Olivia me dio dinero para el viaje.

—Bueno, eso no es mucho. Aquí el alquiler es muy elevado, y la comida y todo es carísimo. Si vas a quedarte con nosotros, tendrás que poner tu parte, ¿verdad, Gina? —dijo él.

Por un momento, me olvidé de que ése era el falso nombre de mamá y, confundida, le eché un vistazo fugaz, pero luego me acordé y la miré directamente.

—Él tiene razón, Melody. Ya eres bastante mayor para arreglártelas por ti misma. Y además, Richard a lo mejor también hace una estrella de ti.

—Sí que podría —dijo él, aún asintiendo con la cabeza—. Siempre creí que era una niña muy guapa, siendo hija tuya... —dijo mientras sonreía a mamá, que a su vez sonrió—. Así que —dijo él mientras volvía a sentarse— viste a tu madre en el catálogo *En Vogue*. Yo le encontré ese trabajo —alardeó—, y con eso ganamos algo de dinero, ¿verdad, Gina?

—Sí, Richard.

—Aunque claro, nos lo gastamos todo, pero ayer le conseguí otro trabajo. Cariño, acabo de cerrar un trato —dijo.

Mamá dio un grito.

—Oh, eso es maravilloso. ¿Lo ves, cariño? Lo estoy consiguiendo. ¿Y qué trabajo es?

—Promocionar un nuevo perfume en el Beverly Center y luego ser la modelo de unas demostraciones de maquillaje —explicó.

Mamá siguió sonriendo, aunque ahora sin tanto brillo.

—Bueno Richard, ¿y qué hay de ese papel en una película? —preguntó ella suavemente.

—Ya veremos. Aún están pensando si cogerte —dijo—. De hecho, mañana tendrías que recibir una llamada de teléfono.

120

Se le volvió a iluminar la sonrisa.

—Bien. Richard, Melody tiene que ir a la casa donde se hospedaba para coger sus cosas.

—¿Ah, sí? ¿Y dónde te hospedabas? —me preguntó.

—Con la hermana de una amiga, en Beverly Hills —respondí.

—¿En Beverly Hills? Bueno, bueno, bueno, ¿no es cierto que vamos a mejor? —Rió—. ¿Estás segura de que quieres bajar de nivel y venir a vivir a este lugar tan corriente?

—De todas formas, mañana iba a dejar la casa —dije—. La señora Livingston sólo me estaba ayudando para hacer un favor a su hermana.

—De acuerdo. La acompañaré a buscar sus cosas. Me gusta ir en coche por Beverly Hills, así puedo ir pensando en la casa que pronto me compraré —dijo con una expresión distante en los ojos.

—Oh, Richard, eres muy amable. ¿Lo ves, cariño? Mientras escuches, todo irá bien, ¿verdad, Richard?

—Así es —dijo él mientras me miraba con severidad—. Mientras sepas quién se ocupa aquí de todo y hagas exactamente lo que yo te diga.

—Cariño, él sabe qué es lo mejor para nosotras —dijo mamá, y yo la miré a ella y luego a él, cuyos ojos tenían una expresión de satisfacción. Asentí con la cabeza para mí al recordar las palabras de Christina. Ahora mamá me necesitaba más que nunca. Me prometí que de alguna forma, algún día, la liberaría de las garras de este hombre falaz que la acechaba.

Pareció que él advirtió el reto que le lancé. Levantó los hombros, torció los labios y asintió con la cabeza en dirección a la puerta.

—Vamos. Tengo cosas que hacer.

—Gracias, Richard —le dijo mamá—. Es muy amable de tu parte. —Él se encogió de hombros.

—Mientras ella ponga el dinero que le corresponde, a mí me trae sin cuidado —dijo—. Y —añadió con firmeza y de forma amenazadora—, mientras no olvide que es tu hermana en lugar de tu hija.

—No se olvidará. Hasta luego, hermanita —me dijo mamá y se echó a reír.

Richard me miró con la cabeza ladeada y una sonrisa irónica.

—Bueno, ¿y tú qué dices? —me dijo.

Miré a mamá, quien me animó con su expresión a hacer lo que esperaban de mí.

—Hasta luego... Gina —logré decir a pesar de que esa palabra quiso quedárseme en la garganta.

Richard Marlin rió de satisfacción y abrió la puerta.

—Señorita Simon —me dijo con una exagerada reverencia—, ¿vamos a buscar sus cosas a casa de los Livingston?

Salí afuera, el corazón latiéndome veloz, la columna vertebral tan tensa como se ponía la abuela Olivia cuando se enfrentaba a un reto. Pensé que quizá ella tuviera razón. Quizá me parecía más a ella de lo que yo quería admitir.

—Bueno, cuéntame cómo te ha ido desde que te dejamos en Cape —dijo Richard mientras salíamos del parking.

Ahora tenía otro coche, uno más viejo, con un montón de abolladuras y rayas y una grieta en una de las ventanillas posteriores. El asiento del copiloto también tenía un gran desgarrón. Me miró fijamente.

—No parece que te haya ido muy mal. Yo diría que te han cuidado bien, que no te ha sido demasiado duro.

—Me las he ido arreglando —dije, y se echó a reír.

—Apuesto a que has vivido bien con esos buscadores de almejas.

—No son buscadores de almejas. Son pescadores de langostas y además cultivan arándanos. Es un trabajo muy duro en el que se tiene que conocer bien el mar y...

—Ya, ya. Está muy bien cuando te gusta levantarte con los gusanos y romperte la espalda cada día, pero eso no es para mí, no para Richard Marlin —alardeó—. Yo también voy a conseguir una vida cómoda, y muy pronto. Aquí ya he empezado a hacerlo mucho mejor que en otros lugares.

Por lo que yo había visto, me parecía que vivía mejor cuando trabajaba en la barra del bar de Sewell.

—¿Qué le ha pasado a tu otro coche? —le pregunté—. Era mucho más bonito.

—¿Qué? Oh. Yo no pienso pagar para tener un coche bonito en una ciudad. Siempre acaban rompiéndote los vidrios para entrar, y si tienes un coche bonito, te lo acaban robando para venderlo por partes. Hay muchos grandes actores y grandes productores que llevan coches viejos tan magullados como éste —me aseguró—. Así pasan más desapercibidos, ¿te das cuenta? En cuanto se enteran de que eres un agente y administrador, te acosan hasta la muerte para que los aceptes como clientes.

—¿Entonces te asusta tener demasiados clientes? —le pregunté con incredulidad.

—Ahora tengo más de los que puedo abarcar. Estamos creciendo mucho tu madre y yo. Ya verás. —Me miró con detenimiento y luego volvió a mirar la carretera—. ¿Estás segura de que quieres vivir con nosotros? —me preguntó—. No tenemos tiempo para hacer de canguro.

—Yo no necesito que me cuiden.

—Éste es un lugar de adultos, de personas capaces de enfrentarse a la dura realidad —alardeó.

—¿De verdad? Por lo que he visto, parece una tierra como de juguete donde se fabrican ilusiones —respondí.

Se volvió hacia mí arqueando las cejas y se echó a reír.

—Puede que después de todo aquí estés bien.

Cuando vio la casa de los Livingston dio un gran silbido.

—¿Por qué demonios quieres irte de aquí? —preguntó—. ¿Por qué no te quedas hasta que te echen a la calle?

—Eso mismo es lo que está haciendo el señor Livingston —puntualicé mientras avanzábamos por el camino de entrada.

Y cuando él se dispuso a bajar le sugerí:

—Es mejor que esperes en el coche.

—¿Y eso a qué viene? ¿Es que ahora eres demasiado altiva? ¿Te avergüenzas de mí? ¿Crees que esa gente es mejor que yo? —preguntó con enojo.

—No, pero si Dorothy Livingston te ve, podría describirte a su hermana, y su hermana podría contárselo a las personas de Provincetown, que podrían sentirse ofendidas hasta el punto de decirle a la policía lo que habéis hecho mamá y tú. Hay una extraña enterrada en el nicho de la familia Logan, y Olivia Logan no es de esa clase de mujeres a las que le alegraría saberlo —dije—. Ella también es una mujer muy poderosa y tiene muchos amigos influyentes. Incluso podría hacer que el FBI fuera tras de ti —añadí.

Pensó por unos instantes, observó la casa y por fin asintió con la cabeza y se acomodó en el asiento.

—Sí, vale. Bien pensado. Tienes la cabeza sobre los hombros. Eso está bien. Ya estoy harto de tener que pensar por los demás —dijo—. Vamos. No tardes, que tengo cosas que hacer —me ordenó.

Bajé de prisa del coche y me dirigí hacia la entrada.

Casi inmediatamente después de llamar al timbre, Alec me abrió. Se fijó en el coche que estaba en el camino y luego se retiró con su habitual mueca de desaprobación. Dorothy y Philip se presentaron en el vestíbulo, ambos venían de la sala. Alec cerró la puerta y se retiró sin decir palabra mientras ellos se me acercaban.

—¿Qué ha pasado? —me preguntó Dorothy—. Desde que te has ido he estado muy preocupada, y Philip también.

Miré a Philip, quien me pareció más preocupado por su reputación que por otra cosa.

Pensé en el consejo de mamá referente a la verdad y decidí que no tenía razón. Yo no iba a quedar atrapada en las mismas redes de mentiras de ella y Richard.

—Nos hemos encontrado y voy a vivir con ella —dije en seguida—. Me necesita.

—¿Quieres decir que ha admitido quién es? —preguntó Philip.

—Sí.

—Bueno, ¿y por qué antes hizo eso tan horrible? ¿Por qué se negó a reconocer a su propia hija? —quiso saber Dorothy.

—Tenía sus motivos —dije—, pero ahora ya está todo aclarado. Voy a coger mis cosas.

Me dirigí hacia la escalera.

—Pero... ¿de verdad que estarás bien? —preguntó Dorothy.

—Dorothy, creo que Melody ya sabe lo que se hace —dijo Philip, sin duda encantado de librarse de mí—. Ya es bastante mayorcita.

—No lo es. Aún es...

—Dorothy —dijo él secamente.

Ella se mordió el labio inferior y me miró mientras subía por las escaleras. Me apresuré hacia la habitación y recogí mis cosas. Observé el vestido negro de noche, que aún estaba en la caja, y pensé que si lo dejaba allí Dorothy tendría que devolverlo.

—No lo devolveré —oí que decía Dorothy como si me hubiera leído el pensamiento. Me volví y la vi en la puerta—. Tienes que llevártelo, Melody, o de lo contrario acabará llenándose de polvo.

—Dorothy, no quiero parecer desagradecida. Has sido maravillosa conmigo, muy amable y generosa, pero...

—Nada de peros. Sólo quiero que sepas que te deseo lo mejor, Melody. Eres una jovencita maravillosa —dijo mientras entraba en la habitación para sentarse en la cama—. La verdad —añadió mientras se miraba las manos—, me gustaría hacer algo igual de significativo por mi hermana, pero ella y yo... nunca hemos visto el mundo de la misma forma. Oh, nos queremos, supongo que sí, como se quieren las hermanas, pero sé que Holly cree que mi único fin en la vida es buscar mi propia satisfacción. Ella no me conoce —dijo con lágrimas en los ojos—. Yo también tengo mis objetivos que alcanzar.

Le sonreí.

—Dorothy, estoy segura de que ella lo sabe. Se preocupa mucho por ti y piensa mucho en ti. Me dijo que serías maravillosa conmigo, y tenía razón. Muchísimas gracias.

Cogí la caja del vestido y ella sonrió.

—Buena suerte, y por favor, por favor no dudes en llamarme si me necesitas. No te preocupes por Philip. Gruñirá lo que quiera, pero al final hará lo correcto.

Asentí con la cabeza y ella me abrazó.

—Me gustaría haber tenido una hija como tú —dijo—. Me gustaría tener a alguien más, alguien que me necesitara de verdad. Philip es la persona más autosuficiente del mundo. Es bueno sentirse necesitada, y maravilloso poder ayudar a quien lo necesita.

—Lo sé. Por eso quiero estar con mi madre —dije.

Asintió con la cabeza.

—Ella es muy afortunada. Estoy segura de que no te merece.

Dorothy me siguió cuando salí de la habitación y bajé por las escaleras. En la puerta nos dimos otro abrazo. Philip no estaba presente; pero pensé que de todas formas no era de esa clase de personas que se molestan en decir adiós. Al día siguiente se olvidaría por completo de mi cara.

Me apresuré hacia el coche, aunque antes me volví una vez para despedirme con la mano. Dorothy alzó la suya y siguió despidiéndome unos segundos antes de cerrar poco a poco la puerta. La soledad, pensé, no tenía nada que ver con el dinero o la riqueza; la soledad tenía que ver con el corazón. Cuando éste sólo palpitaba para uno mismo, sólo se estaba utilizando a medias.

—¿Qué llevas, un regalo de despedida? —me preguntó Richard mientras miraba de reojo la caja cuando entré en el coche.

—La señora Livingston es muy generosa. Me compró varias prendas de ropa.

Se fijó en la caja y vio el nombre de la tienda escrito en la tapa.

—Ésa es una *boutique* bastante cara de Beverly Hills —dijo mientras ponía el motor en marcha—. ¿Qué es?

—Un vestido negro de noche.

—¿Ah, sí? Bueno, ¿y ahora para qué necesitas algo tan caro?

—Ha insistido en que me lo quedara —dije con sequedad.

Dio marcha atrás por el camino y me miró.

—Conozco a alguien que puede cambiar un vestido nuevo como ése por dinero al contado, cosa que puede sernos muy útil. Sobre todo porque tú todavía no ganas nada, y supongo que aún tendrá la etiqueta, ¿no?

—Sí.

—Bien.

—Yo no quiero venderlo —dije—. Es un regalo. Para ella significa mucho que me lo quede.

—¿Ah sí? ¿Pero tú qué te crees, una millonaria? ¿Es que vas a pagarnos los seis primeros meses de alquiler? ¿Vas a comprar la comida de mañana, las facturas del gas y la electricidad? ¿El seguro de mi coche? Yo siempre tengo que llevaros a las audiciones, al trabajo, y eso significa dinero para gasolina y gastos de mantenimiento. Hay muchos gastos —dijo levantando la voz—. Si quieres participar en esto, tienes que poner tu parte. ¿Cuánto dinero te dio la vieja de Provincetown para el viaje? —quiso saber—. ¿Eh?

—Me compró los billetes y me dio... quinientos dólares —dije, aunque me había dado dos mil, pero yo ya sabía adónde quería ir a parar Richard.

—Bueno, ¿y dónde está el dinero?

—Me lo he gastado casi todo para venir aquí —contesté.

—¿Cuánto te queda?

—Cien dólares.

—¿Eso es todo? De acuerdo. Dame setenta y cinco y tú quedate con los otros veinticinco para llevar en el bolsillo, así no tendré que darte nada durante un tiempo. Vamos, dámelos —dijo—. Yo también necesito dinero para encontrar un trabajo para ti.

Abrí mi monedero y conté setenta y cinco dólares sin mirar cuánto había realmente. Se los di y él se los metió en el bolsillo sin decir nada.

—Bien. Ahora esto empieza a tener sentido. Te encontraré trabajo —prometió.

Me acurruqué a un lado del asiento y observé cómo Beverly Hills quedaba atrás.

—Ahí está mi casa —afirmó Richard mientras asentía con la cabeza refiriéndose a una gran casa con unas columnas griegas en la fachada—. Es sólo cuestión de tiempo —dijo, y rió de forma confiada.

¿Cuestión de tiempo? Cuestión de siglos, pensé, pero me lo guardé para mí. Los ojos se me llenaron de lágrimas de resolución; de alguna forma, no muy tarde, tenía que apartar a mamá de él y de todo esto.

En cuanto volvimos al apartamento, Richard le contó a mamá lo de mi vestido de noche, pero cuando ella lo vio y se lo probó, dio un gemido y le rogó que dejara que nos lo quedáramos. A ella le sentaba maravillosamente.

—Richard, voy a tener un trabajo en el que necesitaré llevar algo tan bonito como esto, ¿verdad que sí? —preguntó mientras se miraba por delante y por detrás en el espejo—. Y entonces, en lugar de tener que alquilar un vestido, ya lo tendré. ¿Y qué hay de esas fiestas maravillosas y tan importantes a las que me dijiste que pronto iríamos? Tendré que ir bien arreglada para ti, ¿no? Oh, por favor, deja que nos lo quedemos.

—La gente se quedará impresionada de que mamá tenga algo tan caro —añadí—, y la ropa es muy importante en este mundo del espectáculo, ¿verdad? —dije para apoyarla.

Richard me miró fijamente.

—¿Y tú cómo sabes qué es importante en este negocio?

—Conocí a un actor que me lo explicó —dije.

—Oh, así que conociste a un actor. Qué bien.

—Pero tiene razón, ¿no, Richard? Tú también me lo dijiste. Por eso necesitaste aquel dinero para tus bonitos trajes —añadió mamá.

Él se movió inquieto en el asiento.

—Si lo cambiáramos, nos darían una buena suma de dinero.

—Mamá tiene que trabajar, y también dijiste que estabas seguro de que pronto encontrarías trabajo para mí —reclamé yo.

Él se puso rojo de rabia.

—Es cierto, Richard —dijo mamá mientras se miraba al espejo.

—Como sigas llamándola mamá... —me dijo él bruscamente—, estás destinada a cometer un error delante de desconocidos.

—No lo haré —insistí.

—Melody, es mejor que me llames hermana o Gina incluso cuando estemos solos —me aconsejó mamá—. Así te irás acostumbrando.

—De acuerdo. Lo haré. Gina, el vestido te sienta muy bien —añadí, disfrutando de cómo Richard se retorcía en el asiento mientras la posibilidad de perder el dinero del vestido le iba calando hondo.

—Richard —gimió ella—, he esperado tanto tiempo para tener algo bonito...

—Vale, vale. Sólo cederé por esta vez, pero la próxima vez que yo decida algo...

—Te escucharemos. Te lo prometemos —dijo mamá.

Él esbozó una sonrisilla de suficiencia, me miró con desconfianza y se fue a ver la televisión mientras mamá y yo arreglábamos mi habitación.

—Melody, los Livingston deben ser muy ricos —dijo mamá—. Los regalos que te han hecho son carísimos. Pero pronto yo también podré comprarme cosas así. Tendré un Rolls con un chófer, iré a Beverly Hills y entraré en las tiendas más caras —dijo, y actuó como si mi habitación sombría fuera una tienda de diseño—. Los dependientes vendrán corriendo a recibirme, todos impacientes por atenderme y enseñarme los últimos modelos —prosiguió mamá, y yo me senté en la cama y la observé mientras gesticulaba como si estuviera mirando un vestido—. Sí, éste podría irme bien. ¿Qué es esto? ¿Sólo quinientos dólares? ¿Qué, está de rebajas?

Se echó a reír, se dio la vuelta para volver a ver cómo le sentaba mi vestido de noche, y yo también me reí.

—Es muy bonito —dijo con un suspiro y me miró—. Pero lo cierto es que es tuyo.

—No, mamá, es tuyo. Quiero que te lo quedes, guárdalo en tu armario.

—¿De verdad? Gracias, querida. Pero por favor —dijo con un susurro—, intenta, intenta llamarme hermana o Gina. —Miró la puerta—. Sobre todo delante de él.

Asentí con la cabeza; ella me dio un abrazo y luego se fue con Richard.

Aquella noche se me hizo raro dormir en su apartamento porque me recordó el viaje que hicimos de Sewell a Cape. Me acordé de las noches en la carretera, cuando dormíamos en moteles, con ellos durmiendo juntos en la habitación de al lado, igual que esa noche.

No pude evitar pensar en mi padrastro y preguntarme cómo mamá pudo besar a otra persona tan rápido, muy poco después de la muerte de mi padrastro. Quizá tenía miedo de estar sola, tanto miedo como para llegar a colgarse de alguien como Archie Marlin, que se aprovechaba de su vulnerabilidad y sustituía sus temores por sueños. ¿Acaso mamá estaba demasiado desconsolada para no darse cuenta? Pero ¿y ahora? ¿Cuál era la excusa ahora para permitir que él rigiera su vida?

Me sentí muy sola y pequeña al dormir en esa deprimente minihabitación. Si hasta ahora mamá no se había dado cuenta de la clase de hombre que era Archie Marlin, ¿cómo podía yo tener la esperanza de abrirle los ojos? Él seguía con sus promesas de magia y fama, de riqueza y respeto. ¿Qué podía ofrecerle yo en su lugar, excepto la verdad? Y para mamá la verdad sería una píldora demasiado dolorosa de tragar.

Al igual que tantas otras personas en Los Ángeles, los sueños, al margen de lo falsos e inalcanzables que fueran, eran lo que más deseaba. Al menos, pensé, la había encontrado, y al menos ahora tenía una oportunidad.

A la mañana siguiente me levanté antes que ellos. Hice café y tostadas de pan bastante duro. No tenían gran cosa para desayunar, nada de cereales ni huevos, muy poca mermelada y apenas mantequilla. Sin embargo, el aroma del café recién hecho logró despertarles y hacerles salir de su habitación.

—Ahora más o menos es así —dijo Richard—. Yo suelo ocuparme del café. Por la mañana, a tu hermana le cuesta demasiado abrir los ojos para poder poner el agua a hervir.

—Oh, Richard.

—¿Es que le estoy diciendo algo que ella no sepa? —dijo él, y se rió.

—Necesitamos algo de comida —dije.

Él arqueó las cejas.

—Y tú aún tienes algunos dólares. Mientras estamos fuera para ir al bulevar por el trabajo de tu hermana, ve a comprar lo que te parezca —dijo.

Yo ya había pensado hacer eso mismo.

—También arregla nuestra habitación cuando estemos fuera —me ordenó él—. Estoy harto de vivir en una pocilga, y hasta que no empieces a trabajar y aportes dinero te lo ganarás de esta forma.

—Yo ya te he dado dinero —le recordé, y se ruborizó.

—¿Qué dinero? —preguntó mamá.

—Un poco de dinero, casi nada, pero lo necesito para ir en coche por el valle y ver a algunas personas que le podrían dar trabajo, ¿no? Bueno, ¿no te parece? —insistió él.

—Sí, supongo que sí —afirmó mamá.

Daba la impresión de que él no la dejaba pensar ni hacer nada.

Se tomaron el café, mordisquearon alguna tostada y fueron a vestirse. Yo esperé a que se fueran para llamar a Holly, decirle donde estaba y contarle lo sucedido.

—¿Entonces has decidido quedarte?

—Sí —dije.

Aunque no le conté que Philip quería que me fuera, le expliqué lo triste que creía que estaba Dorothy en el fondo.

—No puede comprarse las cosas suficientes para evitar que la oscuridad entre por su puerta —le dije a Holly.

—Lo sé. Ella y yo ya lo hemos hablado muchas veces. Quizá vaya a verla pronto.

—Me gustaría que lo hicieras. Te echa mucho de menos —dije.

—Mírate a ti, dando consejos a los demás para ayudarles mientras tu futuro aún es incierto. Cariño, no asumas más cosas de las que puedas manejar, y llámame si me necesitas.

—Lo haré. Gracias, Holly.

Después de colgar el auricular, llamé a Cary con la esperanza de que estuviera en casa, y aunque no estaba, tía Sara quiso hablar conmigo.

—Jacob está muy enfermo —dijo—. Esta vez ha sido peor. Y ahora también estoy preocupada por Cary. Casi no descansa, entre ocuparse del barco, cuidar de los negocios e ir al hospital. Ahora mismo me iba al hospital.

—Tía Sara, lo siento. Me gustaría estar ahí para ayudarte.

—Querida, ¿estás bien? Ni siquiera te he preguntado cómo va tu búsqueda. Lo siento.

—No pasa nada, tú ya tienes bastante. Por favor, dale a Cary mi número de teléfono, pero dile que no llame hasta que tenga un momento libre. No es urgente.

—Me temo que aquí sí que tenemos una urgencia —dijo con voz casi inaudible—. Todos intentamos ser fuertes por Jacob, pero es muy difícil mantener los ánimos.

Oí que comenzaba a sollozar, y se excusó rápidamente y colgó. Me sentí fatal por estar lejos de tía Sara y la familia cuando todo iba tan mal. Sentí que me estiraban desde todas las direcciones. Mamá también me necesitaba, pero ella parecía que ya había escogido su propio lío. Sin embargo, Cary y tía Sara no tenían elección.

¿Adónde pertenecía yo realmente?

Me parecía como si hubiera estado buscando un hogar para siempre. Justo cuando creía haberlo encontrado...

8

BRILLA UNA ESTRELLA

Después de vestirme, bajé las escaleras y le pregunté a un hombre que estaba trabajando en los alrededores dónde estaba la tienda de comestibles más cercana. Aunque me habló en una mezcla de inglés y palabras en español, me acordaba lo suficiente de las clases de español del colegio para poder comunicarme con él. El supermercado estaba a poco más de tres manzanas. Cuando entré y vi los deliciosos productos, quise llenar el carro, pero al pensar en el camino que había hasta casa me reprimí. Ya hacía un calor pegajoso, con sólo unas pequeñas nubes que se movían con pereza hacia el horizonte. Hacía un buen día para dar un paseo, pero no para ir por ahí cargando con la compra.

Cuando fui a la caja vi a un atractivo joven con el pelo castaño oscuro que se estaba quitando el delantal en el siguiente mostrador, y al pagar le pesqué mirándome. Mientras volvía hacia casa, cuidando que no se me cayera nada de las dos bolsas y que éstas no se rompieran, oí que me decían desde atrás:

—Parece que necesitas un tercer brazo.

Me volví y vi al joven atractivo del supermercado. Bajo el sol, su pelo tenía mechas cobrizas y sus alegres ojos de color avellana, largas pestañas. Aunque no era lo que yo llamaría musculoso, estaba bien proporcionado; era enérgico, esbelto y con la cara muy masculina, sobre todo en la parte de la boca.

—Si quieres te ayudo con una bolsa —se ofreció—. No te voy a robar —añadió con una leve sonrisa al verme titubear.

—¿Cómo sabes adónde voy? —le pregunté.

—A Los Jardines Egipcios, ¿verdad? Ayer te vi. Yo estaba en la piscina y pasaste por allí. Yo también vivo allí —dijo—. De todos modos —añadió—, tengo que hacer el mismo camino que tú para ir a casa. —Como no respondí, se encogió de hombros—. El semáforo está cambiando.

—¿Qué?

—Ya podemos cruzar —dijo mientras me indicaba que el tráfico se había parado.

—Oh.

Se decidió a cogerme una bolsa.

—Será mejor que nos apresuremos —dijo—. Éste es uno de los semáforos que duran menos de Los Ángeles.

Me cogió por el codo y con cuidado me ayudó a cruzar la calle. Caminamos rápido y no reanudamos la conversación hasta que llegamos a la otra acera.

—No te culpo por dudar al aceptar mi oferta. Yo tampoco confiaría las bolsas de la compra a un desconocido —dijo, de nuevo con esa mueca tonta y pícara al mismo tiempo—. A mí siempre se me acercan mujeres que no conozco para ofrecerme su ayuda con las bolsas que llevo.

—Qué gracioso.

—Me llamo Mel Jensen.

—Melody... Simon —dije.

—Bien. Ahora ya no somos desconocidos —bromeó—. Ya puedo seguir llevándote la bolsa.

—Que nos hayamos dicho los nombres no quiere decir que ya nos conozcamos —respondí, y él se puso muy serio.

—Tienes razón. Además, de todos modos, aquí nunca puedes saber si te están diciendo el nombre de verdad o el de mentira —dijo con la comisura del labio ligeramente torcida, y yo sentí que me ruborizaba, pero como él miraba al frente no se debió dar cuenta—. Pero yo te he dicho mi nombre de verdad, y pretendo que llegue a ser muy famoso —alardeó, y se volvió para ver mi reacción.

—¿Qué es lo que vendes? —le pregunté, y se echó a reír de

tal modo que los ojos aún le brillaron más, pero cuando se dio cuenta de que yo no bromeaba dejó de hacerlo.

—¿Hablas en serio? ¿Crees que soy un vendedor?

—Bueno, como has dicho que quieres hacerte famoso, he creído...

—¿Y tú qué haces en Los Ángeles? —preguntó él, de pronto muy curioso y sospechoso.

Antes de responderle aparté la mirada.

—He venido a ver a mi hermana —dije.

—¿A tu hermana? Simon —pensó en voz alta—. Oh, ¿eres la hermana de Gina Simon?

—Sí —contesté.

Como nunca me había considerado una buena mentirosa, dudé de si conseguiría que la gente creyera lo que querían mamá y Richard Marlin. Yo estaba segura de que se darían cuenta de que mentía, quizá advertirían la falta de seguridad en mi voz y en seguida se darían cuenta de que no estaba diciendo la verdad; pero si Mel Jensen se dio cuenta de mi engaño, no lo demostró.

—Claro —dijo mientras asentía con la cabeza—, os parecéis muchísimo. Supongo que tú también quieres ser actriz o modelo.

—La verdad es que no, pero el agente de mi hermana cree que puedo serlo. Dice que intentará encontrar un trabajo para mí mientras estoy aquí —respondí.

—Han pasado cosas raras. Al portero del Four Seasons le ofrecieron un pequeño papel para un programa piloto de la televisión. El programa fue seleccionado, le han dado un papel que sale más veces y ahora es un actor que va en su propio Mercedes al Four Season, donde siempre tiene las puertas abiertas.

—¿Tu también eres actor?

—No, yo bailo, jazz, interpretación... todo eso. Sin embargo, si hicieran musicales como los de Gene Kelly y Fred Astaire, sí que trabajaría en el cine —afirmó—. De todos modos, este trabajo del supermercado, de empaquetar y rellenar estantes, sólo es para seguir teniendo un techo mientras lucho por lo otro. Comparto apartamento con un par de tíos que resulta que también quieren ser actores. ¿Verdad que tu hermana y tú sois de alguna parte del centro de EE.UU?

—Sí —contesté rápidamente con la esperanza de que no insitiera en que le diera más detalles, pues yo no sabía todas las mentiras que mamá y Richard habían ido contando por ahí.

—Yo soy de Portland.

Doblamos la esquina hacia Los Jardines Egipcios y me detuve para coger la bolsa de la compra que él llevaba.

—Tranquila —dijo—. Te acompaño hasta el apartamento de tu hermana. No tengo prisa. No estoy esperando nada. Mañana por la mañana tengo una audición y entonces sí que tendré que estar pendiente del teléfono.

Se echó a reír y recorrimos el camino hacia el edificio de mamá.

—Tendrías que vernos a los tres cuando esperamos una llamada y de pronto suena el teléfono —prosiguió—. Es una locura. Últimamente los tres nos hemos llevado bastantes decepciones, pero mi suerte está cambiando. Puedo sentirlo.

—Espero que así sea —dije.

—Gracias. Mira, ya no somos unos desconocidos. Ya me estás deseando suerte.

Me acompañó al ascensor, subió conmigo y me llevó la bolsa hasta la puerta del apartamento de mamá.

—Gracias —dije mientras me devolvía la bolsa.

—Es un servicio extra de los Supermercados Bay —respondió con una leve y seductora sonrisa—. ¿Qué planes tienes para hoy?

—Yo... tengo que limpiar el apartamento —dije.

—Hoy hace mucho calor.

—Tengo que hacerlo —dije.

—Cuando decidas hacer un descanso, baja a la piscina y te presentaré a algunos inquilinos.

—Me gustaría mucho —dije, aunque titubeando.

—Entonces nos vemos luego —respondió, y se dirigió al ascensor.

No sé por qué he dicho que iría a la piscina, pensé. Ni siquiera tenía traje de baño. Dejé la compra y empecé a limpiar el apartamento. Por la de polvo y telarañas que encontré, me di cuenta de que ni mamá ni Richard habían hecho mucha limpieza desde que se habían mudado allí. El agua del cubo quedó negra después de que pasara la fregona sólo dos o tres veces por el suelo de la cocina. Las ventanas tenían tanta mugre que, incluso cuando hacía un día bueno, el mundo exterior parecía gris.

El baño aún estaba más sucio. En cada espacio y cada grieta se había formado un moho que costaba mucho quitar, y cuando moví la alfombrilla de la bañera salté un paso atrás del susto que me di al ver el tamaño de los chinches que salieron.

Finalmente me dediqué a las habitaciones. Las bolas de polvo que había debajo de las camas eran como plantas rodadoras. Tampoco había aspiradora y tuve que meterme debajo de las camas y limpiar a mano las partes donde no llegaba la fregona. No sabía si mamá quería que ordenara los cajones del armario que compartía con Richard, pero me fijé en que no doblaba la ropa mucho mejor de lo que solía hacerlo en Sewell. Allí también era yo la que hacía casi siempre la colada y planchaba la ropa.

Las sillas estaban llenas de ropa y en el suelo había unos tejanos y una blusa arrugados. Al ordenar un cajón del armario encontré un biquini rosa y pensé en la invitación de Mel Jensen. Aún hacía mucho sol y calor, y yo casi estaba dispuesta a descansar un poco.

Sin embargo, al probarme el biquini me di cuenta de que era muy atrevido. Iba a quitármelo y ponerme otro más modesto, pero el otro que encontré aún era más escueto.

Me miré en el espejo otra vez. Me iba bien, pero como yo tenía un poco más de pecho que mamá, la parte de arriba me quedaba ceñida. Yo tenía las caderas más estrechas, pero el biquini parecía nuevo y no estaba dado. Me di la vuelta para ver cómo me sentaba y lo que vi no me desagradó. Aunque no me gustaban las chicas que se exhibían, tampoco veía por qué tenía que avergonzarme de tener buen tipo. Podría usar un poco de crema, pensé, y evoqué la suave, atractiva e invitadora sonrisa de Mel Jensen. ¿Me atrevería a bajar a la piscina con ese biquini? Sólo pensarlo me resultaba emocionante.

Mientras lo estaba decidiendo sonó el teléfono. Era Cary.

—Te he llamado antes —dijo—, pero cuando me ha salido el contestador automático he decidido no dejar mensaje. De todos modos, como entro y salgo tanto, aunque me llamaras tú tampoco sabrías cuándo encontrarme.

—He ido a comprar algo de comer.

—¿Algo de comer? ¿Dónde estás? ¿Qué le has dicho a mi madre? Últimamente no se acuerda de nada. ¿Qué pasa? —Me acosó a preguntas sin apenas respirar.

Le conté que me había encontrado con mamá y cómo fue todo, aunque de forma muy rápida.

—¿Entonces enviaron el cuerpo de una desconocida a Provincetown? No puedo creerlo. Eso va en contra de la ley, ¿no? —preguntó.

—Supongo que sí —dije.

—¿Y qué hay de la mujer que está en la tumba? ¿Es que nadie la busca?

—No conozco todos los detalles, pero aquí hay mucha gente que ha abandonado a su familia para siempre. Además, creo que más bien fue cosa de Richard Marlin —añadí—. Es como si mamá... estuviera bajo su poder, pero yo voy a sacarla de aquí —dije, y le expliqué por qué quería quedarme en Los Ángeles e intentar apartarla de las malvadas garras de Richard.

—Melody, a lo mejor ella no quiere que la salven —dijo Cary.

—Tengo que intentarlo.

—¿Por qué? Ella no se preocupó por ti. Mira lo que te hizo. Si tu amiga de West Virginia no te hubiera enviado aquella fotografía del catálogo, ¿crees que tu madre te hubiera vuelto a llamar alguna vez? —argumentó—. Ella es como las personas de las que acabas de hablar, los que se olvidan de su familia.

Aunque lo que decía no era mentira, yo sabía que sólo quería que volviera a casa con él.

—Eso mismo, Cary. El hecho es que vi la fotografía, que la he encontrado y que sé que me necesita. Un día se encontrará sola en este lugar, en cuanto Richard vea que ya no puede sacarle nada, la dejará tirada.

—Ella tendría que saberlo. Ése no es tu lugar —insistió—. Han infringido la ley al haber enviado el cuerpo de una desconocida para que lo enterraran haciendo creer que era el de tu madre. La abuela Olivia se pondrá furiosa.

138

—Quizá de momento es mejor que no le digas nada.

—¿Y qué hago cuando me pregunte, mentir? ¿Es esto lo que estás aprendiendo en Los Ángeles?

—No.

—En eso tu madre es una buena profesora —murmuró—. Los dos lo sabemos.

—Mira Cary, al margen de lo que haya hecho, sigue siendo mi madre. Tú sentirías lo mismo.

—No, yo no —dijo con calma, pero percibí la tristeza en su voz.

—¿Cómo está tu padre? —pregunté.

—No hay novedades. Sigue en la unidad de cardiología del hospital. Como esta mañana ha caído una pequeña tormenta, no hemos salido en barco. De todos modos, dependo de la cosecha de arándanos para que podamos pasar el año —añadió—. Habrá mucho trabajo dentro de poco.

—A lo mejor puedo venir para ayudar —sugerí.

—¿Y después qué, volverás a Los Ángeles?

—Cary, no lo sé.

—A lo mejor te gusta estar ahí. Es Hollywood —escupió—. Tiene mucho más encanto que vivir en una vieja casa y cosechar arándanos. No te culpo por ello —dijo con voz cansada—. A mí también me gustaría huir de mis responsabilidades.

—Yo no estoy huyendo de mis responsabilidades, Cary Logan. Me dirijo hacia ellas. Intento ayudar a mi madre —dije con firmeza, decidida a hacérselo comprender.

—Bien. Ya sabes dónde estoy. Llámame alguna vez, si es que tienes tiempo —dijo sin disimular su enfado y decepción.

—Oh, Cary, sabes que te llamaré.

—Tengo que volver al hospital —dijo—. He dejado allí a mamá con May. Adiós.

—Cary.

La comunicación se cortó. Me quedé con el auricular en la mano y al poco lo colgué, sintiendo el corazón como una piedra helada. Cary no llevaba bien la tristeza y las dificultades. Se encerraba en sí mismo y, con amargura, se negaba a salir. Así estaba cuando le encontré la primera vez que mamá me dejó allí para que viviera con tío Jacob y tía Sara, y tardé un poco en conseguir que me dijera un par de palabras amables.

Me sentí fatal por no estar a su lado cuando me necesitaba tanto.

Pero al observar el pequeño apartamento en que me hallaba, pensé en mamá bajo el dominio de Richard y supe que tenía que quedarme. Tenía que intentarlo. En ocasiones como ésta deseaba que hubiesen dos Melodys. Enviaría mi otro yo a Provincetown. Pensé que era yo la que tenía que haber sido melliza, no Cary.

Del patio subieron unas carcajadas y me asomé a ver. Dos mujeres jóvenes iban de camino a la piscina, las dos con unos biquinis que aún eran más pequeños que el que yo llevaba.

Pensé que necesitaba descansar un poco y hacer un breve intermedio en las preocupaciones que me acosaban. Fingiría ser uno de ellos sólo durante un rato. Lo único que temía era que la locura que les dominaba fuera contagiosa y que lo que Cary me había dicho llegara a ser cierto. Yo también pensaba que era más fácil huir y adentrarme en mis sueños y fantasías; y, al igual que la gente de allí, no preocuparme de que esos sueños guardaran alguna lógica con la verdad.

A pesar de ese temor, busqué una toalla y unas sandalias en el armario, de donde también cogí el albornoz de mamá, con manchas de café y alguna quemadura de cigarrillo; me lo puse y me dirigí a la piscina recordándome que sólo sería por un ratito. No era nada malo, ¿no?

—Ésta es Melody Simon —le dijo Mel Jensen al hombre moreno con el pelo castaño claro que estaba en la tumbona junto a él—. Melody, te presento a Bobby Dee —dijo Mel.

—Encantado —murmuró Bobby Dee, y me lanzó una rápida mirada mientras aguantaba una pantalla reflectora de sol debajo de la barbilla.

—Bobby es el batería de los Gross Me Outs, un grupo de rock que la semana pasada sacó su primer sencillo.

—Oh. Felicidades —dije.

Bobby Dee gruñó. Mel me abrió una tumbona para que me sentara junto a él. Al otro lado de la piscina estaba Sandy tomando el sol con dos amigas, rodeadas de un par de chicos. Cuando me quité el albornoz de mamá y lo dejé con cuidado sobre la tumbona, todos me miraron y la sonrisa de Mel se agrandó.

—Será mejor que te pongas un poco de crema —sugirió—. Estás un poco blanca, por haber estado en lugares que sin duda no han visto el sol durante un tiempo. —Me ofreció su crema bronceadora.

—Gracias —dije, y me puse un poco en las piernas y los brazos.

—Si quieres, te unto un poco por la espalda —se ofreció.

—Cuidado. Así es como suele empezar —dijo entre dientes Bobby Dee—. Primero es la espalda, luego los brazos y después...

—A nadie le importa, bocazas —respondió Mel.

Cogió la crema y se puso de pie detrás de mí. Sentí sus manos cálidas en mi espalda, pero la crema estaba fría y di un respingo.

—Es el tío con el toque mágico —Bobby apartó la pantalla reflectora y esta vez sí que me miró—. Tú no serás cantante por casualidad, ¿verdad? Estamos buscando una nueva solista.

—Sólo canto cuando toco el violín —dije—. Pero no soy tan buena para cantar en un grupo.

—El violín. ¿Quieres decir música de cuerda?

—Sí —respondí mientras Mel me untaba los brazos con crema para luego entretenerse con los hombros y el cuello—. Gracias —le dije, con la sensación de que si no le decía nada a lo mejor seguía toda la tarde.

—De nada.

—El grupo de Hell's a Poppin' tiene un músico que toca el violín —dijo Bobby—. Dieron un concierto en el valle, en Marquet Square. ¿Has oído hablar de ellos?

—Bobby, Melody acaba de llegar. Ni siquiera sabe qué es el valle —dijo Mel.

—¿Ah, sí? —Me examinó con detenimiento y luego volvió a colocarse la pantalla reflectora.

Sandy y una de sus amigas se tiraron a la piscina y nadaron hacia nosotros, seguidas de los dos chicos que estaban con ellas.

—Hola otra vez —dijo Sandy mientras se levantaba un poco en el agua para mirarme.

—Hola.

—Ya veo que has conocido a Mel —dijo.

—En mi oficina —dijo él.

—Vigila que muerde —me advirtió ella, y se rió antes de volver a hundirse en el agua.

—¿Por qué todo el mundo me dice que vaya con cuidado contigo? —le pregunté a él.

—Son celos —dijo—. Cuidado con el monstruo de ojos verdes. Al final aquí los celos acaban apoderándose de todo el mundo.

Bobby gruñó.

—Mira quién habla —dijo, y Mel se volvió hacia él.

—¿Qué, acaso tú no tienes envidia de Tommy and the Loafers? —le preguntó Mel.

—Que les dieran a ellos ese contrato en vez de a nosotros fue por chiripa —respondió Bobby.

—Aún sigues celoso —dijo Mel—. ¿Lo ves? —me dijo.

Le sonreí, me tumbé y cerré los ojos. Llegó la música de una radio que alguien acababa de poner. Bajo el sol se estaba bien. Oía las carcajadas alrededor. Era fácil olvidarse de los problemas. Pensé, avergonzada, que podría acostumbrarme a eso.

—¿Irás esta noche a la fiesta de Sandy? —me preguntó Mel.

—Creo que sí —dije.

—Bien.

Abrí un ojo y le miré; estaba tumbado de costado, de cara a mí.

—¿Por qué no llevas el violín esta noche a la fiesta de Sandy? —me propuso.

—No lo he traído a California —dije.

—¿No lo has traído? ¿Por qué?

—Yo... no pensaba que alguien querría escuchar a una violinista —dije.

—¿Verdad que Jerry tiene un violín? —le preguntó a Bobby.

—Sí. Vamos a conseguirte uno. Esta noche te lo traigo.

—No, preferiría que no. La verdad es que no toco tan bien —dije.

—Si hay un lugar en el mundo en que la modestia no funciona, es en Los Ángeles —dijo Mel—. Aquí te consideran un poco rara si no te das bombo.

—Entonces que me consideren rara —dije con firmeza—, porque yo no toco el bombo.

Bobby se echó a reír.

—Estúpido, que ella toca el violín —dijo—, no el bombo.

—Estoy seguro de que eres buena —insistió Mel, pero no le contesté—. Vamos —me dijo incitándome—, a refrescarnos un poco.

Se levantó y se lanzó a la piscina dando un salto suave y con gracia, apenas salpicó agua.

—Ven —dijo después de sumergirse—. Se está muy bien.

Miré a Bobby, quien se encogió de hombros y dijo:

—Yo ya me he bañado una vez esta semana.

Mientras Mel seguía flotando en el agua, Sandy y sus amigas comenzaron a salpicarle y él hizo lo mismo, y como me pareció que se estaban divirtiendo, me levanté y me senté en el borde de la piscina. Mel nadó hacia mí y me cogió los tobillos.

—Vamos. No te vas a ahogar. Sólo tiene un metro y medio de profundidad.

Me estiró y caí a la piscina, en sus brazos. Las chicas vinieron a rescatarme a base de salpicarle tanto que tuvo que bucear. Yo participé con ellas, pero cuando se fijaron en mí se quedaron sorprendidas. Me detuve, llena de curiosidad.

—¿Qué pasa? —pregunté.

Sandy nadó hacia mí.

—El biquini —dijo.

Me miré la parte de arriba del biquini de mi madre, que en el agua era totalmente transparente, tanto como si estuviera desnuda.

—Oh, no —me lamenté, y me cubrí los pechos con los brazos.

—Espera —dijo Sandy.

Salió de la piscina para coger mi toalla de la tumbona y volver. Salí del agua y ella me cubrió con la toalla. Todo el mundo nos miraba, y algunos hombres que acababan de llegar movían la cabeza con regocijo. Incluso Bobby Dee se reía de mí.

Avergonzada hasta la médula, me puse tan roja no sólo de cara, sino también de cuerpo, que parecía quemada por el sol.

—Gracias —le dije a Sandy—. Es un biquini de mi mad... hermana. No sabía que era así —le expliqué.

Miré a los demás, cogí las llaves del apartamento de la mesita que estaba junto la tumbona y me fui corriendo.

Al llegar al apartamento, me miré en el espejo. Pensé que sin duda ese biquini no era para bañarse. Me lo quité en seguida, me sequé y me vestí. Mientras me estaba secando el pelo oí el timbre. Era Mel, que me traía mis otras cosas.

—Sí que ha sido una salida dramática —dijo cuando abrí la puerta—. No cabe duda de que eres actriz. Por ser la primera vez, has producido una gran impresión.

—Muchas gracias, pero hubiera preferido pasar desapercibida. No sabía que ese biquini no era para bañarse. Lo he tomado prestado del armario de mi hermana.

—No hace falta que me des ninguna explicación. Es de los que me gustan —dijo mientras se me acercaba.

—Me pregunto por qué —dije con ironía, y le cogí el albornoz y las sandalias—. Gracias por traérmelo.

—De nada. Nos vemos en la fiesta de Sandy —dijo—. ¿Irás vestida?

—No voy a enseñar ni la cara —gemí.

—Eso es una tontería. Todo el mundo lo entiende. Es algo que a veces pasa.

—Pero no a mí —exclamé, y mientras cerraba la puerta él se rió.

Cuando mamá y Richard Marlin llegaron a casa, la cogí aparte y le conté lo que había pasado.

—Oh, yo nunca he ido a la piscina —dijo—. Estos biquinis son para posar de modelo. A mi edad, una no quiere tomar tanto el sol. Hace que salgan más arrugas —me explicó.

—He pasado mucha vergüenza —le dije, y ella se echó a reír.

—Apuesto a que te has hecho famosa inmediatamente entre los jóvenes de por aquí —dijo con cierto matiz de celos.

—Preferiría no ser tan famosa.

—Claro que lo prefieres. Cuantos más hombres te miren, más importante eres —dijo—. Tómate tiempo para prestarle a cada uno un poco de atención personal. Aún te quedan muchos años de correrías antes de hacer lo que yo y atarte a un hombre.

—Mamá, ¿fue así para ti?, ¿te sentiste atrapada?

—Sí —confesó con soltura—. Y por favor, no lo olvides, no me llames mamá —susurró.

Richard salió de la cocina.

—Has comprado bastante —dijo—. Por fin hay un poco de comida de verdad en esta casa.

—Bien, pero esta noche no tenemos que preocuparnos de ello. Vamos a la fiesta de Sandy —le recordó mamá.

—Hermana, yo no puedo ir, después de lo que ha pasado esta tarde...

—Tonterías, Melody.

—¿Qué ha pasado esta tarde? —preguntó Richard.

Cuando mamá se lo contó, él se echó a reír, pero luego me miró con seriedad.

—Creo que tienes trabajo. Le he hablado de ti a un productor y ha dicho que mañana quiere verte. Después de dejar a Gina en el bulevar, te llevaré a sus estudios.

—Oh, Melody, es magnífico, y también ha sido rapidísimo. Ahora las chicas de aquí sí que se morirán de celos.

—El monstruo de ojos verdes —dije mientras asentía con la cabeza al recordar las palabras de Mel.

—¿Qué?

—Nada. ¿Y qué clase de trabajo es? —le pregunté a Richard—. ¿Qué tengo que demostrar?

—No seas tan listilla. Resulta que es un trabajo de actriz —dijo—, en una película de cine independiente.

Miré a mamá, quien sonrió abiertamente.

—Pero si yo nunca he actuado —dije.

—Pues así aprenderás —dijo Richard, miró alrededor y asintió con la cabeza—. Gina, lo ha arreglado todo bastante bien, ¿verdad?

—Sí. Gracias, cariño.

—Puede... puede que al final esto funcione —dijo Richard mientras sonreía como un gato.

Fue una sonrisa que me produjo un escalofrío. De pronto, me sentí como un ratón acorralado.

El pequeño incidente ocurrido en la piscina me convirtió en la estrella de la fiesta de Sandy. En cuanto entramos, nos recibieron con vítores. Me dio vergüenza llamar la atención, pero tuve la impresión de que todo el mundo era muy amigable. La fiesta ya estaba en su máximo auge, ya que nosotros habíamos tardado en llegar porque mamá se tomó todo el tiempo del mundo en maquillarse y decidir qué peinado hacerse.

—Además —me dijo—, en Hollywood, ser puntual es un signo de debilidad. Tú sigue siempre la moda y llega tarde.

Mel había ayudado a Sandy con la cena; le trajo comida preparada del supermercado. Al principio pusieron música grabada, pero a medida que fueron llegando más invitados Bobby y su banda se animaron a tocar. El apartamento no era mucho más grande que el nuestro y me pareció que allí dentro estaban todos los que vivían en el complejo, y tampoco tardaron mucho en ponerse a bailar. Incluso los que estaban charlando de pie se movían al ritmo de la música mientras conversaban. Si alguna vez la diversión ha sido contagiosa, es en este lugar, pensé, incapaz de reprimirme las ganas de bailar y moverme al ritmo de la música y la algarabía que me rodeaba.

La mayoría de las conversaciones que oí eran de audiciones, papeles de cine, agentes y productores. Lo que más gracia me hizo fue la facilidad con que todo el mundo creía que mamá era de su misma edad. Con su superminifalda, su camiseta negra sin mangas y el pelo recogido hacia atrás con una cola de caballo, parecía más mi hermana que mi madre, por lo que comprendí que la mentira resultara tan fácil de creer.

Mis pensamientos se interrumpieron cuando Mel me pidió que bailara con él. Mientras dábamos vueltas por la sala me di cuenta de que Richard había ido a hablar con dos mujeres muy atractivas y que mamá bailaba con un tal Stingo que tenía el pelo más largo que yo y llevaba dos pendientes de plata. Al poco, las carcajadas de mamá se oyeron por encima de la música. De vez en cuando me miraba con una sonrisa iluminada; me pareció feliz, como si hubiera rejuvenecido. ¿Realmente era posible retroceder en el tiempo y volver a ser joven?

De pronto, el grupo de Bobby dejó de tocar y él anunció a los presentes que entre ellos había un nuevo talento, una voz nueva e inocente. Yo no tenía la menor idea de a quién se refería hasta que enseñó el violín y pronunció mi nombre. Mamá me miró tan sorprendida como yo.

—No —dije negando con la cabeza—. Te he dicho que no soy tan buena.

—Deja que eso lo juzguemos nosotros —sentenció Bobby—. Vamos, aquí todos somos muy amigos —añadió con una sonrisa.

—Adelante —me animó Mel.

—No puedo. Yo...

—Hazlo o te seguirá pinchando hasta que lo hagas. Bobby es así.

Avancé con recelo y todo el mundo vitoreó. Mamá y Richard estaban juntos, observándome con gran sorpresa e interés. Aunque Richard parecía contento, advertí en mamá cierta extrañeza. Si no la conociera tan bien, hubiera pensado que estaba celosa.

—Ésta es una canción que me enseñó un viejo amigo —comencé cuando cogí el violín. Los asistentes guardaron silencio, pero intenté no pensar en ellos, sino en papá George y en el placer que sentía siempre que tocaba para él—. Es una vieja canción tradicional de las montañas sobre una mujer cuyo amante muere en una pelea. Ella llora tanto su muerte que su corazón se convierte en pájaro y echa a volar hacia lo alto para unirse con el alma de él.

Cuando una persona se rió, alguien le dijo:

—Calla, idiota.

Alcé el arco y comencé, al principio cantando por lo bajo y luego más alto y con los ojos cerrados. Cuando terminé había un silencio sepulcral.

—Ha sido maravilloso —dijo Mel en voz alta para que todos lo oyeran.

Le siguieron unos murmullos de acuerdo y luego todo fueron aplausos y vítores.

—Richard, parece que tienes una cliente buena de verdad —dijo Bobby a voz en grito desde la otra punta de la sala.

Richard le sonrió y asintió con la cabeza.

—¿Sé reconocer el talento cuando lo tengo delante o no?

—¿Es una pregunta? —gritó alguien, y muchos se echaron a reír.

Bobby y su grupo se pusieron a tocar otra vez y la fiesta volvió a adquirir el carácter alegre y salvaje.

—Ha sido encantador —dijo mamá mientras se acercaba a mí—. No has tardado mucho en conocer a la gente y decir que tocas el violín.

—Yo no se lo he dicho. Ha sido...

—Pero la verdad, Melody, no creo que esta clase de música pueda tener mucho éxito en Hollywood, así que no te hagas demasiadas ilusiones.

—Oh, yo no espero que el violín me haga famosa. No he venido aquí para eso.

Se echó a reír.

—Oh, a lo mejor sí —dijo con un guiño, y sin más palabras se agarró del brazo de un joven alto y moreno y se fue a bailar otra vez.

Mientras me desplazaba por la sala, todo el mundo me felicitaba por la actuación, y Sandy me dio un fuerte abrazo.

—Eres maravillosa —afirmó—. Vas a conseguirlo.

—¿Que lo voy a conseguir? ¿El qué?

—El éxito, tonta —dijo antes de ponerse a bailar.

Mel se acercó a mí.

—Eres un gran éxito musical. Nadie en este complejo se ha ganado la atención de todo el mundo justo al llegar y de forma tan rápida —sentenció.

—Eso no es lo que busco.

—¿Entonces qué es lo que buscas? ¿Un empleo en el supermercado? En eso yo puedo ayudarte —bromeó—. A mí me parece que quieres algo más, como los demás.

—No —insistí.

Observé la reunión de jóvenes esperanzas, todos creían que si insistían lo bastante iba a pasarles algo maravilloso. Procedían de todas partes; del este, del centro, del norte de California, todos esperaban dar el gran salto. No era malo tener ambición, pero había una línea que diferenciaba la ambición de los falsos sueños, esos que sólo implicaban dolor y decepción. Yo no tenía ni idea de dónde estaba esa línea ni de quién la estaba cruzando, pero me prometí que yo no sería una de las que lo hiciera. Sin embargo, pude darme cuenta de lo fácil que era caer en la tentación de creer en los cuentos de hadas, pues no podía negar que los cumplidos y elogios que recibí me hicieron soñar con llegar a ser una música famosa.

De pronto, las palabras de Cary me resonaron como truenos en la memoria. «Tiene mucho más encanto que vivir en una vieja casa y cosechar arándanos. No te culpo por ello.»

—Estoy cansada —le dije a Mel mientras mis pensamientos volvían a la tierra—. He tenido un día muy largo. —Le lancé una sonrisa y cogí a mamá por el brazo en cuanto pasó bailando a mi lado—. Me voy al apartamento. Estoy cansada, hermana.

—Como quieras —me dijo sin apenas mirarme porque estaba demasiado concentrada en el baile.

—Eh, es muy pronto —dijo Mel mientras me dirigía a la puerta.

—Supongo que es por el cambio horario —respondí con brevedad.

—Vas a perderte una buena. La fiesta no ha hecho más que empezar —me persuadió sin soltarme la mano.

Me liberé con amabilidad.

—Ya habrá otras fiestas —dije—. Gracias.

Vi la decepción escrita en su cara.

—Sí, de nada. En otra ocasión —dijo mientras se volvía.

Salí de la fiesta y me dirigí al apartamento. En cuanto cerré la puerta lancé un largo suspiro. Me ardía la cara, y como la brisa que entraba por la ventana era demasiado caliente para refrescarme, fui a sentarme al patio, desde donde observé los tejados de los edificios bajo los brillos de las constelaciones.

Me pregunté si Cary, que se hallaba a miles de kilómetros, estaría contemplando las mismas estrellas. Eché de menos ver su resplandor sobre el mar y formular deseos a las estrellas fugaces mientras paseaba por la playa. ¿Estaría el mar en calma esta noche? ¿Romperían las olas delicadamente en la orilla? Aunque deseaba muchísimo oír la voz de Cary, era demasiado tarde para llamarle. De todos modos, pensé que a esas horas todos estarían durmiendo.

Oí la alarma de un coche procedente de la calle de enfrente del complejo; me pareció un animal herido, un perro extraviado y lesionado soltando un agudo alarido que se alargó dos buenos minutos antes de callar. Luego todo volvió a estar en relativo silencio. Se me caían los párpados, por lo que me levanté y me dispuse a acostarme. Me dormí en cuanto apoyé la cabeza en la almohada.

Pero al cabo de unas horas me despertaron las carcajadas de mamá y Richard. Entraron en el apartamento armando follón, me pareció que estaban bebidos, y no se preocupaban del ruido que hacían. Mamá gritó.

—¿Dónde está mi hermanita talentosa? —Se echó a reír y se acercó a mi puerta—. El gran éxito de la fiesta. ¿Qué te parece, Richard?

—Me encanta —dijo él, y ella volvió a reír.

Yo fingí que dormía como un tronco, pero abrí los ojos y la vi saludándome con la mano desde el umbral de mi puerta.

—Melody, todos dicen que ha sido impresionante... ser el gran éxito de la fiesta y luego marcharse. Impresionante. Parece que te he enseñado mucho más de lo que creía —dijo—, pero no olvides quién es aquí la maestra.

—Gina, ven a la cama.

—Ya voy.

Se quedó mirándome desde la puerta pero yo no me moví.

—Hermanita, que duermas bien —dijo, se echó a reír, se llevó la mano a la frente y se alejó dando tumbos.

Oí algo que cayó al suelo y estalló, y luego a ella maldiciendo por lo bajo.

—Ven a la cama antes de destrozarlo todo y arruinar el buen trabajo que ha hecho tu hermana —bromeó Richard.

Mamá volvió a maldecir, entró en su habitación y cerró de un portazo que hizo vibrar todo el apartamento.

Oí sus voces amortiguadas por las paredes; la de mamá cada vez más fuerte y luego a Richard gritando. Después oí los sollozos y gemidos de mamá, hasta que por fin se calmó.

Ella no puede ser feliz aquí, pensé. No puede. Mañana, mañana empezaré a hablar con ella para hacer que vuelva. Le recordaré lo de mi herencia, le diré que tendremos dinero y que podrá hacer todo lo que quiera si deja de intentar ser la que no es...

Era como si me encontrara en una tierra de fantasmas, con todo el mundo pretendiendo ser otra persona mientras su verdadero yo flotaba por encima, a la espera de volver a su cuerpo perdido. Aunque pareciera una ironía, eso es lo que mamá tenía que hacer... volver a su cuerpo, a su nombre, a la identidad que había enterrado en Provincetown.

¿Alguna vez querría volver a ser Haille Logan?

Yo esperaba que sí, porque Haille Logan era mi madre.

9

COGE UNO

Me despertaron los mismos gritos y llantos amortiguados que había oído antes de dormirme. Pero cuando me levanté, me vestí y salí para preparar el café, todo volvió a quedar en silencio. Primero vino Richard, con una expresión furiosa. Se sirvió un poco de café y comenzó a refunfuñar en voz alta:

—A veces es como cuando te sacan una muela. ¿Por qué tengo que soportar esto? —murmuró—. Se comporta como si me estuviera haciendo un favor. Dejemos claro quién está haciendo un favor a quién aquí —gritó dirigiéndose hacia la habitación.

—¿Qué pasa? —le pregunté.

Se volvió hacia mí.

—¿Qué pasa? Pasa de todo. Ayer bebió demasiado, gracias a ti, y luego se echó a llorar y empezó a lamentarse como sólo sabe hacer ella, y me ha tenido toda la noche despierto. Al final perdió el conocimiento y ahora tiene una resaca bestial y está que no se aguanta.

—¿Por mi culpa? —le pregunté confundida, pero él no me hizo caso.

—Se lamenta y se mete conmigo. Ella ya sabe que tiene que levantarse y tener buen aspecto. ¡Lo que está en juego es mi reputación! —añadió, de nuevo gritando en dirección a la habitación de mamá.

Al final ella salió con gafas de sol y dando unos pasos cortos y lentos, como si caminara sobre cáscaras de huevo. Fue directa a la cafetera.

—Gina, no puedes ir todo el día con gafas de sol. Anoche te dije mil veces que pararas de beber, ¿o no? ¿No es cierto? —preguntó enfadadísimo.

—Estaré bien —dijo ella.

—Claro. Estarás bien. Parecerás medio muerta y te comportarás como tal, te van a despedir y otra vez me echarán la culpa a mí. ¡Me van a cerrar las puertas de otro mercado y voy a perder a mis otros clientes! —gritó Richard.

—¿Tus otros clientes? —Ella intentó sonreír, pero pareció que eso le daba dolor de cabeza porque rápidamente se llevó la mano a la frente.

—¿Alguien quiere comer algo? —pregunté.

Mamá no me respondió, pero Richard se volvió hacia mí.

—No. Y tú vístete de una vez —me dijo con rudeza—. Tienes que venir con nosotros. No voy a hacer otra vez todo el camino sólo para venir a buscarte. Tienes una cita en la parte oeste de Los Ángeles.

—¿Que me vista? Si ya estoy vestida.

—Ponte algo... más sexy. ¿No tienes una minifalda o algo por el estilo?

—No. Yo...

—Mira en el armario de Gina —me ordenó, y mamá sonrió.

—Sí, Melody, hazlo. Pero no te pongas mi otro biquini.

Se echó a reír.

—Oh, eres muy divertida —dijo Richard—. Aquí el responsable soy yo. Soy yo el que se juega el pellejo. Ya es hora de que se me agradezca. Lo digo en serio —añadió con dureza.

Ella se levantó un poco las gafas de sol; tenía los ojos muy rojos y cansados.

—Richard, yo te valoro. No tienes derecho a decir que no lo hago.

—Bueno, si cuando te deje no tienes un aspecto de primera, me vas a meter en un apuro —dijo, y se volvió hacia mí—. ¿No te he dicho que vayas a buscar algo que ponerte? Vamos con retraso porque me ha costado mucho sacarla de la cama.

Miré a mamá, que volvió a ponerse las gafas de sol y sorbió el café. Ni siquiera me había dicho buenos días. Fui a su habitación. Parecía que la guerra había tenido lugar en su cama: la manta arrugada, la sábana fuera del colchón, una de las almohadas en el suelo. La ropa que mamá llevaba anoche estaba amontonada encima de sus zapatos, junto a la cama. En su armario encontré una minifalda y una camisa a juego que decidí ponerme.

—Mucho mejor así —dijo Richard—. Cuando os lleve a algún sitio, tenéis que tener claro cómo moveros empezando por los pies y dar la mejor impresión —nos sermoneó.

—No son precisamente nuestros pies lo que les interesa —bromeó mamá, y se echó a reír.

—Muy gracioso. Venga, vámonos —ordenó.

No me dio tiempo a limpiar nada. Apenas pude apagar la cafetera antes de que nos obligara a salir del apartamento mientras, enojado, iba refunfuñando detrás de nosotras que le presionábamos por tardar tanto en arreglarnos.

—Es un negrero —dijo mamá en voz alta para que le oyera—. Pero tiene razón. Tengo suerte de que cuide de mí.

—Si cuida de ti, ¿entonces por qué te dejó beber tanto? —le pregunté a ella.

Me lanzó una mirada y se irguió.

—No me dejó. Ya has oído lo que ha dicho en la cocina. Intentó que parara.

—¿Y por qué no paraste? —indagué.

—Porque yo no fui el gran éxito de la fiesta como tú, Melody. Yo no soy perfecta, pero hay mucha gente que aún es peor por aquí —añadió con tono alto, casi para que Richard lo oyera.

—Yo no soy perfecta, mam... hermana, y no he venido aquí para ser el gran éxito de ninguna fiesta. De verdad.

—No importa. De todos modos, ¿a quién le importa lo que piensen todos esos perdedores de por aquí? La mayoría se habrá ido dentro de seis meses. Ya verás —dijo.

Mamá se sentó en el asiento del copiloto del coche y yo detrás. No hablamos nada mientras Richard conducía por las calles de la ciudad maldiciendo por lo bajo a los demás conductores y murmurando entre dientes que a esas alturas él ya tendría que estar viviendo en un barrio mucho mejor.

154

—Y estaría viviendo allí si contara con la cooperación que necesito.

—Richard, lo siento —dijo mamá cuando entramos en un parking—. He sido una chica mala.

—Ahora sólo intenta hacer bien tu trabajo. A este sitio viene gente muy importante y alguien podría echarte el ojo. No olvides lo que te dije... exhibición, exhibición, exhibición... ése es el nombre del juego.

—Bien. Lo siento —dijo ella.

Y le dio un beso que apenas le ablandó; siguió con la espalda recta y la mirada al frente.

—Luego me pasaré para ver cómo te va —le dijo, casi a modo de amenaza.

Mamá se volvió hacia mí antes de bajar.

—Buena suerte, cariño —dijo—, y presta atención a lo que te diga Richard.

—No sé lo que estoy haciendo ni...

—Gina, vete de una vez —le ordenó Richard—. Ya llegas cinco minutos tarde.

—Sí, ya voy —dijo, y bajó del coche.

Antes de que me sentara delante, Richard inició la marcha.

—¿Dónde vamos exactamente? —pregunté.

—A los estudios Live Wire —dijo—. Un amigo mío nos ha hecho el favor de darte una oportunidad.

—Pero no lo entiendo. ¿Cómo voy a empezar a actuar sin haber recibido una sola lección?

—El director te enseña lo que tienes que hacer en cada momento. Está muy bien pagado. Si lo haces bien, con sólo este sueldo podremos pagar medio año de alquiler —dijo.

—¿Medio año de alquiler?

Pensé que era mucho dinero, y que dependía de mí.

—Eso es, y esto sólo es el principio. Ya le he dicho a tu madre lo bien que podría ir, pero ella sigue yéndose de juerga como anoche y casi siempre lo echa todo a perder —dijo—. Puedes pensar lo que quieras, pero no me ha sido nada fácil.

—Entonces puede que ella no sea muy feliz aquí —comenté, pero él siguió en silencio—. ¿Y por qué has dicho que lo que pasó anoche fue culpa mía?

—La eclipsaste —dijo—, y Gina odia que la eclipsen, y

sobre todo que la eclipse alguien que se supone que es su hermana pequeña.

—¿Que la eclipsé? Pero... no era ésa mi intención.

—Claro —dijo con una sonrisa—. Las mujeres nunca tenéis intenciones.

—Pues resulta que es la verdad —le espeté.

Observé el paisaje. Allí los edificios y el barrio eran más sórdidos y decadentes. ¿Adónde íbamos?

Por fin, giró y se metió por un camino. Vi un edificio que tenía delante algo que se llamaba «Lecturas para adultos». El camino rodeaba el edificio y una vez detrás conducía a otro edificio que parecía un garaje, aunque sobre la puerta había un cartel en que ponía ESTUDIOS LIVE WIRE.

—Ya estamos —dijo Richard.

—¿Esto son unos estudios?

—Casi todos son así —me explicó—. Los que no conocen Holywood se imaginan que son ostentosos, cuando en verdad no son más que almacenes, fábricas de salchichas de fantasías en lugar de zapatos o sillas. Eso es todo. Y ahora recuerda —me advirtió—, tienes veintiún años. Oh, les dije que en West Virginia trabajaste en una peliculilla.

—¿Qué?

—No pasa nada. Aquí todo el mundo se inventa alguna que otra cosa. La película se llamaba *Flor de cerezo*. Tú hiciste el papel de Flor.

—¿Qué?

—Deja de decir «Qué» —me ordenó mientras se volvía hacia mí—. No les digas nada más sobre ti que lo que quieran saber, y haz en seguida lo que te diga el director sin hacerle preguntas, ¿lo has entendido? Te pasarás casi todo el día aquí. Yo vendré a buscarte a las cinco.

—¿No vas a entrar conmigo?

—Tengo otros clientes, otras citas —dijo con irritación—. No puedo ser tu canguro. Si quieres ser una estrella de cine, así se empieza.

—Yo no quiero ser una estrella de cine —dije con la mirada fija en la entrada ruinosa del edificio con la fachada de estucado de un color marrón muy feo. Me di cuenta de que no tenía ventanas.

156

—¿Y? Sonreirás y lo soportarás, la fama y la fortuna. Soy yo el que debería tener esa mala suerte. —Me abrió la puerta—. Venga, ve. Vendré a las cinco —dijo, y dio un paso hacia atrás.

Bajé lentamente, demasiado despacio para él porque me cogió del brazo y me hizo salir.

—Haz el favor de ir —dijo—. Todos tenemos que poner de nuestra parte para que esto funcione. ¿Quieres quedarte con nosotros y ganar tu dinero o prefieres irte a casa? —me amenazó—. Bueno, ¿qué dices?

—Pues que voy a hacer el ridículo —dije.

—¿Y qué? Además —dijo con una sonrisa maliciosa—, algo me dice que no vas a hacer el ridículo. Lo cierto es que podrías ser mucho más estrella que tu madre. Y luego tendrás que agradecérmelo a mí.

Entró de nuevo en el coche y señaló con la cabeza en dirección a la puerta de los estudios.

—El director se llama Parker, Lewis Parker.

Dio la vuelta con el coche y se alejó; me dejó delante de los estudios. Di un gran suspiro, me tragué mi confusión y mis temores y me dirigí a la puerta, tras la que había un pasillo corto en penumbra. A la derecha había un despacho de escuetas dimensiones, con muchos papeles amontonados en el pequeño escritorio y montones de lo que me parecieron guiones tirados por el suelo. En la pared de detrás del escritorio había un póster de una mujer con un camisón muy ligero y transparente que estaba encima de un hombre con las manos esposadas. Ponía: SONÁMBULA. ELLA ERA SU MEJOR PESADILLA.

Avancé por el pasillo hacia otra puerta sobre la que había una bombilla roja apagada bajo la que se leía NO ENTRAR CON LUZ ROJA. Llamé a la puerta, esperé y volví a llamar. Pensé que a lo mejor no había nadie. Parecía desierto.

De pronto se abrió la puerta y me recibió un joven negro con el pelo rizado, pantalones de peto y una camiseta muy grande.

—¿En qué puedo ayudarte? —me preguntó.

—Soy Melody Simon —dije con la voz entrecortada.

—Oh, sí. Bien. Parker, la otra chica ya está aquí —anunció para que le oyeran—. Yo soy Harris. Sígueme —dijo al volverse hacia mí.

—Tráela aquí —gritó alguien desde atrás, y Harris retrocedió con una sonrisa.

—Pasa —dijo.

Entré poco a poco. Había cables y focos por todas partes. Vi las cámaras, tres de ellas enfocadas hacia lo que parecía una habitación, donde un cámara estaba retocando algunas luces. Una chica, con mucho pecho y el pelo rubio platino, que no parecía mucho mayor que yo, estaba sentada en el borde de la cama, apoyada en los brazos y con los pechos desnudos. Tenía un tatuaje que me pareció una especie de serpiente que subía por su escote. No llevaba nada más que unas braguitas muy pequeñas y estaba mascando chicle, haciendo globos que estallaban antes de volver a meterse el chicle en la boca sacando la lengua. Debí dar un grito sofocado.

Un hombre calvo y regordete se dio la vuelta en su silla giratoria.

—Por aquí —dijo—. Soy Lewis Parker. ¿Eres la chica que viene de parte de Marlin? ¿Cuál era tu nombre? —me preguntó.

Yo aún estaba demasiado atónita para hablar, por lo que en su lugar negué con la cabeza.

—Eh —dijo él—. No podemos perder el tiempo. Hoy tengo que hacer cuatro escenas y dos montajes.

Cuando se levantó vi que era muy gordo y me pregunté cómo era posible que cupiera en esa silla. Se me acercó caminando como un pato, se detuvo ante mí para examinarme de pies a cabeza y esbozó una plácida sonrisa, como si tuviera mantequilla derretida en los labios, gruesos y húmedos, y en los carrillos, tan gordos que le colgaban. Al ser tan obeso, sus ojos parecían pequeños y hundidos.

—Marlin tenía razón —dijo—. Una monada. Fantástico. Delores —gritó.

Una mujer que parecía cincuentona pero que también tenía el pelo rubio platino y llevaba kilos de maquillaje, salió de detrás de un perchero lleno de ropa.

—Vístela y ponla a punto, ¿vale? Asegúrate de que parezca... inocente. Eso me gusta. Bien.

—Sí, Lewis.

Ella se me acercó.

—Hola —dijo—. Ven por aquí. No tenemos camerino.

158

—¿Camerino? ¿Para qué necesitamos un camerino? —dijo Lewis Parker, y Harry y el cámara se echaron a reír—. Aquí todos somos amigos.

—No entiendo —dije mientras negaba con la cabeza y retrocedía unos pasos. La mujer medio desnuda se levantó y de pronto se interesó por mí—. ¿Qué es esto? ¿Qué clase de película estáis haciendo? —pregunté.

—¿Pero ésta de qué habla? —preguntó la mujer mirando a Lewis Parker.

—¿Qué es esto? ¿Qué clase de película estamos haciendo? Estos son los Estudios Live Wire —dijo Lewis Parker—. Tú eres Melody... algo, ¿no? Ya has trabajado en una película porno, una que se titulaba... ¿cómo era, Harris?

—*Flor de cerezo*. Ella era la protagonista —dijo Harris.

—Bien. Entonces ya sabes lo que tienes que hacer. Vamos muy justos de tiempo.

Lewis Parker volvió a su silla. El cámara me miró y dejó de manipular el equipo. Yo volví a negar con la cabeza y retrocedí otro paso.

—No, yo no me dedico a esto —dije—. Nunca lo he hecho.

—¿Qué? —El señor Parker se volvió hacia mí tan rápidamente como se lo permitieron sus pesadas piernas—. ¿Qué quieres decir con que no te dedicas a esto?

—No sé lo que te dijo Richard... pero yo no puedo hacer esto —le grité.

—¡Eh!

Di la vuelta y eché a correr hacia la puerta, recorrí el corto pasillo y salí al parking, donde me quedé unos instantes, sumida en una gran confusión y sin saber hacia dónde ir. Me apresuré por el camino de entrada y me encontré en las abarrotadas calles de la ciudad, el corazón me latía veloz. Al llegar a una acera, primero tomé una dirección y luego otra, desorientada por no saber dónde estaba. Mientras aún seguían pasando los coches, bajé de la acera y un conductor me pitó de tal modo que retrocedí de un salto sintiendo que el estómago se me había subido a la garganta. Las lágrimas me caían por las mejillas. Di un profundo suspiro y cerré los ojos. Seguro que Richard no sabía qué clase de trabajo era, porque él no esperaría de mí que yo hiciera eso de verdad...

«Haz el favor de aguantar», le ordené a mi cuerpo desesperado. Cuando volví a abrir los ojos, vi una cabina de teléfono cerca de la gasolinera del otro lado de la calle. Pensé en llamar a Dorothy y pedirle que le dijera a Spike que viniera a buscarme. Esta vez esperé a que el semáforo se pusiera verde, corrí hacia la cabina y busqué cambio en el monedero. Descolgué el auricular y empecé a meter las monedas, pero de pronto me di cuenta de que no podía llamar a la hermana de Holly. Su marido se enfadaría muchísimo con ella, sobre todo si se involucraba en un asunto como ése. Pensé que, después de todo lo que había hecho por mí, no era justo que yo le hiciera esto.

Pero no sabía dónde estaba y no tenía forma de volver al apartamento. Pensé por unos instantes y luego llamé a información telefónica para pedir el número de Mel Jensen. Había tres Mel Jensen, pero cuando nombré Los Jardines Egipcios me dieron el que yo quería. Anoté el número y lo marqué; alguien me respondió en seguida.

—Hola.

—Quisiera hablar con Mel Jensen —dije.

—Oh —dijo la voz con tono decepcionado—. Un momento. Es para ti —oí que decía, y al poco se puso Mel.

—Hola.

—Perdona que te llame, pero no sabía a quién llamar. Mi hermana está trabajando en el bulevar y...

—¿Eres Melody?

—Sí —dije.

—¿Dónde estás? Se oyen muchos coches.

—Estoy en la calle. Me he perdido y... no sabía cómo volver y he pensado...

—¿Dónde estás? ¿Sabes la dirección?

—¿La dirección?

Estaba justo en una esquina donde había un cartel de la calle. Le leí la dirección.

—De acuerdo. Sé dónde es. Espérame ahí mismo —dijo—, tardaré unos veinte minutos.

—Gracias.

Después de colgar el auricular busqué un lugar para esperar sentada, pero como no vi ningún banco entré en una cafetería y me senté en la barra. Aunque pedí un café, apenas lo probé porque no apartaba los ojos del reloj. Cuando transcurrieron quince minutos, salí y esperé en la esquina. Mientras tanto, vi un hombre que me pareció que podía ser Harris que salía de los estudios; desapareció en un callejón. Al cabo de unos diez minutos, cuando ya empezaba a ponerme nerviosa oí el claxon de un coche y vi a Mel. Nunca me había alegrado tanto de ver a alguien. Se acercó con el coche, se detuvo y entré.

—¿Qué demonios estás haciendo aquí? —me preguntó.

Comencé a llorar, respiré hondo y se lo expliqué.

—¿Marlin quería que actuaras en una película porno? Vaya punto —dijo—. Con eso sí que se gana dinero. En eso no te mintió. ¿Y tu hermana lo sabe?

—No. ¿Así que crees que Richard sabía que se trataba de esta clase de trabajo? —pregunté.

—¿Bromeas? Estos trabajos son los que más domina Marlin. Bueno, pero has hecho bien en irte. Esto puede perjudicarte mucho cuando tengas trabajos más decentes y seas una estrella.

—Yo no voy a ser una estrella, de ninguna clase. No he venido aquí para eso —protesté. ¿Es que nadie iba a creerme?

—¿Entonces por qué has venido?

—Sólo para ver a mi hermana —dije. Y al poco añadí—: Pero ahora que estoy aquí espero convencerla para que vuelva a casa conmigo.

Mel se echó a reír.

—Yo no conozco mucho a tu hermana, pero da la impresión de que ya tiene el gusanillo dentro como los demás. No te hagas ilusiones.

Ahora que estaba en su coche y nos alejábamos de los estudios Live Wire se me pasó el miedo y el corazón dejó de golpearme en el pecho.

—Muchísimas gracias por venir a buscarme —le dije.

—Parecías muy asustada. Le he pedido prestado el coche a un compañero de piso, porque yo no tengo.

—Oh. Ha sido muy amable al dejártelo.

—Sí. Y anoche, ¿por qué te fuiste de la fiesta tan de prisa?

—Estaba cansadísima. No sabes lo sucio que estaba el apartamento de mi hermana y cuánto me llevó arreglarlo.

Se echó a reír.

—Ya me imagino. No es una maruja, ¿eh?

—No. Nunca lo ha sido.

—¿Es que tus padres la malcriaron?

—Mi padre sí —dije, y pensé que no era tan mentira—. Él y yo éramos los que casi siempre lo hacíamos todo, incluso cocinar.

—¿Y tu madre?

—Murió cuando éramos muy pequeñas —dije.

—Oh, lo siento.

—No puedo creer lo que Richard quería que hiciera —murmuré, aún bajo los efectos de la impresión.

—A mí no me sorprende. Para un mánager o un agente es dinero fácil.

—Tengo que encontrar otra forma de ganar dinero mientras esté aquí —me lamenté.

—Yo siempre puedo encontrarte un empleo en el supermercado —dijo medio en broma.

—¿Podrías?

—¿Te gustaría?

—Haría lo que fuera, todo menos lo que Richard quería que hiciera —respondí.

—Vale, veré lo que puedo hacer. Te llevaría a comer algo, pero tengo que trabajar. Hoy me toca el turno de tarde.

—No pasa nada. Ya has hecho bastante por mí.

—¿Y qué te parece devolverme el favor cenando esta noche conmigo?

—¿Y eso es devolverte el favor? —pregunté, y me eché a reír.

—Me gusta tu compañía —dijo, y sonrió—. Bueno, ¿qué dices? Acabo a las seis y media. Podemos quedar sobre las siete. ¿Te gusta la comida italiana? Conozco un lugar que está a sólo un par de manzanas más abajo.

—De acuerdo —dije—, pero debería ser yo la que te invitara. Me gustaría poder hacerlo.

—No te preocupes por eso. Invito yo.

Cuando llegamos a Los Jardines Egipcios volví a darle las gracias, y cuando me dejó corrí al apartamento para quitarme en seguida la minifalda y la blusa de mamá y ponerme mi ropa. Me sentí lo bastante tranquila para prepararme algo de comer y descansar un poco. También limpié un poco para no pensar en lo sucedido y me pasé el resto de la tarde leyendo en el patio las revistas de cine de mamá. Poco después de las cinco, cuando la oí llegar con Richard, entré en el apartamento y los encontré en la sala.

Richard me esperaba con las manos en las caderas y una mirada furiosa, y mamá también parecía un poco enfadada, con las manos cerradas a ambos lados.

—Melody, ¿qué has hecho? —me preguntó mamá suavemente—. ¿Qué le has hecho a Richard?

—¿Qué me ha hecho? Voy a decirte lo que ha hecho —dijo Richard mientras avanzaba hacia mí antes de que yo pudiera responder—. Ha empezado a cavar mi tumba en este lugar. Se ha cargado mi reputación y me ha cerrado las puertas del mercado más lucrativo. Tenía apalabrados otros trabajos para tres chicas en los estudios Live Wire y me los han cancelado. Has hecho que esas chicas perdieran un dinero que para ellas era muy valioso —dijo—. Y ni siquiera cuento el dinero de las comisiones que he perdido yo.

—Melody, ¿cómo has podido hacerlo?

—Mamá, tú no lo entiendes —me puse a llorar.

—Mira —gritó él señalándome con el dedo—. Mira como lo olvida. Te llamará mamá delante de todos y tú también tendrás que despedirte de tu carrera.

—Melody, te he rogado mil veces que no me llames mamá.

—Lo sé. Lo siento —dije—. Es que estoy confundida. No volveré a olvidarme. —Di un profundo suspiro—. Hice lo que él me dijo. Entré en los estudios. Había una mujer medio desnuda en una cama y querían que yo... saliera en esa película.

—¿Y qué? —dijo mamá—. Richard te dijo la cantidad de dinero que te iban a dar. Me parece que es el doble, si no el triple, de lo que te pagó Kenneth por posar desnuda para él —añadió.

Sentí que primero se me paraba el corazón y luego se me aceleraba, y empecé a perder el color de la cara. Intenté decir algo, pero al principio no pude. Tenía un nudo en la garganta, duro como una piedra.

—¿Qué? ¿O sea que sólo te desnudas delante de los hombres que te apetece? —se burló Richard—. ¿Y cuando te ofrezco un trabajo que puede ayudarnos mucho, vas y te haces la señorita correcta y formal? Has huido corriendo de los estudios y me has dejado como el mayor idiota del siglo.

—Hermana, eso era diferente. Kenneth estaba haciendo arte. Lo sabes —dije por fin, incapaz de creer que mamá no viera la diferencia.

—Melody, esto también es arte para mucha gente. Tienes que ser comprensiva, y no puedes ser una esnob —dijo.

—¿Una esnob? Pero, Gina, querían que me desnudara y estuviera en la cama con esa mujer y...

—¿Y qué? Yo lo he hecho —dijo.

—¿Sí? —le pregunté, deseando que no fuera cierto.

—Claro que sí. ¿Cómo crees que tenemos esta seguridad económica y hemos pagado el alquiler todos los meses? ¿Sabes cuánto dinero es? Y lo gané en sólo dos días de trabajo —dijo con orgullo.

Yo negué con la cabeza, llena de incredulidad.

—No puedes quedarte aquí sin ganarte la manutención —insistió Richard—. Esto no es un hogar para los vagabundos.

—Ganaré algo. Mel Jensen me ha dicho que puedo encontrar empleo en el supermercado —le espeté a él.

—¿El supermercado? ¿Es eso lo que quieres?

—Sí. Preferiría pasarme la vida fregando suelos y rellenando los estantes de un supermercado antes que hacer lo que me pedía ese hombre gordo de esos estudios que dicen que son de cine.

—Bueno, tienes una hija bastante lista —dijo Richard a mamá—. Será la maravilla del supermercado. Fantástico. Y mientras, puedes ocuparte de que el apartamento esté impecable y de hacer la colada. Si no quieres ser una estrella de cine, entonces serás una sirvienta. Quizá sea lo único que sabes hacer bien.

Miré a mamá en busca de apoyo, pero ella se limitó a asentir con la cabeza.

—Richard tiene razón, cariño. Siendo tres, si no trabajas donde él te dice, de momento no podemos permitirnos pagar a una sirvienta o a alguien que venga a limpiar.

—A mí no me importa ocuparme de la limpieza y de la colada —dije.

Seguro que mamá no comprendía en absoluto lo que le estaba haciendo Richard y lo que, si se lo hubiera permitido, me hubiera hecho a mí. Éramos nosotras las que nos exhibíamos, nos avergonzábamos y rebajábamos delante de los demás mientras él se embolsaba el dinero. Pensé que tenía que hacérselo comprender, y si para ello tenía ser la esclava de alguien por un tiempo, pues que así fuera.

—Bien —dijo Richard mientras se dirigía al dormitorio.

—Gina, no sabes lo horrible que era ese lugar. Tú no podrías hacer una cosa así.

—Melody, no seas estúpida. Ya no puedes seguir siendo una niña. Ya que estás aquí, aprovecha y haz lo mejor. Tienes un mánager y un agente a tu disposición. ¿Tienes idea de lo difícil que es que un nuevo talento encuentre representante?

—¿Talento? ¿Qué clase de talento se necesita para quitarse la ropa y hacer cosas de película porno delante de un cámara al que se le cae la baba?

—Te sorprendería —dijo mamá—. La cámara no miente. Y si cuando actúas no eres sincera, la cámara lo refleja.

—Oh, a ti te refleja muy bien, y a otros. Hermana, escucha... —dije.

Pero en ese momento Richard volvió a la sala cargado con un montón de camisas, pantalones y varios pares de zapatos encima.

—Encárgate de lavar y planchar todo esto. No podemos permitirnos pagar la lavandería. Y quiero que los zapatos queden tan brillantes que pueda verme como en un espejo. Ahora que me has fastidiado tengo que ofrecer una apariencia el doble de buena —sentenció, y me lo arrojó a los pies.

Miré el montón de ropa y luego a mamá, pero ella se volvió y se fue a su habitación.

—Claro —dijo Richard en voz baja en cuanto ella se fue—, que si quieres irte y volver a Cape Cod...

Le clavé los ojos, a punto de llorar, y empecé a recoger la ropa del suelo.

—Todavía no —dije—. Aún no he acabado lo que he venido a hacer.

Al ver la firme decisión en mi cara, su sonrisa se desvaneció.

—Pues cuidado con lo que haces —dijo—. No estás en tu territorio, sino que juegas en el mío.

—Yo no estoy jugando —respondí, y me dispuse a llevarlo todo a mi habitación.

Al cabo de una hora, mientras estaba planchando las camisas de Richard en mi habitación, mamá asomó la cabeza para decirme que se iban a cenar fuera.

—Cariño, no tenemos bastante para que vengas con nosotros —dijo—. Seguro que te las arreglarás con lo que haya por aquí.

—Me han invitado a cenar —murmuré sin mirarla a la cara.

—Oh, ¿y quién es?

—Mel Jensen —contesté.

Cuando levanté la cabeza vi que le había sorprendido.

—¿De verdad? Bueno, pues ve con cuidado —dijo—. Vigila lo que dices y lo que le cuentas. Los hombres pueden ganarse tu confianza demasiado de prisa —advirtió.

—Supongo que tú lo sabes muy bien —dije, y ella se irguió y me miró con gravedad.

—Melody, no me faltes al respeto.

—No lo hago. Yo sólo... Gina, ¿cuándo podremos sentarnos y tener una conversación en serio? ¿Cuándo podrá ser como antes, aunque sólo sea un momento?

—No sé —dijo, algo triste—. No sé si alguna vez volverá a ser como antes. Melody, por eso... por eso hubiera sido mejor que no me buscaras. Lo siento —añadió—. Es que no lo sé.

Nos miramos unos segundos y luego ella volvió a la sala y se fue con Richard. Sentí el corazón como una piedra que me había caído al estómago. Me senté en la cama y me llevé las manos a la cara mientras me salía el sollozo. Billy Maxwell tenía mucha razón al decir que las personas cambiaban dependiendo del lugar en que vivieran y de lo que hacían. Él ya me advirtió que podría encontrar muy cambiada a mamá, como si fuera una persona diferente. Pero, ¿era diferente? A lo mejor era la misma de siempre, la que yo siempre me había negado a ver. Di un gran suspiro y me reincorporé mientras me preguntaba qué debía hacer. ¿Abandonarla y tratar de olvidar que tenía madre o seguir allí y luchar con sus fantasías y su falso caballero con brillante armadura? ¿Cómo podría conseguir que escuchara lo que tenía que decirle?

Me hallaba sumida en tal confusión y preocupación que me olvidé por completo de Mel hasta que llamó a la puerta.

—¿Estás lista? —preguntó cuando abrí.

—Oh, Mel. Me había olvidado. Lo siento. —Me miré; llevaba el delantal y pantalones de peto—. Me cambio en un minuto —dije—. Pasa.

Me dirigí rápidamente a la habitación para coger algo que ponerme y luego fui al lavabo, donde me peiné de prisa y me puse un poco de carmín en los labios. Mel, sentado en el sofá, se echaba a reír cada vez que pasaba delante de él para ir de un lado a otro.

—Tranquila. Tómate el tiempo que necesites —dijo en voz alta para que le oyera.

Di un profundo suspiro, cerré los ojos y traté de calmarme antes de volver con él.

—*Voilà* —dijo mientras se levantaba—. Es una transformación destacable. Estás fantástica.

—No me siento fantástica —me lamenté.

Él me abrió la puerta y me cedió el paso.

—Bueno, cuenta, ¿cómo se ha tomado Marlin que no hicieras el trabajo? —me preguntó mientras bajábamos en ascensor.

—Se ha enfadado muchísimo. Ha dicho que me he cargado su reputación.

—Ya. Por no hablar de su dinero. A mí también me ofrecieron trabajar en esa clase de películas.

—¿Sí?

—Sí. Muchos piensan que es una forma de entrar en el mundo del espectáculo y por desgracia otros se aprovechan de ellos. Este lugar es muy duro, es una ciudad con los dientes afilados dispuestos a devorar la pureza del corazón —comentó.

—Entonces, ¿por qué sigues aquí? —le pregunté.

—Porque es lo que es —respondió encogiéndose de hombros—. Y yo no soy tan puro de corazón.

Me cogió del brazo y salimos del complejo.

El restaurante era tan pequeño y acogedor como me había dicho, y la comida, deliciosa. Mel me habló de él y me contó todo sobre su familia. Cada vez que me preguntaba algo, yo tenía que asegurarme de no decir nada que contradijera las mentiras de mamá y Richard. Intenté decir lo mínimo, y al final, él se reclinó en la silla y entrecerró los ojos.

—Hablas de ti con cuentagotas. ¿Puede saberse por qué?

—No lo sé —le contesté esquivando su mirada, pero él no apartó los ojos de mí.

—¿Es verdad que has venido de visita, o es que te has ido de casa? —indagó.

Alcé la mirada y le sonreí.

—¿Que me he ido de casa? ¿Qué te hace pensar eso?

—He conocido a muchas personas que lo han hecho y todas hacen como tú, se andan con evasivas y cuando les preguntas, responden lo mínimo.

—Bueno, siento decepcionarte pero yo he venido de visita —dije, y él se echó a reír.

—Bien.

—¡Es cierto!

¿Por qué todos los hombres que conocía podían ser tan exasperantes al creer que me conocían mejor que yo misma?

—Aquí tienen un espumoso italiano muy bueno —comentó, y pidió uno.

—No me gusta ver cómo te gastas el dinero conmigo —le dije al sentirme más calmada—. Sé lo duro que te resulta ganarlo.

—Tranquila. La verdad es que he te he pedido que vinieras a cenar para estar contigo y celebrar una cosa. Me han dado un papel en una producción teatral que se hará dentro de dos meses. Hace tanto tiempo que hice la audición que me había olvidado por completo y ya me había hecho a la idea de que nada. Y justo cuando menos lo esperaba, esta misma noche han llamado a mi agente y él me lo ha comunicado antes de salir.

—Felicidades. Mel, es maravilloso.

—Espero que la noche del estreno estés en primera fila —dijo—. Pero —prosiguió recobrando la seriedad—, me he dado cuenta que eso significa que tengo que dejar el trabajo del supermercado. Esta tarde le he dicho al director que conocía a una persona responsable para ocupar mi puesto y le ha parecido bien. Así que felicidades para ti. Dentro de tres días tendrás trabajo, si es que de verdad lo quieres.

—Bien —dije—. Ahora Richard ya no podrá quejarse de mí. Gracias.

—Aunque claro, yo creo que deberías aspirar a más. Tienes talento y eres muy guapa. Pero para ello tienes que desearlo mucho, estar hambrienta.

—Pero yo no lo deseo —dije.

Me miró con esa sonrisa tan curiosa que tenía.

—Puede que eso sea lo que más me intriga de ti —dijo.

—¿El qué?

—Tu capacidad para resistirte a la tentación, tu carencia de ego. Eres justo la clase de persona que lo consigue —añadió.

Le miré, me fijé en su expresión pícara. Me divertía que las demás personas vieran en mí cosas que yo no veía.

Después de caminar hasta casa, Mel me preguntó si quería ir a su apartamento.

—Podemos escuchar un poco de música. Mis compañeros de piso han salido.

—No sé —dije—. Le he prometido a mi hermana que no volvería tarde.

—Aún es temprano —insistió—. También me gustaría bailar para ti.

—¿Bailar?

—Sí. Te enseñaré lo que hice en la audición para este espectáculo. ¿De acuerdo?

Como me pareció interesante, acepté subir a su apartamento.

—Tendrás que perdonar el desorden —me advirtió una vez en la puerta—. No olvides que aquí vivimos tres tíos.

No me pareció tan sucio y desordenado como el apartamento de mamá antes de que yo empezara a arreglarlo. Se lo dije a Mel y él se echó a reír.

—¿Quieres beber algo? ¿Un poco más de vino?

—Sí, vino está bien.

Me sirvió un vaso y luego fue a su dormitorio para ponerse la ropa de baile. Primero oí la música, y de pronto él irrumpió en la sala vestido con los pantalones y la camiseta más ajustados que yo había visto nunca, tanto que ninguna parte de su cuerpo quedaba para la imaginación. Dio un giro de puntillas y levantó tanto las piernas que me quedé sin respiración, sobre todo cuando lo hizo justo delante de mí.

El ritmo de la música se aceleraba y cada vez era más fuerte, mientras él daba pasos de baile, giraba y se deslizaba de forma deslumbrante. Al final se detuvo y se quedó de pie delante de mí, respirando fuerte y con la cara roja de emoción. Yo también me sentía acalorada por el vino y su actuación.

—¿Y bien?

—Ha sido maravilloso —dije—. Estoy convencida de que lograrás el éxito.

Se echó a reír y se acercó a mí un poco más. La música seguía sonando, ahora más suave. Él me cogió la mano.

Yo comencé a negar con la cabeza, pero él tiró de mí hasta hacerme levantar y al poco me vi bailando con él, mejilla contra mejilla, sintiendo su fuerte respiración en el cuello. Cuando vi nuestro reflejo en la ventana, me pareció que estaba bailando con un hombre desnudo. Se me disparó el corazón cuando él se detuvo, me sonrió y me dio un beso suave. Sentí que me atraía hacia sí.

—Eres tan dulce —dijo—. Me gustas mucho, de verdad.

Volvió a besarme, pero yo no dejé que se entretuviera con mis labios. Retrocedí y, al bajar la cabeza y ver lo excitado que estaba, sentí que el corazón me daba un vuelco y apenas pude respirar.

—Tengo que irme a casa —dije.

—Melody...

Avanzó hacia mí.

—Tengo que irme, Mel. Por favor.

—Vale —dijo—. Yo no obligo a nadie, pero espero que al menos te guste un poco.

—Sí, pero no de este modo. Lo siento —dije—. Estoy segura de que muchas chicas estarían encantadas de estar aquí —añadí.

Él sonrió.

—Hay muy pocas como tú. Vale, es cuestión de tiempo —dijo—. Ten en cuenta que ésta ha sido mi primera audición. Quizá vuelvas a llamarme, ¿de acuerdo?

Me eché a reír y traté de apartar los ojos de su cuerpo. Cogí el bolso y me dirigí a la puerta.

—Si esperas a que me cambie, te acompaño hasta tu puerta.

—No hace falta. Gracias por la cena.

—Te llamaré para lo del trabajo del supermercado —dijo.

—Gracias.

Corrí hacia la puerta y una vez fuera me volví y le encontré ahí de pie, sonriéndome. Le saludé con la mano y bajé por las escaleras con la sensación de que estaba huyendo.

Pero ¿estaba huyendo de él o de mí misma? Por primera vez pensé que realmente tenía miedo de mi propio deseo y mi debilidad. Ese lugar estaba lleno de tentaciones de diferente clase. Llegué a la conclusión de que Los Jardines Egipcios también podrían ser Los jardines del Edén, y cuando pasé por el camino para ir a mi edificio, casi esperé que me saliera una serpiente y me susurrara al oído.

Cuando llegué el teléfono estaba sonando y corrí para cogerlo, pero después de decir: «Hola», nadie respondió.

—¿Hola? —volví a decir.

Oí un profundo suspiro y luego...

—¿Dónde estabas? —preguntó Cary.

—Cary, he salido a cenar. ¿Qué pasa?

—Mi padre ha muerto —dijo—. Ha tenido otro ataque al corazón en la unidad de cuidados intensivos y ha muerto. —Rió de una forma extraña—. No se me ha ocurrido nadie más a quien llamar excepto a ti, pero habías salido a cenar.

—Cary, lo siento mucho.

—Sí, bueno, esta vez en la tumba no habrá la persona equivocada, ¿no?

—Cary...

—Estoy cansado. Es muy tarde. Cuando he venido a casa he ido corriendo al muelle y me he quedado contemplando el mar, pensando en las veces que él y yo habíamos salido juntos en barco. Es gracioso —dijo con voz ronca—, ahora los dos estamos sin padre.

—Cary, volveré tan pronto como pueda. Te lo prometo.

—De acuerdo —susurró.

Y luego colgó el auricular y me dejó llorando por nosotros dos.

10

REVELACIONES

Después de colgar el auricular del teléfono, me quedé sentada en el sofá de la sala en penumbra y lloré quedamente; pensé en Cary, en la pequeña May y en tía Sara, y en lo que estarían pasando. Me pregunté cómo les sentaría a la abuela Olivia y al abuelo Samuel la noticia de la muerte de su hijo. Pensé que no había nada peor que perder un hijo, al margen de la edad que él tuviera y de lo distante y frío de corazón que se fuera.

A tío Jacob le molestó que yo fuera a vivir con él y su familia, pero casi siempre pensé que se debía a que, con mi presencia, le resultaba más difícil soportar la pérdida de su hija Laura. Desde el primer momento, tía Sara me trató como si me hubieran enviado a su casa para sustituir a Laura, pero yo sabía que, en lo que a tío Jacob se refería, nadie podría sustituir a su hija. Él fue duro conmigo, e incluso a veces de lo más injusto; pero también rememoré los momentos en que se quedaba mirándome con ojos amables, sobre todo después de que me oyera cantar y tocar el violín y, en muchas ocasiones, cuando creía que yo no me daba cuenta de que me observaba.

Fue un hombre muy trabajador que quiso proporcionar a su familia lo mejor. A menudo, su celo religioso le obligaba a ser frío y desagradable conmigo, pero en más de una ocasión Cary me dio a entender que su padre se hizo más devoto y severo después de que murió Laura, en cierto modo porque se sentía culpable de su muerte. La primera vez que estuvo en el

172

hospital me mandó llamar junto a su cama, y, como creía que iba a morir, me confesó que de jóvenes, él y mi madre habían pecado juntos. En ese momento me dio la impresión de que se culpaba a sí mismo del hecho de que en adelante mi madre fuera una criatura salvaje. Después, negó que me había hecho aquella confesión. Al sentirse avergonzado por lo que me había contado, mi presencia aún le resultó más insoportable. Estoy segura de que se alegró muchísimo cuando decidí ir en busca de mi madre, que se sintió tan feliz como la abuela Olivia al verme partir.

Cerré los ojos y di un profundo suspiro. A los pocos minutos, caí dormida y no desperté hasta oír la puerta y unas fuertes carcajadas.

—¿Por qué está tan oscuro? —oí que decía Richard antes de encender una lámpara.

La luz me cegó y me senté rápidamente.

—Vaya, mira quién nos estaba esperando —dijo él.

—¿Cómo es que no te has acostado y que aún estás vestida? Melody, ¿cómo ha ido la cena? —preguntó mamá—. No habrás bebido demasiado vino o alcohol, ¿no? ¿Has estado aquí con Mel?

Examinó la sala, como en busca de alguna prueba de que él hubiera estado en el apartamento. Aunque perdió un poco el equilibrio, logró dar un paso hacia adelante y me miró, manteniéndose en pie con cierto esfuerzo, hasta que se dio cuenta de lo rojos que estaban mis ojos y de que había llorado.

—¿Y ahora qué es lo que pasa? —quiso saber.

—Tío Jacob —dije y respiré hondo, demorándome demasiado para ella.

—¿Qué pasa con él? A mí no puede interesarme nada de él —dijo a Richard, quien se echó a reír—. Bueno, ¿qué le pasa?

—Ha muerto —dije—. Se le paró el corazón en el hospital.

Ella me clavó los ojos; la noticia le provocó tal reacción que recuperó parte de la sobriedad. Me di cuenta de que le asomaron a la cara millones de emociones; desde la sorpresa a la tristeza, la ira y luego la indiferencia. Antes de volver a mirarme, sonrió por lo bajo hacia Richard.

—Su corazón, como tú lo llamas, hace mucho tiempo que se paró. Yo no le deseo nada malo a nadie, pero no puedo fingir que siento mucho lo sucedido —dijo sin la menor muestra del regocijo de antes en los ojos y los labios.

—Pero tú creciste con él y con papá. No puede dejarte tan indiferente —respondí.

—Melody, tú no sabes nada de cómo fue mi vida al crecer con Jacob como si fuera un hermano —me espetó mamá—, y yo no puedo olvidar cómo me trató después, cuando empezaron todos los problemas para Chester y para mí.

La rabia de sus ojos me sorprendió tanto que me quedé sin palabras.

—No me gustan nada las personas que le dan malas noticias a Gina —dijo Richard, haciéndose el protector de pronto—. Sobre todo cuando se trata de noticias del pasado, y sobre todo cuando se las dan la noche anterior a una audición.

—Sí —dijo mamá mientras sonreía con una chispa de orgullo en los ojos—. Mañana tengo que presentarme a una prueba muy interesante, es un papel para una comedia de televisión. Tengo que acostarme en seguida. Por eso hemos venido tan pronto —añadió.

Miré el reloj. ¿Pronto? Era pasada la una de la madrugada. Entonces, ¿qué debía ser tarde?

—Tú también deberías acostarte —dijo Richard—. A ti también te espera mucho trabajo.

Se echó a reír y se dirigió al dormitorio.

—Lo siento mucho por Sara y sus hijos —dijo mamá con tono más suave—. Sara siempre se ha portado bien conmigo.

Suspiró y echó la cabeza hacia atrás, como si estuviera reprimiendo algunas lágrimas que se habían equivocado. Luego me miró con una leve sonrisa.

—Si crees que deberías ir al entierro, puedes ir. Yo... ya no puedo tener nada que ver con ellos. De todos modos, las lágrimas que me caigan a mí, al menos serán más que las que le dedique su propia madre. Créeme —me dijo.

—La odias mucho, ¿verdad? —le pregunté.

Las comisuras de los labios le temblaron de rabia.

—Sí, no voy a negarlo. La odio, y Melody, ella tampoco me tiene el menor aprecio. —Me clavó los ojos ardientes y luego recobró la expresión de la autocompasión, para al poco farfullar—: No me gusta nada irme a dormir trastornada —dijo mientras se volvía hacia el dormitorio—. Hubiera preferido que no me dijeras nada.

La observé mientras se iba y cerraba la puerta. Después me levanté y me fui a acostar. Pensé que quizá debería volver a Cape. Quizá la madre que esperaba encontrar había muerto y estaba enterrada en Provincetown. ¿Qué le había pasado a mamá para ser tan egoísta? ¿O era que yo había estado demasiado ciega para darme cuenta de que ése era su verdadero yo?

Sin embargo, mamá tenía razón en lo de acostarse con una tristeza que fuera como una roca en el pecho. Yo me pasé casi toda la noche dando vueltas, sollozando y suspirando fuerte, incapaz de borrar de mi memoria los ojos tristes de Cary.

Por fin, me dormí poco antes de la mañana, y lo hice tan profundamente que no los oí levantarse, sino que desperté cuando dijeron en voz alta:

—Oh, vaya vaya. No hay café hecho. Gina, ¿qué clase de sirvienta has contratado? Resulta que es más perezosa que tú.

Me levanté en seguida, me puse una de las batas de algodón de mamá y fui a la sala. Richard ya estaba vestido y mamá salió de su habitación en ese momento, iba bastante guapa.

—Voy a hacer café —dije—. Estará en seguida.

Me dirigí a la cocina.

—No podemos esperar —dijo Richard mientras me clavaba la mirada. Me di cuenta de que yo no llevaba mucha ropa y que al mirarme, podía ver a través de la ligerísima tela—. Ya tomaremos algo en los estudios. Arregla nuestra habitación mientras estamos fuera. Te he dejado un poco más de ropa mía para planchar —añadió, y se encaminó hacia la puerta.

Mamá me miró con expresión sombría.

—Deséame suerte —dijo por fin.

—Buena suerte.

—Gracias —dijo, y me lanzó una sonrisa para luego salir del apartamento detrás de Richard.

Escuché sus pasos hasta que se perdieron en el ascensor y fui a la cocina a hacerme café. Sentada, más o menos aturdida, sorbí el café mientras mordisqueaba un poco de tostada con mermelada. Al poco, mi memoria se remontó a los recuerdos de Cary y yo en la playa. Pensé en Kenneth y su perro Ulises, me acordé de la primera vez que vi a Holly y de cómo nos divertíamos hablando como si fuéramos hermanas.

¿Cómo podía mamá querer esta clase de vida?, pensé. A pesar de lo que me había dicho por la noche después de que yo le conté lo de tío Jacob, la expresión de sus ojos se había suavizado en algún momento. En el fondo de su corazón, me dije, quiere ir a casa. Sólo tengo que hacer que se dé cuenta.

Aún con el camisón y la bata de mamá, arreglé su dormitorio y comencé a planchar los pantalones y las camisas de Richard. Me dediqué a la tarea sin pensar, moviéndome como si fuera una autómata, aturdida por los últimos acontecimientos. Poco después de mediodía, dejé el trabajo y entré en el baño para ducharme. Me quedé quieta bajo el agua caliente un buen rato con los ojos cerrados mientras el chorro me daba en la cara, hasta que al final cerré el grifo, corrí la cortina y salí.

Por unos instantes, me sentí desconcertada. Estaba segura de que había traído una toalla y la ropa, pero en el perchero sólo estaba la toalla de manos y no vi ninguna de mis prendas. Sin hacer mucho caso de mi cabeza, acabé creyendo que lo había olvidado por estar tan sumida en mis pensamientos. Salí rápidamente del baño para ir a mi habitación con el cuerpo empapado. En cuanto entré en el salón, la puerta se cerró, pero sin que yo la hubiera tocado.

Richard estaba allí, mirándome con ojos lascivos, ¡y completamente desnudo!

Los gritos se me atravesaron en la garganta.

—¿Qué estás haciendo? ¿Dónde está mamá? —logré gritar por fin, y me apresuré hacia la cama para coger la sábana y cubrirme con ella.

Sus carcajadas, rotas como fino cristal, resonaron en la habitación. Avanzó hacia mí sin el menor intento de ocultar de mi vista su virilidad.

—Te he dicho que dejes de llamarla mamá —dijo sin dejar de sonreír.

—¿Dónde está? ¿Qué haces aquí?

—Está en la audición. Se pasará casi todo el día allí. Hay muchas actrices haciendo la prueba para el papel, así que me he dicho ¿por qué esperar? Y mientras la que espera es ella, he pensado que yo también podría hacer algo útil. He estado preguntándome por qué ayer te fuiste corriendo de un trabajo tan fácil por el que pagaban tanto, y he llegado a la conclusión de que es porque eres demasiado inocente. Tienes que crecer, y cuanto antes, o nunca llegarás a nada. Considera esto como un servicio extra. Llámalo generosidad —prosiguió mientras se me acercaba cada vez más hasta que se halló a sólo unos centímetros de mí.

Preferí volverme y bajar la mirada a verle la cara. Le apestaba el aliento a alcohol, por lo que empecé a sentir náuseas.

—Vamos —dijo—, sé que tienes muchas ganas.

—¡Apártate de mí! —le grité.

Me puso la mano derecha en el hombro y la izquierda en la cintura para obligarme a mirarle a la cara.

—Relájate y disfruta —dijo mientras acercaba sus labios a los míos.

Giré la cara y traté de liberarme de sus garras, pero él me cogió aún con más fuerza y apretó sus labios contra mi boca. Casi me ahogué. De pronto le di un golpe con la rodilla entre las piernas. Su cara pareció un globo a punto de estallar mientras se doblaba por el dolor y se llevaba las manos al bajo vientre.

No esperé. Pasé a su lado y corrí por la habitación cubriéndome con la sábana, pero de alguna forma se las arregló para cogerla, la alcanzó por el borde y la agarró con fuerza. La estiró hasta que yo la solté y salí corriendo totalmente desnuda. Volví al lavabo, cerré de un portazo y puse el cerrojo. Permanecí apoyada contra la puerta, respirando de forma entrecortada, sollozando y a la escucha. El corazón me latía tan de prisa que tuve que apoyarme en la puerta para mantenerme derecha. El recuerdo del hedor que le salía de la boca me provocó arcadas.

—Pequeña bastarda —le oí gritar. Se acercó a la puerta e intentó abrirla—. Abre. ¿Cómo te atreves a golpearme? Soy yo el que te ha dejado quedarte aquí, ¿no?

Aporreó la puerta con el puño y yo grité. Al poco, se detuvo y todo quedó en silencio por unos instantes. Traté de contener la respiración para poder escuchar, pero mis pulmones estaban a punto de estallar y sólo oía el eco del pom-pom-pom de mi corazón en mis tímpanos.

—Te arrepentirás —susurró junto a la puerta—. Podía haberte enseñado algo y hacerte madurar de la noche a la mañana. Así hubieras llegado a ser lo bastante sofisticada para conseguirlo todo, pero Richard Marlin no se deja rechazar más de una vez. Tú te lo has perdido —añadió—. ¿Lo has oído?

Volvió a golpear la puerta con el puño, y yo grité y me aparté temiendo que la tirara abajo. Al poco ya no oí nada y luego, cuando volví a acercarme a la puerta y apoyé la oreja, me pareció que se alejaba. No salí. Me senté en la bañera y esperé con los brazos cruzados sobre el pecho, sollozando cada vez menos hasta recuperar la respiración. Oí que la puerta de entrada se abrió y se cerró. Todo quedó en silencio. ¿Era una artimaña para que abriera la puerta del baño?

Esperé y esperé, sin dejar de estar a la escucha, con la esperanza de que si aún seguía ahí perdiera la paciencia, pero no oí nada. De pronto sonó el teléfono. Sonó una y otra vez, y pensé que si aún estaba ahí le preocuparía tanto que la llamada pudiera ser para él, que lo cogería. Ahora más convencida de que se había ido, abrí el cerrojo con tanto sigilo y cuidado como pude, titubeé y luego, en una fracción de milésima de segundo, abrí hasta poder asomar el ojo.

No le vi por ninguna parte. Miré hacia mi dormitorio, al otro lado de la sala. La puerta estaba totalmente abierta. ¿Estaría esperándome otra vez dentro de la habitación? Aunque traté de tragar saliva y detener los latidos del corazón, no pude. Su agresión me había debilitado las piernas, y cuando abrí más la puerta del baño me temblaba todo el cuerpo; por lo que esperé, temerosa de que de pronto apareciera y se echara sobre mí. No lo hizo.

Me armé de valor y, prácticamente de puntillas, me dirigí a la puerta de mi habitación, donde me detuve otra vez para escuchar. No oí nada. Di un profundo suspiro y entré en el dormitorio, mirando nerviosa a mi alrededor mientras cerraba los puños para defenderme en el caso de que me asaltara otra vez. Como no le vi por ninguna parte, cerré rápidamente la puerta, pero entonces el corazón me dio un vuelco. ¿Y si estaba escondido en el armario?

Aguardé y escuché durante unos instantes. Al no oír nada, me dirigí hacia el armario y lo abrí de golpe. La sacudida con que abrí la puerta agitó la ropa colgada, pero gracias a Dios, Richard Marlin no estaba escondido y preparado para abalanzarse sobre mí.

Me vestí lo más de prisa que pude y luego salí corriendo del apartamento con la sensación de que estaba atrapada y de que, si me quedaba ahí, corría el peligro de que se repitiera algo horrible. Mientras avanzaba rápidamente por el vestíbulo no miré a nadie, y, como si estuviera participando en una carrera, salí por la puerta principal y eché a correr por la acera. Caminé tan de prisa como pude sin mirar atrás, crucé calles luchando con el tráfico, apresurándome como si supiera adónde quería ir. Me sentó bien correr tanto; mi cuerpo dejó de temblar, y cuanto más me alejaba de Los Jardines Egipcios, más a salvo me sentía. Al final, cansada y empapada de sudor, me detuve en una esquina sin saber qué dirección tomar. Me fijé en el cartel en que ponía «Melrose Avenue» y luego observé a la gente.

Hasta ese instante no me había fijado en nada ni en nadie, sino que había caminado con los ojos ciegos, concentrándome en huir de las horribles garras de Richard. Y me encontré en una zona de la ciudad muy curiosa, repleta de jóvenes con el pelo teñido de azul, verde y rosa, con chaquetas de cuero y tejanos, que no cesaban de pasar ante mí. Muchos tenían los brazos y el pecho llenos de tatuajes. Dos chicas, ¡incluso llevaban anillos en la nariz! Fue como si me hallara en otro planeta.

Retrocedí, di la vuelta y eché a andar en la dirección opuesta. En esta ciudad todo el mundo parecía estar en su propia película, pensé, con la sensación de haberme adentrado yo misma en una producción de cine. Después de caminar unos minutos, el barrio volvió a cambiar y aminoré el paso, para darme cuenta en seguida de que estaba perdida. Volví a detenerme, y, en esta ocasión, al mirar alrededor, encontré a mi izquierda el pequeño escaparate de una tienda que se llamaba MADAME MARLENE, CARTOMANCIA. Vi cristales y cartas del Tarot, y al pensar en Holly y en Billy, sonreí. Por impulso, quizá en busca de buenos recuerdos en un momento tan conflictivo, entré en la tiendecita.

En el centro de la pequeña sala había una mesa de madera de cerezo oscuro con dos sillas. Los cristales estaban en una pequeña vitrina a la derecha, y al fondo había un pasillo con una cortina de abalorios multicolores como en la tienda de Holly. Cuando entré, sonó un breve timbre y una mujer mayor, bajita y de pelo negro, apareció por la cortina del fondo. Llevaba un chal blanco brillante sobre un vestido azul marino y unos pendientes de plata con unos cristales que relucían como brillantes entre los largos mechones de pelo que le caían sobre los hombros. Aunque tenía los ojos negros muy grandes, aún lo parecían más por el modo en que se los había pintado.

—Hola —dijo—. Soy Madame Marlene. ¿Quieres que te lea las manos?

Negué con la cabeza.

—Hum... yo... yo sólo...

—Pareces trastornada —dijo—. Por favor —añadió mientras señalaba una de las sillas junto a la mesa—, descansa un poco y dime qué te preocupa.

—Estoy perdida —dije—. Es la primera vez que estoy aquí y no recuerdo cuál es el camino para ir al complejo de apartamentos en el que me hospedo.

—¿Qué complejo es, querida? —me preguntó con una leve y amigable sonrisa.

Parecía tener unos cincuenta años y no medía más de metro y medio.

—Los Jardines Egipcios.

—No estás muy perdida. Sólo tienes que bajar dos calles, girar a la izquierda y estarás allí al cabo de unos diez minutos. Pero me da la impresión de que hay algo más que te preocupa, ¿no es cierto?

Asentí con la cabeza y observé la tienda.

—Tengo un amiga en Nueva York que tiene una tienda de cristales y hace cartas astrales. Se llama Holly.

—Suena interesante —dijo Madame Marlene, y pude advertir un brillo de conocimiento en sus ojos—. La verdad es que has entrado aquí porque querías saber algo, ¿no? —me preguntó mientras movía la cabeza ligeramente, y se le iluminaron aún más los ojos cuando la lámpara que colgaba del techo los abarcó con su tenue luz.

Reflexioné por unos instantes y al poco asentí con la cabeza.

—Quería saber si una persona a la que quiero mucho volverá conmigo algún día —dije.

Ella asintió con la cabeza como si siempre hubiera sabido que yo aparecería por su puerta.

—Siéntate, por favor —dijo.

—Es que me he ido corriendo de mi apartamento —dije—. No llevo dinero.

—Oh, no pasa nada —dijo—. Ya me lo enviarás.

Se sentó a la mesa, me invitó a sentarme delante de ella, me cogió la mano derecha entre las suyas y cerró los ojos. Luego asintió con la cabeza para sí y observó la palma de mi mano.

—Tú ya has atravesado un camino muy arduo —dijo—, con muchas curvas y giros. Tu vida tiene más valles que la de la mayoría, pero también veo lugares muy elevados. Veo que has perdido a seres queridos, ¿es cierto?

—Sí.

—Sin embargo, tienes unas energías muy fuertes. ¿Cómo tc llamas?

—Melody.

—Veo música en ti, sí. Esta persona, esta persona que quieres lleva un tiempo perdida.

—Sí —dije.

Volvió a mirarme la mano y luego me tocó el relicario que me había regalado Billy Maxwell y lo mantuvo entre los dedos por unos instantes.

—Lapislázuli. Te lo dio alguien que te quiere mucho, y al que tú quieres mucho.

—Es cierto —dije.

—Tú eres como un cometa, algo hermoso y rebosante de energías que flota por el espacio en busca... en busca de un hogar, tu verdadero hogar.

—Sí —dije, emocionada de que supiera tanto sobre mí.

—La persona que buscas está llegando —dijo volviendo a cerrar los ojos. A los pocos segundos, los abrió, pero esta vez no sonrió—. Donde buscas amor, no hay amor. Tendrás que cambiar de dirección, pero no te preocupes. Tus energías son demasiado fuertes para ser derrotadas. No temas ir hacia la oscuridad, pues a menudo lo que creemos luz del sol es tan sólo el reflejo procedente de nuestro propio resplandor. No busques el amor en los lugares de siempre —concluyó, y se reclinó en el asiento como si al leerme la palma de la mano, sentir mis energías y predecir mi vida se hubiera quedado exhausta.

—Gracias —dije mientras me levantaba, sin saber si podría seguir su consejo.

—Oh, ha sido un placer. Siempre es un placer leer un corazón tan grande como el tuyo. Mira —dijo al abrir el cajón de un escritorio para sacar una tarjeta suya—, aquí tienes mi dirección. Suelo pedir veinte dólares, pero tú mándame sólo quince.

—Gracias —dije cogiendo la carta de su arrugada mano.

—El relicario te dará más suerte en tu viaje. Llévalo siempre contigo —dijo mientras me dirigía hacia la puerta.

—Lo haré. Adiós.

Salí y sentí que volvía a la vida, mucho más calmada. Me iba a llevar tiempo comprender todo lo que me había dicho, pero reflexionaría sobre ello. Como había estado con Holly y Billy, prestaba más atención a estas cosas y no me reía tan de prisa de nadie ni nada que me pareciera nuevo y diferente. Cada vez estaba más abierta a nuevas ideas y experiencias, pero aun así seguía habiendo cosas que sin duda no me hacían falta.

Aunque tenía miedo de volver a encontrarme con Richard, me dirigí hacia el apartamento siguiendo las indicaciones de Madame Marlene. Al cabo de poco más de media hora, entré por la puerta principal y, sintiendo un gran temor, recorrí el camino hacia el apartamento y subí en el ascensor. Al salir y dirigirme a la puerta, me detuve. Decidí que tenía que contarle a mamá lo que él había intentado. Quizá ahora, quizá por fin viera cómo era realmente.

Abrí la puerta y entré, y me sorprendió encontrar a los dos sentados en la sala. Me pareció que mamá había estado toda la tarde llorando, porque tenía los ojos muy rojos y la cara sucia del maquillaje que se le había corrido. Richard, sentado con las piernas cruzadas, con una copa en una mano y un cigarrillo en la otra, parecía tranquilo. Me clavó la mirada con una sonrisilla de confianza que me hizo sentir un escalofrío.

—Así que has decidido volver —dijo Richard.

—Melody, ¿qué has hecho? ¿Escaparte?

—Sí —dije mirando con desafío a Richard—. Eso mismo. Estaba demasiado asustada para quedarme. Tenía miedo de que volviera y lo intentara de nuevo.

—¡Ja! —dijo Richard, y apagó la colilla en el cenicero—. Es que tienes que oírlo.

—Melody, ¿cómo has podido hacerlo? —preguntó mamá.

—¿Cómo he podido hacer qué? —Pasé la mirada de ella a él, y luego volví a mirarla a ella, y me di cuenta de que él le había mentido otra vez—. Mamá, ha sido él. Y ahora no me importa llamarte mamá —añadí en seguida para su provecho—. Él se me ha abalanzado en el dormitorio. Ha entrado en mi habitación mientras yo me duchaba y ha...

—Mentirosa. Es tal y como te he dicho —me interrumpió Richard—. Una maquinadora, una malvada. Di la verdad de una vez, ¿quieres?

—¿La verdad?

—Yo estaba sentado aquí, en este mismo sitio, descansado, organizando las llamadas que tenía que hacer, cuando de pronto ella ha salido del baño después de ducharse y se ha quedado desnuda justo delante de mí —le dijo a mamá—. Ha venido directa hacia mí como si fuera totalmente vestida y se ha puesto a sonreír. Vamos, cuéntaselo —me retó.

—No —dije mientras negaba con la cabeza—. Mamá, eso no es lo que ha pasado. Él me ha cogido la ropa que yo había llevado al lavabo y, cuando he salido de la ducha y he ido a la habitación, me estaba esperando ¡desnudo!

—Gina, ¿has oído alguna vez una historia así? Mira, Melody, desde que has llegado has intentado competir con Gina. En la piscina ya diste un espectáculo y luego intentaste robarle el esplendor en la fiesta. Te di un trabajo, pero no te pareció lo bastante bueno para ti. Oh, no. Tú preferirías que nosotros dos te mantuviéramos.

—Mamá, escucha... él estaba ahí, en mi habitación, esperándome. Me ha dicho que me iba a educar. Él...

—¿A educarte? Esta historia parece más estúpida cada vez que abre la boca. Escucha, cariño, si quieres buscarte la vida en Hollywood tendrás que hacerlo mejor.

—¡Yo no quiero buscar nada en Hollywood! Y tú tampoco, mamá. Tienes que volver a casa. Tienes que irte de aquí —dije a voz en grito.

—¿Lo ves? —dijo Richard Marlin mientras me señalaba con el dedo—. Éste es su plan... enredarte para que te vayas. Está celosa de su propia madre. Lo he visto cientos de veces, y sobre todo en este lugar. Ahora dice que ni siquiera le importa llamarte mamá. Lo ha hecho a propósito delante de la gente y te ha convertido en el hazmerreír de toda la industria del cine. Ya nos ha creado un montón de problemas con lo que hizo en los estudios Live Wire.

—Mamá... —dije volviéndome hacia ella.

Mamá negó con la cabeza.

—Melody, me has decepcionado. La verdad es que no sé qué decir —dijo.

—Di que me crees. Di que sabes que él está mintiendo, que es un farsante, que no puede hacer nada por ti y que lo único que hace es conseguir estúpidos trabajillos para ti o ponerte en venta en el mercado del sexo —le rogué.

Richard se reclinó en el asiento con expresión satisfecha y mamá se mordió el labio inferior y apartó la mirada.

—Mamá...

—Sigue, sigue. Sigue llamándola mamá —dijo Richard como un animador de los partidos de fútbol.

—Melody, tal vez Richard tenga razón. Quizá lo mejor para todos sea que te vayas. Esto no funciona.

—Mamá, pero ¿tú me crees? —dije con dificultad, apenas capaz de pronunciar las palabras.

Ella no me respondió. Vi la mueca que hizo Richard y le miré a la cara con odio. Se sentía tan seguro, y mamá parecía tan débil bajo su control... que mi orgullo y mi frustración me pudieron.

—Entonces, a lo mejor es que te lo mereces —le dije, y me fui volando a mi habitación a hacer las maletas.

Al cabo de veinte minutos, cuando sonó el teléfono, oí que Richard le gritaba a mamá y le echaba la culpa de no haber conseguido aún otro papel. Luego le oí marcharse del apartamento y, a los pocos minutos, mamá vino a mi habitación, otra vez con gafas de sol, muy pálida y con aspecto infeliz.

—Supongo que lo has oído —dijo—. De la audición de hoy, nada. Richard dice que es porque estos días no estoy concentrada.

—A lo mejor es porque no quieres ser actriz, mamá —le dije, y cerré la maleta.

—No. Puedo hacerlo. Lo sé. Es sólo cuestión de tiempo, un poco más de lo que creíamos, pero sólo eso.

—Mamá, yo no he hecho lo que te ha dicho. Ha sido todo lo contrario. Te lo juro.

—Melody, no importa. Richard tiene razón. Tú no perteneces a este lugar. No sé en qué estaría pensando cuando dejé que te quedaras.

—Pensabas como si fueras mi madre —dije—. Pensabas como si hicieras lo correcto.

Me sonrió.

—Tú siempre fuiste la soñadora.

—¿Yo? —Comencé a reír—. Mamá, mira a tu alrededor. Este sitio hace crecer los sueños como si fueran... malas hierbas de Sewell.

—Decía que la soñadora eras tú porque has visto más en mí de lo que realmente hay. Lo siento, cariño. Yo no soy la madre que querías que fuera.

Asentí con la cabeza. Quizá al final ella estaba diciendo la verdad.

Me senté en la cama mirando al suelo.

—¿Qué vas a hacer? ¿Tienes dinero? —me preguntó.

—Sí, tengo casi todo mi dinero. No le dije la verdad a Richard. Me lo hubiera cogido todo. Y también tengo el billete de vuelta. Iré al aeropuerto y cogeré el primer avión.

—¿Y volverás a Provincetown?

—Sí.

—Bien. Me sentiré mejor sabiendo que estás a salvo, y allí lo estarás —dijo.

—Quieres decir que no sentirás remordimientos, ¿es eso, mamá? —le espeté.

Ella comenzó a enfadarse, pero al poco se encogió de hombros y asintió con la cabeza.

—Sí —confesó—. Supongo que es hora de que dejemos de mentirnos.

La miré con fijeza, tratando de contener mi incredulidad.

—Chester siempre fue mucho mejor padre para ti que yo madre —dijo, y se echó a reír—. Y lo gracioso es que no era tu verdadero padre. Aunque a él no le importaba nada.

—Mamá —dije suspirando—, cuando me dejaste en Provincetown y yo descubrí la verdad sobre ti y mi padrastro, empecé a creer que Kenneth era mi verdadero padre. Yo estaba segura de que lo que dijiste del abuelo Samuel era mentira. Por favor, por favor, dime la verdad.

Se quedó mirándome por unos instantes y pensé que se limitaría a negar con la cabeza e irse, pero sin embargo se me acercó un poco más.

—Les odio —dijo—, tú ya lo sabes. Cuando el juez Childs me dijo que era mi verdadero padre, y que por lo tanto Kenneth y yo éramos hermanastros, me sentí como si me hubiera arrancado el corazón. Melody, me sentí tan traicionada... No te lo puedes imaginar. Ahí estaba toda esa gente de la alta burguesía, toda esa gente poderosa, haciéndome sentir inferior porque mi madre me tuvo sin haberse casado y Olivia se vio obligada a aceptarme como si fuera una huérfana caprichosa. Ellos nunca dejaron de recordarme lo agradecida que tenía que estarles y lo afortunada que debería sentirme.

»Y casi siempre... la mayoría de ellos no era mucho mejor, sino que de hecho era mucho peor. Eran unos embusteros, unos mentirosos y unos charlatanes, así que yo decidí devolvérselo. Cuando se enteraron de que estaba embarazada, Olivia estuvo a punto de saltar sobre mí, de señalarme con el dedo y gritar: "Mirad, mirad, esto demuestra lo baja y mala que es, que no es más que una golfa."

»Pero yo pude con ella, pude con ella y con todos cuando les devolví la pelota y acusé a Samuel de ser el padre del hijo que llevaba dentro. Olivia —mamá sonrió al recordarlo—, casi se muere de la vergüenza. Se pasó días enferma en su habitación. Le dije que exhibiría el pecado delante de todos, que lo gritaría por las calles.

»Chester... Chester siempre me quiso. Él en seguida se puso de mi parte, sobre todo cuando fui a llorar en su hombro. Él me prometió que cuidaría de mí, pasara lo que pasara. Olivia trató de convencerle cuanto pudo, pero acabó en la cuneta. Yo lo sentí por Samuel, aunque, de todos modos, él ya era digno de compasión por permitir que ella le dominara y hacer ver que no se daba cuenta de que ella estaba enamoradísima de Nelson Childs, que había mantenido una relación con su hermana, mi madre. Fueron horriblemente crueles con ella. La marginaron en esa institución e hicieron que yo me avergonzara de mi madre.

»Nada de lo que yo les hice se puede comparar a lo que ellos me hicieron, Melody. No me arrepiento de nada, excepto... excepto de lo que te he hecho a ti. Lo siento, pero sé que al final estarás bien.

—No hasta que no sepa toda la verdad, no. Quiero saber quién es mi verdadero padre. Tienes que decírmelo.

Ella asintió con la cabeza y me dio la espalda para volverse hacia la ventana.

—Yo era una criatura salvaje. Deseaba hacerles tanto daño, herirles y avergonzarles, que bebía, me iba con cualquiera y flirteaba con todos. Y luego, una noche, después de haber salido y bebido mucho, decidí volver caminando a casa. Era una noche calurosa y repleta de estrellas. Recuerdo que sentía vértigo cada vez que miraba al cielo.

»De pronto, él estaba allí, en su coche, junto a mí. Me volví y él bajó la ventanilla, me preguntó por qué iba caminando sola a esas horas. Tenía una voz que me sonó tan protectora y preocupada... me dijo que me acompañaría a mi casa, así que decidí subir al coche, pero no me llevó a casa, sino a un camino de la playa. Me habló de su desgraciada vida, de cómo se había casado con una mujer hermosa y ganaba mucho dinero, pero en el fondo se sentía desgraciado. A él le faltaba alguna emoción verdadera o algo, y me dijo que desde que me vio, al margen de quién fuera yo, había sentido aquello que sólo pasa una vez en la vida.

Mamá se volvió hacia mí.

—Melody, tienes que comprender lo que aquello supuso para mí. Ningún hombre jamás me había hablado de ese modo. Me sentí llevada hacia lo alto, y este hombre..., que tenía mucho éxito y dinero, me estaba diciendo que yo era lo que más le importaba. ¿Cómo podía resistirme?

»Hice el amor con él, y fue muy especial. Nos vimos a menudo en secreto y al final me quedé embarazada de ti y todo se descontroló. No me hubiera acarreado ningún bien sacar a la luz su identidad. Él no hubiera abandonado a su familia por mí, y cuando Olivia me atacó, jamás le dije a nadie la verdad, ni a Chester, ni a Kenneth, a nadie.

Contuve la respiración hasta no poder más.

—¿Quién fue, mamá? ¿Vive aún en Provincetown?

—Sí, cariño, sí —dijo—. Se llama Teddy Jackson. Le llaman T. J. —dijo.

Sentí que se me paraba el corazón por unos instantes, que empalidecía y que la habitación comenzaba a dar vueltas. Mamá me cogió la mano y yo cerré los ojos y luché por seguir respirando.

—¿Estás bien?

No le respondí, sino que esperé a que el corazón me volviera a latir, tragué saliva y asentí con la cabeza.

—Su hijo —dije—, Adam Jackson, intentó ser mi novio la primera vez que llegué.

—Oh, no. ¿Y tú aceptaste?

—No. Le odié. Es un arrogante.

—Bueno —dijo—. Por un momento he pensado que te pasó lo que el juez Childs nos hizo a Kenneth y a mí.

—Mamá, creo que siento algo por el señor Jackson.

—¿Es que él ha hablado contigo?

—Alguna vez, y siempre que lo ha hecho ha sido muy amable.

—Cariño, él nunca dijo nada ni lo admitió. Tiene una familia, una posición en la comunidad...

—No me importa. Yo sólo quería saber quién era —dije—. Gracias, mamá.

Me levanté. Madame Marlene había acertado al leerme la mano. Yo estaba buscando amor en el lugar equivocado.

—Melody, quizá no debas irte todavía. Tal vez deberías quedarte otro día.

—No. Mamá, aquí no tengo nada que hacer, y Cary me necesita. Mucho más que tú —le dije.

Mi madre me miró como si yo fuera una extraña y luego asintió con la cabeza.

Las mentiras se acabarían entre nosotras y, al igual que dos personas que por fin se habían quitado las máscaras con las que ocultaban sus rostros, al final nos vimos tal y como éramos.

Y ambas supimos que tendríamos que vivir con ello para siempre. Para bien o para mal.

11

DE NUEVO EN CASA

Decidí irme sin más despedidas. Estaba segura de que mamá se inventaría alguna historia para explicársela a Mel Jensen y los demás. Para ella mentir se había convertido en algo tan natural como respirar, aunque quizá siempre había sido así. Fui en taxi al aeropuerto y compré el billete para coger lo que llamaban el «ojo rojo» que iba de Los Ángeles a Boston. Por un momento me tentó la idea de volver a Nueva York a ver a Holly y Billy, pero el verano estaba llegando a su fin. Aún me quedaba el último curso para acabar la escuela y estaba cansada de meterme en las vidas de los demás.

Ya era hora de madurar, me dije, de guardar mis creencias infantiles en la caja de las fantasías y encerrarla para siempre en el pasado, en mis esperanzas de tener unos verdaderos padres. Yo era una huérfana. El único hombre que realmente quiso ser mi padre estaba muerto, y el que lo era de verdad lo había mantenido en secreto y se alegraba de haberse librado de esa responsabilidad.

En realidad mi madre había muerto dos veces: la primera, cuando ella y Richard Marlin idearon su engaño y enviaron un cadáver desconocido a la tumba de mi madre; y la segunda, cuando, después de encontrarla, fracasé en el intento de revivir en ella algún sentimiento maternal. Lo cierto es que fue una extraña para mí. Cuando cerró la puerta tras de mí no la vi derramar ni una lágrima, sino que la oí suspirar de alivio.

Su suplicio había terminado; ya podía volver a vivir la vida, y la mentira, que siempre había querido.

En el vuelo hacia Boston agradecí que no se sentara nadie a mi lado porque no estaba de humor para conversar, y después de la casi trágica experiencia que tuve en el aeropuerto de Nueva York con aquel hombre que me utilizó para que transportara su maletín lleno de droga, no me fiaba de los desconocidos. Cerré los ojos y di la bienvenida a la somnolencia que sentí. Dormí casi todo el viaje.

Al llegar a Boston me dirigí a la estación de autobuses y compré un billete para Provincetown. Cuando el vehículo se encaminó hacia la autopista era casi mediodía. Aunque apenas había tenido tiempo para desayunar, lo cierto es que no tenía demasiado apetito. Me sentía entumecida, molida, agotada y sin energías. Los monstruos que habitaban en las sombras eran demasiado grandes y poderosos, además de numerosos. Era mejor darse por vencida y aceptar, y ser la que el destino parecía que había decidido.

Con esa oscuridad bien arraigada en el corazón, pensé que, una vez en Provincetown, lo mejor sería coger un taxi para ir a casa de la abuela Olivia y el abuelo Samuel. Olivia era la verdadera reina de la familia; parecía la única capaz de decidir el destino. Ella fue la que decidió cómo y dónde viviría mi abuela Belinda. Era la que regía la vida de la familia de los tíos Jacob y Sara. Incluso dominaba al juez Childs. Sin duda, era la que mandaba en su propia casa y, a pesar de lo que creía mi madre, la abuela Olivia fue la que evitó que mamá tuviera una dura vida de pobreza en la ciudad minera de West Virginia.

Ya era hora de reconocer ese poder e inclinarse ante él. Yo ya no sentía más rebeldía; me sentía como una bandera a media asta. Cuando el taxi se adentró por el camino de casa de la abuela Olivia, mi sentido del fracaso aumentó. Caminé lentamente, exhausta y cabizbaja, hasta la entrada, y llamé al timbre como quien al final se entrega.

Sobre mí, el cielo del atardecer había adquirido un profundo y oscuro azul. El aire olía fresco y limpio, pero estaba demasiado nerviosa para gozar del magnífico día. Loretta, la sirvienta de la abuela Olivia, me abrió y se quedó mirándome con indiferencia fingida. Supuse que el hecho de trabajar con la abuela la había endurecido. Pasaba los días como si fuera la rueda dentada de una máquina, fiable y constante, pero también indiferente, pues no reaccionó ante mi aparición. Al parecer, yo podía haber sido un vendedor ambulante.

—Loretta, por favor, ¿serías tan amable de decirle a mi abuela que estoy aquí? —dije con voz cansada, y entré en la casa.

Ella arqueó las cejas y se fijó en mis maletas.

—No hace falta que me lo diga —oí.

Cuando me volví encontré a la abuela Olivia en lo alto de la escalera, desde donde nos observaba con su pose regia. Iba de luto; blusa negra y falda, también negra, larga hasta los tobillos que le hacía parecer más alta. Llevaba el pelo blanco recogido hacia atrás como siempre, y en su pálido rostro no había la menor huella de maquillaje.

—Eso es todo, Loretta —dijo mientras bajaba—. Puedes retirarte a preparar la cena.

—Sí, señora —dijo Loretta, hizo una ligera reverencia y se retiró.

—Así que has vuelto. Ya lo sabía. Fue un gasto inútil darte el dinero para el viaje, pero al fin y al cabo un gasto tuyo, no mío —añadió—. Conservaré el documento que firmaste y te lo restaré de tu fondo de fideicomiso.

Siguió su descenso por la escalera apoyando la mano en la barandilla de caoba, con la cabeza alta y los hombros y espalda erguidos.

—No es necesario que te pregunte lo que ha pasado. Se te ve en la cara: decepción, desilusión. ¿O debería decir que por fin has despertado? —me preguntó sin apenas ocultar su placer.

—Es por el hombre con el que está... —comencé.

—Oh, no eches la culpa a los demás —me interrumpió alzando la mano—. Con Haille siempre es lo mismo. Siempre hay alguien que la justifica hasta la eternidad, que encuentra a otra persona o cualquier cosa donde descargar la culpa y la responsabilidad de sus actos crueles y egoístas. —Se detuvo y ofreció una sonrisa de suficiencia—. Supongo que falseó su propia muerte para acabar con cualquier responsabilidad para contigo —dijo con petulancia sin pestañear. Tenía la seguridad del predador que sabe que ha cazado a su presa.

—Sí —murmuré bajando la mirada.

Incluso en ese momento, después de todo lo que había tenido que pasar, seguía sin poder evitar sentirme avergonzada por mamá.

—Ja —dijo la abuela Olivia.

La miré con los ojos húmedos, aunque logré reprimir las lágrimas, como si eso fuera el último vestigio de mi orgullo. Ella apartó la mirada, pero cuando volvió a fijarse en mí creí advertir cierto matiz de simpatía.

—Bueno —prosiguió—, supongo que tenías que pasar por esto, que tenías que verlo por ti misma. Ya me contarás los detalles más adelante si quieres. La verdad es que no ardo en deseos de conocerlos.

»Pero —continuó, con esa peculiar fuerza que yo tanto odiaba, respetaba y envidiaba al mismo tiempo—, esta parte de tu vida ha concluido y ahora debemos seguir. La familia tiene que continuar luchando por mantener su posición respetable en la comunidad. Sin duda lo mejor sería que nadie se enterara de este escándalo. Por lo que a mí respecta, enterramos a tu madre. Ahora no pienso desenterrar a un alma desafortunada. En cualquier caso, para mí Haille está muerta y, por la expresión que traes, parece que tú sientes lo mismo. ¿A quién se lo has contado?

—Sólo a Cary —dije—. Y Kenneth Childs también lo sabrá.

Se quedó pensando unos instantes.

—Kenneth se lo guardará para sí. Y tendré unas palabras con Cary para asegurarme de que haga lo mismo —dijo con un breve asentimiento de cabeza.

—No es necesario que te preocupes. Cary no chismorrea, y aún menos sobre nuestra familia —dije.

Me sonrió, pero con tal dureza y frialdad que sus ojos de piedra se convirtieron en hielo.

—¿Nuestra familia has dicho? Bien. Eso es lo que quería oír. —Volvió a asentir con la cabeza y la sonrisa se le suavizó un poco—. Has hecho bien en venir aquí —dijo—. Tienes sentido común. Como dijimos antes de que hicieras este viaje en vano, desde ahora vivirás aquí. —Se detuvo y se le volvió a endurecer la expresión—. Ya debes saber, estoy segura, que mi hijo falleció durante tu ausencia.

—Sí —dije—. Lo siento.

—Y yo, pero enterramos a los muertos para que los vivos podamos seguir luchando. Jacob era un buen hombre, pero muy sufridor. Se lo tomaba todo demasiado a pecho, y sobrecargó tanto su corazón que éste dejó de funcionar. He aquí una lección que aprender —dijo abriendo más los ojos—. Tienes que construir una muralla alrededor de tu corazón para protegerlo. No ofrezcas tus afectos, simpatías y sentimientos así como así, porque cada vez que lo haces, lo pagas.

»Aún tienes muchas lecciones que aprender en este lugar —dijo, aún con los ojos clavados en mí con tal intensidad que no me atreví a evitarlos—. Como te dije antes de que te fueras, me he dado cuenta de que has... de que has demostrado tener ciertas cualidades que, aunque todavía están sin curtir, si se cultivan lo suficiente te harán madurar y convertirte en una persona fuerte y capaz. Pero sólo si escuchas y obedeces. No pretendo volver a vivir el doloroso pasado que soporté con tu madre —me advirtió—. Mientras vivas bajo este techo, te comportarás y no harás nada que sea motivo de vergüenza para esta familia.

—Quizá no es tan buena idea —sugerí—. Quizá debería volver a vivir con tía Sara.

—¿Y aprender qué? ¿Autocompasión? Además, ella ya tiene bastante con ocuparse de su hija discapacitada.

—Yo puedo ayudarla. Puedo...

—Echar a perder tu vida —concluyó, y suavizó un poco la mirada—. De todos modos, ahora que se supone que tu madre está muerta, todo el mundo espera que yo me ocupe de ti. ¿Qué van a pensar si permito que Sara soporte otra carga justo después de perder a Jacob?

—Así que lo que te preocupa es tu reputación —dije.

Ella se irguió en el acto como si le hubiera pasado la corriente eléctrica por el cuerpo.

—Esperaba que vieras que te estoy ofreciendo una oportunidad que muchas chicas de tu edad se morirían por tener. Sí, mis intenciones son egoístas, pero no son sólo para mí. Son para la familia. Melody, el nombre de la familia, su honor, su reputación, eso es lo importante. Con el tiempo lo comprenderás.

»La gente que no tiene orgullo familiar es débil, y esa debilidad y ausencia de control afecta a todos los miembros de su familia. Mira la mujer a la que insistes en llamar mamá. ¿Crees que tiene la menor pizca de orgullo? ¿Sí o no?

—No —admití con cierta duda.

—¿Quieres ser como ella? —me preguntó.

Cuando alcé la mirada y vi el fuego en sus ojos me sonrió y asintió con la cabeza.

—Tú tienes más sangre de mi familia que la que quieres reconocer —dijo—. Muy bien. Ocuparás la habitación que fue de Haille. La he hecho preparar para ti pensando que llegaría este día. Aunque vivas aquí, tendrás que cuidar de ti misma y de tus cosas. Loretta es mi sirvienta y no tiene tiempo para ponerse a tu servicio. Además, así fue cómo nos equivocamos con Haille: le dimos demasiado, la mimamos. Bueno, la verdad es que fue Samuel quien la consintió, y ya sabes cómo se lo agradeció ella.

»Espero que sigas yendo bien en la escuela. Y también espero, y no te *exijo*, que dirijas tus relaciones sociales y personales a los niveles más altos. No quiero oír ni una sola vez que te dedicas a hacer las mismas cosas horribles que suelen hacer los jóvenes a tu edad. Nada de beber, nada de drogas, nada de promiscuidad y nada de exhibirse con esa ropa estúpida y atrevida que se dice que está de moda.

»Yo me ocuparé de los estudios preparatorios para la universidad después de que te hayas graduado, para que el cambio te resulte más suave después de acabar este último año —dijo con un tono más calmado—. Sin embargo, como ya te he dicho, viviendo aquí y observando aprenderás mucho de mí, cosas que no se enseñan en ninguna escuela. Ahora puedes subir a descansar. Pareces cansada. Si quieres cenar algo, baja dentro de dos horas.

—¿Dónde está el abuelo Samuel? —le pregunté.

—Está durmiendo en una tumbona en el jardín de detrás. Últimamente se pasa casi todo el tiempo así... —Lo dijo con voz muy baja, como si se hubiera olvidado de mi presencia, pero de pronto se dio cuenta de que la estaba mirando—. ¿Bueno? ¿Qué pasa?

—No sé qué habitación era la de mi madre —contesté rápidamente mirando la escalera.

—La primera puerta a la izquierda —dijo—. Está limpia, y el baño también. Y asegúrate de que siga así. En el armario y los cajones encontrarás ropa que puedes usar. La hice comprar para ti al día siguiente de que te fueras porque esperaba que llegaría este día —añadió con tono de triunfo.

—Me gustaría tener tu misma bola de cristal —respondí con sequedad.

—La tendrás —dijo con seguridad.

Luego me miró como pensando si decirme o no «Bienvenida a casa», pero siguió en silencio, asintió con la cabeza y se volvió para irse por el pasillo a la salita.

Me sentí como si me acabaran de dar la llave de una habitación de motel y de explicarme el camino, y de este modo comencé a subir la escalera. Cuando llegué a la primera puerta de la izquierda, me detuve, di un profundo suspiro y la abrí. Mi nuevo hogar, pensé mientras observaba la habitación.

Si antes hubo algún indicio de feminidad en ese dormitorio, la abuela Olivia lo había borrado. Parecía casi tan austera como la habitación de un convento. Las paredes estaban empapeladas de color marrón oscuro sin ningún motivo y las cortinas blancas también eran lisas. La cama era individual, sin cabecera, y la manta y la funda de la almohada eran de color beige. En un rincón había un pequeño escritorio con unos cuantos cuadernos, bolígrafos, lápices y un sacapuntas. Las demás piezas del mobiliario eran sólo un armario de sencilla madera de pino oscura con seis cajones, a juego con un estante que estaba junto a la cama.

No había tocador ni otro espejo que no fuera el del lavabo. Por supuesto, en la habitación no había teléfono ni televisión ni radio. Cuando abrí el armario encontré varios vestidos sencillos, dos faldas largas hasta los tobillos y algunas blusas de colores a juego. En los cajones había ropa interior, calcetines y varios jerseys de lana que agradecería cuando llegara el frío.

Abrí mi maleta, saqué los dos vestidos caros que me había comprado la hermana de Holly y los colgué en el armario. Al lado de la otra ropa tan sencilla, barata y práctica, casi resultaban cómicos. Puse los zapatos en el suelo del armario y acabé de deshacer las maletas. Decidí poner el abanico chino que Billy Maxwell me había regalado en el estante junto a la cama, y me prometí que no dejaría pasar mucho tiempo antes de llamarlos, a él y a Holly, para volver a darles las gracias por todo lo que hicieron por mí.

Una vez deshecho el equipaje, me senté en la cama y observé el mar que se veía a lo lejos a través de las cortinas entreabiertas. El mar azul resultaba atrayente, pacífico y relajante. Al menos, siempre que me sintiera mal en esa casa, cosa que imaginé que sucedería a menudo, tendría esa vista.

Miré alrededor y me pregunté cómo debió ser aquella habitación cuando mi madre vivía allí. Seguro que la abuela Olivia entró en ella con la furia de un huracán y quitó todo lo que recordaba a mi madre. Tenía un buen tamaño. Pude imaginar dónde hubieron algunos estantes en los que mi madre quizá tenía sus muñecas y animales de peluche. Por lo poco que me había contado Cary, entendí que el abuelo Samuel la había mimado al comprarle todo lo que se le antojaba a su pequeño corazón. Me pregunté si todo aquello estaría guardado en el sótano junto a las fotografías que Cary me enseñó un día, o si lo habrían regalado, incluso quemado. La abuela Olivia era muy capaz de hacerlo.

Me tumbé en la cama. A pesar de que había dormido en el avión y el autocar, estaba cansadísima del viaje. Me di cuenta de que lo que sentía era un profundo cansancio emocional; ésa era la clase de debilidad que se había apoderado de mis huesos. Echar una cabezadita en un avión o autocar no bastaba. Aunque también tenía hambre. Pensé en hacer una pequeña siesta y luego, como me había dicho la abuela Olivia, bajar a cenar.

Pero cuando volví a abrir los ojos todo estaba tan oscuro que no se veía ni la puerta. El cielo se había nublado por completo y ocultaba las estrellas. Parpadeé, me senté en la cama y escuché. La casa estaba en silencio, apenas se oía el menor ruido. Tanteé en la oscuridad en busca del interruptor de la lámpara y, cuando la encendí, la luz me deslumbró. Miré el reloj: eran las dos de la madrugada. No sólo había dormido durante la hora de la cena, ¡sino que ya era de madrugada!

Un sentimiento de pánico me recorrió la espalda como un escalofrío. Quería llamar a Cary antes o después de cenar para decirle que ya había vuelto. Le afectaría enterarse de que no era el primero al que había llamado o visto. Ahora tendrían que pasar horas antes de que pudiera decírselo. Y también quería pasar a ver a Kenneth lo antes posible. Tenía mucho que hacer, me había dormido y había dejado pasar las horas de provecho.

Después de despertarme tan alarmada, por supuesto que no pude volver a conciliar el sueño. Ese famoso desfase horario del que todo el mundo me había avisado se estaba cobrando su víctima. Mi cuerpo no sabía qué hora era y mi estómago, enfadado por haberme olvidado de él, se quejaba y se revolvía. Me levanté, me dirigí a la puerta y asomé la cabeza. En el pasillo y sobre la escalera había una tenue luz. Cuando abrí más la puerta, ésta chirrió. Salí de puntillas y bajé la escalera; a cada paso, el escalón me traicionaba con un crujido. No quería molestar a nadie, pero necesitaba comer algo, tomar un poco de leche y un poco de pan, cualquier cosa.

Cuando me dirigí a la cocina por el pasillo vi luz en la salita. Una vez en el umbral de la puerta, me detuve y encontré al abuelo Samuel durmiendo a pierna suelta en un sillón, con las manos en la barriga y la boca abierta. En la mesilla a su lado había una licorera de coñac y una copa medio llena. Seguí hasta la cocina, donde me preparé un bocadillo de pavo frío que me comí de prisa sintiéndome como un ladrón.

De pronto oí un grito ahogado y al dirigir la mirada a la puerta encontré al abuelo Samuel totalmente pálido.

—Santo Dios —dijo, dando un paso hacia adelante y parándose, con los ojos como platos—. ¿Haille?

—No, abuelo. Soy Melody —dije—. Siento haberte despertado pero...

—¿Melody? —Se frotó la cara con las manos y volvió a mirarme sorprendido—. ¿Melody?

—Sí, abuelo. Tenía hambre. Como me he quedado dormida y no he cenado, he...

—Ah, sí. Olivia ya me lo ha dicho. Le ha pedido a Loretta que fuera a ver cómo estabas. —Negó con la cabeza—. Por un momento he... tu madre solía venir tarde a casa e ir a la cocina para picar algo. Muchas veces estaba demasiado bebida

—añadió con un susurro—, pero yo no se lo decía a Olivia. Me aseguraba de que comiera algo y luego la enviaba a la cama.

»Bueno, y ahora —prosiguió, aún algo confuso—, bueno, supongo que es tarde. Debería subir a acostarme. Seguro que Olivia me ha dado por perdido otra vez. —Me miró con recelo como si siguiera sin creerme, sin creer la realidad—. Haille, no te he oído llegar —dijo al cabo de unos segundos, y negó con la cabeza—. Será mejor que me vaya a dormir. Voy a cerrar otra vez la puerta. Olivia la ha cerrado antes, cuando no habías vuelto a la hora, diciendo que durmieras en la calle, pero, como siempre, yo la he abierto cuando ha subido a acostarse.

—¿Qué? Abuelo... soy yo, Melody —le dije suavemente, desconcertada por su comportamiento. A lo mejor estaba sonámbulo. Y hablaba dormido.

Me sonrió.

—Dejemos que sea otro de nuestros secretitos, ¿vale? Pero por la mañana no te quedes dormida —me advirtió mientras me señalaba con el dedo, y volvió a sonreírme—. Buenas noches.

Se volvió y, a paso lento, se dirigió hacia la escalera arrastrando los pies; me pareció más viejo que nunca. Lavé lo que había ensuciado y pasé un trapo por la mesa para borrar con cuidado las huellas de mi refrigerio nocturno. Sin embargo, cuando fui hacia la escalera el abuelo Samuel acababa de subir los últimos escalones y jadeaba mientras se encaminaba hacia el dormitorio de la abuela Olivia.

Subí en seguida a mi habitación y cerré la puerta. Me quité la ropa, me puse uno de los camisones nuevos que había en el armario y me acurruqué en la cama. Por fin se me había calmado el estómago, pero ahora la cabeza me daba vueltas mientras pensaba en el extraño comportamiento del abuelo Samuel. Yo no me parecía tanto a mi madre, ¿no?, me pregunté. Y después de haberle dicho quién era yo y de que pareciera recordarlo, ¿por qué lo volvió a olvidar y siguió hablándome como si yo fuera Haille, como si viviera veinte años atrás?

—Mírala bien. Es Melody, nuestra nieta. Melody, no Haille —insistió la abuela Olivia a la mañana siguiente cuando entré en el comedor para desayunar.

Yo aún estaba en la cama cuando les había oído pasar delante de mi habitación muy temprano, por lo que me había apresurado a ducharme y vestirme.

El abuelo Samuel me miró por encima de su bol de copos de avena y asintió con la cabeza mientras me sonreía cuando me senté a la mesa.

Llevaba una chaqueta informal y corbata, pero no se había afeitado demasiado bien. Se le veían pelos canos en parte de la barbilla y la mandíbula.

—Ayer por la noche ya estaba desvariando otra vez —dijo la abuela Olivia—, volviendo a decir tonterías. Me decía que Haille había vuelto.

—Buenos días, abuelo Samuel —dije, preocupada por que hubiera revelado mi paseo de madrugada.

Sin embargo, su mirada era distante y helada. Miré a la abuela Olivia con cara interrogante.

—Está dormido —murmuró ella—, chochea.

—¿Qué Olivia? —preguntó él—. ¿Qué has dicho de ella?

—No he dicho nada de ella, tontorrón —dijo ella—. Quiero que hoy mismo vayas a ver al médico para lo del audífono. Ya le he dicho a Raymond que te acompañe.

—Oh. Bien, bien. Hoy tengo tiempo —dijo, y se echó a reír.

—¿Lo has oído? Hoy ha podido encontrar un hueco en su apretada agenda.

Me fijé en él. Pensé que había cambiado muchísimo en muy poco tiempo, y me volví a la abuela Olivia, quien se dio cuenta de mi expresión confusa.

—Está así desde la muerte de Jacob —me explicó—. Fue como si hubiera sufrido un buen golpe y hubiese envejecido años en cuestión de minutos.

El abuelo Samuel sopló la cucharada de copos de avena mientras mantenía la mirada al frente, totalmente abstraída, mirando más allá de mí.

—Oh, qué triste —dije.

—Tanto como la vida misma —puntualizó la abuela Olivia—. Por eso es tan importante saber llevar las desgracias, aceptar lo que no se puede cambiar y transformarlo en lo que se pueda. Nunca más vuelvas a perder el tiempo en causas perdidas. El tiempo es demasiado precioso. Tú, ahora que eres joven, piensas que siempre lo serás, pero un día te despertarás y ya no podrás contar las arrugas y canas que tengas, y sentirás un dolor aquí y otro allá, donde nunca te había dolido.

Se volvió hacia el abuelo Samuel.

—Si sigues soplando la misma cucharada, Samuel, se te quedará helada. Cómelo de una vez.

—¿Qué? Ah, sí. Hoy tengo tiempo. Tengo tiempo —murmuró él.

—No sé por qué me molesto —dijo la abuela Olivia—. Pronto tendrá que vivir en la habitación junto a mi hermana. Ya lo verás.

—Quizá con el tiempo... —dije.

—Con el tiempo empeorará. No tiene sentido malgastar lágrimas por esto. ¿Qué planes tienes para hoy? ¿Tienes todo lo que necesitas para empezar en la escuela? Creo que, si no me equivoco, es la próxima semana.

—Sí, así es. Tengo todo lo que necesito. Hoy pensaba ir a ver a Cary, tía Sara y May —dije.

—Esa mujer patética. Lo único que hace, día y noche, es llorar. Tiene los ojos tan rojos que es un milagro que aún le sirvan para ver.

—Seguro que ha sido muy duro para ellos —dije al recordar lo fatal que me sentí cuando murió mi padrastro Chester.

—Jacob tenía un buen seguro de vida. Tienen dinero suficiente para vivir como viven, y yo me he asegurado de que tengan un poco más. No van a morirse de hambre ni pasar ninguna necesidad —dijo de forma lacónica.

—Estoy hablando de algo más que de dinero —le dije, sorprendida de que no mostrara el menor sentimiento al hablar de la muerte de su hijo.

Se echó a reír como si yo hubiera dicho algo divertidísimo.

—Sí, pues cuando sepas qué es, dímelo.

—Ya lo sé. Es amor, preocupación, cariño...

—No hay nadie que ame a otro más que a sí mismo. Ya lo verás.

—Espero que no —dije.

—Ya lo has visto —respondió—. ¿Qué puede ser más fuerte que el amor de una madre por su hijo? Y sin embargo, tu madre se quiere más a sí misma. No creas que el amor romántico es diferente. Los hombres y las mujeres se anhelan mutuamente y se prometen lo que sea cuando son jóvenes y están enamorados, pero luego pasa el tiempo y comienzan a alejarse el uno del otro. De nuevo, lo que más les importa son sus propios intereses. Antes de que te enteres —dijo mirando al abuelo Samuel, que estaba soplando otra cucharada de copos de avena—, han pasado treinta y cinco años y casi no conoces al hombre que duerme contigo. Y si no acaba llamándote por otro nombre, puedes considerarte afortunada.

»Melody, no creas demasiado en el amor romántico.

—Abuela Olivia, ¿y tú en qué crees?

—Ya te lo dije, en la familia, el nombre, la reputación, en el respeto propio. —Se limpió los labios con la servilleta y se levantó—. Por hoy, pero sólo hoy, dejaré que Raymond te lleve a casa de Sara antes de acompañar a Samuel al otorrino, pero no creas que voy a dejar que esté siempre a tu disposición.

»Samuel —le espetó—. ¿Piensas seguir jugando con la comida toda la mañana?

—¿Qué? Oh. ¿Ya es hora de ir?

—Hace mucho que era hora de ir —dijo ella con nostalgia. Advertí la tristeza en su tono y la miré fijamente, pero se dio cuenta y se levantó de la mesa—. Melody, acábate el desayuno. Le diré a Raymond que te espere en el camino.

En cuanto terminé de desayunar me uní al abuelo Samuel, que ya estaba en el coche. Cuando Raymond me dejó en casa de tía Sara, suponía que Cary ya se habría ido para salir con la barca de pescar langostas, pero al bajar del coche y llamar a la puerta, fue él quien abrió. Me miró primero con los ojos llenos de sorpresa y luego de júbilo.

—¡Melody! ¡Has vuelto! ·

—Hola, Cary —dije con una sonrisa.

Se dispuso a abrazarme, pero entonces vio alejarse el coche de la abuela Olivia.

—¿Qué hace Raymond aquí? ¿Dónde están tus maletas? ¿Cuánto hace que has llegado a Provincetown? —me preguntó rápidamente.

—Llegué ayer, pero estaba tan cansada del viaje que me quedé dormida en cuanto me tumbé un poco —dije.

—¿Dormida? ¿Dónde has dormido? ¿Fuiste primero a casa de la abuela Olivia? ¿Por qué?

—¿Dónde está tía Sara, y May? —pregunté en lugar de responderle.

—Dentro. ¿Qué pasa? ¿Por qué fuiste antes a casa de la abuela Olivia? ¿Es que al final vas a vivir con ella? —quiso saber.

—Sí, Cary. Eso es.

—¿Por qué?

—Recuerda que ya hablamos de esto antes de que me fuera, cuando me enteré de que el juez Childs era mi verdadero abuelo y Kenneth, mi tío...

—Sí, pero...

—Cary, nada de eso ha cambiado, y como mi madre en verdad no está muerta ni enterrada...

—Pero eso nadie lo sabe, y ahora que papá ya no está...

—Es así. Yo... creo que de momento es lo mejor. Tu madre ya tiene bastante que hacer y, bueno, ahora, sobre todo porque todo el mundo cree que mi madre está muerta y enterrada, la abuela Olivia cree que es lo mejor. Pero como te prometí antes de irme, nos veremos cada día —añadí en seguida.

Casi me perforó con sus verdes ojos mientras se le torcían los labios en una sonrisa de desdén.

—No pensaba que lo cumplieras después de ir a California, pero supongo que ahora que ya has probado la riqueza prefieres vivir en la mansión, ¿no?

—No, no es eso —protesté mientras negaba con la cabeza.

—No cabe duda de que ella puede hacer por ti mucho más que nosotros —prosiguió mientras se cruzaba de brazos y se erguía—. No te culpo por ello.

—Cary, deja de hablarme así. Tú no lo entiendes.

—Oh, claro que lo entiendo. Ése es mi problema. Que lo entiendo demasiado bien —dijo.

Esta vez dejé que mis ardientes lágrimas me cayeran por las mejillas.

—Ver a mi madre ha sido un desastre. Primero, su novio Archie, o Richard Marlin o como se llame, quiso hacerme trabajar en una película pornográfica y mamá estuvo de acuerdo —dije, y la fría sonrisilla de Cary se desvaneció en parte—.

Luego, él intentó... intentó violarme, y ella le creyó cuando él le dijo que yo le había provocado. Mi madre se alegró de que me fuera. Hizo creer a todo el mundo que ella no era mucho mayor que yo. Les dijo que yo era su hermana y tuve que fingir que lo era.

»Yo ya no tengo padres. ¡Nadie que realmente se preocupe por mí! —me eché a llorar.

—Melody, me tienes a mí, y a May y a mi madre... Sabes que ella necesita a alguien para ocupar el vacío de Laura en su corazón.

—Eso es... el vacío de Laura. Yo lo aprecio, pero, Cary, tengo que ser yo misma y tengo miedo. Tengo miedo, más que nunca —confesé llevándome las manos a los ojos—, tu madre quiere que yo sea Laura. Lo siento —dije, y me sequé las lágrimas.

Él permanecía en silencio.

—Ya sé lo que quieres decir, pero... yo sólo... —dijo después.

—¿Crees que quiero vivir con la abuela Olivia? Ella es cruel hasta puntos que ni siquiera entiendo, pero es muy fuerte, Cary, y si alguna vez he necesitado a alguien fuerte, es ahora mismo.

—Yo soy fuerte —afirmó él.

—Sí, pero primero tienes que serlo para tu madre y tu hermana, sobre todo ahora —dije—. Y luego, cuando sea el momento, quiero que también lo seas para mí.

Eso le produjo una cálida sonrisa. Pensó por unos instantes, asintió con la cabeza y se acercó para abrazarme. Deseé poder fundirme con él y estar a salvo y segura tras los muros de su amor, entonces y para siempre.

Me besó una lágrima y me acarició el pelo.

—Creía que te había perdido para siempre —dijo—. Pensaba que te ibas a enamorar de Hollywood.

—Cary, lo odio, al menos lo que he visto. No es un lugar para mí ni para mi madre, pero ella aún no se ha dado cuenta. Y me temo que cuando al final lo vea, eso la destrozará.

—Melody, la abuela Olivia tiene razón. Tienes que olvidar a Haille. Has vuelto a casa con nosotros. Tienes que empezar a pensar en el futuro. —Me miró de forma avergonzada—. Nunca creí que estaría de acuerdo con nada de lo que ella dijera.

—Lo sé. Odio decirlo, pero creo que los dos tenemos mucho que aprender de ella.

Se echó a reír y al poco recobró la seriedad.

—Supongo que ya has visto cómo está el abuelo Samuel.

—Sí. Es como si hubiera recibido un gran golpe por la muerte de tu padre.

Cary asintió con la cabeza y a él también le brillaron los ojos por las lágrimas, pero las reprimió rápidamente y volvió a sonreír.

—Bueno, May se alegrará muchísimo de verte, y mamá. Entra —añadió mientras me dejaba paso.

Volvió a darme un beso en la mejilla y entramos juntos.

May estaba leyendo a los pies de tía Sara mientras ésta tejía moviendo las manos como una autómata y, sin duda, con la mente en ninguna parte. Tía Sara alzó la cabeza lentamente y al verme se le iluminó el rostro con la sonrisa más tierna y maravillosa que nunca, la sonrisa que había deseado ver en mi propia madre pero que no vi.

—¡Melody!

Dejó la costura a un lado y este hecho atrajo la atención de May. Me vio y en seguida le asomó la felicidad a la cara y de un salto vino a mis brazos. La cogí con fuerza y luego ella tiró de mí y comenzó a hacerme signos con tal brío que casi no pude tenerme en pie.

—Calma —le dijo Cary con las manos—. Tiene tantas preguntas que te va a dejar más cansada que si hubieras hecho un viaje por todo el país.

Me eché a reír y me dispuse a abrazar a tía Sara.

—Tía Sara, lo siento mucho.

—Lo sé, querida. Él luchó mucho. Los médicos dicen que hasta el último momento. No se fue mansamente aquella buena noche.

—Papá no —dijo Cary con orgullo—. Era un auténtico Logan.

Por un momento pensé en las palabras de la abuela Olivia referentes a la dignidad de la familia y me sonreí ante el orgullo de Cary.

—Vamos, siéntate conmigo y háblanos de tu viaje. ¿Dónde están tus maletas? ¿Cary ya las ha subido a tu habitación?

—preguntó pasando los ojos de mí a Cary, pero éste no dijo nada.

—Tía Sara, de momento voy a vivir con la abuela Olivia. Creo que quiere mi compañía, tal y como está el abuelo Samuel —le expliqué, y pensé que no era una mentira demasiado horrible. La verdad es que creí que era cierto.

—Oh, ya veo —dijo mientras se esforzaba por ocultar su decepción y sonreír—. Bueno, ella puede hacer mucho por ti. Por supuesto que deberías vivir con ella. Eso está muy bien. ¿Así que al final esa mujer no era Haille?

Miré a Cary, cuyos ojos me dijeron que no le había dicho ni una palabra.

—No, tía Sara, la mujer que encontré no era la madre que esperaba encontrar.

—Oh, qué triste. —Asintió con la cabeza y sonrió—. Pero al menos ya has vuelto, ya estás en casa con nosotros, con tu familia. Tienes que contárnoslo todo sobre California. Yo nunca he estado.

Me senté a su lado en el sofá y les hablé de mi viaje. May, sentada a mis pies, me miraba las manos, y Cary se sentó en el que siempre fue el sillón de su padre a escucharme sin apartar los ojos de mí.

Comimos y luego Cary y yo llevamos a May a dar un paseo por la playa, tal y como solíamos hacer.

—Cuando no estabas, May y yo veníamos mucho aquí. Yo fingía que estabas con nosotros. Era fácil porque ella no podía oír lo que te decía en voz alta. No sé cuántas veces te dije que te quería.

—Yo te oí cada vez que lo dijiste —dije, y él me apretó la mano.

—¿Puedes quedarte a cenar?

—Creo que es mejor que vuelva para la cena, pero esta tarde quiero ir a ver a Kenneth y esperaba que pudieras acompañarme —dije.

Él se volvió con rapidez.

—¿Qué pasa?

—Ayer estuve allí —dijo—. Kenneth... está distinto. Creo que todo junto, el acabar su gran obra, el descubrimiento que hizo tu amiga de Haille, el hecho de que te fueras... todo le suponían recuerdos muy dolorosos, recuerdos que enterró en su trabajo.

—¿Pero qué le pasa?

—Bebió mucho. La verdad es que lo encontré dormido en la playa, con *Ulises* aullando a su lado. Le ayudé a entrar en la casa. Sin duda se había pasado toda la noche por ahí.

—Oh no, Cary.

—No sé si deberías ir a verle.

—Cary, más que nunca. Debería ir más que nunca —dije.

Y lo dije con tal fuerza y decisión que hasta yo me sorprendí.

—Con todas las desgracias que has pasado y los problemas que tienes, ¿crees que puedes ayudar a los demás? —me retó él.

—Claro que puedo, por eso mismo —respondí, pensando en algunas cosas que me había dicho la abuela Olivia—. Es muy importante aprender a soportar las desgracias, a aceptar lo que no se puede cambiar y a transformarlo en lo que se pueda.

—¿Y crees que tú puedes cambiar la infelicidad de Kenneth? —me preguntó con sorpresa y escepticismo.

—Sí —dije contemplando las olas azules que venían hacia nosostros—. Sí puedo.

12

LA ESPIRAL NEGATIVA

Cuando pasamos por la carretera irregular de la playa hacia la casa de Kenneth se levantó un fuerte viento. Pude ver las olas romper contra las rocas y salpicar con fuerza, y parecía que las gaviotas tenían que esforzarse por seguir su rumbo. El cielo seguía azul, pero por el horizonte se acercaban grandes y sombrías nubes con rostros grises y amenazadores.

—Parece que viene del noreste —dijo Cary—. Esta noche habrá tormenta.

Cuando paramos junto al Jeep de Kenneth nos dimos cuenta de que se había dejado la puerta del conductor abierta. Después de bajar de la furgoneta de Cary entré en el Jeep y miré las botellas de cerveza y los paquetes vacíos de comida rápida que había por el suelo, además de alguna que otra bolsa de patatas fritas y sobrecitos de salsa.

—Creo que se ha quedado sin batería —dijo Cary mirando por encima de mi hombro, y asintió al fijarse en el salpicadero—. Parece que se debió dejar las luces encendidas toda la noche después de volver del bar en que estuviera.

Al dirigirnos a la casa, yo negué con la cabeza con el corazón disparado por lo que iba a encontrar. Como siempre, la puerta estaba sin cerrar con llave, pero además estaba entreabierta. La casa se veía aún más desordenada que antes de que yo empezara a trabajar con Kenneth; parecía que no había lavado un solo cubierto desde que me había ido, la comida estaba pegada a los platos y por todas partes había vasos con restos de vino, whisky, cerveza y Coca-cola, incluso en las repisas de las ventanas.

Antes de entrar, llamé a la puerta del dormitorio de Kenneth, pero él no estaba. Me pregunté cómo podía dormir ahí, con las mantas y las sábanas medio fuera de la cama, de todos modos. La almohada estaba en el suelo, junto a la ropa y los zapatos tirados. Me adentré en el desorden, me detuve y recogí del suelo la fotografía de mamá y yo que una vez encontré debajo de la cama.

—¡Qué mal huele aquí!, ¿no? —dijo Cary.

En un rincón vi comida podrida y lo que me pareció vómito.

—Qué asco. ¿Qué es eso?

—Una fotografía de mamá conmigo. ¿Has mirado en el lavabo?

—Sí. Debe de estar en el estudio —dijo Cary, y negó con la cabeza mientras observaba la habitación—. Ya te he dicho que las cosas estaban mal, pero no sabía que tanto.

—Bueno. Vamos a buscarle —dije y salimos de la casa agradeciendo el aire fresco.

Miré el pequeño estanque donde Kenneth tenía la tortuga *Concha* y algunos pececillos. En la superficie del agua flotaban dos peces muertos, y no encontré a *Concha*.

La puerta del estudio estaba abierta de par en par. Me quedé en el umbral, desde donde observé la de botellas, bandejas, papeles y latas que había. Una silla estaba tirada por el suelo y al pequeño sofá parecía que le faltaba la funda.

Kenneth estaba tumbado a los pies de *La hija de Neptuno* en posición fetal, con una botella medio vacía de whisky en la mano. No se había afeitado las mejillas, llevaba la barba desgreñada y el pelo largo y descuidado. Iba descalzo con unos pantalones de peto muy sucios y una camiseta marrón descolorida y rasgada por el lado derecho. Tenía los ojos cerrados con fuerza y una mueca retorcida en la boca, como si tuviera una horrible pesadilla.

Ulises, que dormía junto a él, se levantó con grandes esfuerzos y vino a saludarnos moviendo la cola sin cesar.

—Oh, *Ulises*, pobrecito —le dije mientras me lamía la cara y las manos—, ¿Cuándo has comido por última vez?

—Seguro que ha ido comiendo lo que hay por los platos, los restos —observó Cary.

Ambos volvimos a mirar a Kenneth, que ni se había movido.

—Quizá no deberíamos despertarlo —dijo Cary—. Ya te he dicho que una vez lo hice, pero no te he contado que no le gustó demasiado.

—No podemos dejarlo así —dije.

Di un gran suspiro y me acerqué. Aunque olía que apestaba, me arrodillé y con cuidado le quité la botella de whisky de la mano. Cary la cogió rápidamente y la dejó en la mesa. Luego lo agité por los hombros con delicadeza y él abrió y cerró la boca, pero siguió sin abrir los ojos. Lo zarandeé con más fuerza.

—Kenneth. Kenneth, despierta. Soy Melody. He vuelto. ¡Kenneth. Kenneth!

Le tiré del brazo y de pronto abrió los ojos y jadeó. Se levantó tan de prisa que yo casi me caigo hacia atrás al evitar que me golpeara con el brazo izquierdo, que iba balanceando. Cuando se fijó en mí se frotó los ojos para ver bien.

—¿Qué?

—Kenneth, he vuelto. Soy Melody.

—¿Has vuelto? —Se frotó la cara con las manos, dejó caer la cabeza como para volver a caer dormido y luego la levantó poco a poco, mirándome mejor—. ¿No serás una visión, un sueño? Estás aquí de verdad —dijo con una sonrisa.

—Sí, Kenneth. Estoy aquí de verdad. ¿Qué es lo que pasa? ¿Qué has hecho contigo?

Sonrió.

—¿Qué he hecho conmigo? Nada. Lo que ves me lo han hecho, no lo he hecho yo —respondió—. Ah... —Al final se dio cuenta de que Cary estaba junto a la mesa—. Así que ha llegado el servicio de rescate de la playa, ¿eh?

—Hola, Kenneth. Creo que el Jeep se ha quedado sin batería. Anoche debiste olvidar las luces puestas.

—Debe ser eso —dijo él mientras asentía con la cabeza.

—Tengo cables de arranque en la furgoneta. Le daré un poco de inyección y te lo pondré en marcha.

Kenneth se llevó las manos a las sienes, a la boca y luego hizo una reverencia.

—Mi familia te lo agradece.

Cary se echó a reír y luego, al mirarme, vio que a mí no me hacía nada de gracia.

—Bueno, voy a cargar la batería del Jeep mientras vosotros habláis —dijo, y se dispuso a salir seguido de Ulises.

—¿Hablar? ¿Es que vamos a hablar?

—Kenneth, ¿qué te ha pasado? Cuando me fui no eras así.

—No lo sé —dijo en seguida y se esforzó por levantarse.

Quise ayudarle, pero él me apartó.

—Ya puedo hacerlo solo —dijo.

Pero al levantarse se tambaleó y tuvo que apoyar la mano izquierda sobre la estatua. Abrió los ojos y sonrió.

—Sabía que había creado esto para algo.

—Kenneth, para mucho más que esto. Es espectacular —dije volviendo a mirar *La hija de Neptuno*. Sin duda, el rostro era el de mi madre.

—Eso es. El arte por el arte, para sacar a la luz la belleza que de otro modo no se ve, no se oye, no la percibimos a nuestro alrededor. Yo soy un profeta, un cantante, un... —gimió— un hombre con una resaca horrible.

Se tambaleó junto al sofá, cogió un almohadón y se dejó caer casi volcándolo.

—¿Por qué bebes tanto? Te estás matando —dije.

—No, sólo lo parece. Puedo estar así indefinidamente. Entonces —dijo mientras volvía a recuperar el sentido común—, he oído algo de Haille. Al parecer nuestra Miss Cape Cod nos hizo una jugarreta, ¿eh? Interpretó su propia muerte y resurrección, como todos sospechábamos.

—Sí, ella y su así llamado agente se aprovecharon de la situación para falsear su muerte. La mujer que iba en el coche con Richard Marlin llevaba el carnet de identidad de mi madre, y al principio la confundieron con ella, pero al final la hicieron pasar por mamá de forma deliberada.

—A Olivia no le va a gustar que en su nicho sagrado haya algo menos que huesos de sangre azul.

—¿Por qué todo el mundo se preocupa tanto de lo que piense la abuela Olivia? —me quejé.

—La verdad es que a mí no me preocupa. Más bien me divierte. —Pensó por unos momentos—. No debería sorprenderme tanto. A Haille siempre le gustó fingir que era otra persona, sobre todo actrices de cine. Cuando conocía a alguien, le decía que se llamaba de otra forma y se inventaba una historia que resultaba bastante convincente.

—Entonces está en el lugar adecuado —dije, y comencé a limpiar el estudio.

—No hagas eso. Ya no me importa que esté limpio y ordenado. Estás delante de mi última obra —dijo mirando *La hija de Neptuno*.

—Basta ya, Kenneth. No vas a permitir que ésta sea tu última obra. Eres demasiado joven para retirarte.

—¿Retirarme? —Se echó a reír—. Sí, retirarme es una buena palabra para esto. Kenneth Childs, el renombrado escultor de Nueva Inglaterra, ha anunciado su retirada. Me gusta como suena.

—Yo lo odio porque apesta a autocompasión —dije, y se le agrandaron los ojos.

—La caída de Kenneth Childs.

—Kenneth, te entiendo porque yo también me he recreado en ello.

Puse otro almohadón en el sofá y me senté a su lado. Le conté lo sucedido en California y por qué me había ido. A medida que me escuchaba sus ojos iban recuperando parte de su luz y espíritu, sobre todo cuando le describí a mi madre y lo joven que parecía.

—Entonces ¿sigue siendo muy guapa?

—Sí, pero en Hollywood hay muchas mujeres guapas, la mayoría con más talento, y seguro que con agentes o representantes más fiables y con mejor reputación. Richard Marlin sólo es un cualquiera de los bajos fondos que la ha seducido —dije.

Él asintió con la cabeza.

—Lo siento por ella. Fue tan víctima como yo. Y también lo siento por ti —añadió en seguida.

—No quiero que lo sientas. No pienso volver a pensar en ello ni intentar que ocurra lo que nunca ocurrirá.

Me miró con interés renovado.

—Ya veo. Estás aprendiendo a aguantar y soportar, ¿eh?

—Sí, y quiero que tú también aprendas. —Me interrumpí

y añadí—. La verdad es que eres afortunado por no haber acabado con mamá. La abuela Olivia tiene razón al decir que todo el mundo la excusa. Ella es la que es, y no por lo que ocurrió entre vosotros, ni porque descubriera que tu padre es su padre, sino porque está en ella ser la que es. Kenneth, siempre ha sido muy egoísta. Sabes que es cierto.

Se echó a reír.

—¿De dónde has sacado **todos** esos conocimientos y esa sabiduría?

—Ha sido un viaje muy largo —dije con sequedad—, a través de un bosque lluvioso de lágrimas. Sólo por perderte como amante ella no tenía por qué apartarse de mí y negarse a aceptarme como hija, ¿no? ¿Cuándo dejarás de culpar a tu padre por los errores que tú mismo has cometido y empezarás a culparte a ti mismo?

Abrió muchos los ojos.

—Tú no lo entiendes —dijo con un ronco suspiro mientras agitaba la cabeza.

—Sí que lo entiendo. ¿No crees que yo también quería quererla? ¿No crees que yo quería una madre? Cuando estaba creciendo y me hacía las millones de preguntas que se hacen todas las chicas a esa edad, ¿no crees que anhelaba que ella pasara horas y horas conmigo en lugar de hablar de sí misma y de sus granitos o sus kilos de más? ¿Crees que si te hubieras casado con ella la hubieras cambiado?

—No lo sé —admitió—. Sólo sé que me hubiera gustado tener la oportunidad de hacerlo. —Dio un profundo suspiro—. Vale, Melody, vale —dijo—. Dejaré de recrearme en la autocompasión, pero no sé qué será de mi trabajo. —Miró *La hija de Neptuno*—. Este proyecto pareció agotar todas mis fuerzas. A lo mejor puse en ella todo lo que tenía.

—Lo dudo.

Oímos el claxon del Jeep y miramos hacia la puerta. Cary nos indicó con la mano que lo había conseguido.

—Es un buen muchacho. Ha sido dura la noticia de su padre. Ahora tiene que cargar con muchas cosas. ¿Has vuelto para vivir con ellos?

—No, voy a vivir con la abuela Olivia. ¿Te acuerdas del pacto que hicimos antes de irme a California?

213

—Sí, lo recuerdo, y recuerdo que me pareció buena idea. Vas a aprender mucho de ella.

—Esto mismo es lo que no para de decirme —dije secamente.

Él se echó a reír y me acarició el pelo.

—Me alegro de que hayas vuelto, aunque por tu bien esperaba que todo hubiera sido de otro modo.

—Gracias, Kenneth. Hum, ¿puedo proponerte algo en este momento?

—¿Por qué no?

—¿Podrías tomar una ducha o un baño cuanto antes?

Se rió y apartó la mano de mi pelo.

—Vale, me lo merezco.

—Mientras, arreglaré un poco este desorden.

Negó con la cabeza y suspiró.

—Melody, eres una mala influencia para todo aquel que quiera recrearse en la autocompasión.

—Bueno —dije, y eso le hizo sonreír de nuevo.

Me dio la impresión de que no lo había hecho a menudo en mi ausencia.

—Has hecho maravillas con él —dijo Cary cuando al cabo de un par o tres de horas nos fuimos de casa de Kenneth.

Le dejamos algo de comida caliente y le hicimos prometer que descansaría y que por un tiempo no probaría el whisky.

—Pero no sé cuánto durará —dije con tristeza—. Ha llegado al punto en que el arte ya no le basta. Necesita a alguien a quien amar y que le ame.

—Eso puedo entenderlo —dijo Cary, y me apretó suavemente la mano.

—Sí, yo también.

A medida que avanzábamos por la carretera de la playa, volví a mirar la casa de Kenneth. *Ulises* nos despidió en la puerta, pero esta vez no siguió la furgoneta gran parte del camino sin dejar de ladrar, como antes solía hacer. Cary miró por el retrovisor.

—A *Ulises* le empiezan a pesar los años, ¿eh?

—Sí —dije con tristeza—. Y es la única compañía de Kenneth.

Durante el viaje de vuelta a casa de la abuela Olivia observamos las nubes procedentes del norte que cubrieron casi todo el cielo, y antes de llegar al camino comenzó a llover.

—¿Qué vas a hacer con el negocio de langostas? —le pregunté cuando paramos delante de la casa.

—De momento lo lleva Roy. Theresa también le ha estado ayudando, que, por cierto, pregunta por ti muy a menudo.

—Para mí, ella resultó la chica más amable de la escuela. No me importa lo que los esnobs piensen de los bravas.

Cary se echó a reír. Los bravas, como llamaban a los de Provincetown que eran medio negros y medio portugueses, no eran fácilmente aceptados entre las chicas que la abuela Olivia consideraba de linaje respetable.

—De todos modos, ahora tengo que preocuparme por la cosecha de arándanos. Han madurado un poco antes de lo normal por el calor que ha hecho este año —dijo Cary—. La mayoría de los frutos ya están rojos. Normalmente no empezábamos a recolectar hasta octubre, pero creo que este año tendremos que hacerlo hacia la tercera semana de septiembre.

—Será mi primera cosecha. ¿Qué tengo que saber para poder ayudarte?

—Bueno, como estos arándanos serán para zumos y salsas, lo que nosotros hacemos es lo que se llama «cosecha húmeda». Primero inundamos la ciénaga hasta que los arándanos quedan totalmente cubiertos de agua. Luego llevamos unos tractores especiales llamados «carretes de agua» o «batidoras» que recorren toda la ciénaga y cuyas hélices arrancan los arándanos de la planta, y éstos quedan flotando en la superficie del agua. Entonces es cuando empieza el trabajo duro.

—¿Qué quieres decir?

—Montamos una especie de corral con tablones y lonas con el que rodeamos los arándanos y los llevamos a un extremo de la ciénaga. Justo debajo de la superficie del agua ponemos una tubería que llega hasta una bomba en la orilla que aspira los arándanos y los mete en una caja metálica. Ésta lo separa todo y luego cargamos los arándanos en camiones.

—Parece que sabes exactamente lo que se hace —dije.

—Puede, pero nunca lo he hecho sin papá.

—Cary, lo harás bien, y yo estaré contigo.

Se echó a reír.

—Estarás en la escuela —dijo.

—Me tomaré unos días libres —prometí.

—¿Vas a hacer novillos? Tienes la oportunidad de graduarte, ¿no?

—Para mí eso no es tan importante como ayudarte —dije.

Me sonrió y se inclinó para besarme. Fue un corto y dulce beso, y cuando se marchó le miré con tal intensidad a sus ojos verdes que sentí que realmente contactaba con su interior, con su alma y su ser. Sus ojos eran como imanes. Acerqué de nuevo mis labios a los suyos y volvimos a besarnos, esta vez con más ímpetu, de forma más prolongada y abrazándonos con fuerza.

—Me alegro de que hayas vuelto —susurró—. Tenía pesadillas de que no te volvería a ver nunca.

—Cary, llénate la cabeza sólo de sueños buenos. He vuelto y no te abandonaré nunca más —le prometí.

Él estaba tan feliz que se le llenaron los ojos de lágrimas. Empezamos a besarnos de nuevo cuando de pronto vi por encima de su hombro que una de las cortinas de la segunda planta de la casa se movió. Estaba segura de que la abuela Olivia nos estaba observando.

—Cary, es mejor que entre antes de que empiece a llover en serio.

—Bueno. ¿Cuándo quieres que venga mañana?

—Espera a que yo te llame. Si puedo, me gustaría ir a ver a la abuela Belinda.

—Claro. Yo te acompaño —dijo.

—Cary, deberías pasar más tiempo con tu madre. Debe estar muy triste. Y sola.

—Melody, no puedo estar sentado todo el día con ella viendo cómo llora. Me vuelvo loco al ver lo triste que está. Lo mejor que puedo hacer es trabajar duro y demostrarle que todo saldrá bien. Que yo me ocuparé de todo.

—Sé que lo harás —dije mientras asentía con la cabeza—. Te llamaré mañana.

Le di un último y rápido beso y bajé de la furgoneta. Él me miró mientras cruzaba por delante y me sonrió cuando me acercaba a la puerta. No puso el motor en marcha hasta que la abrí y entré, y antes de que se alejara le dije adiós con la mano.

Con el cielo tan cubierto de nubes y las luces de la casa apagadas, el interior estaba en penumbra. Sentí un escalofrío y me crucé de brazos mientras me dirigía hacia las escaleras. Cuando llegué a la segunda planta y fui a mi habitación, encontré a la abuela Olivia esperando en mi puerta. Sin saludarme, me abrió la puerta y se quedó de pie.

—Vamos a hablar —dijo con gravedad.

Con la cabeza baja y los brazos aún cruzados pasé ante ella y entré en la habitación. Una vez dentro, cerró la puerta poco a poco.

—¿Dónde has estado todo el día?

—He ido a casa de tía Sara, he estado un rato con ella y con May, y luego Cary me ha acompañado a ver a Kenneth —respondí.

—Sería mejor que ahora dejaras de ir tanto a esa casa de la playa —sentenció.

—¿Por qué?

—Ya hay bastantes chismorreos. Eso no hará más que aumentarlos.

—No puedo esconderme por cada susurro que se oiga en Provincetown —dije.

Ella se irguió.

—Aquí vas a llevar una vida ejemplar. Nadie va a tener ni un solo motivo para hablar en alto la menor sospecha o historia indiscreta —exigió, como si pudiera pedir el futuro a su antojo.

—No pienso dejar de ver a Kenneth. Es mi tío, mi verdadero tío.

—No le digas nunca eso a nadie, ¿lo entiendes? —me espetó acercándose a mí.

Sus ojos parecían más hechizados por sus propios miedos que por el enfado. Nada parecía asustarle tanto como que la comunidad se enterara de que el juez Childs era mi abuelo porque había sido el amante de su hermana.

—Abuela Olivia, no tengo la menor intención de remover ninguno de los esqueletos enterrados en la familia. No serviría para nada salvo para herir a los que ya han sufrido bastante por ellos.

Sonrió de alivio y asintió con la cabeza.

—Eso está bien. Bien pensado.

—¿Cómo está mi abuela? —pregunté con firmeza.

—Belinda está... Belinda. Le quitaron la medicación que la convertía en un vegetal, si es eso lo que querías saber.

—Bien. Mañana iré a verla. No te preocupes, no te haré gastar gasolina. Cary me acompañará —añadí en seguida.

—Ése es el principal motivo por el que quería hablar contigo —dijo—. Has crecido demasiado cerca de Cary. Comprendo las razones —añadió mientras cruzaba la habitación hacia la ventana.

Ahora llovía con más fuerza y a causa del viento las gruesas gotas repiqueteaban contra el tejado haciendo que la casa pareciera un tambor salvaje.

—Estabas sola; estabas en un lugar que te resultaba extraño, y encontraste a alguien de tu edad con quien hablar y hacer amistad. Sin embargo, ahora que estás aquí tienes que procurar que haya cierta distancia entre vosotros.

—¿Para qué? —pregunté, y ella se volvió rápidamente hacia mí.

—Cary es un joven muy bueno y responsable, pero de momento es demasiado limitado para ti. No puedes cometer los mismos errores que yo cometí —me advirtió—. No tendría sentido que te acogiera en mi casa si no te enseñara esto —añadió.

—Estar con la persona que se quiere jamás puede ser un error —respondí.

Ella negó con la cabeza.

—Cuando hayas madurado y te deshagas de estas tontas y románticas ideas, serás lo bastante fuerte para ocuparte de las responsabilidades que tengo en mente para ti. Además, tú no piensas en tu futuro inmediato. Este año acabarás la escuela e irás a otra escuela preparatoria de gran prestigio antes de estudiar en una de las mejores universidades, donde estoy segura que conocerás a alguien de una distinguida familia con quien tendrás una relación importante.

—Hablas como si tuvieras organizada toda mi vida.

—Lo haré lo mejor que pueda, pero tú tienes que cooperar y obedecer —prosiguió, sin duda sin preocuparse de mis sentimientos—. He estado todo el día pensando en ti y he llegado a la conclusión de que puedes empezar cuanto antes tu preparación. Y para ello he contratado a una excelente tutora, la señorita Louise May Burton, que resulta que es una encantadora maestra retirada. Pasado mañana empezarás tus lecciones, así que no hagas ningún plan para ir a vagar por las playas, salir en barco o visitar a nadie.

—¿Lecciones? ¿De qué?

—De etiqueta, modales, comportamiento. Vas a ir a una universidad frecuentada por hijas de las mejores familias, personas de gran talla moral, de buena cuna y sangre azul.

—No hay nada malo en mis modales —me quejé.

Se echó a reír.

—Querida, ¿cómo lo sabes? ¿Has estado alguna vez con personas que saben reconocer la diferencia?

La miré fijamente unos instantes, la rabia me agitaba la sangre. Sí, mi madre fue una gran decepción, pero en mi vida había muchas personas que eran amables y decentes. Porque papá George y mamá Arlene podían hacer que a la hora de la verdad, de los buenos sentimientos y la decencia, cualquiera de las personas de sangre azul a las que se refería la abuela Olivia pareciera un salvaje, pensé.

Pero papá George estaba muerto y mamá Arlene se había ido a vivir a otra ciudad, me recordó una voz interior.

—Entonces ya está acordado —sentenció la abuela Olivia—. Limitarás tu contacto con Kenneth Childs y Cary y serás una buena estudiante de modales.

—No limitaré mi contacto con Cary —le reté.

—Si no lo haces por propia voluntad, tendré que hablar con Sara —dijo con una sonrisa—, y ya sabes qué influencia tengo sobre ella. Ellos, a pesar de lo que les caiga gracias a ese negocio de langostas moribundas y a esa estúpida cosecha de arándanos, dependen de mi caridad hasta un extremo que no imaginas. Porque hasta esa patética casa me pertenece —me reveló—. Mi hijo tuvo que pedir prestado el dinero para la hipoteca.

—No te atreverías a hacer nada para herirles —respondí.

Me clavó la mirada con una firmeza que me inyectó hielo en las venas.

—No, a no ser que me obligues a ello —dijo, y luego sonrió—. Supongo que siempre podrías huir y vivir como tu difunta madre. Piénsalo bien, pero estoy segura de que llegarás a la conclusión de que aquí, conmigo y con lo que yo haga por ti, es donde tienes la mejor oportunidad de una vida decente.

—¿Por qué haces todo esto por mí? —le pregunté, de pronto sintiendo más curiosidad que enfado.

—Ya te lo dije, por el bien de la familia —me contestó.

Negué con la cabeza.

—Hay otra razón.

—No hay otra razón... para nada —sentenció, y se volvió para abandonar mi habitación.

Llovió con más fuerza, y repiqueteó en mi corazón igual que en la casa. Vi la encantadora sonrisa de Cary, sus profundos verdes ojos revelando lo mucho que necesitaba confiar en mí. ¿Cómo podía decepcionarle? Las amenazas de la abuela Olivia me habían asustado. Pensé en la rabia que acababa de ver en su rostro.

Hacía mucho tiempo ella había confiado su corazón a alguien que la había traicionado, y de aquella traición nació mi madre, una mujer a la que no pudo controlar ni moldear. Yo era su última oportunidad de venganza.

Pero, ¿venganza contra quién? ¿Contra qué?

¿Se trataba de alguien o sólo se trataba de un mundo al que ella había llegado a despreciar? Pensé que quizá eran ambas cosas.

Estaba segura de que en los próximos días encontraría las respuestas, pero me asustaba tanto descubrirlas como no encontrarlas.

Yo luchaba por mantenerme a flote en las arenas movedizas de un mundo de adultos. ¿Quién me lanzaría una cuerda para ayudarme a salir? ¿Kenneth? ¿El juez Childs? ¿Mi abuela Belinda? ¿Cary? Todos ellos parecían luchar tanto como yo por mantenerse a flote.

Sólo la abuela Olivia, sólo ella parecía caminar sobre un

suelo firme. Tuve que admirarla por ello, pero de pronto me invadió un nuevo temor.

¿Y si se salía con la suya y yo me convertía en la mujer que ella quería?

¿Llegaría a ser como ella?

Entonces, seguro, ella tendría su venganza.

El abuelo Samuel no cenó con nosotras. Cuando Loretta comenzó a servirnos pregunté por él.

—Esta noche Samuel no está demasiado bien para bajar a cenar —dijo la abuela Olivia, y empezó a tomar la sopa.

—¿Y no tiene hambre?

—Ni se acuerda de cuándo ha comido —puntualizó de forma mordaz.

—Bueno, eso es terrible, ¿no? —insistí.

—Sí —dijo, y se detuvo—. Estoy pensando si contratar a una enfermera para que le cuide o...

—¿O qué?

—Llevarlo a la misma residencia que Belinda. El médico volverá a examinarlo dentro de unos días y entonces sabremos su opinión sobre lo que deberíamos hacer.

—Seguro que se pondrá mejor. Sólo se ha deprimido por la tristeza —dije.

Ella se secó los labios con finura e hizo señas a Loretta para que le cogiera el bol.

—La verdad, Melody. No sé si hay espacio en la habitación para colgarla —dijo.

—¿Colgarla? ¿Colgar qué?

—Tu licenciatura en medicina. No sabía que la tenías —dijo sin ninguna gracia.

—Sólo he dicho que es posible que le pase eso, ¿no? Necesita un poco de amor y cuidados. Es muy doloroso perder a alguien que quieres —le espeté.

El sarcasmo asomó a sus labios finos y petulantes.

—Claro que es doloroso, pero si quieres ser valioso para alguien, e incluso para ti mismo, tienes que atenuar la desgracia y la tristeza. Si lo único que piensas hacer es recrearte en tus propias lágrimas, para eso podrías arrojarte a la tumba con la persona que quieres; sería lo mismo. Puede que te parezca insensible, Melody, pero estoy siendo práctica y realista. Todos los éxitos, así como todo lo que tenemos, es el resultado de esa fuerza.

»Y la ironía es —prosiguió— que los miembros más débiles y sensibles de mi familia dependen totalmente de mi fuerza. ¿Dónde estarían sin mí? ¿Dónde crees que al final acabarían Samuel y Belinda y Sara? Todos dependen de mí. Incluso tú —añadió.

Le hizo un gesto con la cabeza a Loretta, quien comenzó a servir el plato principal con mucho temor de hacer algo que nos interrumpiera. La abuela Olivia continuó:

—Yo no espero agradecimientos. No necesito que siempre me halaguen con los agradecimientos, pero tampoco voy a ser despreciada por mis actos. ¿Está claro? —quiso saber.

—Sí, *madame* —dije.

—Bien. —Empezó a comer mientras yo probaba la comida—. Mañana puedes ir a ver a Belinda. Debes hacerlo, ahora que lo pienso. Háblale de Haille. Cuéntale todos los detalles sobre su hija. Una buena dosis de realidad puede que le sea beneficiosa —dijo mientras asentía con la cabeza y sonreía.

Nos miramos fijamente por unos instantes y acto seguido comimos en silencio, sin decirnos nada hasta que terminamos. Loretta recogió los platos de la mesa en un segundo y anunció por lo bajo que en seguida nos traía el postre.

—Estoy cansada y ya he comido bastante. Tú tómate el tiempo que quieras. Prueba la *crème brûlée*. Es muy buena —dijo la abuela Olivia, y se retiró a la salita.

Como no tenía más apetito, abandoné el comedor poco después. Cuando pasé delante de la salita, la vi sentada en su gran sillón y de pronto me pareció muy pequeña, cansadísima y sola. Tenía un libro en el regazo pero ya no leía, sino que miraba por la ventana el aguacero que ahora caía lentamente, observaba al cielo verter las lágrimas que ella nunca se había permitido derramar.

Subí a mi habitación, pero al llegar a la segunda planta oí una puerta que se abrió y se cerró y al abuelo Samuel andar por el pasillo. Al verme, se apresuró hacia mí. Iba en pijama, con una bata de terciopelo azul marino encima, pero estaba descalzo y despeinado, como si se hubiera mesado el pelo durante horas.

—Haille —susurró—. Me alegro de que hayas vuelto.

—No, abuelo. Soy Melody —dije por lo bajo con una sonrisa—. Melody.

Él negó con la cabeza y se volvió para mirar atrás como si tuviera miedo de que alguien le oyera.

—Lo hizo ella. Yo le dije que no estaba bien, pero me prohibió que dijera nada. Dijo que era una desgracia familiar y que si yo soltaba la menor insinuación en público o delante de Jacob y Sara, me echaría la culpa. Le diría a todo el mundo que yo era el responsable de tu embarazo. ¿Puedes creerlo? Creo que lo decía en serio.

—Abuelo.

—No digo que no tenga razón. Quizá está mejor donde está, pero Haille, tú...

—Abuelo, que soy yo, Melody —le dije.

Le cogí la mano y él se volvió y me miró la cara.

—¿Qué?

—Mírame bien. Yo no soy mi madre.

—No le digas que te lo he dicho —dijo. Parecía muy asustado.

—¿Que no le diga el qué? ¿De quién hablas? ¿De Belinda?

Negó con la cabeza.

—Yo no soy el responsable —dijo mientras apartaba la mano de mí y se alejaba—. No puedes echarme la culpa.

—Abuelo.

—Me voy a la cama. Por la mañana todo parecerá diferente. Siempre lo parece por la mañana. Pero si no me crees, baja al sótano a verlo. Encontrarás los papeles. Sssh —dijo mientras se llevaba el dedo a los labios—. No digas ni una palabra. No le digas que te lo he dicho yo —me advirtió—. Tú haz como si hubieras encontrado los papeles por casualidad —añadió, y se alejó de forma apresurada, volviéndose para mirarme sólo una vez más antes de entrar en su habitación y cerrar la puerta.

¿Qué papeles?

¿Eran fruto de su locura? Al igual que la Ofelia de *Hamlet*, ¿también él había enloquecido por la muerte de alguien que amaba? Pensé con tristeza que si no salía de su constante estado de confusión acabaría en una residencia.

¿O acaso había más esqueletos colgados en un armario enterrado aún por descubrir? ¿No era sólo la locura, sino unos dolorosos recuerdos, lo que le atormentaba tanto?

Oí pasos en la planta baja. La abuela Olivia se dirigía hacia la escalera, y de momento, pensé, me guardaría para mí las palabras del abuelo Samuel.

Una vez en mi habitación, me tumbé en la cama mientras los pensamientos me daban vueltas en la cabeza y no me dejaban dormir. Las palabras del abuelo Samuel me resonaban en los oídos, y cuando por fin me dormí, soñé con los secretos, mentiras y susurros de más allá de la tumba. No dejé de dar vueltas casi toda la noche hasta que por fin me resigné a no pegar ojo.

Yací con los ojos abiertos como platos durante horas. La lluvia había cesado, pero el viento seguía silbando y soplando sobre la enorme casa, golpeando en la ventana y susurrando un nombre. Mis pesadillas habían despertado una voz. No pude distinguirla, pero supe que se trataba del secreto más profundo que jamás había imaginado.

13

QUÉ DULCE

Al día siguiente, Cary vino a buscarme después de desayunar para ir a ver a la abuela Belinda. Le esperé mirando tras la ventana de la salita para salir corriendo en cuanto le viera llegar al camino. No quería que él observara la cara de desaprobación de la abuela Olivia, porque estaba segura de que me haría preguntas sobre ella y yo tendría que explicarle sus sentimientos sobre nosotros dos. Si algo quería evitar en este momento era la agitación familiar, sobre todo cuando el origen de la misma podía ser yo.

La tormenta del día anterior ya había pasado y las nubecillas que habían quedado parecían derretirse por el poder del cielo azul. En cuanto vi la furgoneta de Cary, salí corriendo. A medida que nos alejábamos de la sombría casa de la abuela Olivia comentamos lo brillante que estaba el sol, lo limpio y claro del aire y lo hermosas que estaban la hierba y las flores; todo ello me llenó de esperanzas renovadas y me recordó cuando era más pequeña y pensaba que la vida podía ser como un largo y maravilloso día de verano, un día como ese.

Estaba a punto de volver a ver a mi pariente más cercana. Esperaba que al haberle quitado la medicación tuviera la cabeza más clara. Me sentía impaciente por abrazarla y hablarle de todo, en especial de mis sueños y planes para el futuro. Al menos tenía a alguien que ni mamá ni la abuela Olivia me podían quitar.

Cuando nos acercamos a la residencia, Cary me habló de las veces que su hermana melliza Laura había ido a ver a mi abuela antes de que tío Jacob se lo prohibiera. Hacía bastante que no me hablaba de Laura. La primera vez que estuve en Provincetown, sólo pronunciar su nombre parecía provocarle un dolor en los labios.

—Cary, ¿por qué Laura iba tanto a verla? —le pregunté.

Lo pensó por unos instantes mientras los recuerdos iluminaban sus verdes ojos.

—A Belinda le gustó Laura en seguida, desde el primer momento en que la conoció. Fue como si cada una encontrara algo tierno y encantador en la otra, como si tuvieran un secreto que compartir. Al margen de quien estuviera presente, Belinda sólo se dirigía a Laura. La primera vez que Laura fue a visitarla nadie se enteró. De hecho, si lo pienso, creo que mi padre no se enteró hasta la tercera o la cuarta vez que fue, y porque un espía de la abuela Olivia se lo dijo a ella. La abuela llamó a papá y éste castigó a Laura por venir; al fin y al cabo, Belinda era la oveja negra de la familia. Se suponía que ni siquiera debíamos pronunciar su nombre, y aún menos visitarla.

»Pero a papá le costaba prohibirle que hiciera según qué —prosiguió Cary—. Siempre que Laura hacía algo que él no aprobaba, papá primero se dirigía a mí sin apenas mirar a Laura, como si ella no hubiera hecho nada en absoluto. Él no creía que lo demostraba, pero era evidente que siempre pensaba que todo era por mi culpa, como si fuera yo el que tenía que haber sido más responsable o consciente de lo que hacía. Laura me defendía en seguida, claro, cargándose tantas culpas como podía, pero papá no la escuchaba y la acusaba de intentar protegerme.

Cary se echó a reír, como si siguiera recordando:

—«Pero papá —le decía ella—, ¡Cary ni siquiera estuvo allí!»

»—Eso no importa —contestaba papá—. Tenía que haber estado allí para impedírtelo o advertírtelo.»

»Una vez —dijo volviéndose hacia mí mientras tomábamos la carretera lateral hacia la residencia—, me llevé una buena paliza por los dos. Me azotó con una gruesa correa de piel y me dejó tantas ampollas en la parte trasera que pasé varios días sin poder sentarme. Tenía que tumbarme boca abajo. Laura vino a mi habitación y se sentó a mi lado en la cama, llorando como si sintiera el mismo dolor que yo. En serio, dejé de sentir pena de mí mismo y ya no me dolió tanto. Y como sabía que una lágrima mía le iba a provocar otras diez a ella, tuve que dejar de llorar, o de lo contrario ella hubiese acabado ahogándonos a los dos —explicó, y se echó a reír.

»De todos modos, Laura venía a ver a Belinda en bicicleta, y, por lo que sé, Belinda sí que se ilusionaba con sus visitas. Creo que la abuela Olivia tenía celos. Laura nunca fue en bicicleta a su casa. —Sonrió y se volvió hacia mí—. Igual que tú, Laura se preocupaba más por los demás que por sí misma, sobre todo de las personas menos afortunadas, tanto si era por falta de dinero como por falta de amor.

Aparcamos en el parking, salimos de la furgoneta y nos dirigimos a la entrada. En el vestíbulo nos recibió una enfermera muy guapa, en cuya tarjeta de la solapa se leía SEÑORA WILLIAMS. Yo nunca la había visto antes, y no me pareció que tuviera más de veintitantos años.

No había tantos residentes sentados en el vestíbulo como la última vez que fui, pero de nuevo mi llegada, y sobre todo la de Cary, llamaron la atención; todos dejaron sus conversaciones e interrumpieron sus juegos de tablero y de cartas.

Dije quiénes éramos y a quién íbamos a ver, pero antes de que la señora Williams nos respondiera, la señora Greene salió de su despacho y se nos acercó con sus altos tacones repiqueteando en el suelo de baldosas.

—Bueno, hace bastante desde tu última visita —dijo—. Me hiciste creer que vendrías más a menudo —añadió como si yo le hubiera mentido.

—He estado fuera —le expliqué, y ella sonrió con aires de suficiencia y se volvió a la enfermera—. Señora Williams, ya me ocupo yo.

—Sí, *madame* —dijo la enfermera y volvió con los residentes.

—Tu abuela está en el jardín —dijo, y se fijó en Cary—. Supongo que es un miembro de la familia.

—Sí. ¿Cómo está ella?

—La verdad es que bastante bien. Debo decirte que desde que viniste, la señorita Gordon hizo amistad con otro residente, el señor Mandel, y que se pasan casi todo el tiempo juntos.

Cary sonrió, pero la señora Greene ni siquiera le hizo caso.

—Sólo son amigos que se hacen compañía, por supuesto —añadió ella con su mandíbula tensa, mientras recorríamos el vestíbulo hacia un pasillo cuya puerta lateral daba a los jardines—, pero a nosotros nos parece muy bien. Creemos que es bueno para su salud mental que los residentes hagan amistad.

—Habla de ellos como si fueran de otra especie —observé.

Y los ojos de Cary se abrieron más, como sorprendido por mi tono de voz y mi comportamiento, pero yo no había olvidado el trato que esa mujer me dio las otras veces que había ido, y estaba segura que de algún modo ella también formaba parte de la plantilla de la abuela Olivia.

—Se podría decir que las personas mayores son como de otra especie —respondió con indiferencia—. Sin embargo, me temo que sólo los que trabajan con ellos día tras día lo pueden comprender.

Nos ofreció la sonrisa más artificial que había visto en la vida, asintió con la cabeza en dirección al banco en que estaba la abuela Belinda junto a un hombre calvo y bajito. Él llevaba un bastón de madera oscura en el que se apoyaba. Las gafas se le habían deslizado hacia abajo y casi las tenía en la punta de la nariz. Iba con un traje azul, aunque con los pantalones un poco más claros, casi grises, llevaba la corbata anudada con torpeza, de tal forma que un lado le colgaba más que otro, y los calcetines caídos hasta los tobillos.

Al acercarnos, esperaba que la abuela Belinda se acordara de mí, y cuando se le iluminó la cara así lo creí.

—Bueno, mira quién ha venido, Thomas, mis sobrinos-nietos —dijo ella, y me di cuenta de que como estaba con Cary, supuso que yo era Laura.

—No, abuela —dije—. Soy Melody, no Laura.

—¿Melody? —Ella miró a Cary.

—Eso es, tía Belinda. Es tu nieta, Melody. ¿Qué tal estás?

Ella nos recorrió con la mirada y parpadeó. Aunque parecía forcejear con su memoria, en absoluto estaba tan pálida y agotada como la última vez que la vi. Parecía resplandeciente y tenía las mejillas un poco sonrojadas. Se había preocupado de peinarse bien e incluso se había puesto un poco de carmín en los labios. Me di cuenta de que cogía la mano izquierda del señor Mandel, quien nos sonrió con un asentimiento de la cabeza.

—Oh —dijo la abuela Belinda—. Quiero que conozcáis al señor Mandel. Antes era contable, y aún es capaz de sumar de memoria, ¡incluso grandes cifras!

—Belinda, no exageres. Ya no soy lo que era —dijo él con jovialidad—. Encantado de conoceros. Belinda, supongo que es mejor que te deje con tu visita —añadió mientras se levantaba y le acariciaba la mano.

—Señor Mandel, no es necesario que se vaya —dije al ver la decepción en la cara de la abuela Belinda.

—No, no, tengo que hablar con la señorita Landeau sobre las inversiones de sus refugios fiscales. Se lo prometí. Vamos, toma mi asiento —me dijo.

La abuela Belinda le miró con tristeza mientras se alejaba con el bastón. Al poco, se le ensombrecieron los ojos y cobró una expresión enojada que recordaba a la abuela Olivia.

—Ya sé para qué lo quiere ella cuando le pide consejo —murmuró—. En cuanto él vino a sentarse conmigo en el comedor, ella le echó el ojo. Verde de envidia se puso. Apuesto cualquier cosa a que no tiene ni un céntimo invertido en nada. Está mintiendo para llamar su atención. Conozco esa clase de mujeres. No soportan ver a nadie feliz.

Cary se echó a reír, pero yo le negué con la cabeza para que parara; no quería que la abuela Belinda pensara que se estaba riendo de ella. Luego me senté a su lado y le cogí la mano.

—Abuela, ¿no te acuerdas de que vine a verte hace tiempo? —le pregunté—. ¿No te acuerdas de lo que hablamos?

Alzó la cabeza para mirar a Cary y luego a mí.

—Claro que me acuerdo. ¿Cómo están tus padres?

Cary y yo intercambiamos una mirada de decepción. ¿Debíamos hacer que la abuela Belinda se enfrentara a una dosis de realidad o aceptar los papeles que su mente confundida nos asignaba?

—Abuela Belinda, mírame. Soy Melody, la hija de Haille, tu nieta. No soy Laura. He venido a hablarte de Haille. Fui a verla a California.

Ella se quedó mirándome con los labios fruncidos. Al poco, endureció la expresión y se le enfrió la mirada.

—Yo no tengo ninguna hija —dijo—. Todo el mundo tiene que dejar de decir eso. —Miró hacia el señor Mandel, y con mucha rabia dijo—: Ya habéis conseguido que el señor Mandel se vaya, y Corina Landau le va a poner sus garras encima. Siempre que encuentro a alguien, me lo intentan robar. Y mi hermana tampoco es una excepción. —Se volvió hacia nosotros y de pronto suavizó la expresión con una dulce sonrisa—. ¿Cómo está tu madre? Dile que me encantaron las galletas, y que si quiere hacerme más, no me voy a negar.

—Abuela —dije con mayor desesperación—, por favor, intenta recordar las visitas que te hice. Soy Melody, Melody, la hija de Haille.

Ella siguió mirando al señor Mandel y, por la expresión de sus ojos, diría que no me escuchaba. Di un profundo suspiro y Cary me puso la mano en el hombro.

—La abuela Olivia quería que viniera para que le diera una dosis de realidad. Creo que ella sabía lo que me iba a encontrar—dije con amargura.

—Ella estuvo aquí —dijo la abuela Belinda, con la mirada aún fija en la lejanía—. Me hizo una visita. Supongo que debo sentirme honrada.

—Abuela, ¿quién vino a verte? —le pregunté.

—Su majestad, ¿quién va a ser? —dijo mientras se volvía hacia nosotros—. Me dijo que Haille estaba muerta, que murió hace mucho en un accidente de coche. Así que ya ves, no puedo tener una nieta. No tengo a nadie. Tenía al señor Mandel, pero ahora...

—Abuela, eso no es cierto. Te mintió. Me tienes a mí, abuela. Por favor, mírame, acuérdate de mí. Vine a verte hace tiempo. ¿No te acuerdas?

Me eché a llorar, prácticamente rogándole, y ella me miró con los ojos vacíos.

Me volví hacia Cary, y lo mismo hizo la abuela Belinda.

—Cary, ¿cómo está tu madre? —le preguntó—. ¿Aún sigue haciendo esas maravillosas labores?

—Sí, todavía cose, tía Belinda.

Cary sonrió y ella asintió con la cabeza.

—Yo antes hacía labores, pero ahora tengo los dedos demasiado torpes. Es lo que pasa. Te haces vieja y se te agarrotan los dedos.

Negó con la cabeza con tristeza y luego volvió a mirar al señor Mandel con los labios tan apretados que se le formaron arrugas de enojo.

—Mírala como sonríe —murmuró por lo bajo—. Él le habla y ella no para de sonreír. No tiene ni un penique invertido. Yo ya se lo dije a él, pero los hombres no escuchan. Basta que otras mujeres les parpadeen con gracia para que ellos vayan tras ellas. Me entiendes, ¿verdad? —me preguntó mientras se volvía hacia mí como si se acabara de dar cuenta de que estaba sentada a su lado, y me sonrió—. Mírate, sólo tienes que mirarte. Laura, has crecido muchísimo. Mucho. No te enamores demasiado de prisa —me advirtió, y de nuevo se volvió hacia el señor Mandel—. ¿Por qué no vamos caminando hacia allí y yo también finjo que le necesito para que me ayude con mi dinero? Sí —añadió, contenta por haber dado con la solución del problema.

—Abuela...

Ella siguió mirando al señor Mandel.

—Melody, es inútil —dijo Cary—. No se va a acordar. Estás perdiendo el tiempo y llevándote otra decepción.

—Pero, Cary, ella es lo único que tengo. No tengo más familia —me lamenté.

—Me tienes a mí —dijo con énfasis.

—Pensaba que se acordaría —dije mientras la miraba con nostalgia—. Pensaba que pasaríamos un poco de tiempo juntas, pero sin duda la abuela Olivia se ha ocupado de que no sea así —añadí—. Vino para confundirla. Lo hizo a propósito.

—Vamos, Melody.

—Ella tiene celos de todo, incluso de la frágil relación que yo estaba construyendo con mi abuela. Sólo vino para destruirla y acabar con ella.

—Melody, te estás sobreexcitando. Vamos.

—Hazme un favor —dijo la abuela Belinda cuando me levanté—. Ve a decirle al señor Mandel que vuelva. Dile que le necesito ahora mismo.

—Abuela, seguro que volverá contigo. Eres mucho más guapa que ella.

—¿Sí? —Volvió a alegrarse y asintió con la cabeza—. Sí, yo soy mucho más guapa, ¿verdad? —afirmó mientras se arreglaba el pelo con las manos—. Él ya se dará cuenta. Ella tiene una peca con pelillos en la barbilla, y yo tampoco tengo tantas arrugas, ¿verdad? —Se volvió hacia nosotros alzando la cabeza hacia el sol con los ojos entrecerrados y los labios apretados de forma coqueta.

—No, abuela, no tienes tantas arrugas —dije, y le acaricié la mejilla.

Ella abrió los ojos y me miró.

—Ahora pareces un ángel —dijo—. Tu madre debe estar muy orgullosa de ti.

—Lo está —dijo Cary en seguida—. Muy orgullosa.

—Eso está muy bien. Así es como debe ser.

Se volvió hacia el señor Mandel. Cary tiró de mi mano y me levanté.

—Estará bien —me dijo.

—Tienes razón —contesté.

Y me incliné hacia ella y le di un beso en la mejilla, pero no se dio cuenta porque estaba concentrada mirando al señor Mandel.

—Adiós, abuela. Volveré, te lo prometo.

—No te olvides de las galletas —dijo cuando comenzamos a alejarnos.

Antes de salir del jardín volví a mirarla una vez más. El señor Mandel había dejado a la otra mujer y avanzaba por el camino hacia ella, que parecía muy contenta y feliz.

—A lo mejor es hora de que empieces a pensar más en ti misma, en nosotros —dijo Cary al irnos de la residencia—. A lo mejor es hora de que los dos miremos el futuro en lugar del pasado, ¿eh?

—Puede —dije, pero yo no estaba tan segura de que el pasado nos permitiera hacerlo.

A la abuela Olivia no le dije nada de la visita que había hecho a la residencia. No iba a darle la satisfacción de saber que una vez más se había salido con la suya. Cuando me preguntó cómo había ido, le dije que bien y así lo dejé. Si quería sobrevivir en su mundo, tenía que aprender a jugar como ella. De ahora en adelante, fingiría ser la mujercita que ella quería que fuera.

Al día siguiente, como la abuela Olivia había prometido, vino la señorita Burton para empezar mi educación de modales, y desde el principio me hizo sentir que yo no era mucho mejor que cualquier campesina recién llegada a las preciosas costas de Cape Cod. Estaba segura de que así era como me había descrito la abuela Olivia.

Ella me hizo bajar a la sala y me presentó.

—Señorita Burton, me gustaría presentarle a mi nieta Melody —dijo la abuela Olivia.

Miré a la mujer alta y esbelta que estaba tan erguida que pensé que debía de tener una vara de hierro en vez de columna vertebral. Era muy estrecha de hombros, y los huesos de éstos se podían adivinar bajo el vestido de algodón azul marino que le colgaba rectísimo, largo hasta los tobillos y de cuello cerrado.

La señorita Burton, sin decir nada, me ofreció la mano.

—Hola —dije.

Le di la mano enseguida, di un paso hacia atrás y miré a la abuela Olivia, que movió ligeramente la cabeza en señal de aprobación.

—Hasta que empiece la escuela, cada día de la semana te encontrarás con la señorita Burton puntualmente a las nueve de la mañana. Y cuando hayas empezado las clases, cambiaréis el horario según convenga.

—¿Durante cuánto tiempo? —pregunté.

—El tiempo necesario hasta que te conviertas en una dama —respondió la abuela Olivia de forma cortante.

—Creo que soy una dama —respondí.

La abuela Olivia hizo una fría mueca y miró a la señorita Burton.

—Como ve, Louise, le espera un gran reto.

—Estoy segura de que haremos cuanto podamos —dijo la señorita Burton sin dejar de examinarme con gran atención.

—Entonces os dejo empezar. Sé que necesitaréis todo el tiempo asignado para la lección. Y aún más —añadió, y se retiró de la sala.

Durante unos instantes, la señorita Burton y yo nos miramos, observándonos como dos combatientes, hasta que ella carraspeó y dio un paso hacia mí como si alguien le hubiera dado un empujón por detrás.

—Yo puedo ayudarte sólo si tú quieres que lo haga —dijo con gravedad.

—No creo que necesite ayuda —respondí con sinceridad, ya que ella quería ser franca.

—Oh, querida —dijo con una sonrisa mientras movía la cabeza—, sin duda necesitas ayuda.

—¿De verdad? —dije con sequedad—. Y cómo lo puede decir tan de prisa, ¿o es que se basa en lo que le ha dicho mi abuela de mí?

—Yo saco mis propias opiniones de las personas. Empecemos sencillamente por la entrada que has hecho esta misma mañana. La señora Logan te ha presentado adecuadamente. Una persona joven siempre se presenta a una persona mayor, pero no se dice «Hola». Lo menos que puedes decir es, sencillamente «Buenos días», que es lo que se acepta en cualquier situación, excepto, por supuesto, después de una presentación muy formal. Nosotras hemos tenido, en cierto modo, una presentación formal, por lo que deberías haber dicho: «Buenos días, señorita Burton, encantada de conocerla» o «¿Cómo está, señorita Burton?» Además, cualquier saludo formal debería ir acompañado de una mirada directa a los ojos, cosa que indica que le prestas atención a la persona que estás conociendo. Tú has mirado a la señora Logan, a la estancia, a mí, a la señora Logan, y luego otra vez a mí —me aleccionó—. ¿Debo continuar? —preguntó.

—Supongo que sí —dije con un fuerte nudo en el estómago.

—La persona mayor ofrece su mano primero a la joven, como he hecho yo, pero no se da la mano como si ésta no tuviera huesos o estuvieras cogiendo un guante. Y por supuesto, tampoco se debe apretar con demasiada fuerza, pero se debe hacer con firmeza mientras se mira a los ojos de la persona a quien se está saludando.

»Luego —prosiguió sin tomar aire—, está tu horrible postura. Una persona que siempre está erguida, tanto de pie como cuando se sienta, ofrece una imagen mucho mejor, parece segura, alguien de valía. Con los hombros caídos y los brazos cruzados tal y como estás ahora... pones en evidencia tu dejadez y falta de refinamiento. Debes alzar los hombros y la barbilla, meter la barriga, llevar la espalda recta y relajar las rodillas. Puedes dejar los brazos a ambos lados, también relajados. Ahora deja que vea cómo te sientas ahí —dijo mientras señalaba con la cabeza el acolchadísimo sillón que estaba a mi izquierda.

Lo miré como si fuera un reto de grandes proporciones, convencida de que hiciera lo que hiciera, seguro que estaría mal. Sin embargo, me dirigí hacia el sillón, me volví, la miré directamente a los ojos y me senté. Ella se echó a reír.

—¿Qué es tan gracioso?

—No creo que de verdad te sientes así. Nunca estarías tan tensa ni te dejarías caer en seco en un sillón. Siéntate con suavidad y mantén las rodillas juntas —añadió mientras asentía con la cabeza mirándome las piernas—. Los únicos a quienes puede interesar ver tu ropa interior son los degenerados. Deberías sentarte un poco hacia un lado para evitar hundirte en el asiento.

—Estos almohadones son tan blandos que...

—Razón de más para ir con cuidado con la postura y la presencia que ofrezcas a los que te acompañan en la sala.

—No creo que parezca precisamente descuidada —protesté.

—No pareces descuidada, pero tampoco pareces una jovencita refinada, una mujer de calidad y talla moral, una mujer que atraería a alguien con clase —insistió—. Ahora formas parte de una familia muy distinguida. Tienes la responsabilidad de ser distinguida, y si te sientas en un sillón con las rodillas tan separadas como para que pase un camión, dejas caer los hombros cuando estás de pie y te mueves dando botes y de forma desgarbada, todo eso hace que des la imagen de alguien que ha crecido con personas sin educación, gentes poco sofisticadas y de clase baja.

—Eso no es cierto. Yo crecí con personas buenas y decentes que se preocupaban de los demás y...

—¿Entonces por qué no intentas que se enorgullezcan de ti, de la persona que has llegado a ser y de quién eres? —replicó antes de que pudiera terminar mi protesta.

Me tragué mi orgullo e indignación.

—Seré tan buena maestra como me permitas, y tú sólo

serás una buena estudiante en la medida en que te lo permitas a ti misma. ¿Podemos empezar o prefieres que durante la hora siguiente sigamos discutiendo si necesitas mi ayuda o no? —preguntó con firmeza, sin relajar ni por un segundo su adecuada postura ni dar la menor muestra de calor en sus fríos ojos marrones.

—Lo intentaré —dije por fin mientras suspiraba profundamente, decidida a no llorar.

—Bien. Entonces comencemos. Sal fuera y vuelve a entrar como si fuéramos a conocernos por primera vez. Cuando entres, no olvides la postura.

Me levanté y salí de la sala. Por un instante tuve la tentación de salir corriendo de la casa, pero al mirar el pasillo vi a la abuela Olivia que me observaba. Supe lo satisfecha que se sentiría al verme huir; asentiría con la cabeza y diría que ya sabía que yo no tenía nada para estar a su nivel. Furiosa por la idea de su ridiculez, me erguí de hombros, alcé la cabeza y volví a la sala.

La señorita Burton me ofreció la mano y yo la acepté con firmeza y dije:

—Buenos días, señorita Burton. Encantada de conocerla.

Me sonrió y asintió con la cabeza refiriéndose a la silla, donde me senté tal y como me había explicado y puse las manos en el regazo.

—Muy bien —dijo—. Haremos toda una damita de ti.

—Yo creo que ser una dama se demuestra con algo más que sabiendo cómo decir buenos días —dije.

—Por supuesto, querida. El principio de la etiqueta es la solicitud. Hay diez preceptos para cada comportamiento. Nunca —comenzó mientras alzaba el dedo índice, largo y huesudo— hables sólo de ti misma, nunca chismorrees, nunca hagas preguntas personales ni seas curiosa, nunca avergüences a nadie de forma deliberada, nunca mires fijamente a nadie ni le señales, nunca masques chicle con la boca abierta ni lo enseñes, ni hagas globos, nunca demuestres tus sentimientos en público —dijo, y se detuvo para tomar aire—. Por lo que tengo entendido, éste es un precepto que los jóvenes de hoy en día violáis muy a menudo.

—Yo no —protesté.

Negó con la cabeza.

—Debes llegar a ser tu mejor crítica, y para ello no debes mentir, sobre todo a ti misma. Eso es lo que pasa cuando se miente a los demás, que uno se acaba mintiendo a sí mismo.

—Pero...

—¿No besaste a una persona hace poco aquí mismo, en el camino de la casa? —me preguntó.

Seguí sentada, boquiabierta. ¿La abuela Olivia le había contado que besé a Cary?

—No te quedes con la boca abierta de ese modo. No sólo es maleducado, es indecoroso.

—Yo...

—Besar en público es una muestra de afecto, ¿estás de acuerdo? Sigamos —dijo—. Hoy vamos a concentrarnos en las comidas.

—¿Las comidas?

—Los modales a la hora de comer. Por favor, sígueme hacia el comedor.

Me levanté y me dirigí hacia la puerta.

—Siempre cede el paso para que primero salga la persona mayor —me instruyó y yo, avergonzada, me detuve y le cedí el paso—. Por favor, ven conmigo —añadió—. No hay necesidad de que esperes tanto detrás de mí.

Negué con la cabeza y la seguí hacia el comedor con la sensación de ser un cachorro al que estaban aleccionando. Cuando pasamos por las escaleras vi a Loretta mirándome en la sombra; su rostro estaba sumido en la penumbra y sólo pude preguntarme si Loretta acabaría siendo la única amiga que tendría en esta casa fría y sin corazón. ¿O iba a resultar que ella también era una subalterna de la abuela Olivia, demasiado asustada para no hacer nada que no fuera el cumplimiento de sus antojos?

Si al menos supiera que podía confiar en Loretta, le diría que estuviera muy alerta porque yo iba a vencer a la abuela Olivia con su propio juego.

La primera oportunidad que tuve fue en la cena de aquella noche. Cuando me dirigía hacia el comedor, oí unas voces procedentes de la sala y me detuve en la puerta, a tiempo de escuchar a la abuela Olivia que decía:

—Es imposible de tratar, se ha convertido en un imbécil. No puedo permitir que le vean en público. Nelson, quiero pedirte algunos favores y que lo pongas los primeros de la lista.

—Pero creía que el médico dijo que eso sólo empeoraría su estado —respondió el juez Childs.

—¿Y qué pasa con mi estado? ¿No crees que para mí esto también puede hacerme empeorar?

Avancé un paso y el juez me vio.

—¡Oh, Melody! —exclamó mientras se levantaba para saludarme.

Le ofrecí la mano tal y como la señorita Burton me había enseñado, manteniéndome erguida y extendiendo el brazo con cierta gracia y frialdad para impedir que me abrazara. Me incomodaba que me mostrara su afecto delante de la abuela Olivia, pues sabía que si ella sospechaba la relación de amistad que empezaba a tener con mi abuelo, la destruiría con la misma rapidez con que había acabado con mi frágil vínculo con la abuela Belinda.

—Buenas noches, juez Childs —dije—. Me alegro de volver a verle.

Él se detuvo como si se hubiera quedado sin palabras por unos instantes, y luego me sonrió y me cogió la mano para darme un rápido saludo mientras miraba a la abuela Olivia, quien asintió con la cabeza en señal de aprobación.

—Me alegro de que hayas vuelto.

—Gracias —dije con una sonrisa tirante y la esperanza de que me siguiera el juego.

—Ejem... estábamos... relajándonos un poco antes de la cena —explicó él con cierta torpeza.

Él iba tan atildado como siempre, aunque estaba un poco más avejentado, con más canas y la cara un poco más delgada. Llevaba una americana informal azul marino, pantalones caqui y un pañuelo de rayas anudado al cuello.

—¿No cena con nosotros el abuelo Samuel? —pregunté—. No lo he visto en todo el día.

—No —dijo con gravedad la abuela Olivia—. Está mucho peor. El médico vendrá a visitarlo por la mañana.

238

—¿Puedo hacer algo para ayudar? —dije con el deseo de colaborar en la recuperación del abuelo Samuel.

—Ninguno de nosotros puede hacer nada —respondió con sequedad.

En ese momento vino Loretta y con una breve reverencia anunció que la cena estaba lista.

—Por fin —dijo la abuela mientras se levantaba.

El juez Childs le ofreció el brazo, ella le cogió y ambos se dirigieron a la puerta. Yo me aparté a un lado para cederles el paso y en seguida les seguí por el pasillo.

—Tienes que contarme todo sobre tu viaje por el Oeste —dijo el juez una vez sentados a la mesa—. Quizá puedas venir a casa uno de estos días a hacerme una visita —añadió después de lanzar una mirada inquieta a la abuela Olivia.

—Me gustaría mucho, juez Childs —dije mientras desdoblaba la servilleta y me la ponía en el regazo.

La abuela Olivia estudió mi pose erguida y con la columna vertebral apoyada en el respaldo de la silla.

En cuanto nos sirvieron la sopa y ella cogió la cuchara, el juez y yo empezamos a comer. A excepción de en casa de la abuela Olivia, yo nunca había comido en un lugar donde hubiera tanta cubertería junto al plato. La señorita Burton me había explicado que siempre se empieza por el cubierto que está más alejado del plato. Comimos en silencio por unos instantes en que la abuela y yo intercambiamos unas miradas. Cuando el nivel de la sopa fue demasiado bajo para la cuchara, la abuela Olivia restregó ésta sobre el plato de forma ruidosa para terminar de comerla.

Yo incliné el mío levantando el borde que quedaba más próximo a mí y encarándolo en la dirección opuesta.

—Abuela, creo que ésta es la forma correcta de hacerlo —dije, encantada de ver cómo se ruborizaba.

El juez comenzó a reír, pero se detuvo en cuanto vio la ira en los ojos de la abuela Olivia.

—Sé como se hace. Aún no he terminado —respondió ella.

—Por el ruido de tu cuchara parecía que sí —dije, y aunque estaba decidida a seguir con mi plan, comencé a pensar que podía tomármelo con un poco más de calma.

Ella apretó los labios e inclinó su plato de la forma correcta, pero sólo tomó una cucharada. Cuando las dos acabamos, dejamos la cuchara en el plato sopero casi de forma simultánea, como si compitiéramos por obtener un premio de modales al comer. Me fijé en la expresión interrogante del juez Childs.

Loretta, tratando de no reír, cogió los platos de la mesa y volvió con el entremés de almejas.

—Supongo que desde tu vuelta ya has ido a ver a Sara y a sus hijos —dijo el juez—. ¿Cómo están?

—Tan bien como se puede esperar. Cary y May añoran mucho a su padre. Y claro, tía Sara sigue muy triste —respondí.

—Por favor, cuando veas a Sara dile de mi parte que le deseo lo mejor —dijo—. Tendré que hacer algo para ayudar a esa pobre familia —añadió mientras movía la cabeza con tristeza.

Cuando la abuela Olivia empezó a comer las almejas, el juez y yo comenzamos con las nuestras. Estaban servidas sobre un lecho de hielo triturado dispuesto alrededor de un recipiente de salsa de cóctel. Pinchamos las almejas con los tenedores de pescado, las hundimos en la salsa y las comimos de un bocado.

—Qué dulces —dijo el juez Childs mientras se acariciaba la barriga de satisfacción.

Siguieron las ensaladas y luego el plato principal, que esa noche eran chuletas de cordero. Cuando el juez cogió una por el hueso y la mordió, yo casi me atraganto. ¡Sólo pude pensar en lo que hubiese dicho la señorita Burton al verlo! La abuela y yo cortamos las nuestras con delicadeza y comimos a pequeños bocados. Cuando terminé, dejé el cuchillo y el tenedor en el plato y me apoyé en el respaldo. Loretta retiró mi plato y mis cubiertos, y luego los de la abuela Olivia. El juez no renunció al suyo hasta dejarlo perfectamente limpio, y luego se lamió los labios y elogió el gusto de la carne:

—Éste es uno de los mejores restaurantes de Provincetown —bromeó.

—Y el precio está bien —murmuró la abuela Olivia.

El juez rugió de risa y luego se inclinó hacia adelante para apoyar los codos en la mesa mientras se frotaba las manos.

—Así pues, Melody, vas a empezar tu último año en la escuela —dijo él—. Supongo que tienes muchas ganas.

—Sí —respondí con franqueza.

—Estoy pensando en llevarla a la escuela preparatoria de Rosewood —dijo la abuela Olivia, siempre ansiosa de hacer notar su riqueza.

—Oh, sí, es un lugar muy bueno. Creo que la hija del congresista Dunlap está estudiando allí, si no me equivoco.

—No te equivocas —dijo la abuela Olivia.

Loretta trajo el café y una tarta de limón a la que el juez miró con codicia. Cuando la abuela Olivia levantó su taza, vertió un poco de su café en el azucarero; fue como si un solista hubiera desafinado una nota en pleno concierto. Por un momento se quedó parada, pero luego continuó sorbiendo el café y volviendo a dejar la taza en el plato, centrando su atención en la tarta de limón.

—Abuela, ¿no deberías cambiar el azucarero? —le pregunté.

Me lanzó una mirada y se reclinó en la silla.

—Loretta —llamó, y ésta se presentó enseguida—. Por favor, me gustaría que trajeras otro azucarero.

—En seguida, señora Logan —dijo Loretta, y se apresuró hacia la cocina.

La sonrisa del juez se amplió. La abuela cogió la tarta de limón, se sirvió ella misma una porción y le ofreció la bandeja.

—Abuela, me han enseñado que la bandeja debe pasarse en sentido contrario a las agujas del reloj. ¿No es cierto? —pregunté tratando de sonar tan inocente como pude, teniendo en cuenta que me temblaban las rodillas.

A ella se le puso la cara tan violeta y tan de prisa que temí que enfermara de verdad. Retiró rápidamente la bandeja de la tarta, pero lo hizo con la mano tan trémula que ésta se deslizó por el borde, y, en su esfuerzo por mantenerla en equilibrio, acabó por hacer que la tarta cayera y se espachurrara justo delante del juez, quien se apartó a tiempo para no mancharse.

—¡Epa! —dijo él con una carcajada.

Loretta se acercó en seguida a la mesa.

La abuela Olivia, tan roja como una turista quemada por

el sol, empujó su silla para apartarla de la mesa y dejar paso a Loretta.

—No ha pasado nada —dijo el juez—. Loretta, igualmente me la comeré.

Ella le sonrió, pero inmediatamente desvió los ojos hacia la abuela Olivia, como si se sintiera responsable del desorden.

—Tonterías —dijo la abuela Olivia—. Loretta, llévate eso a la cocina e intenta que vuelva a estar presentable.

—Sí, *madame* —dijo ella mientras se retiraba con la tarta estropeada.

—Me la hubiera comido directamente de la mesa —dijo el juez para aligerar el momento, pero la abuela Olivia le lanzó dardos con la mirada hasta que se reclinó en el asiento como un muchacho obediente. Luego ella se volvió hacia mí.

—Si no nos hubieras interrumpido de ese modo...

—Sólo intentaba poner en práctica lo que he aprendido, abuela. Lo siento, pero la señorita Burton dice que no deberíamos escatimar nuestros mejores modales fuera de la clase. Dice que las personas con que vivimos merecen aún más nuestras buenas formas.

—¿La señorita Burton? —preguntó el juez.

—Una mujer que he contratado para que le enseñe modales refinados —respondió en seguida la abuela Olivia.

Loretta volvió con la tarta más o menos arreglada, pero en esta ocasión ella misma nos sirvió una porción a cada uno.

—Parece que está para chuparse los dedos, ¿verdad? —dijo el juez.

—Sí —dije, y corté mi porción con el tenedor.

La abuela Olivia sólo mordisqueó un poco la suya y dejó más de la mitad en el plato.

En cuanto Loretta se dispuso a recoger los platos sonó el timbre, por lo que se detuvo a la espera de las órdenes que se le diera.

—Loretta, atiende primero la puerta —dijo la abuela.

—¿Esperas a alguien? —preguntó el juez.

—En absoluto —dijo, sin duda molesta por la interrupción. Al poco, Loretta volvió seguida de Cary, quien traía un plato con un pastel envuelto.

—Oh, siento venir tan tarde, abuela —dijo—, pero mamá

me ha enviado para que te traiga un pastel de arándanos que ha hecho. Esta mañana he cogido unos cuantos arándanos y lo ha hecho esta misma tarde.

—Humm... la verdad es que nunca me ha gustado mucho el pastel de arándanos —dijo la abuela Olivia con desdén y altanería.

—A mí me encanta —dijo el juez mientras me guiñaba el ojo.

—Entonces quédatela tú —contestó ella haciendo un ademán con la mano.

—Gracias. Y Cary, dale las gracias a tu madre de mi parte —dijo el juez mientras Cary avanzaba con el pastel.

—Loretta, pon eso en una caja para el juez —ordenó la abuela Olivia—. Si esperabas que nos la comiéramos esta noche deberías haberla traído antes —le dijo a Cary.

—Es que he tenido mucho trabajo en el muelle y...

—Oh, no te preocupes —dijo el juez—. Te aseguro que no se va a echar a perder.

Cary siguió allí de pie con cierta torpeza, esperando la invitación para sentarse, pero la abuela Olivia no iba a ofrecerle asiento. Él me miró y luego sonrió al juez.

—¿Me disculpáis? —dije—. Me gustaría ir a dar un paseo por la playa.

Ella me lanzó una mirada gélida.

—Se está haciendo tarde —dijo con dureza.

—¿Tarde? —preguntó el juez y miró su reloj, como si fuera él quien se había confundido de hora.

—Para pasear por la playa —explicó ella—. Cary, creía que tenías mucho trabajo en el muelle.

—Abuela, ya lo he arreglado todo. Puedo quedarme un poco —dijo casi rogándole, y ella, recelosa, asintió con la cabeza.

Yo me levanté.

—Gracias, abuela. Juez Childs, he disfrutado mucho de la cena en su compañía. Espero verle pronto.

—Querida, siempre que quieras pásate por casa —dijo sonriendo con alegría.

Gracias a Dios, la abuela Olivia estaba demasiado envuelta en sus propios humos para pensar en la invitación del juez.

Me retiré de la mesa y acompañé a Cary a la puerta trasera. Cuando salimos sentí como si me hubiera liberado de unas ataduras; el aire nocturno nunca me pareció tan refrescante.

—¿Qué pasa aquí? —preguntó Cary—. Se respira la tensión a la legua.

—La abuela y yo estamos practicando las buenas formas en la mesa —dije y me eché a reír—. Parece que no es tan perfecta como se cree. Creo que me voy a divertir un poco con lo correcto por aquí y lo correcto por allá.

Cary me cogió la mano y nos dirigimos a la playa. El mar estaba calmado y la marea avanzaba suavemente por la orilla. A lo lejos vi las tenues lucecillas de un buque cisterna. Las estrellas brillaban sobre el agua, algunas como si fueran diamantes relucientes. No había luna, pero la noche era lo bastante clara para que los cielos nos iluminaran.

—¿Estás segura de que quieres vivir con ella? —me preguntó Cary—. Esta noche parecía más mezquina que nunca. ¿Dónde estaba mi abuelo? Después de lo del pastel me ha dado miedo preguntarlo —explicó.

—Lo tiene encerrado en su habitación. La he oído hablar con el juez. Creo que va a llevar al abuelo Samuel a la misma residencia que mi abuela —dije.

—¿Es que está tan mal? —preguntó Cary, incapaz de ocultar el temblor de su voz.

—Cary, no para de balbucear cosas raras que no alcanzo a comprender, y ni siquiera se cuida. Por desgracia, creo que tal vez ella tenga razón. Él necesita ayuda.

—Es como si todo se nos desmoronara —dijo Cary con tristeza—. Mamá no saldrá de su depresión. Y May es muy infeliz.

—Mañana vendré a tu casa —prometí—, para estar con ellas.

—Gracias. Sé que te añoran muchísimo.

Nos detuvimos y contemplamos el mar. Él me rodeó la cintura con el brazo y yo apoyé la cabeza en su hombro. Sentí sus labios en el pelo, la frente y las sienes. Alcé la cabeza y nos dimos un prolongado y suave beso. Me abrazó y me dio la vuelta para volver a besarme de frente. Oí que se le aceleraba la respiración.

—Melody, te quiero. No creo que pase una hora sin que piense en ti, incluso cuando estoy durmiendo —dijo.

—Cary. Tenemos un problema —dije apartándome de él y dando unos pasos por la playa.

—¿Cuál? —preguntó mientras me seguía lentamente.

—La abuela Olivia no quiere que pasemos mucho tiempo juntos. De hecho, me lo ha prohibido.

—¿Qué? ¿Por qué?

—Está organizando mi vida, diseñándola, y en su diseño no ha hecho un sitio para ti —dije, sin saber cómo suavizar el golpe.

—¿Qué? Pero...

—Así que creo que sería mejor que no se entere del tiempo que pasamos juntos. Cuanto menos sepa, mejor. Eso sólo nos traería problemas —dije.

—¿Cómo puede hacer esto? —preguntó preocupado.

—De la forma que quiera. Y de la forma que tú *no* querrías —dije—. De todos modos, ¿para qué vamos a crearnos problemas? Cuanto más sé del mundo de los adultos, más cuenta me doy de que está construido en torno a millones de mentiras que forman cadenas de ilusiones y decepciones. Cary, estoy cansada de luchar. Si tenemos que robar nuestra felicidad, la robaremos —dije con firmeza.

Él sonrió.

—Mientras pueda estar contigo, no me importa el cómo —dijo.

—De ahora en adelante, voy a hacerle creer que hago todo lo que ella quiere. Eso nos facilitará las cosas. De momento tu madre no necesita más alteraciones en su vida. Ni nosotros —dije, y él asintió con la cabeza.

—Melody, acabarás siendo una persona muy fuerte y maravillosa.

—Tanto si quiero como si no —respondí.

Él se rió y me abrazó de nuevo para darme un largo beso. Esta vez me acarició los brazos, la cintura, y ascendió hasta mis pechos. Yo jadeé y me uní más a él con la sensación de que se me debilitaban las piernas.

—Cary.

—Te he echado tanto de menos —dijo—. ¿Cuándo podremos estar tan juntos como antes?

—Pronto —prometí—. Pronto. Pero ahora será mejor que volvamos.

Él asintió con la cabeza, aunque algo reacio. Al acercarnos a la parte trasera de la casa, vi las escaleras del sótano y recordé la primera vez que Cary me enseñó fotografías de mi madre y me reveló que ella había vivido con el abuelo Samuel y la abuela Olivia, que creció con mi padrastro y el tío Jacob como si fuera su hermana.

—Cary, el abuelo Samuel farfulló algo sobre otros secretos escondidos en el sótano. ¿Crees que puede ser cierto? ¿O que sólo era un delirio?

—Estoy casi seguro de que aquéllo era todo lo que hay —dijo Cary.

Pero al subir por la escalera sentí que las sombras me atraían, me hacían señas y me prometían revelaciones que me helarían hasta los huesos.

Algún día tendría el valor de ir a mirar.

Pero, de momento, necesitaba el valor para seguir adelante durante el día.

14

MOMENTOS SAGRADOS

Exceptuando a Theresa Patterson, cuyo padre había trabajado para el padre de Cary y ahora para él, en la escuela había hecho muy pocas amigas. Después de haber tocado el violín y haber cantado en el espectáculo de final de curso, la gente se fijó más en mí, pero como me fui a California, en verano no había salido con ninguna chica. Algunas sintieron curiosidad por saber dónde había estado y cuando les dije que había ido a Hollywood a ver a unos amigos, su interés por mí aumentó; pero como yo no podía revelar los detalles de mi viaje pronto se aburrieron y dejaron de encontrar excusas para pasar por mi taquilla a charlar un rato.

Cada martes después de la escuela pasaba una hora o más con la señorita Burton. Desde nuestro primer encuentro yo estaba menos a la defensiva e incluso ella comenzó a gustarme. Su marido había muerto hacía cinco años y sus dos hijos vivían en Florida. En muchos sentidos, estaba tan sola como yo.

—La etiqueta —me explicó en la segunda sesión—, no es más que la regla de oro puesta en práctica. Tú sólo estás desarrollando formas, modales y comportamientos para tratar a las personas con la misma consideración que te gustaría recibir. Tú muestras tus respetos y esperas que te respeten. Tratas a las personas mayores con educación y esperas que cuando seas mayor te traten igual. Practicas la etiqueta en las comidas de tal forma que no haces nada desagradable, ya que no te gustaría que te lo hicieran a ti. Y siempre están los problemas que surgen al preguntarte cómo actuar en las situaciones especiales, como puede ser delante de la realeza, de altos cargos del gobierno, etcétera. La etiqueta nos da las pautas para sentirnos cómodos en estas situaciones.

»¿No es bonito saber cómo presentar a una persona cuyo nombre has olvidado? ¿Por qué avergonzar a esa persona o incomodarla? ¿No es grato saber dar las gracias de forma adecuada a las personas, saber invitarlas, consolarlas, así como saber qué hacer en las bodas, funerales y cumpleaños? Seguro que todo esto te será muy útil cuando te dediques a los negocios o a tu carrera —me explicó.

Yo dejé de resistirme; escuché y aprendí. Siempre que pudiera, señalaría los fallos y errores que cometiera la abuela Olivia, aunque ahora sólo escogía uno cada vez. Sobre todo, me gustaba hacerlo delante de algún invitado distinguido.

Al final, un día, mientras estábamos comiendo, se detuvo y dijo:

—Ya sé por qué criticas mis modales en la mesa o delante de los invitados que vienen a cenar, pero quiero que sepas que no me molesta tanto como esperas. Y aún más, me alegro de que estés aprendiendo mucho y que, a pesar de todo, cada vez seas más refinada. Al final, cuando dejes de ser una mocosa vendrás a darme las gracias —predijo, y en el fondo no pude evitar preguntarme si tenía razón y desde ese día dejé de corregirla.

La verdad es que tenía que intentar que hubiera cierta paz, ya que ahora en la casa sólo estábamos nosotras dos. A finales de la primera semana de escuela, volví a casa una tarde y me enteré de que habían llevado al abuelo Samuel a la residencia, aunque no lo supe hasta que la abuela Olivia y yo nos sentamos a la mesa por la noche. Después de que Loretta nos sirviera el entremés, la abuela Olivia me anunció el destino del abuelo Samuel sin que le temblara la voz ni derramar una lágrima.

—He tenido que enviar a Samuel a la residencia —dijo—. Al final era imposible de tratar.

—Entonces, ¿se quedará allí para siempre? —pregunté.

—Es para siempre, sí —respondió.

Asentí con la cabeza.

—Le iré a visitar siempre que vaya a ver a la abuela Belinda —sentencié.

—No te sorprendas si ya no te reconoce en absoluto. Según dice el médico va a empeorar —dijo.

—Lo siento mucho. Desearía que pudiéramos hacer algo para ayudarle.

—Es la edad. El peso de las desgracias, de las decepciones y los esfuerzos de toda una vida, al final pasan cuentas tanto en unos como en otros. También será tu destino, y el mío. Sólo los débiles viven en la ilusión. Yo no espero gustarte, pero espero que llegues a respetar lo que intento hacer por ti y para tu bien —prosiguió.

»He perdido a mis dos hijos. Mi nuera sigue siendo una criatura frágil y lastimera. Tengo una nieta sordomuda y un nieto que aún espera que sus fantasías se hagan realidad. Sí —dijo con una sonrisa—, ya conozco los sueños locos de Cary de construir barcos.

—No son sueños locos.

—Es una locura desde el punto de vista de los negocios. Él siempre será un trabajador, ni tiene mucho de estudiante ni de hombre de negocios, además de ser incapaz de supervisar la fortuna de la familia. Tú, en cambio, sí puedes. Es una gran responsabilidad... la familia. Toda gran familia encierra un reino en sí misma. Tanto si éste sobrevive como si no, un día recaerá únicamente sobre tus hombros. Esto significa que tú también tendrás que tomar decisiones que no serán muy populares, pero que serán lo mejor para todos. Tanto si tienes la fuerza y tanto si quieres como si no.

»Cada decisión que tomes ahora, cada elección, es algo que afecta al futuro de esta familia. Si no lo olvidas, lo harás bien —me aconsejó—. No me ha sido fácil llevar a mi marido a la residencia, pero tenía que hacerlo y así lo he hecho. Lamentarme por ello no le ayudará ni a él ni a mí —dijo como si necesitara convencerse a sí misma más que a mí.

—Yo iré a verle —repetí.

—Hazlo, pero aunque te lo pida, no vengas a rogarme que lo traiga a casa —me advirtió—. No lo permitiré.

Parecía una estatua de mármol en la silla del comedor. Su decisión era firme, por lo que asentí con la cabeza, tomé la sopa en silencio y me retiré a mi habitación para hacer los deberes, contenta de abandonar las prolongadas y desamparadas sombras que ella arrastraba por la casa.

Los días y semanas pasaban. Yo dedicaba la mayor parte del tiempo a los estudios, no sólo porque era lo que quería la abuela Olivia, sino porque realmente disfrutaba con ellos. El profesor de teatro quiso hablar conmigo para que participara en el espectáculo de otoño, pero yo me negué porque quería dedicar mi tiempo libre a Cary y a May. Cuando Cary empezó la cosecha de arándanos estuve a su lado, y aunque no hacía campana iba con él después de la escuela. A veces acompañaba a May a casa para que él pudiera supervisar el trabajo con tranquilidad.

Tía Sara salió de su depresión lo mejor que pudo. Había pasado tanto tiempo de su vida adulta preocupándose por tío Jacob, anticipándose a sus necesidades y deseos, que le resultó muy difícil dejar aquella rutina, dejar de preguntarse qué plato preferido podía prepararle cada noche. Por un tiempo siguió lavando y planchando su ropa con la excusa de que Cary podría utilizarla, y aunque él intentó llevar algunas prendas de su padre, le costaba mucho. Quedarse con las pertenencias de Jacob, aunque escasas, era admitir que su padre se había ido para siempre.

Cuando llegaba a casa después de estar en la de tía Sara, ocupaba el tiempo escribiendo cartas a Alice Morgan de Sewell y contándole todo sobre mi madre. Pensé que Alice merecía saberlo, ya que fue ella quien descubrió la fotografía de mamá. Alice me llamó después de leer mi primera carta, me consoló y me prometió venir a Provincetown en cuanto pudiera. No supe nada de mamá, claro, pero llamé por teléfono en varias ocasiones a Holly y Billy. Holly estaba muy preocupada por Kenneth y le prometí que lo iría a ver tanto como pudiera y que la mantendría informada.

Kenneth estaba mucho mejor que la primera vez que lo vi al volver de California, pero aún no había empezado a trabajar en nada nuevo. Se pasaba más tiempo de lo que solía en su taberna preferida, y algunas veces iba a pescar o a ver a algún amigo a Boston. Yo me sentía como una espía, pero una buena espía ya que estaba informando a Holly.

Otro punto delicado en mi nueva casa fue que la abuela Olivia se negó a que me sacara el carnet de conducir. Decía que el coche era la perdición de la juventud y que yo, una aprendiz, debería hacer que los hombres me llevaran o tener chófer. Me dejó tener bicicleta y al poco fui una imagen constante por las calles de Provincetown. A pesar de que era un trayecto bastante largo, de tanto en tanto iba en bicicleta hasta casa de Kenneth los fines de semana.

Un sábado le encontré caminando solo por la playa. Iba con sus tejanos rasgados y una camiseta, descalzo. Le alcancé, pero él no advirtió mi presencia durante unos segundos y siguió contemplando el mar. Cuando por fin se volvió, le vi los ojos muy rojos, como si hubiera estado llorando. O por otra gran borrachera.

—Kenneth, ¿qué pasa? —le pregunté conteniendo la respiración.

—¿No te has dado cuenta de que algo ha cambiado? —me preguntó él mientras extendía los brazos refiriéndose a toda la playa en dirección a su casa.

—¿Algo cambiado? —Miré alrededor y de pronto lo vi—. *Ulises* —dije.

—Lo he enterrado esta mañana.

—Oh, Kenneth, no.

—Esta mañana yo me he despertado, pero él no. Ha sido propio de él morir de forma tranquila. Ese perro nunca fue un problema, ni siquiera de pequeño. Era muy paciente, no exigía nada y era muy sensible a mis cambios de humor. —Sonrió—. Era mucho mejor que las mujeres que he conocido. Éramos un equipo —dijo de forma entrecortada—. Le echaré de menos.

—Lo siento mucho, Kenneth. Yo también le echaré de menos.

—Lo sé. Recuerdo que en seguida te quiso —dijo intentando sonreír.

Suspiró y caminamos por la playa vinculados por el profundo silencio de la tristeza y nuestros sombríos pensamientos. Al final, se detuvo y se volvió hacia mí con una auténtica sonrisa.

—Así que, según me he enterado, estás devorando las asignaturas en el terreno académico, pronto te graduarás y serás una dama fina.

—¿Quién te ha dicho eso?

—Cary —respondió con astucia.

—¿Ha estado aquí?

—Últimamente viene a menudo. He decidido contratarle para que me construya el barco —dijo.

—¿En serio, Kenneth?

—Sí, en serio.

—Es maravilloso. ¡Seguro que está encantado!

—Tiene ideas muy buenas. A su manera, es un muchacho muy creativo, y está loco por ti.

—Lo sé —dije sonrojándome.

—¿Y qué piensa su alteza al respecto?

—Lo prohíbe —dije.

—Hum. ¿Y qué vais a hacer? Ella juega con mano de hierro —me advirtió—. Y cuando la utiliza, domina a su víctima como si fuera una hormiga.

—Es muy dura, pero hemos llegado a una especie de tregua. No le he dado muchos motivos para quejarse. Voy bien en la escuela. Soy la alumna preferida de la señorita Burton y escucho con atención los sermones nocturnos de la abuela Olivia sobre las personas, la importancia de la familia, la familia y la familia —añadí con un intento de agravar el tono de voz, y Kenneth se echó a reír.

—Pequeña malvada, le estás siguiendo la corriente hasta la muerte, ¿verdad?

—Estoy... siendo diplomática —dije, y aún se rió más.

Oímos un claxon y vimos la furgoneta de Cary en la carretera de la playa.

—Aquí viene mi ingeniero aeronáutico —dijo Kenneth—. Me pregunto si viene a verme a mí o si se trata de una artimaña diplomática para que tenga lugar una cita de amor —bromeó, y como se me ruborizaron las mejillas se rió y nos encaminamos hacia la casa.

—Cary Logan —dije mientras nos acercábamos—, ¿por qué no me has dicho nada del barco que estás construyendo para Kenneth? —le pregunté con las manos en las caderas.

Cary miró a Kenneth, que se sonreía.

—Quería que fuera una sorpresa —dijo moviendo los rollos de papel que traía bajo el brazo—. Kenneth, ya he terminado los planos.

—De acuerdo. Vamos a mirarlos en la mesa del estudio. Melody, esta mañana he comprado pan francés y tu queso preferido —me dijo.

—¿Es eso un guiño para que prepare bocadillos para todos? —pregunté con desconfianza.

—Ahora me doy cuenta —le dijo Kenneth a Cary—, que es tan rápida como me dijiste.

Cary se reía por lo bajo mientras se iban al estudio. Yo me uní a ellos al cabo de quince minutos con los bocadillos y un poco de limonada. Los planos del barco que trajo Cary estaban extendidos sobre la mesa y me parecieron muy profesionales y dignos de admiración.

—Parece muy grande —dije.

—Tres mil kilos de peso, y la cubierta de ocho metros ochenta y cinco de eslora. En la cabina cabrán hasta seis personas cómodamente —dijo Cary—. Como ves, tiene una línea de flotación bastante larga, cosa que nos da un volumen óptimo y al mismo tiempo favorece la velocidad. El casco de doble inclinación con la coraza muy ancha por abajo nos permite la rápida inmersión de la parte superior...

—Cary, Melody se está perdiendo —comentó Kenneth con delicadeza.

—¿Qué? Oh, lo siento —dijo.

—Creo que puedes decir con toda seguridad que ha sentido una súbita pasión por esto —observó Kenneth refiriéndose a Cary.

—Parece... muy bonito —dije de forma poco convincente.

—Bueno, estoy seguro de que puedes entenderlo —dijo Cary, negándose a renunciar a mi interés—. Es muy amplio y tiene mucho espacio para almacenar cosas. Empezando por la proa, aquí, hay un armario con cerrojo, y luego una cabina doble. Hay un depósito para cien litros de agua fresca debajo de los asientos, y detrás hay armarios y una estantería. Aquí está la mesa plegable con las bisagras en la pared central. Como el casco se construye al revés con un armazón, no se necesitarán moldes.

—Vendido —dijo Kenneth—. Y ahora, por favor, ¿podemos comer?

Cary levantó la mirada de los planos, primero se fijó en Kenneth, luego en mí y sonrió.

—Claro —dijo—. Me muero de hambre.

Más tarde, cuando estuvimos solos en la playa, fingí que me había afectado que me hubiera mantenido esto en secreto.

—Quería darte una sorpresa —protestó él—. Además —añadió por lo bajo—, no sabía si Kenneth iba en serio. Ya sabes lo imprevisible que está últimamente. Pero ahora ya sé que va en serio. Ya me ha dado dinero por los planos y luz verde para empezar. Construiré el barco aquí mismo —dijo.

—¿Y qué pasa con el negocio de las langostas?

—He hecho un trato con Roy Patterson. Le he dado más responsabilidad y un porcentaje mayor de las ganancias. Lo hablé con mamá, pero ella no acaba de enterarse de qué va y claro, tiene miedo por nosotros. Espero que esté haciendo lo correcto —añadió—. El caso es que siento que ésta es mi oportunidad. En cuanto haya construido un barco y la gente lo vea...

—Cary, lo harás bien. Estoy segura.

Asintió con la cabeza y me sonrió con picardía.

—Eso espero. Sé que si papá estuviera vivo se pondría furioso.

—Cary, él nunca quiso hacer nada diferente. No le iban los cambios, pero tú eres creativo. Ya has oído a Kenneth, ha dicho que eres un apasionado de esto. Y si alguien sabe algo de las pasiones sobre algo creativo, es Kenneth. Al final todos nos sentiremos orgullosos de ti.

—Eso espero, pero de momento quizá sea mejor que no le digas nada a la abuela Olivia —dijo.

—A ella no le digo nada de ti, y tampoco me pregunta. Es parte de la tregua que hemos hecho —dije.

Él me sonrió, agradecido.

—Bueno, como ahora voy a pasar mucho tiempo aquí a lo mejor nos vemos más a menudo y...

—Vendré tanto como pueda, y traeré a May, y...

—Kenneth se va a Boston este fin de semana —dijo Cary en seguida—. Me ha dicho que si quiero puedo dormir aquí.

254

Nos miramos unos instantes.

—Cary, yo no puedo pasar la noche fuera de casa. Ella soltaría los perros para que me buscaran —dije.

—No tiene por qué ser toda la noche, pero podríamos cenar aquí y a lo mejor sólo por un día sentirnos como si estuviéramos... ya sabes... juntos.

Lo pensé. De algún modo, mentir a la abuela Olivia no parecía algo tan malo.

—Tengo una idea. Mañana hablaré con Theresa. Ella me cubrirá las espaldas —prometí.

A Cary se le iluminó la cara de esperanzas y nos besamos. La brisa nos despeinaba y el mar nos salpicaba gotas en la cara. Me sentí viva.

Cary insistió en que metiera la bicicleta en la furgoneta para acompañarme un buen tramo del camino. Hice el último par de kilómetros en bicicleta y cuando llegué vi que el juez Childs había ido a visitar a la abuela Olivia. Desde que el abuelo Samuel estaba en la residencia venía más a menudo, casi siempre estaban en la glorieta tomando jerez y muchas veces el juez se quedaba a cenar.

Yo aún no le había hecho la visita que él esperaba. No quería hablar de mamá; me resultaba demasiado doloroso pensar en ella. Desde que volví de California, no me había telefoneado ni me había escrito. Aún me costaba aceptar el hecho de que ella quería estar para siempre fuera de mi vida. A veces paseaba hasta el cementerio y veía su nombre en la lápida. Una vez incluso me detuve para rendir mis respetos a la pobre alma anónima que ocupaba el ataúd y la tumba de mamá. En mi corazón-almacén de secretos, lloré por ella tanto como por mí al imaginar lo mucho que debía de desear estar con los suyos, fueran los que fueran y allá donde estuvieran.

Quizá lo estaba, pensé. Quizá lo importante no era estar cerca de los huesos de tus seres queridos. Quizá había algo más fuerte que nos unía después de la muerte, algún vínculo del alma que un día me llevaría a encontrarme con papá George, con mi padrastro y quien fuera que yo hubiera amado y que me hubiera amado a mí.

La semana siguiente de mi encuentro con Cary en casa de Kenneth, estuve hablando con Theresa en la cafetería para planear un modo de pasar casi todo el próximo sábado por la noche con Cary en casa de Kenneth. Como estábamos con los exámenes parciales era fácil alegar que estaríamos estudiando juntas. Sin embargo, para lo que no estaba preparada era para la reacción de la abuela Olivia por mis amistades. Cuando le dije con quién iba a estudiar, me miró de tal forma que me hizo pensar que se había dado cuenta de mi mentira, pero su irritación procedía de un pozo más contaminado.

—¿Patterson? ¿Se trata del mismo Patterson que trabaja para Cary? ¿El brava?

—Sí, su padre es Roy Patterson.

—¿Eso es lo mejor que sabes hacer? ¿Escoger a esta persona como tu mejor amiga? ¿Y la hija de Rudolph o la de Mark y Carol Parker? ¿Y no va a tu misma clase Betty Hargate, la hija del contable?

—No me llevo muy bien con estas chicas, y tampoco estudian tanto como Theresa, a pesar de que sea lo que tú llamas brava. Yo no me avergüenzo de ser su amiga; me enorgullezco.

—Ya veo que no consigo que aprendas mucho de esta ciudad lo bastante de prisa —respondió.

—Abuela Olivia, no me voy a vivir con los Patterson, sólo vamos a prepararnos para los exámenes parciales. Eres tú la que quieres que me gradúe, ¿no?

Arqueó las cejas como si lo estuviera pensando.

—En esa casa no tienen madre.

—Su padre estará en casa, y sabes que es buena persona y muy trabajador.

—¿Piensas cenar con ellos? —preguntó como si se tratara de una cena con unos aborígenes australianos.

—Ya comí con ellos muchas veces el año pasado —dije—, antes de saber que soy tan importante.

—No seas insolente. Muy bien —dijo después de otra pausa para pensarlo—, Raymond te acompañará, y vendrá a buscarte a las nueve en punto.

—¡Es sábado! —protesté.

—Entonces a las diez —dijo cediendo un poco.

—No hay nadie de mi clase que viva con unas normas tan estrictas —me lamenté.

—No hay nadie con tu mismo destino y tus responsabilidades —respondió con sequedad—. Dejemos esta estúpida discusión.

Me retiré con la sensación de que había conseguido lo máximo que se podía lograr en ese momento, y cuando se lo conté a Cary, se quedó encantado.

—Traeré almejas y langostas para cenar —dijo—. May estará un rato con nosotros, pero por la tarde la llevaré a casa.

—Muy bien, Cary.

—Quiere saber si algún día podría ir en bicicleta contigo a casa de Kenneth. Le dije lo peligroso que es que vaya sola por la carretera porque no oye los coches ni los camiones.

—Un día iré a buscarla para ir juntas. Iremos con cuidado.

—Me alegrará mucho —dijo—. Últimamente no he podido estar mucho con ella y tal y como está mamá...

—Cary, no es ningún problema. Quiero hacerlo —le aseguré.

Al día siguiente en la escuela, Theresa y yo acabamos de planearlo todo. Cuando conocí a Theresa pensé que era una chica muy seria, muy guapa pero con una expresión tan adusta que hasta parecía enfadada. Como yo era nueva en la escuela, el director le pidió que me la enseñara. Tuvimos un mal comienzo porque ella creyó que yo la miraría tan mal como las demás chicas, las llamadas de sangre azul.

Para mí ella era una de las más guapas del colegio, con su cutis acaramelado, sus ojos negros como el azabache y el pelo de color ébano. Cuando se dio cuenta de que yo no era como las demás, confió más en mí y pronto nos hicimos buenas amigas.

A Theresa le gustaba la idea de conspirar contra mi abuela. Pensaba en ella igual que los demás, como La dama de Hierro, La Reina de la Colina de los Esnobs.

—Si te llama por teléfono, le diré a mi hermano que lo coja y le diga que hemos ido a la biblioteca. No te preocupes por mi padre, no dirá nada. Desde que murió mi madre me trata como a una adulta. ¿Y vas a pasar toda la noche con Cary? —me preguntó con los ojos brillantes y llenos de interés.

—No, tengo que volver a casa antes de las diez, que es cuando mi abuela Olivia enviará a Raymond para que venga a buscarme.

—Qué plomazo —se lamentó ella por mí—. Pero al menos podréis pasar algo de tiempo a solas...

—Theresa Patterson, cuidado con lo que dices —bromeé, y las dos nos echamos a reír.

Todos los de la cafetería nos miraron con envidia preguntándose qué delicioso secreto estábamos compartiendo, y nuestros labios sellados no hicieron más que avivarles la curiosidad.

Cuando llegó el sábado estaba tan nerviosa que me convencí de que la abuela Olivia iba a sospechar algo, pero ella estaba demasiado preocupada con la cena de la fiesta que iba a ofrecer al congresista Dunlap y a dos de sus ayudantes abogados. Lo único que dijo y que me inquietó mucho fue que sentía que yo no asistiera a la cena.

—Es importante que conozcas a personalidades como éstas —sentenció. Y pensé que iba a insistir en que estuviera en la cena, pero después de titubear añadió—: Pero también es importante que te gradúes. Serás la primera Logan que lo haga.

El tono de su voz fue explícito: No me falles en esto.

Cuando entré en la limusina estaba temblando, respiré profundamente y traté de calmarme durante el trayecto a casa de Theresa. En cuanto Raymond me dejó y se alejó, Theresa me trajo su bicicleta y me dirigí hacia la playa. Cary y May ya estaban allí; él trabajaba en el barco. Sin camiseta y con los músculos brillando bajo el sol, parecía un Adonis.

—Temía que no vinieras —dijo mientras yo caminaba con la bicicleta por la parte arenosa de la carretera.

May vino corriendo hacia mí. Nos abrazamos y miré a Cary. No teníamos mucho que decir; todo estaba en nuestros ojos.

Estuve casi toda la tarde con May paseando por la playa, buscando pechinas y contándole cosas de la escuela. Ella quería saber más sobre los chicos. Si alguna niña necesitaba una hermana mayor, era May. Tía Sara no se sentía muy cómoda explicándole las cosas; el sexo, el amor y lo romántico le daban vergüenza. Fui yo la que le conté lo que era la menstruación, los cambios que sufriría su cuerpo y cómo se sentiría. Una vez tuvimos una larga conversación sobre lo que significaba enamorarse y ella me habló de un compañero de clase que le gustaba, un chico que le había dado un beso. Al parecer, mientras yo estuve de viaje, ella aprendió mucho más por sus amigas de la escuela, pues cuando nos vio a Cary y a mí hablando, mirándonos y tocándonos, nos sonrió a sabiendas.

Mientras Cary llevaba a May a casa preparé la cena y dispuse la mesa. Conscientes todo el rato de mi toque de queda, los dos disfrutamos de las horas y minutos que pasamos juntos. Salí a esperarle fuera, contemplando el crepúsculo, la rosada despedida que el cielo le daba al día, las flamantes nubes rojizas y los matices violetas y azafranados. Cary volvió más de prisa que nunca, con la furgoneta dando brincos por los baches del camino.

—Ya está casi todo —dije cuando bajó de la furgoneta y entramos en la casa.

—Parece maravilloso —dijo, pero sin dejar de mirarme.

Cada vez que me daba la vuelta, cada vez que levantaba la mirada de los cazos y platos, lo encontraba mirándome con ojos ávidos. Comencé a sentir algo en el cuerpo, una necesidad de sus labios y su contacto. Quizá era porque estábamos alejados de todo el mundo, solos en un lugar doméstico comportándonos como si estuviéramos casados, por lo que fuera... pero yo nunca había sentido más deseo y pasión por él como aquella noche. Casi no comimos, y ninguno habló demasiado.

Cuando acabamos de cenar, Cary se levantó para ayudarme a recoger. Todo lo que hacíamos parecía que era para no perder el control, como si los dos supiéramos que en cuanto nos liberáramos de cualquier distracción, en cuanto nos miráramos a los ojos, correríamos el peligro de consumirnos. Por fin sequé el último plato.

Él siguió de pie detrás de mí, observándome.

—Melody —dijo suavemente, y me tendió la mano.

Yo la cogí y me llevó a la habitación de invitados. Nos besamos y abrazamos fuerte junto a la cama.

—Te quiero —dijo.

Di un profundo suspiro, cerré los ojos y asentí con la cabeza.

—Cary, yo también te quiero. Mucho.

Seguí con los ojos cerrados mientras él me desabrochaba la blusa. Yo permanecí allí, quieta, aguardando mientras él me bajaba la blusa por los brazos, me desabrochaba la falda, la hacía descender por mis rodillas y me hacía levantar una y otra pierna con delicadeza para quitármela. Al poco, me besó los hombros y el cuello, me desabrochó el sujetador y me lo quitó mientras acercaba los labios a mis pezones y me acariciaba los pechos con las mejillas. Sentí que el corazón me latía veloz, la sangre me ardía por todo el cuerpo. Cuando apartaba sus manos de mis pechos u hombros, yo jadeaba para que volvieran.

Con delicadeza y milímetro a milímetro, me quitó las braguitas. Me encontré desnuda frente a él, mirándole a los ojos.

—Kenneth no podría acercarse más para retratar tu belleza —dijo—. Ni siquiera si trabajara en ello cada día de su vida.

Sonreí y él se desnudó. A los pocos segundos, los dos estábamos en la cama, abrazándonos, moviendo los brazos, las piernas, dando vueltas, acercándonos cada vez más con cada beso y cada contacto con la piel del otro.

—Cary, ¿estás preparado? —le pregunté, expresando mi último aliento de cautela antes de que mi acelerado corazón me cerrara toda posibilidad de pensar y me dejara sólo con el deseo de que él entrara en mí e hiciera que nos sintiéramos un único ser.

—Sí —dijo con una sonrisa—. Me lo he puesto.

Sentí que me elevaba más y más, suspendida sobre la tierra, exquisitamente atormentada por el peligro y la sensación de abandono. Nuestros jadeos se entremezclaron hasta que su origen resultó imposible de identificar. Le clavé los dedos en los hombros para mantenerme cerca y que no se apartara de mí. Nos acercamos el uno al otro como las personas hambrientas de amor, desesperadas por el contacto del amor, el mundo del deseo.

Cuando terminamos, nos quedamos detenidos en un cansancio delicioso, ambos respirando con dificultad, incapaces de hablar. Le cogí la mano y la puse en mi corazón.

—Mira cómo late —dije, agitada—. Da miedo, pero es maravilloso.

—El mío también.

—Si muriéramos juntos, la abuela Olivia se disgustaría muchísimo —dije, y él rió.

—Obligaría a todo el mundo jurar que guardaría el secreto y tiraría nuestros cuerpos al mar.

—Pero no anularía la cena de la fiesta que tuviera esa misma noche —añadí.

Él se echó a reír y se volvió para abrazarme. Yacimos allí, cogidos, susurrándonos promesas maravillosas, soñando, construyendo un mundo de fantasías, creando una burbuja de ensoñaciones a nuestro alrededor. Al cabo de un rato, cesamos y echamos una cabezadita que acabó siendo fatal porque cuando de pronto abrí los ojos, ya casi eran las nueve y media.

—¡Cary!

Me levanté y le agité para que despertara.

—¿Qué...?

—Corre, vístete. ¡Raymond estará en casa de Theresa antes de que me hayas llevado!

Saltamos de la cama y nos vestimos con rapidez. Subimos a la furgoneta y durante unos segundos frenéticos ésta no se puso en marcha. El motor parecía ahogado una y otra vez.

—¡Cary!

—Ya está. Dame un segundo —dijo.

Bajó de la furgoneta y, nervioso, abrió el capó.

—Corre, Cary. Si lo descubre, os creará muchos problemas a tu madre y a ti.

Movió unos cables cerca de la batería y volvió a intentarlo y, gracias a Dios, esta vez el motor no se ahogó. Nos pusimos en marcha, salimos disparados dando tales botes por la carretera de la playa que casi me di un golpe en la cabeza contra el techo de la furgoneta. Una vez en la calle, pisó el acelerador hasta que llegamos a casa de Theresa, justo diez minutos antes de que viniera Raymond con la limusina. Ni siquiera le pude decir buenas noches con un beso. Bajé de un salto y corrí hacia la casa, donde Theresa me esperaba nerviosa.

—Estás apurando el tiempo, ¿verdad? —comentó con una sonrisa.

—Nos hemos dormido —susurré.

—Al menos no ha habido ninguna llamada.

Al poco vimos llegar la limusina. Le di las gracias y después de prometerle que la llamaría por la mañana, me apresuré a subir en el vehículo.

Cuando llegué a casa la abuela, Olivia aún estaba en la cena de la fiesta. Los invitados conversaban en la sala. Como no había tenido tiempo para arreglarme bien el pelo y la ropa, tenía miedo de mi aspecto, pero sabía que si no entraba a saludar se enfadaría mucho. Me detuve en la puerta de la sala.

—Buenas noches, abuela —dije.

—Bueno, ¿has estudiado mucho?

—Sí, abuela.

—Bien. Este año mi nieta es la primera candidata para obtener la graduación.

Los presentes asintieron con la cabeza en señal de reconocimiento.

—Melody, ya conoces al congresista Dunlap y a su esposa.

—Sí, ¿qué tal está, congresista Dunlap? Señora Dunlap —dije mientras me acercaba.

Ambos asintieron con la cabeza y sonrieron, y la abuela Olivia pareció encantada.

—Éstos son los señores Steiner, y los señores Becker —añadió ella.

Sonreí y saludé a ambas parejas, y a continuación me excusé y subí en seguida a mi habitación.

Me lavé y me metí en la cama, de pronto me sentía cansadísima, pero también maravillosamente. Cuando cerré los ojos vi la encantadora cara de Cary e imaginé sus labios en mis labios una y otra vez. Al otro lado de las colinas, seguro que estaría en su refugio del altillo pensando en mí, contemplando el mismo mar que yo veía por la ventana, los brillos del agua bajo el cielo estrellado, con las crestas de las olas como un collar de perlas dirigiéndose hacia la orilla.

Las voces de la planta de abajo empezaron a ser más y más suaves hasta que dejé de oírlas y me quedé sola con mis pensamientos, susurrando promesas y repasando los sueños que poco a poco me hicieron caer dormida.

Durante el mes siguiente Cary y yo pudimos quedar en secreto dos veces más, y todos los encuentros fueron tan maravillosos como el primero. Él seguía progresando en la construcción del barco de Kenneth, que pronto comenzó a adquirir forma. Kenneth trajo algunos amigos suyos para que vieran el trabajo de Cary y uno de ellos pensó en serio en contratarle para que también le hiciera un modelo de barco.

Una tarde de principios de primavera, después de recoger a May e ir en bicicleta a casa de Kenneth, oí un suave ladrido y vi que asomaba por la puerta el cachorro de perro perdiguero más hermoso que jamás había visto. May y yo en seguida fuimos a cogerlo.

—Voy a llamarle *Prometeo* —anunció Kenneth—, supongo que seguiré con los nombres mitológicos.

—Kenneth, es muy bonito.

—Sabía que te gustaría.

Cuando May lo cogió en brazos, el perro le lamió la cara y ella se echó a reír.

—Ella también está creciendo mucho —dijo Kenneth—. Ya es casi toda una damita.

—Lo sé.

—Va a necesitarte más —me advirtió Kenneth—. Para que le hagas de hermana mayor.

—Ya lo he hecho —dije, y él abrió mucho los ojos.

—¿Oh? Bien, hum... es maravilloso que pueda confiar en ti. Tengo otra sorpresa para ti —anunció, sin duda impaciente por cambiar de tema—. Por fin voy a exponer *Neptuno*. Vamos a hacer una exposición en la galería y después habrá una gran fiesta de inauguración.

—¿Dónde?

—Supongo que ésta es la tercera sorpresa —dijo, y el corazón se me disparó—. En casa de tu abuelo.

—¿En casa del juez Childs? ¿En serio, Kenneth? ¡Es maravilloso!

—Cuando se enteró de la inauguración en la galería me ofreció su casa y pensé ¿por qué no? Él ni siquiera podría empezar a pagarme lo que me debe. Así que si no cojo todo lo que pueda, lo harán mis hermanos —dijo.

No me gustó su cinismo, y se dio cuenta por mi expresión.

—No tengo que quererle para dejar que haga algo por mí, ¿no?

—Sí, Kenneth. Tienes que quererle. Es tu padre, por encima de todo —le sermoneé.

—Mi padre... hace mucho que murió, en el revuelo de cierta confesión. Este extraño que se llama igual que él y que se le parece tanto no es más que un viejo rico. Hago esto por *La hija de Neptuno*. A mí me resulta un poco irónico, ¿no crees? —dijo antes de que le respondiera—. Melody, eres una de las mujeres más brillantes que he conocido. Lo entiendes mucho mejor de lo que pretendes hacer ver.

—Pero Kenneth...

—Melody, déjalo —dijo—. Déjalo así.

Sonrió a May, que estaba abrazando a Prometeo y luego miró el barco, donde estaba Cary.

—Dentro de un mes haremos un viaje inaugural y celebraremos el nacimiento de algo maravilloso, ¿verdad? —me preguntó.

—Claro, Kenneth —dije—. Quizá deberías invitar a Holly para la inauguración —sugerí, porque quería que tuviera a alguien a su lado.

—Ya lo he hecho —dijo.

—¿Y va a venir? Es maravilloso. Me muero de ganas de volver a verla.

—No he dicho que vendrá. Aún tiene que mirar su carta astral y asegurarse de que esté bien —bromeó con los ojos brillantes por la broma.

Vimos a May apresurarse para enseñarle *Prometeo* a Cary y luego Kenneth me miró de una forma extraña. Moví la cabeza precisamente por ese modo de mirar y la pena que de pronto asomó a su expresión.

—¿Qué pasa, Kenneth?

—Espera un segundo, con esta sonrisilla y los ojos bajo el sol me has recordado a Haille cuando tenía más o menos tu edad. Ha sido como si... como si el tiempo hubiera retrocedido y aún no hubiera pasado nada horrible.

»Melody, conserva estos momentos. Consérvalos desesperadamente tanto como puedas.

»Muy pronto —dijo con la mirada sombría—, demasiado pronto los vientos de la envidia vendrán a arrastrarlo todo para arrojarlo al mar.

»Espero —concluyó mientras miraba a Cary y a May— que el destino no se esté burlando de ti como hizo conmigo.

Se volvió para entrar en la casa y me dejó temblando de ansiedad. Kenneth había hecho algo impresionante y aterrador al pensar en más allá del mañana. Me sentí embargada por tantas emociones que pensé que estallaría en mil pedazos y echaría a volar con ese viento que me había advertido que podría venir.

Como una lectora con mucho miedo de pasar la página, me alejé de la casa y me dirigí hacia Cary para contarle las novedades.

15

EL DESCUBRIMIENTO

A medida que se acercaba la fecha de la inauguración de *La hija de Neptuno* crecía la emoción en Provincetown. Las revistas de arte de todo el país enviaron periodistas y fotógrafos. Llegaron reporteros de periódicos de Nueva York, Boston e incluso de tan lejos como Washington y Chicago para hacer entrevistas y tomar fotografías. Una invitación para la fiesta de gala que seguiría a la exposición en la Mariner's Gallery era muy valorada. Kenneth me dijo que ahora que yo era una experta en etiqueta y buenas formas, tendría que ayudarle con el diseño y el texto de la invitación. El dueño de la galería nos proporcionó una selecta lista de personas a las que invitar que, según dijo, eran las que invertían en arte o tenían influencia en la comunidad.

Dos días antes de la inauguración y la fiesta, Kenneth me llamó por teléfono para pedirme que le acompañara a casa del juez, donde nos encontraríamos con los del catering.

—Yo no sé mucho de estas cosas —me explicó—. Necesito un punto de vista femenino.

Yo sabía que lo que le pasaba era que estaba nervioso por ir a casa de su padre. Según tenía entendido, hacía años que no había ido allí. El juez también estaba nervioso; me lo confesó la abuela Olivia.

—Esto lo tiene todo para ser un acontecimiento maravilloso —dijo ella—, pero tenemos que asegurarnos de que no pase nada desagradable que alimente el insaciable apetito de los que chismorrean. Sé que has pasado mucho tiempo en casa de Kenneth, y aunque yo aún no la he visto, sé, y todo el mundo sabe, que tú eres la modelo de la obra.

»Dependo del papel que hagas para atenuar cualquier situación difícil. En otras palabras —dijo con una grave sonrisilla—, asegúrate de que Kenneth se comporte. Cuida de que vaya adecuadamente vestido y que haga algo con esa pelusa que lleva en la cara que llama barba y esa fregona que llama pelo.

—Abuela Olivia, los artistas no son exactamente personas de negocios. El público entiende a Kenneth.

—Este público no —aseguró ella—. La verdad —me confesó en ese poco común momento de suavidad—, es que estoy más preocupada por el juez. Desde que ofreció su casa para la celebración de la gala no ha dormido ni una noche. Le dije que era un gesto de locura, pero él insistió en que así fuera.

—Todo saldrá bien —dije.

Ella asintió con la cabeza sin dejar de examinarme.

—Desde que vives aquí has crecido y madurado bastante. Tengo que decir que los directores de la escuela sólo me han dicho cosas buenas de ti, y que la gente te admira por cómo cuidas de mi nieta discapacitada. Me siento halagada por haber puesto fe en ti y lo que has demostrado. No hagas nada para reducir esta fe —añadió con su habitual tono amenazador.

—Gracias, supongo —respondí, y ella estuvo a punto de sonreír.

—¿Has ido esta semana a ver a mi hermana y a Samuel? —me preguntó.

—Sí. —Me pregunté si también sabría que Cary me había acompañado, pero si lo sabía, no lo mencionó—. Más o menos siguen igual. No han mejorado. El abuelo Samuel se pasa todo el tiempo sentado con la mirada perdida, sin apenas reparar en mi presencia.

—No va a mejorar —predijo—. A ese lugar no se va para mejorar. Se va a esperar. Es la sala de espera de Dios —murmuró—. Supongo que un día me tendrás que llevar allí. Si es necesario, no lo dudes —me aconsejó—. Espero que no pase pronto, pero cuando pase, que así sea —concluyó.

La abuela Olivia me sugirió que para la gala me pusiera el vestido que Dorothy Livingston me había comprado en Beverly Hills. Durante todos esos meses no me había dicho nada de las dos prendas carísimas que había colgadas en mi armario, pero yo sabía que las había visto.

—No tienen por qué echarse a perder. Si alguien fue tan loco para gastarse así el dinero, bueno... aprovéchate. Pero por supuesto, antes me gustaría ver cómo te queda —añadió.

Asentí con la cabeza y corrí escaleras arriba para ponérmelo. Cuando ella me vio, me estudió con detenimiento y asintió con la cabeza.

—Es apropiado —sentenció— para una ocasión así. Ahora tienes una posición en esta comunidad. Debes tener una imagen acorde a tu papel. También habrá muchos jóvenes de buena familia. Espero que hagas amistad con algunos. Y por supuesto, yo me encargaré de que seas presentada como conviene. ¿Qué te vas a hacer en el pelo?

—¿En el pelo?

—Puedo decirle a mi peluquera que venga para hacerte un peinado especial, si quieres.

—No, creo que me lo dejaré tal cual. Quizá me peinaré un poco mejor el flequillo. Puedo hacerlo yo misma.

—Si insistes —dijo—. Tengo un collar de rubíes y zafiros que te quedaría muy bien con el vestido —añadió—. Era de mi madre.

—¿Sí? Gracias —dije, sintiéndome muy honrada de que me confiara un regalo como éste aunque sólo fuera por una noche.

Cuando Kenneth vino a buscarme para ir a casa del juez Childs le conté la nueva y mejor persona que de pronto era la abuela Olivia. Pensé que se reiría y haría sus típicos comentarios sobre la Reina madre o algo de eso, pero estaba demasiado abstraído en sus propios pensamientos y ansiedad. Más que nada, hablé para evitar hacer el trayecto en un silencio de muerte.

Cuando tomamos el camino de la casa del juez, Kenneth estuvo a punto de dar media vuelta.

—Esto es un error —murmuró—. No debí aceptar. Sólo era necesaria la recepción en la galería y ya está.

—Por favor, Kenneth. Todo el mundo espera una gran fiesta. Nos aseguraremos de que sea divertida.

—Divertida —dijo, como si fuera una palabra sucia.

Al poco vimos la casa del juez a lo lejos. Me acordé de la primera vez que estuve en Provincetown y de que me impresionó mucho más que la de la abuela Olivia. La casa del juez, de estilo colonial y con mucha historia, por fuera estaba restaurada con un revestimiento de madera tratada con tinte azul y tenía un porche semicircular como entrada principal, pero lo que la hacía realmente única era la gran cúpula octogonal. Encima de todas las ventanas de la fachada había un friso muy elaborado y decorativo.

El camino de entrada llegaba a una placita redonda en la que había un torbellino de actividad. Por todas partes un ejército de gente del pueblo iba de aquí para allá podando y poniendo adornos, limpiando las fuentes y caminitos, las ventanas, plantando flores frescas en el jardín. Cuando llegamos a la placita vi la enorme carpa para la fiesta frente a la que estaban los del catering con el juez Childs decidiendo la organización. Junto al juez estaba su mayordomo Morton. Todos se volvieron para mirarnos.

Kenneth se quedó sentado en el Jeep observando la entrada de la casa.

—Kenneth, debió de ser muy bonito pasar la infancia aquí.

—Sí, lo fue —dijo, y bajó del Jeep.

Morton vino a recibirnos en seguida.

—Hombre señor Kenneth, bienvenido. Me alegro de verle, me alegro de verle —dijo mientras le daba la mano antes de que Kenneth se la ofreciera. Le saludó de forma muy vigorosa y se fijó en mí con el rostro iluminado de alegría—. Y a usted también, señorita Melody. Tiene muy buen aspecto. Va a ser una gran celebración. Esta mañana el juez se ha levantado una hora antes de lo normal. No hemos podido dormir pensando en la fiesta. Me alegro mucho de que esté aquí, señor Kenneth. Oh, hace un día maravilloso, ¿verdad?

Siguió allí con la esperanza de que a Kenneth se le suavizara la expresión o de que diera alguna señal de que la guerra entre padre e hijo había llegado a su fin.

—Hola, Morton. Yo también me alegro de verte —dijo Kenneth por fin, y le ofreció una sonrisa—. ¿Sabes? Morton fue tan responsable como mis padres de mi educación —me dijo Kenneth.

—Oh vamos, señor Kenneth. No es para tanto.

—No, sólo nos llevabas a todos en coche a todas partes, nos vigilabas y jugabas con nosotros. Me enseñaste a usar el bate de béisbol, ¿verdad, Morton? Morton podía haber sido un jugador profesional —me dijo Kenneth.

—Oh no, señorita Melody. No es cierto. No era tan bueno.

—Era magnífico.

—El juez está muy nervioso —dijo Morton mientras daba una palmada—. ¿Quieren que les traiga algo de beber o para picar? Una limonada, café o...

—No, nada, Morton. Quiero acabar cuanto antes —dijo Kenneth, y Morton asintió con la cabeza.

—Bueno, si necesitan algo, estoy por aquí.

—Siempre lo has estado —dijo Kenneth—. Morton, me alegro de verte —añadió con una cálida sonrisa, y a Morton se le humedecieron los ojos.

—Y yo me alegro de verle. Él no para de hablar de usted, Kenneth. No pasa un día sin que lo haga.

—Bueno —dijo Kenneth volviéndose hacia mí—. En marcha.

Le seguí por el jardín hacia el grupo del juez Childs y los del catering.

—Hola —dijo el juez mirando a Kenneth, quien sólo le respondió con un leve asentimiento de cabeza.

—Tengo un poco de prisa —dijo Kenneth inmediatamente.

—Oh. Bien, pues vayamos directamente al grano. James nos va a explicar el menú y la disposición de las mesas. Ha sugerido que pongamos mesas dentro y fuera de la carpa, pero toda la comida dentro. ¿Es así, James?

El hombre bajito y muy acicalado asintió con la cabeza.

—Sí, juez Childs. A mí me parece que eso puede quedar bien. Pondré tres mesas para los entrantes: langostas, camarones, un buen asado, pato y lubina. Dos mesas largas para las ensaladas y verduras y, por supuesto, tres mesas para los postres vieneses. Yo propondría que el bar estuviera fuera de la carpa. Siempre resulta menos complicado que los refrescos estén apartados de la comida —añadió—. Sin embargo, los camareros irán sirviendo copas de champán a todo el mundo.

—¿Qué te parece el menú? —le preguntó el juez.

Kenneth estaba mirando el muelle con expresión abstraída.

—Para mí está bien —murmuró.

—Ahora hablemos de la decoración —dijo James—. He pensado poner en cada mesa un centro de tulipanes emperador, junquillos y algunos narcisos. Y un arco de rosas a modo de entrada a la carpa y...

—Esto no es una boda —le espetó Kenneth, y me miró para que yo lo confirmara.

—Creo que unas cuantas flores en las mesas es suficiente —dije.

James asintió con la cabeza algo decepcionado.

—No sé qué hacer con la música —dijo el juez—. James ha sugerido traer un trío musical. A lo mejor podríamos montarles un pequeño escenario ahí —dijo señalando la parte derecha del interior de la carpa—. Pediré uno de esos suelos portátiles para bailar y...

—No es necesario que la gente baile —dijo Kenneth.

—¿No? Bueno. Entonces sólo pondremos música. Es que había pensado... pero si te parece excesivo.

—Todo me parece excesivo —dijo Kenneth, y se dirigió hacia el muelle.

Todos le observamos en silencio.

—Está un poco nervioso por la exposición —expliqué.

—Claro —dijo el juez—. Bueno, entonces James puede enseñarnos los colores que ha escogido para los manteles y las servilletas.

—Están aquí —dijo refiriéndose al interior de la carpa.

Le seguí y revisé su propuesta para la decoración interior de papel crepé, globos y guirnaldas que me pareció muy espectacular. El juez estaba encantado.

—Claro, también pondré un aparcacoches. Esperemos que haga buen tiempo. Bien, ¿qué más queda? —preguntó con la mirada puesta en Kenneth.

El encargado del catering siguió hablando de un montón de cosas, pero el juez ya había perdido el interés.

—No sería mala idea que hablarais un poco antes de la fiesta —le sugerí con suavidad.

El juez me miró y asintió con la cabeza.

—Sí, supongo que tienes razón.

Parecía cansado, viejo e inseguro. Kenneth seguía en el muelle contemplando el mar.

—Deja que yo hable primero con él —le dije, y pareció aliviado.

Me apresuré por el jardín y me uní a Kenneth.

—Esto es una estupidez —dijo Kenneth—. La mitad de los invitados piensan que el arte es para el rey Arturo, no tienen ni idea de lo que es.

Me eché a reír.

—Kenneth, será muy bonito. Deja que lo haga a lo grande. Él no lo hace por puro orgullo.

—Lo hace por pura culpa —me corrigió.

—Sí, a lo mejor por culpa, pero al menos se preocupa, siente remordimientos. Mi madre se deshace de la culpa como quien aparta a una mosca.

Me miró con una sonrisa.

—Sientes pena por él, ¿verdad?

—Sí —dije.

Negó con la cabeza.

—¿Es que no entiendes que Haille es la que es por lo que le hizo él?

—No. Mira lo que ella me ha hecho a mí —respondí—. Yo no me he convertido en lo mismo que ella.

Sonrió con más ternura y de forma más abierta.

—Kenneth, habla con él. Sólo pon un poco de paz entre vosotros. Os irá bien tanto a ti como a él.

Sonrió con escepticismo.

—Dijiste que *La hija de Neptuno* era tu obra más grande, de la que estás más orgulloso. Entonces haz que sea un acontecimiento feliz de principio a fin.

—Melody, Melody, ¿qué voy a hacer contigo? A pesar de todo sigues despejando el cielo para mí y buscando el arco iris.

272

—Kenneth, ayúdame a encontrarlo —respondí mirándole a los ojos con firmeza.

Él asintió con la cabeza, suspiró mientras contemplaba el mar y luego volvió hacia la casa.

—Vamos —dijo.

—¿Vamos?

—Tú eres su nieta. Ahora formas parte de todas las discusiones familiares. No tenemos por qué seguir fingiendo. Es lo único que pido —dijo.

Avancé junto a él mientras se dirigía a la casa, lugar en que no había estado hacía años y que conservaba todos sus recuerdos de infancia y de su madre.

Una vez dentro, me hizo de guía y me la enseñó.

—La conserva mucho más bonita de lo que recordaba —dijo Kenneth, y se rió—. Mi madre y sus muebles de anticuario. Pero hay algunos que valen muchísimo dinero.

Subimos por las escaleras y me mostró su habitación; se quedó mirándola por unos instantes con una triste sonrisa. Cuando bajamos el juez estaba en la puerta de su despacho.

—Bueno —dijo pasando los ojos de Kenneth a mí—. Parece que va a ser el acontecimiento del año, ¿eh, Kenneth?; aunque no he visto la obra, Laurence Baker me dijo que es maravillosa. ¿Ya te han hecho alguna oferta para comprarla? Si no, me gustaría hacerte una.

—No está a la venta —contestó Kenneth.

—¿Qué?

—Estoy pensando en donarla al museo después de la exposición.

El juez se quedó boquiabierto.

—Bueno, Kenneth, es una idea estupenda. Estupenda —dijo después de haberse recuperado.

—Pero si decidieras ponerla a la venta, te la compraría yo —dije con la esperanza de que Kenneth aceptara dinero por su creación.

Los dos me miraron y Kenneth se echó a reír. El juez también esbozó una sonrisa.

—Apuesto a que lo haría —dijo él.

—Seguro —afirmó Kenneth.

Al menos estaban de acuerdo en algo.

—Ken, me alegro de que la fiesta se celebre aquí. Tu madre estaría muy orgullosa —dijo el juez—. Oh, eso me recuerda —añadió en seguida—, a lo que encontré el otro día y que creo que te gustaría tener.

Entró en su despacho y le seguimos. Le ofreció a Kenneth una fotografía con un marco de piel en la que estaba con su madre, cuando él no debía tener más de cinco o seis años.

—De pequeño ya tenía esa mirada seria de artista, ¿verdad? —me preguntó el juez.

—Sin duda parece sumido en sus pensamientos —respondí.

—Me acuerdo de cuando Louise compró este marco. Estaba orgullosa del hallazgo. Está grabado a mano o algo así —dijo mientras Kenneth seguía mirando la fotografía de él con su madre; al juez le pareció necesario seguir hablando—. Creo que fue cerca de la bahía de Buzzard. Entraba en todos los anticuarios, hurgaba como un buscador de oro y a veces encontraba los objetos más curiosos. Cuando compró este marco dijo que ya sabía qué fotografía iba a poner.

—Gracias —dijo Kenneth.

—Oh, de nada, de nada. ¿Y cómo hubiera sido todo de lo contrario? —preguntó el juez.

—¿De lo contrario? —Kenneth casi dejó de sonreír.

—Me refiero... —el juez me miró.

—Ella también puede oír cuanto tengas que decir. Es tu nieta —dijo Kenneth.

—Sí, lo es —dijo el juez mientras asentía con la cabeza—, y debo decir que estoy orgulloso de ella.

—¿A pesar de que se trate de un oscuro secreto? —tanteó Kenneth.

El juez entrecerró los ojos, resopló por lo bajo y poco a poco se dejó caer en el sofá de piel con la mirada baja, como un hombre que acaba de recibir malas noticias.

—Kenneth, no tiene sentido que te pida perdón. Lo he hecho cientos de veces y no me has querido escuchar. De todos modos, tampoco espero que me perdones por algo que ni yo mismo puedo perdonarme. Pero —dijo alzando los ojos hacia Kenneth—, nada ha impedido que te siga queriendo, hijo. Estoy orgulloso de ti y de tu trabajo. Lo único que espero es que llegues a odiarme un poco menos. Eso es todo —concluyó con un profundo suspiro.

Kenneth se volvió por unos segundos.

—Nos traicionaste, lo sabes, a todos.

—Sí, es cierto —confesó el juez—. Fui un hombre débil; ella era una mujer muy guapa y apetecible. Y esto no es una excusa, sino sólo una explicación —añadió rápidamente.

—Te has pasado casi toda la vida sentado para juzgar a la gente. ¿Y quién te ha juzgado a ti?

—Tú lo has hecho, hijo, y he pagado un precio muy alto por ello. Si pudiera cambiar las cosas, lo haría.

Kenneth no pareció convencido.

—De verdad, lo haría. Antes moriría que robarte la felicidad. Yo sólo quería lo mejor para ti. Desde la muerte de tu madre... y desde que todos mis hijos os fuisteis de casa, nada tenía sentido para mí... —Me miró a mí—. Es un milagro que Melody haya vuelto con nosotros.

Kenneth me miró con fijeza y asintió con la cabeza.

—Sí, así es.

—Y me alegro mucho de que os tengáis el uno al otro.

—Ella es como la peste —bromeó Kenneth.

Les sonreí con los ojos llenos de lágrimas.

—Y también es muy talentosa cuando toca el violín. Vas a tocar algo en la fiesta, ¿verdad, Melody?

—¿Qué? No, yo...

—Claro que lo hará —dijo Kenneth mientras me miraba—. Es parte de nuestro trato.

—¿Ah sí? —pregunté preocupada.

—Bueno, bien —dijo el juez mientras volvía a levantarse. Pareció que le costaba, pues jadeó un poco y forzó una sonrisa—. Creo que voy a volver ahí para ver qué ha planeado ese tipo tan remilgado. Lo siguiente será llenar el camino de rosas —dijo.

Kenneth se echó a reír pero al poco, como si se acordase de algo, dejó de hacerlo y volvió a la puerta, donde se detuvo, observó la fotografía de él con su madre y volvió a mirar al juez.

—Gracias por esto.

—De nada.

—Tenemos que irnos.

—Sí, creo que yo también tengo que improvisar algunos ensayos inesperados —bromeé, y Kenneth se echó a reír.

El juez nos acompañó hasta la puerta principal.

—No es necesario que te desee buena suerte. Sé que todo el mundo se quedará impresionado —sentenció, y Kenneth sonrió, y yo diría que quiso decir «gracias».

Cuando me fijé en el juez vi lágrimas en sus ojos. Se mordió el labio inferior, me sonrió y se adentró en la casa.

—Kenneth, creo que lo siente de verdad.

—Quizá —dijo con más transigencia.

Una vez en el Jeep, se quedó parado unos instantes mientras observada a su padre salir de la casa, saludarnos con la mano y caminar a paso lento hacia los del catering.

—Era un hombre muy guapo, siempre ha sido muy distinguido y elegante. Como un juez. Cuando era pequeño, creía que tenía el poder de decidir entre la vida y la muerte. Melody, no creas totalmente en nadie. Conserva siempre cierto escepticismo. Es una buena inversión. Bien —dijo con una sonrisa—. Será una gran fiesta. Si la Reina te concede el permiso, esta noche estás invitada a cenar. Holly llegará de un momento a otro.

—¿Sí? ¡Es magnífico! Claro que puedo venir. La abuela Olivia quiere que sea una buena influencia para ti, que consiga que parezcas más...

—Un hombre de negocios, ya lo sé. Podría ponerme pantalones y calcetines limpios —dijo, y ambos nos echamos a reír.

Holly, pensé. Estaba impaciente de volver a verla.

Holly llegó cargada de regalos: amuletos y cristales, cartas astrales, pendientes nuevos para mí y una pulsera para Kenneth. Después de cenar, las dos dimos un largo paseo a solas por la playa y hablamos de mi viaje a California.

—Como es natural, mi hermana me echó en cara que enviara a una chica tan joven e impresionable a Los Ángeles, pero Philip dijo que a él no le sorprendía —dijo, y soltó una breve carcajada.

—Oh, yo no quería crearte ningún problema —dije.

—Esto no es nada nuevo. Hace mucho que mi hermana y su marido se formaron una opinión de mí. De todos modos, Billy me ha repetido mil veces que te dé sus mejores deseos y amor. Le gustaste muchísimo.

—Y a mí él. Cuando estaba en Hollywood, pensé mucho en todo lo que me había dicho.

—Tu madre no tuvo el más mínimo...

—Está como hechizada, Holly. Si lo hubiera sabido antes, no hubiera ido a buscarla. A veces voy al cementerio y finjo que la que está enterrada es ella. Podría serlo —añadí.

Ella sonrió con ternura y se detuvo para dar un profundo suspiro y saborear la brisa del mar.

—Se me limpia el cerebro —dijo—. Bueno, ya he visto el triunfo de Cary sobre Kenneth para construirle el barco. —Asintió con la cabeza mientras miraba el casco terminado—. Parece que será impresionante.

—Ha puesto todo su corazón en ello —dije, con mi propio corazón inflado de orgullo.

—No todo su corazón. Hay una gran parte de él aquí —dijo ella señalando mi pecho y yo me reí.

»Háblame de Kenneth —continuó al poco—. Parece como si estuviera en un momento de transición, como si reflexionara. Su carta astral dice que está a punto de cambiar de dirección.

Le conté el encuentro con su padre y el cese del fuego.

—Los dos se están haciendo mayores. Ya es hora de que aclaren las cosas —dijo, y se puso reflexiva—. ¿Te habla mucho de mí?

—Oh, siempre piensa en ti —dije—. Muchas veces dice «Esto te lo ha metido Holly en la cabeza» o «Holly tendría mucho que decir al respecto».

—¿De verdad? —Sonrió—. Me gusta estar aquí. He estado pensando en dejar Nueva York.

—¿Y Billy?

—Quizá acabo dejando que se quede con la tienda. Él siempre vivirá en Nueva York.

—¿Y adónde irás a vivir? —le pregunté.

—Ya veremos —dijo mientras me lanzaba una sonrisa—.

Estoy a punto de descubrir si puedo leer mi propio futuro —añadió—. Tengo unos signos muy insistentes.

Sonrió ampliamente y se volvió a mirar la casa.

—Será mejor que vuelva a casa —dije, sin saber si debía hacerle más preguntas—. Mañana será un gran día y, gracias a Kenneth, voy a tener que tocar el violín.

—Eso es maravilloso. Sí, mañana será un gran día.

Me cogió de la mano y corrimos por la duna de arena con los pies descalzos, riendo y con las estrellas brillando sobre nosotras mientras el mar en calma rebosaba promesas. Era bueno volver a ser feliz y estar llena de esperanzas.

Al día siguiente la gente llegó casi media hora antes para ser los primeros en entrar en la galería. La abuela Olivia se puso uno de sus mejores vestidos, el collar de perlas, las pulseras de brillantes y los pendientes de oro. Cuando la vi en el vestíbulo, lo cierto es que parecía una reina. El juez Childs vino a buscarnos, y con su traje azul marino estaba más guapo que nunca.

—He intentado que vinieran Grant y Lillian —dijo refiriéndose a sus otros hijos—, pero los dos estaban demasiado ocupados. Es triste cuando las familias viven alejadas —sentenció, y la abuela Olivia pareció confirmarlo de todo corazón.

—En cuanto pierdes los vínculos que te atan, quedas a merced del viento —dijo ella.

Y, después de la declaración más profunda que había hecho esos días, me miró para asegurarse de que yo tomaba nota.

Cary, tía Sara y May, todos ellos muy bien vestidos, estaban esperando fuera de la galería cuando llegamos al parking adjunto. Cary estaba muy atractivo con su traje, al igual que May, que estaba creciendo muchísimo y ya casi medía un metro y medio. Incluso tía Sara se había puesto una prenda brillante y alegre y se había maquillado un poco.

—Están a punto de abrir —dijo Cary cuando salí del vehículo del juez Childs—. Esos de ahí son periodistas —añadió mientras señalaba con un gesto de cabeza a un grupo de gente que estaba en la acera.

—¿Ha llegado Ken? —preguntó el juez.

—No, señor. No lo he visto.

—Es propio de él no presentarse —murmuró la abuela Olivia—. Bueno, Sara, ¿qué tal estás?

—Bastante regular, Olivia. Aún me parece que fue ayer mismo —dijo con sus pálidos labios temblorosos.

—Bueno, pero no fue ayer mismo y todos tenemos que seguir adelante en la vida. Ésta es una ocasión muy alegre y maravillosa para el juez. Si no estabas con ánimos, no deberías haber venido —dijo con gravedad.

Sara forzó una sonrisa.

—Oh, estoy bien. Y May estaba emocionada por venir —dijo mientras asentía mirando a la nieta de la abuela Olivia, a quien ella aún tenía que saludar.

—Salúdala de mi parte —ordenó, y le lanzó una sonrisa a May, quien le correspondió con otra sonrisa y le dijo algo con las manos.

La abuela Olivia no quiso esperar a descubrir lo que le decía, por lo que avanzó unos pasos para ponerse junto al juez. La galería abrió sus puertas y la gente empezó a entrar, la mayoría saludando a la abuela Olivia y al juez y cediéndoles el paso. Cary, tía Sara, May y yo les seguimos.

La hija de Neptuno estaba en el centro de la sala, tapada con una sábana. El propietario de la galería, Laurence Baker, era alto y esbelto y tenía una expresión sombría. Por su forma de andar y hablar bajo me recordó a alguien que trabajara en una funeraria. Sus ayudantes, un hombre de unos veinticuatro o veinticinco años y una mujer que parecía estar en la treintena, también saludaban a la gente. En unas mesas largas ya había varias copas de champán, junto a unos entremeses fríos. Las personas iban directamente a coger una copa gratis y se paseaban por la galería para ver las otras obras mientras esperaban que se descubriera la que estaba en el centro.

—Buenas tardes, juez Childs, buenas tardes —dijo Laurence Baker—. Señora Logan, le agradezco que haya venido.

—¿Cómo no íbamos a venir? —le espetó ella.

—Oh, sólo quería decir... que me alegro mucho de verla —dijo, y se fue a hablar con otra pareja.

Pronto la galería estaba llena de gente, pero Kenneth aún no había llegado. Yo comencé a ponerme nerviosa pensando que quizá al final había decidido no presentarse. ¿Qué íbamos a hacer? ¿Cómo lo arregaría el juez? ¿Y la fiesta que estaba preparada, la comida y la música? Miré a Cary.

—Cuando lo has visto por última vez, ¿te ha dicho que no vendría? —le pregunté.

—No me ha dicho que no vendría, pero me dijo que no le hacía mucha gracia todo el alboroto.

—No pensarás... que hoy se ha puesto a beber.

—No. Holly estaba con él y se han pasado casi todo el día paseando y hablando por la playa. Bueno —dijo con una sonrisa pícara—, a lo mejor no sólo hablando.

—¿No les habrás estado espiando, eh, Cary Logan?

—No —dijo con indignación—. Pero por el modo en que estaban, diría que las cosas van bien entre ellos.

Estaba a punto de pedirle perdón cuando de pronto la multitud elevó el tono de voz y al volvernos, vimos que Kenneth y Holly acababan de llegar; estaban enfrente de la galería con el descolorido coche de ella. Kenneth se había puesto una americana informal, pero con unos pantalones de peto viejos y mocasines sin calcetines. Llevaba abierto el cuello de la camisa.

Holly lucía uno de sus largos vestidos, sandalias y collares largos hasta la cintura, además de los pendientes con cristales y otras piedras.

—Artistas —murmuró la abuela Olivia.

A pesar de la forma de vestir de Kenneth, cuando entró en la galería recibió una gran ovación. Sonrió y asintió con la cabeza mientras acompañaba a Holly hacia *La hija de Neptuno*.

—Bueno —dijo Laurence Baker mientras se acercaba a Kenneth—, ahora que ya ha llegado el artista podemos descubrir su creación. Como saben, el señor Childs ha titulado su obra *La hija de Neptuno*. En el folleto, él mismo la describe como una imagen de la hija de Neptuno al emerger del fondo del mar y metamorfosearse en una hermosa mujer. La obra es un intento de captar esta metamorfosis en su momento más álgido. Pero ya sin más preámbulos dejemos que el señor Childs descubra *La hija de Neptuno*.

Kenneth se quedó quieto unos segundos buscando entre la multitud hasta que me vio. Parecía muy feliz, con los ojos pícaros. Cuando tiró de la cuerda para destapar *La hija de Neptuno* todo el mundo guardó silencio, y una vez quitó la sábana de la estatua, los presentes exclamaron al unísono y empezaron a aplaudir fuerte.

Los ojos de la abuela Olivia se abrieron como platos, al igual que sus labios, y se le formaron algunas arrugas en los pómulos. Se volvió hacia mí y las dos nos miramos durante unos prolongados segundos. Ella sabía que yo era la modelo, pero no esperaba ver a una joven mujer con los pechos desnudos emergiendo del agua. Al poco volvió a mirar la estatua.

—Bueno... bueno... bueno —murmuró el juez Childs—. Ya te he dicho que era su mejor obra. ¿Qué te parece, Olivia?

—Es vergonzosa —sentenció—. No esperaba en absoluto encontrarme con un retrado tan realista de una joven mujer.

Avanzó un paso, examinó la cara de la estatua y miró al juez.

—Lo sé —oí que decía él.

—Necesito un poco más de champán —anunció la abuela Olivia, y el juez la acompañó a la mesa.

—Tía Sara, ¿qué te parece? —le pregunté.

—Se parece a Haille —murmuró—. Es igual que ella.

—Sí.

—A Jacob no le hubiera gustado nada —puntualizó con un asentimiento de la cabeza—. No, no le hubiera parecido bien.

—Papá no sabía nada de arte —dijo Cary.

A tía Sara se le iluminó el rostro.

—No —dijo ella—, no sabía nada.

Me eché a reír y le hablé a May con las manos, que estaba muy emocionada y encantada con la estatua. Oímos a otras personas que la elogiaban, así como a Kenneth, quien parecía un poco incómodo ante tanta adulación, como un hombre con unos zapatos que le van pequeños.

Cary y yo estábamos a punto de acompañar a May afuera para que tomara un poco de aire fresco cuando Teddy Jackson, su mujer Ann y sus hijos Michelle y Adam llegaron a la galería. Sentí un súbito escalofrío. Desde que volví de mi viaje no había visto al que era mi verdadero padre y este momento me asustaba mucho. Michelle, a la que yo no le caía nada bien, era mi hermanastra. No pude evitar fijarme en ella y en Adam en busca de algún parecido entre nosotros.

Por suerte, los Jackson se acercaron en seguida al galerista y a otros presentes.

—Vamos —apremié a Cary, y salimos.

—Dentro hace mucho calor. Mamá no vendrá a la fiesta —dijo él—. Quiere que antes la acompañe a casa. Luego vendré con May.

—Claro —respondí, aún nerviosa por haber visto a Teddy Jackson.

—¿Tú irás con Holly y Kenneth?

—Sí —dije—. Tengo que vigilar que él se comporte —añadí, y Cary se echó a reír.

Al cabo de menos de una hora los invitados a la fiesta empezaron a salir de la galería para dirigirse a la casa del juez Childs. Kenneth y Holly salieron de la galería como dos escolares castigados que se escapan y, sin dejar de reír, corrieron hacia mí.

—Vamos en seguida a beber algo —exclamó Kenneth.

Yo fui a coger el violín que estaba en el coche del juez y subí al Jeep. Salimos disparados y dando botes. El viento jugueteó con mi pelo, pero nadie hizo caso de mis quejas.

—Tú me has metido en esto —me echó en cara Kenneth—. Ahora tienes que soportarlo con buena cara.

Tuvimos suerte. Fue uno de los días más bonitos de la primavera, con una cálida y suave brisa y el cielo casi totalmente azul turquesa con apenas unas nubecillas. Cuando llegamos el trío musical ya estaba tocando, los aparcacoches estaban por la labor y los globos se mecían por el viento. Kenneth y Holly fueron directos al bar del exterior. La gente le rodeó a él para darle la mano y golpecitos en la espalda. Holly y yo tomamos unos entremeses del aperitivo y paseamos por los jardines.

—Qué lugar más bonito —observó.

También le enseñé parte de la casa. Cuando salimos, el juez y la abuela Olivia acababan de llegar y ya estaban conversando con algunos invitados. Miré alrededor pero no vi a Cary ni a May por ninguna parte, y cuando volví a ver a lo lejos a la familia Jackson sentí que algo se revolvía en mi interior.

Los encargados del catering empezaron a servir la comida. Yo quería esperar a Cary, pero aún no había llegado. Me pregunté por qué tardaba tanto. Al final me uní a Holly y, a pesar de los nervios que tenía en el estómago, comí un poco. Cuando terminamos, Teddy Jackson y su mujer vinieron a nuestra mesa para felicitar a Kenneth. Él se fijó en mí, pero yo esquivé su mirada. Tras él, Adam sonreía de forma arrogante, aunque también tan guapo como siempre, y· Michelle, como era habitual, parecía morirse de aburrimiento.

Miré hacia la entrada de la carpa con la esperanza de ver a Cary, pero seguía sin llegar. Estaba a punto de ir a la casa para llamarle por teléfono cuando el juez vino a la mesa, le susurró algo a Kenneth y ambos me miraron.

—Ya era hora de que dejara de ser yo el centro de atención —dijo Kenneth con regocijo.

Querían que tocara. Cuando avancé entre la multitud hacia el pequeño escenario donde había dejado el violín, anunciaron mi actuación. Casi todo el mundo guardó silencio para escucharme. Kenneth y Holly estaban de pie, en el fondo, con una sonrisa de oreja a oreja. Mis ojos se fijaron en Teddy Jackson, quien lucía una suave sonrisa que me disparó el corazón de tal modo que temí desmayarme delante de todos. Al final, reuní las fuerzas para coger el arco y empezar.

Era una canción sobre la mujer de un minero que, al negarse a aceptar el hecho de que él había muerto en un accidente en la mina, permaneció sentada en la entrada de la mina durante días y noches, y se negó a comer y beber nada. Entonces, una noche, el minero salió y hubo una gran celebración. En más de una ocasión pensé que me iba a quedar sin voz por la emoción, pero cerré los ojos y vi a papá George enseñándome esta canción. Cuando terminé, recibí una maravillosa ovación y me pidieron a gritos que cantara otra. Toqué otras dos melodías y bajé del escenario. La abuela Olivia parecía encantada por el modo en que algunos muchachos me miraban. Sin embargo, como no vi a Cary entre la multitud, me excusé y me apresuré hacia la casa para llamarle por teléfono. Respondió él mismo.

—Lo siento —dijo—. Ahora mismo estaba a punto de salir. Mamá se ha puesto a llorar tanto que me ha dado demasiada pena dejarla sola. Sigue pensando en papá. Al final se ha quedado dormida. ¿Ya has tocado?

—Sí.

—Oh, maldita sea.

—Pero tocaré una y otra vez sólo para ti, Cary. Ven cuanto antes.

—Ya voy —prometió, y colgó el auricular.

Me quedé allí pensando en tía Sara. Estaba tan sumida en mis pensamientos que no oí que Adam me había seguido hasta que me susurró en la oreja y se atrevió a besarme en la nuca. Estuve a punto de saltar del susto.

—Qué fácil —dijo él como si yo fuera un caballo que quisiera domar—. Te he visto entrar en la casa y he pensado que podríamos aprovechar para hablar a solas. Cada vez estás más guapa, ¿lo sabías? Esperaba —prosiguió antes de dejarme hablar— que te dieras cuenta de lo bien que podríamos estar juntos. Soy uno de los mejores en la asociación de estudiantes, y en la residencia femenina hay muchas chicas con las que podría salir, pero no puedo dejar de pensar en ti, Melody. ¿Por qué no nos damos otra oportunidad? —preguntó mientras avanzaba un paso hacia mí.

Yo retrocedí mientras movía la cabeza.

—Adam, aléjate de mí. No sé de dónde sacas esa cara —dije, y él sonrió.

—Eso me gusta. Me gustan las que no me lo ponen fácil.

—Yo nunca te lo voy a poner de ninguna forma. Manténte alejado de mí.

—Pero por qué no lo dejas y nos das una oportunidad. Ya somos mayores y...

—Te he dicho que te alejes de mí. ¡Aléjate! —dije a voz en grito cuando intentó volver a cogerme.

Él detuvo la mano en el aire y sonrió.

—¿Qué demonios te pasa? ¿Quién te crees que eres, la princesa de Provincetown, sólo porque sabes tocar el violín y cantar? ¿Es que ahora no soy lo bastante bueno para ti?

—No es cuestión de quién es bueno para quién.

—Entonces, ¿qué es? ¿Qué? —quiso saber.

Parecía tan enfadado como para pegarme.

—Pregúntaselo a tu padre —le espeté, pues me salió de los

labios antes de que pudiera reprimirme y él, confundido, negó con la cabeza.

—¿Qué?

—Pregúntaselo, pregúntale por qué tú y yo nunca podríamos hacer eso —dije llorando.

Las lágrimas se me saltaron de los ojos, y me volví y salí corriendo de la estancia. Le dejé en un mar revuelto de confusión.

Al principio me sentí mal por lo que había dicho, pero luego me sentí bien y, de hecho, hasta aliviada. Fue como si ya hubiera pasado la maldición, me hubiera quitado un peso de encima y se lo hubiera arrojado a los verdaderos culpables.

16

NUESTROS ÚLTIMOS ADIOSES

A pesar de lo que Kenneth había dicho sobre su pérdida de interés en su trabajo artístico, a los pocos días de la exposición de *La hija de Neptuno* ya estaba trabajando en una nueva creación. Los críticos de arte le habían puesto por todo lo alto y fue entrevistado por varias revistas y periódicos. *La hija de Neptuno* fue destinada al museo que Kenneth había dicho, y al poco descubrí que había permitido que el juez Childs la comprara y la donara.

Holly se quedó después de la fiesta. Cené con ellos dos veces más durante los siguientes diez días, y un día fui con May en bicicleta por la carretera de la playa y comimos con Holly. Vi que Cary tenía razón, que ella y Kenneth estaban más unidos y parecían muy felices.

Cary estaba trabajando en los detalles del barco de Kenneth. La maquinaria había llegado y la estaba instalando él mismo. Se propuso hacer un viaje inaugural de rodaje en el que navegaríamos los cuatro. Ahora el barco ya estaba en el agua y la gente de la ciudad que se había enterado por Kenneth venía a verlo. El señor Longthorpe, un banquero, se interesó lo bastante por el trabajo de Cary como para pedirle que a él también le construyera uno. Cary empezó a diseñar otro y todos estábamos muy emocionados. Se lo dije a la abuela Olivia, pero ella se limitó a decir que eso era algo que sólo interesaría a los hombres que tenían dinero y tiempo para malgastarlo. Para ella nada que implicara ocio era importante. Consideraba a los deportistas famosos, artistas y personas así, gente demasiado frívola y que no había madurado. Cuando hablé de esto más profundamente con ella, comprendí que había heredado estas ideas de su padre, un puritano, y que se aferraba a ellas como a una rama sagrada que la ayudaba a sobrellevar los juicios y tribulaciones que en su mente eran las realidades que esta vida nos ofrecía. Creía religiosamente que el Creador nos había puesto en la tierra para ponernos a prueba, sólo para sufrir y resistir. Esto era lo más cerca que estuvo de la religión, aunque era amiga del cura y hacía donaciones a la iglesia de la localidad. Nunca acababa un sermón o explicación sin referirse a la importancia de proteger la familia y conservar la reputación. Ésa era la única armadura que teníamos que llevar para protegernos «de las cadenas y saetas del destino atroz».

Yo empezaba a creer que a lo mejor ella no estaba tan equivocada. Entre nosotras se había desarrollado cierto respeto y teníamos una especie de tregua, así me lo parecía sobre todo ahora que estaba a punto de graduarme. Me había organizado una entrevista con la directora de una de las escuelas preparatorias de Nueva Inglaterra. Según ella, estaba siguiendo sus instrucciones para llevar una vida perfecta y aún seguía preparándome para que siguiera sus pasos.

Cuando el curso escolar llegó al último trimestre se empezó a organizar el espectáculo anual de fin de curso, cuyo director me pidió que volviera a tocar. Acepté y al poco empezamos los ensayos. La noche del segundo ensayo, cuando salí a esperar a Raymond, que me venía a buscar cada día, éste no estaba, pero no porque se hubiera retrasado. Yo había acabado antes y decidí salir a tomar aire fresco mientras le esperaba.

Me di cuenta de que al otro lado de la calle había un vehículo aparcado con un hombre sentado al volante. Por unos momentos me quedé mirándolo a él y al coche, sin caer en la cuenta de quién se trataba. Cuando de pronto lo vi, me sentí como si me hubieran echado encima un cubo de agua fría y me empezaron a temblar las piernas. El hombre bajó la ventanilla y me hizo señas para que me acercara, y al ver que yo no me movía, lo hizo con más énfasis. No había nadie más. Titubeé, y al poco crucé la calle hacia el coche. Teddy Jackson, mi verdadero padre, me sonrió y asintió con la cabeza.

—Esperaba tener la oportunidad de hablar contigo —dijo—, desde que le dijiste a Adam que me preguntara. ¿Tienes unos minutos para hablar?

Miré el reloj y pensé que Raymond aún tardaría un cuarto de hora.

Me encogí de hombros.

—¿Por qué?

—Los dos sabemos por qué —dijo sin abandonar su sonrisa, pero como yo no reaccioné se puso serio—. Por favor.

Se inclinó para abrirme la puerta del otro lado, rodeé el coche y entré.

—Bueno... —empezó.

Ambos mirábamos al frente.

—Creo que he ensayado mentalmente esta conversación miles de veces. –Dijo y se volvió hacia mí—. ¿Cómo lo descubriste al final?

—¿Y eso qué importa? —respondí.

—Tenía la impresión de que Haille nunca se lo dijo a nadie, que era un secreto que se llevó a la tumba. ¿Te lo ha dicho alguien?

Le miré con los ojos ardientes por el fuego que sentía en mi corazón.

—¿Es que tienes miedo de que alguien de la ciudad pueda ponerte en evidencia? —le espeté.

Se quedó mirándome y luego volvió a mirar a través del parabrisas.

—Tengo una familia, una mujer que no sabe nada de esto y mucha experiencia en el mundo legal que me ha dado muchos éxitos —confesó—. Sin embargo, esto no me hace sentir bien. No me gusta seguir siendo un cobarde, sobre todo cuando veo lo bien que has madurado, lo guapa que eres y el talento que tienes. Me gustaría reivindicarte como hija.

—Yo no soy algo que se pueda poseer como una hectárea de tierra o una propiedad —dije—. Una hija no se reivindica.

—No pretendía que sonara así. Quería decir que a mí también me gustaría sentirme orgulloso. No le dijiste todo a Adam, pero se quedó bastante trastornado. No sabía qué pensar.

—Y tú ¿qué le has dicho?

—No se lo he dicho. El cobarde que hay en mí volvió a ganar —dijo—. Actué movido por la confusión. Pero él es muy inteligente. No se le puede comprar, y uno de estos días él y yo vamos a tener que sincerarnos. Supongo que entonces no le parecerá tan maravilloso ser un Jackson —añadió con cierto tono de lamento.

—Es un arrogante y un mimado —dije—. Necesita que le bajen un poco los humos, o mucho.

—Sí, es un poco esnob. Trendré que reivindicarlo. Es culpa mía. —Se detuvo, me miró y asintió con la cabeza—. Supongo que te debo alguna explicación.

—Yo no quiero nada de ti —le dije.

—Me gustaría decirte algo. Por favor.

Yo no dije nada, pero permanecí allí como a la espera para salir del coche y con el deseo de arremeter contra él y preguntarle por qué fue tan cobarde durante aquellos años. Deseaba aporrearle el pecho y pegarle en la cara y llorar y llorar por las mentiras, las decepciones, las personas que habían sufrido mientras él se forjaba su preciada carrera de abogado y su maravillosa seguridad familiar.

—Hace casi diecinueve años yo era menos maduro que ahora. No tan poco como los muchachos de mi edad —añadió—, pero era impulsivo y muy egoísta. Acababa de empezar mi carrera. No tardé mucho en tener éxito, cosa que no siempre es buena, pero en mi caso, me sentó bien; invertía bien, cada vez me hacía más rico y al final me casé con una hermosa mujer y tuve mi primer hijo.

»Tu madre —prosiguió con una sonrisa— era la muchacha más atractiva de esta ciudad, y muy seductora. Tenía una forma de hablar que derretía cualquier resistencia y te llenaba de fantasías. Le —dijo con una carcajada—, le encantaba coquetear.

—No quiero oír nada más de su forma de comportarse —dije—. Todos los hombres que la conocieron y con los que he hablado, hablan como si ella les hubiera tocado con una varita mágica y les hubiera hipnotizado.

—No está lejos de la verdad.

—Así que no te sientes nada culpable, ¿no? —le espeté—.

Fue culpa suya. Ella te sedujo, y, como te sedujo, tú no sentiste la menor responsabilidad.

Las lágrimas me ardían en los ojos y el corazón me palpitaba como un martillo.

—No, no quiero decir eso, aunque durante muchísimo tiempo así lo he pensado —respondió con calma—. Yo le permití que echara la culpa a otra persona y causara problemas a la familia Logan. Era lo más sencillo para mí y lo aproveché.

—¿Y por qué hizo eso? —le pregunté—. ¿Por qué no te puso a ti en evidencia?

—Yo le rogué que no lo hiciera, pero creo que ella tenía otros motivos para hacer lo que hizo. No lo hizo por mí, sino que tuvo que ver mucho más con su relación con Olivia Logan y el resto de la familia. Al poco, yo aproveché mi suerte y lo dejé así.

»No creo que quieras conocer todos los detalles —añadió—. Basta con que te diga que tuvimos unos cuantos encuentros muy apasionados y bueno, lo demás ya lo sabes.

—Sí, lo demás ya lo sé —dije a punto de abrir la puerta.

—Espera. No he venido sólo para decirte esto. Me gustaría hacer algo por ti —dijo de prisa.

—Oh, ¿cómo qué?

—No sé. ¿Hay algo que necesites? ¿Algo que yo pueda comprarte?

—Cómprame unos verdaderos padres. Cómprame una verdadera familia con personas que se quieran las unas a las otras.

Él negó con la cabeza.

—Lo siento. No haría ningún bien, al menos para los Logan, que yo confesara la verdad, ¿no?

—No. Tendrías que confesar ante una autoridad más elevada —me detuve después de abrir la puerta y volverme hacia él—. Puedes hacer una cosa por mí.

—Dímela —dijo rápidamente.

—Mantén a Adam alejado de mí.

—Eso está hecho. Y, Melody, de verdad que lo siento mucho.

Justo cuando bajé del coche, Raymond llegó con la limusina. Crucé de prisa la calle y entré sin volverme hacia atrás hasta que dimos la vuelta y nos dirigimos a casa de la abuela Olivia.

Mi padre aún seguía allí, parado, mirando de frente la oscuridad de su propia obra.

Aquella noche tardé siglos en poder dormir. No dejé de dar vueltas, con la cabeza confusa, llena de una bruma que avanzaba como la niebla. Qué patético me había parecido mi verdadero padre. Con todas sus explicaciones, promesas y buenas intenciones no podría evitar que el mar inundara el engaño. Dejemos que todo se dirija hacia el mar, a donde pertenece, pensé. Dejad que yo me libere de un pasado que quería encadenarme a la desesperación.

Al día siguiente estaba cansadísima y fui a clase como una zombi. Theresa no dejó de preguntarme si estaba bien. Creía que mi humor tenía algo que ver con Cary porque ella acababa de romper con su novio. Aunque le insistí una y otra vez que no era por esto, no me creyó.

—Cuando quieras hablar, llámame —dijo, aunque con cierta desgana.

Yo tenía la sensación de estar atrapada en esas redes de la confusión que evitan que hagas o digas nada bueno. Era mejor recogerse en un mundo propio de silencio y esperar que pasara el tiempo.

Por la tarde, cuando Cary me vio, leyó la expresión de mi cara tan rápidamente como los planos de un nuevo yate.

—¿Más problemas con la abuela Olivia? —preguntó.

—No. Estos días mantenemos las distancias como dos lobos en silencioso acuerdo sobre los territorios.

Se echó a reír.

—¿Entonces?

Reflexioné unos segundos. Había ido con él al muelle de Kenneth para hacerle compañía mientras terminaba los últimos retoques de la cabina del barco, que era realmente magnífico y tan cómodo como había dicho. Cuando volvió de ajustar los cables de la estufa me miró con sus ojos verdes bien abiertos.

—¿Qué pasa, Melody? ¿Has tenido noticias de tu madre?

—En absoluto —dije con una carcajada—. Antes esperaría noticias de la reina de Inglaterra.

—¿Entonces qué pasa?

Y, como yo no respondí, se volvió y dejó las herramientas que llevaba en la mano.

—Si ahora no confiamos el uno al otro los profundos secretos y sentimientos que tenemos, no lo haremos nunca —dijo.

Le miré con ternura y aprecio. Tenía suerte de tenerlo a él, de tener a alguien que me adorara, pensé. ¿Alguno de los muchachos que la abuela Olivia consideraba de familias distinguidas me demostraría sólo la mitad del amor que Cary me demostraba, o sólo me vería como una pieza más del puzzle a construir para asegurarse el éxito delante de sus familares y amigos? Como si me leyera los pensamientos, Cary añadió:

—Melody, te quiero, y quererte significa sentir dolor cuando tú lo sientas, entristecerme cuando tú estés triste y alegrarme cuando estés alegre.

Asentí con la cabeza, y él esperó mientras yo daba un fuerte suspiro.

—Cary, sé quién es mi verdadero padre —le dije—, y vive aquí, en Provincetown.

Me miró y luego se apoyó en la pared de la cabina para sentarse en el suelo, frente a mí.

—¿Quién? —preguntó mientras contenía la respiración.

—Es Teddy Jackson —le revelé.

Por un instante se quedó quieto, atónito, abriendo y cerrando los ojos con expresión de incredulidad. Al poco, comenzó a comprender y mostró su reacción ensombreciendo su mirada.

—¿Quieres decir que ese zorro, ese tiburón, ese mar de suciedad es tu hermanastro? —dijo, y yo asentí con la cabeza—. ¿Cómo lo descubriste?

—Mamá, al final, me lo dijo, antes de que me fuera de Los Ángeles.

—¿Y lo has guardado en secreto todo este tiempo?

—Yo me negaba a creerlo y a enfrentarme a la idea. Hice cuanto pude para evitarle a él y a mi hermanastra Michelle que, ironía de las ironías, me desprecia. Pensaba que podría enterrar esto junto a las demás mentiras.

—¿Y qué ha pasado?

Le expliqué el encuentro de la noche anterior con mi padre. Me escuchó con atención, se sonrió y asintió con la cabeza.

—Qué personaje. Lo siento, pero yo también tengo que confesarte algo —dijo—. Tengo que confesarte que soy feliz.

—¿Feliz? ¿Feliz porque Teddy Jackson sea mi verdadero padre y Adam y Michelle mis hermanastros?

Miró al suelo.

—A veces... por las cosas que te decía, los comentarios que hacía, por su forma de tratarte a ti y a tu madre, yo temía... sospechaba... —Me miró—. Estaba asustadísimo por la idea de que mi padre fuera tu padre.

—¿Qué?

Comencé a sonreír pero me detuve al darme cuenta de lo horrible que debió ser para él vivir con esa idea.

—Pensaba que por eso te hizo aquella confesión en el hospital, cuando te llamó para que fueras a lo que él creía que era su lecho de muerte.

—Pero, Cary, si yo hubiera sabido eso ¿crees que yo... hubiera permitido que fuéramos amantes?

—Esperaba que no, pero para mí fue una pesadilla.

—Bueno, yo también había pensado en ello —dije—. Somos primos lo bastante lejanos, así que no importa —sentencié con firmeza.

—Ahora dices esto, pero la abuela Olivia ha organizado tu vida como la ruta de un viaje en barco. ¿Acaso no crees que sé por qué quiere que seas tan refinada y vayas a esa escuela de esnobs?

—Lo que ella quiera no es lo importante. Estoy harta de preocuparme de lo que piensen o esperen los demás de mí. Tenías razón cuando dijiste que deberíamos empezar a pensar en el presente y en nosotros en lugar de seguir hurgando en el pasado —dije.

Me sonrió con tanta ternura y amor que deseé estar en sus brazos. Una vez más, se dio cuenta de mis profundos sentimientos y se levantó para acercarse. Nos dimos un prolongado y dulce beso, aunque también exigente, y nos deshicimos del dolor y la oscuridad que nos invadían. Me llevó con delicadeza al sofá y volvimos a besarnos una y otra vez en la cara y el cuello. Introdujo las manos debajo de mi blusa, sobre los pechos. Me volví y él se tumbó a mi lado. En algún lugar del fondo de mi mente, una vocecilla trataba de advertirme algo, de rogarme que pensara con la cabeza y no con el corazón, pero los labios de Cary se deslizaban por mis pechos con gran delicadeza, llevando cada nervio de mi cuerpo a recorrerme el vientre y las piernas. Me sentí llevada por la corriente, sumida en ella, despreocupada de todo. Estaba cansada de ser razonable y lógica. Salté junto a él, deseosa de la temeridad.

Sin una sola preocupación en el mundo, no ofrecí ninguna resistencia sino que, de hecho, hasta le ayudé a quitarme la falda. Hicimos el amor en ese impecable sofá nuevo cuya tela resultaba suavísima bajo mi espalda desnuda. Nos profesamos mutuamente un amor tan apasionado y a ciegas que ninguno tuvo el menor titubeo. Él estaba dentro de mí, cogiéndome, meciéndome, llevándome lo más lejos posible de los lugares de la tristeza de mi corazón. No pensé en nada excepto en el sabor de sus labios y el contacto de sus dedos. Estallamos el uno en el otro, mezclando nuestras almas y cuerpos en un instante en que yo fui tan parte de él como él de mí misma.

Los dos nos sorprendimos de nuestro cansancio y tuvimos que echarnos a reír en nuestra desesperación por recobrar la respiración. Por un largo momento seguimos cogidos, aún desnudos y con el corazón latiéndonos veloz. Luego él se levantó poco a poco y, sentado, me miró.

—Yo...

Alcé la mano hasta sus labios y le impedí seguir hablando.

—No, no te disculpes. No digas nada, Cary. No estoy molesta.

Me sonrió.

—De todos modos, si te dijera que lo siento sería mentira —confesó, y nos echamos a reír.

Al poco oímos un perro que ladraba alegremente.

—¿Qué es eso?

—Parece *Prometeo*. Será mejor que nos vistamos, y de prisa —dijo.

Al apresurarnos a ponernos la ropa oímos que Holly y Kenneth nos llamaban. Me arreglé el pelo y me miré en el espejo de la pared, pero apenas tuve tiempo de nada más. Ahora estaban gritando.

—¿Qué pasa? —preguntó Cary mientras salíamos por la escalerilla a la cubierta del barco.

Holly y Kenneth estaban en el muelle. Ella llevaba en brazos otro cachorro de perdiguero de color castaño mientras *Prometeo* no dejaba de dar vueltas ladrando a su alrededor.

—Será la compañía de *Prometeo* —afirmó ella—. Vamos a llamarle *Neptuno* en honor de la obra de Kenneth.

—Oh, qué monada —dije mientras me apresuraba a bajar del barco. Ella me lo ofreció y el cachorro en seguida me cubrió la cara con sus húmedos besos.

—¿Todo va bien por aquí? —le preguntó Kenneth a Cary recorriéndonos con la mirada, y al fijarse en Cary éste se ruborizó.

—Bien —dijo él.

—¿Entonces lo del próximo sábado sigue en pie?

—No veo ningún problema —respondió Cary con firmeza.

—Vale, entonces deberíamos hacerlo el viernes, ¿verdad, Holly?

—¿Vais a dejar que este Kenneth Childs se quede tan fresco, como si nada?

—¿Que se quede tan fresco por qué? —pregunté.

—Si pensara por un momento que vamos a considerarlo nuestra luna de miel...

—¡Luna de miel! —dijimos Cary y yo a voz en grito y al unísono.

Los dos esbozaron una gran sonrisa.

—Oh, Holly, felicidades —exclamé.

Nos abrazamos con *Neptuno* entre las dos, quien a su vez ladró su felicitación animando así a que *Prometeo* se uniera al coro.

—Será una boda íntima en casa de mi padre —dijo Kenneth.

—¿De verdad?

—Ha sido idea de Holly dejar que nos case él, y yo he pensado que como nos ahorrábamos dinero...

—Kenneth, es maravilloso —dije con el rostro ruborizado por la felicidad de la pareja.

—Ya me imaginaba que te lo parecería —dijo—. Bueno, supongo que es mejor que vuelva a trabajar. Parece que la pieza que estoy haciendo se verá interrumpida por algo que se llama luna de miel —sentenció.

Cary y yo les observamos mientras volvían a la casa.

—Espero que algún día nosotros también nos casemos —dijo él.

Le cogí la mano.

—Yo lo haré —prometí.

Me rodeó con el brazo.

Quizá algo estaba cambiando. Quizá las tormentas por fin han terminado, pensé.

Al cabo de dos días Cary me acompañó a la residencia de la abuela Belinda para hacerle mi visita semanal. A Cary le gustaba visitar al abuelo Samuel; me dijo que al menos consiguió hablar de pesca con él. Yo estaba ansiosa de contarle todas las buenas noticias a la abuela Belinda, porque siempre parecía que el único equipaje que llevaba cuando la visitaba eran maletas llenas de tristeza y desgracias. Ella seguía pasando mucho tiempo con el señor Mandel, pero esta vez primero le vi a él en el vestíbulo jugando a las damas con otro hombre. Cuando él me vio, me reconoció y me sonrió.

—Bueno ya estás aquí —dijo él—. Necesita compañía. He querido venir aquí toda la semana para vencer al señor Braxton a las damas, pero no he tenido ocasión. Ella no me deja que me aleje lo más mínimo —me explicó con los ojos centelleantes.

—Es sólo una excusa por el miedo que tiene a perder —dijo el señor Braxton—. Culpar a esa pobre viejecita. Mandel, deberías avergonzarte.

—Pronto veremos quién tendrá que avergonzarse —dijo el señor Mandel, y se comió una de las fichas del señor Braxton.

Cary se echó a reír.

—Está en un banco del jardín —me dijo el señor Mandel.

Cary y yo recorrimos el pasillo y él fue primero a la habitación del abuelo Samuel. Hacía una tarde muy cálida y soleada. Las flores estaban abiertas; en la fachada y las verjas había lilas con sus vistosas flores colgando; las abejas revoloteaban sobre las acacias blancas en flor; las rosas amarillas estaban resplandecientes y había petunias por todas partes. Yo sabía que a la abuela Olivia le encantaba estar fuera disfrutando del sol, embebiéndose de los maravillosos colores del arco iris que la rodeaban.

La vi en el banco de siempre con una ligera sonrisa, la cabeza echada hacia atrás y los ojos cerrados, gozando del sol. Tenía las manos en el regazo, llevaba uno de sus bonitos vestidos estampados y un clip con perlas en el pelo. No pude evitar preguntarme si cuando yo tuviera su edad sería como ella.

—Hola, abuela —dije mientras me acercaba.

Últimamente ella había comenzado a recordar cada vez más sobre mí, aunque aún seguía diciendo muy poco de mi madre y no hacía preguntas.

Como no me respondió, me acerqué a su lado y le cogí la mano entre las mías. En cuanto lo hice, sentí una súbita agitación de terror, como una fuerte corriente eléctrica por el brazo y el corazón, que de pronto se me detuvo para al poco volver a latir de forma frenética. Tenía la mano fría como el hielo.

—¿Abuela?

La agité. Su cuerpo tembló y se quedó quieto, pero sus ojos siguieron cerrados. Sus labios se entreabieron.

—¡Abuela Belinda!

La agité con más energía y luego me volví y grité al enfermero más próximo para pedir ayuda.

—¡De prisa! —grité.

Él vino corriendo en seguida.

—¿Qué pasa?

—No se despierta —dije.

Él se arrodilló junto a ella, le tomó el pulso, le abrió los ojos y negó con la cabeza.

—Se ha ido —sentenció, como si ella acabara de levantarse e irse.

—¿Se ha ido? No puede haberse ido. Está sonriendo. Está contenta y feliz.

—Lo siento —dijo él negando con la cabeza.

—No. Por favor. Llame al médico. ¡Llame a alguien!

—Tranquilízate. Llamaré en seguida a la señora Greene

—dijo, y se inclinó hacia mí—. Ella no quiere que armemos mucho jaleo cuando pasa esto —dijo con un fuerte susurro—. Altera a los demás pacientes y dificulta las cosas.

—No me importa lo que piense. ¡Llame a un médico!

Se levantó.

—Vuelvo en seguida —aseguró, y se alejó con rapidez.

—Oh, abuela Belinda, por favor, no te vayas. Aún no. Empezábamos a conocernos, y eres lo único que tengo. Por favor, espera —le rogué sollozando como una tonta.

Le volví a coger la mano fría entre las mías y permanecí sentada a su lado con las lágrimas en las mejillas, meciéndome hacia adelante y atrás mientras repetía por lo bajo mis silenciosas oraciones y seguía rogándole que se quedara un poquito más.

Al poco vino la señora Greene a paso rápido por el camino del jardín, con otros dos enfermeros y una enfermera, que se adelantó y examinó a la abuela Belinda para hacer el mismo diagnóstico.

—Que traigan una camilla de la enfermería —ordenó la señora Greene—. Que la traigan por la puerta lateral y se la lleven por el mismo camino. Voy a llamar al depósito de cadáveres.

—¡No! —lloré, y hundí la cara entre las manos.

—Si quieres puedes venir a mi despacho —dijo ella con amabilidad—. Tengo que llamar a la señora Logan. No te preocupes. Ya está casi todo preparado. Lo hacemos en cuanto ingresan los pacientes.

—Qué práctico para todo el mundo —respondí mientras me frotaba las lágrimas de las mejillas.

Ella cobró una expresión molesta y asintió con la cabeza a los enfermeros, quienes se fueron.

—Quédate con ella —le ordenó a la enfermera, y se volvió para dirigirse al edificio.

Miré a la abuela Belinda y le acaricié el pelo; la enfermera me sonrió.

—Ha muerto feliz, pensando en algo bonito —dijo ella—. Le encantaba estar aquí fuera —añadió.

—Lo sé —dije llorando.

—Esto es mejor que si hubiera enfermado cada vez más y

hubiese tenido que estar en el hospital —prosiguió la enfermera, más para mi consuelo que por la abuela Belinda.

—Tengo que decírselo a Cary —exclamé, y me levanté.

—Yo me quedo con ella —afirmó la enfermera.

Volví a mirar a mi abuela. Los labios se le estaban poniendo morados y pareció que la sonrisa se le desvanecía justo delante de mis ojos. La acaricié una vez más y luego, sintiendo el corazón como una piedra, me encaminé en busca de Cary.

Estaba sentado en la habitación del abuelo Samuel, quien a su vez estaba sentado en la cama. Llevaba una bata y estaba sin afeitar.

—No habla demasiado —comenzó Cary, pero cuando se fijó en mí se dio cuenta de que había pasado algo horrible—. ¿Qué pasa? Tienes muy mal aspecto.

—La abuela Belinda, Cary —gemí—. Ha muerto. Acaba de morir en el jardín, ¡justo antes de que llegara yo!

Se levantó inmediatamente y me abrazó mientras yo sollozaba. El abuelo Samuel por fin se dio cuenta de nuestra presencia y salió de su aturdimiento.

—¿Laura? —dijo.

Cary se volvió hacia él.

—No, abuelo. Es Melody. Viene de ver a la abuela Belinda. Abuelo, me temo que hay malas noticias. Belinda se ha ido.

—¿Que se ha ido? —el abuelo Samuel me miró la cara llena de lágrimas y los ojos rojos—. Le dije que no lo hiciera. Le dije que eso estaba mal, pero ella dijo que era lo mejor para todos —se miró las manos y negó con la cabeza—. Ella siempre supo qué era lo mejor, así que ¿qué puedo decir?

—Está más confundido que nunca —explicó Cary—. ¿Y ahora qué?

—Van a llevarla a la enfermería y luego llamarán a la abuela Olivia. Ya está todo arreglado, lo hicieron cinco minutos después de su ingreso —añadí con amargura—. La abuela Olivia piensa en todo, lo organiza, lo planea todo, y jamás se olvida de que no haya ni un momento de temor por el que su preciosa familia tenga que avergonzarse.

Cary asintió con la cabeza.

—Sin embargo —dijo—, en momentos como estos eso es digno de aprecio.

Odiaba admitir que ella tenía razón, concederle el valor que tenía.

—Por favor, llévame a casa —dije.

—De acuerdo. Abuelo, tenemos que irnos. Vendré a verte otro día.

El abuelo Samuel volvió a mirarnos con expresión muy seria y los ojos sombríos mientras asentía con la cabeza y los labios cerrados.

—Ella decidió que era lo mejor —dijo—. Pero yo no estoy tan seguro. Bajad al sótano. Vosotros mismos —añadió.

—Hoy no para de balbucear —me explicó Cary.

Apretó con delicadeza la mano del abuelo Samuel, le golpeó suavemente en el hombro y me acompañó fuera.

No nos detuvimos en el despacho de la señora Greene ni en la mesa donde estaba el señor Mandel para decírselo. Pensé que era mejor que lo descubriera él mismo y, además, yo aún me sentía como si estuviera soñando.

—Lo siento —dijo Cary mientras nos íbamos—. Sé lo mucho que deseabas llegar a conocerla y que te conociera.

—Cary, justo empezábamos a hacerlo. Cada vez que venía a verla parecía recordar más cosas.

—Yo iré directamente a casa para decírselo a mamá —dijo después de dejarme en casa de la abuela Olivia—. Procura estar tranquila. Te llamaré más tarde.

—Estaré bien —dije, y le besé.

Encontré a la abuela Olivia hablando por teléfono en el que fue el despacho del abuelo Samuel. Cuando entré, alzó la cabeza, pero siguió hablando con las pompas fúnebres.

—Sí —dijo—. Quiero que el oficio sea breve, pero que los arreglos florales y coronas sean las mejores. No —añadió con firmeza—, pueden cerrar el ataúd en seguida. Gracias.

Colgó el auricular.

—La verdad es que pensaba que viviría más que yo. Era más joven y no tenía tantas preocupaciones como yo.

—Quizá nunca has sido consciente de sus preocupaciones. Casi nunca fuiste a verla —le recriminé.

—A mí no me hables así. No creo que me culpen por intentar protegerla y cuidarla. Un día te darás cuenta, sobre todo cuando veas cómo trata la gente a sus parientes enfermos.

»El país está lleno de personas marginadas —prosiguió—. Al menos yo me aseguré de que muriera con cierta dignidad y en un lugar cómodo, con profesionales que cuidaban de ella día y noche.

—Pero ella no tenía que estar allí. Tenía que estar en casa —gemí—. No estaba loca, sólo un poco confusa. El abuelo Samuel tampoco tendría que estar allí. Tienes suficiente dinero para que le cuiden aquí, en su propia casa, en su propio entorno.

—¿Y para qué? ¿Para qué esté todo el día sentado cayéndole la baba, para que tengan que llevarlo de aquí para allá por el jardín en una silla y todo el mundo lo vea? Ninguno de los que se llaman amigos vendría a verle. La mayoría están peor que él o están muertos. No sería más que otra vergüenza para la familia; y aunque me gastara una fortuna poniéndole una enfermera fija no podría cambiar su condición. Al menos donde está tiene buenos cuidados médicos, una dieta correcta y compañía.

»No te precipites tanto a la hora de juzgar lo que apenas conoces —me advirtió con gravedad—. Has llegado tarde a la familia. No tienes la menor idea de los giros, los arrecifes y valles que he pasado, las tormentas a las que me he enfrentado. Belinda siempre fue muy difícil y, de un modo u otro, un problema, y Samuel no era una joya precisamente, pero yo hice lo mejor para todos —concluyó con firmeza—. No me siento culpable. Su hija, ella es la culpable de todo.

Dio un gran suspiro y por un instante me pareció que estaba muy pálida. Al poco hizo acopio de su determinación y se levantó.

—Tengo mucho que hacer, a pesar de que quería que todo estuviera en orden.

Se detuvo en la puerta y se volvió hacia mí.

—¿Estabas allí cuando ha pasado? —me preguntó con un tono muy bajo y casi preocupado.

—No. Cuando la he visto en el jardín ya se había ido. Estaba... sonriendo —dije.

La abuela Olivia asintió con la cabeza.

—Quizá ha pensado que la Guadaña era otro caballero que le estaba pidiendo una cita —dijo con maldad—. De niña era muy guapa. Todo el mundo siempre hablaba de sus rasgos perfectos. No pasará mucho tiempo hasta que tenga que volver a cuidar de ella. Uno no se deshace de las cargas sólo por el hecho de dejar este mundo —murmuró, y salió del despacho.

Me quedé allí por unos segundos mirando alrededor, pensando y sintiendo muchas emociones enfrentadas; tristeza y dolor, confusión y simpatía. Me senté en la silla del escritorio.

Pensé que mamá debería saberlo. Tendría que saber que su madre había muerto. Miré el teléfono. Desde que había vuelto no había intentado contactar con ella ni ella me había llamado, pero yo no me había olvidado su número de teléfono. Respiré hondo, levanté el auricular y marqué el número. Salió una voz automática.

—El número marcado está fuera de servicio —dijo.

—¿Qué?

Volví a llamar y de nuevo salió el mismo mensaje grabado. ¿Dónde estaba?, me pregunté. Ella siempre decía que el teléfono era muy importante para quien intentaba que le dieran audiciones, guiones o algún trabajo. Llamé a información y pregunté a la operadora si tenía otro número de contacto, pero me dijo que no.

Frustrada, se me ocurrió llamar a Mel Jensen, pero me pregunté cómo le iba a explicar que no sabía qué había sido de la mujer que se suponía que era mi hermana. Sin embargo, al final decidí llamar y hablé con uno de sus compañeros de piso porque Mel estaba en una audición.

—¿Gina Simon? —dijo—. Hace semanas, meses que no la veo. No sé adónde se fue. De hecho, creo que Mel comentó algo de que se había ido del apartamento sin pagar y que el propietario la buscaba —añadió.

—Oh. Bueno, gracias de todos modos.

—¿Quieres que le diga a Mel que te llame? ¿Dónde estás?

—No, gracias —dije aún más avergonzada—. Sólo dile que le deseo suerte.

—Claro.

Colgué el auricular y seguí sentada pensando en mamá. En todos estos años en que su madre estaba viva no se había interesado mucho por ella. Por muy triste que sonara, pensé que no le afectaría enterarse de que su madre había muerto.

Quizá la abuela Olivia tenía razón: quizá la abuela Belinda estaba mucho mejor en la residencia. Al menos allí nadie fingía ser más de lo que era. Allí te cuidaban porque para eso se les pagaba, y si les caías bien y te cuidaban un poco más, era un acto sincero.

Al funeral de la abuela Belinda asistieron muchas personas, pero no porque fuera tan recordada. De hecho, muchas personas creían que había muerto hacía mucho. Los que asistieron, lo hicieron porque se trataba de la hermana de la abuela Olivia, quien aún seguía siendo muy respetada en la comunidad. Asistieron cargos del gobierno así como personalidades y profesionales de los negocios más influyentes. Vi a mi padre y a su mujer, pero evité mirarle y él no me dijo nada.

Después, la abuela Olivia no recibió a los que querían darle el pésame. Fuimos todos al cementerio y luego los presentes se fueron a sus casas, excepto el juez Childs, Kenneth, Holly, Cary, May y tía Sara, quienes vinieron a casa con nosotras. La abuela Olivia dijo que los velatorios e invitaciones a demasiadas personas sólo servían para prolongar el último adiós y retrasar el curso de la vida de uno mismo.

Sin embargo, nosotros comimos algo y después nos sentamos en el jardín de atrás y charlamos. Holly llevó a tía Sara a dar un paseo con May por la playa; la estaba ayudando mucho a sobrellevar su tristeza. La abuela Olivia se durmió en la silla mientras Cary hablaba del barco con el juez Childs y Kenneth.

Al final, Cary y yo fuimos al muelle a contemplar el crepúsculo con las gaviotas revoloteando con gracia sobre el mar platino.

—Me pregunto si Holly tiene razón. Me pregunto si nos convertimos en un ente espiritual de amor y volvemos a empezar —dije.

Cary permaneció callado por unos instantes y luego me miró con una sonrisa.

—Yo volví a empezar. Volví a empezar cuando llegaste tú —dijo—. Así que a lo mejor es cierto: a lo mejor el amor es lo que nos hace estar vivos.

Me apoyé en su hombro y él me rodeó con el brazo haciéndome sentir segura y a salvo. El sol seguía poniéndose. Las nubes asomaron por el horizonte y las gaviotas graznaban a través de las sombras.

Y dije un suave adiós a la abuela que apenas había conocido, pero cuyos tiernos ojos me habían llenado de tantas promesas.

17

UN FINAL EN EL SILENCIO

Como Cary había prometido, el fin de semana siguiente el barco de Kenneth ya estaba listo para su botadura. Por supuesto, él ya lo había sacado antes para ponerlo a prueba en varias ocasiones, y se pasó toda la semana perfeccionándolo hasta quedar satisfecho. Por suerte, el tiempo estuvo de nuestra parte. El sábado por la mañana, cuando Cary vino a recogerme temprano, el día estaba muy claro con apenas unas nubecillas sobre la superficie azul del cielo y, lo más importante, el mar estaba en calma, aunque con la suficiente brisa para poder navegar bien.

La abuela Olivia no dijo nada ni negativo ni positivo sobre el viaje. Sabía adónde iba y por qué, pero desconocía los preparativos que yo había hecho. La semana siguiente de la muerte de su hermana su comportamiento sufrió un triste cambio. Estaba más encerrada en sí misma, hablaba menos en la cena y pasaba más tiempo sola revisando viejos papeles en el despacho del abuelo Samuel. Se quedaba dormida más a menudo y tenía menos visitas.

El juez Childs venía con la misma frecuencia de siempre, pero se quedaba menos tiempo y sólo cenó una vez con nosotras. Hacia finales de semana, nada más llegar a casa, el juez Childs entró en el despacho con la abuela Olivia y se pasaron una hora o más encerrados allí revisando unos documentos. Cuando por fin salieron, él parecía muy nervioso y cansado.

Apenas me dijo nada antes de irse y, después de hacerlo, la abuela Olivia se fue directamente a acostarse sin apenas mirarme.

Ella seguía haciéndome preguntas a diario sobre mi progreso en la escuela, comentando mi aspecto y advirtiéndome que no hiciera nada que echara a perder el éxito que ya había obtenido y del que seguiría gozando, pero sus palabras sonaban más vacías. Hablaba de las responsabilidades, pero de una forma autómata, con unas palabras y frases carentes de pasión. ¿Podía ser que la muerte de la abuela Belinda le hubiera afectado realmente?, me pregunté. Yo empezaba a sentir pena por ella, algo que creía que nunca haría.

No le dije nada de esto a Cary, sobre todo la mañana de la botadura. Él no paró de hablar de forma muy animada mientras íbamos a casa de Kenneth, y me dejó escasas ocasiones para pronunciar una palabra. Tuve que echarme a reír por su euforia, pero al mismo tiempo ésta me asustó.

Holly había preparado una comida de langostas frías con ensaladas y pan portugués, vino, café y pastel de zanahorias. Ella y Kenneth nos sorprendieron con la nueva ropa para navegar que se habían comprado. Era la primera vez que la veía vestida con algo más a la moda y me pareció que estaba guapísima.

—Tengo que ofrecer la imagen adecuada para el papel, ¿no? —dijo Kenneth mientras alardeaba de su gorra de capitán.

El aura de felicidad que nos rodeaba era contagiosa; cada uno alimentaba la risa y el júbilo de los demás.

Kenneth y Cary nos ayudaron a subir al barco e iniciamos la marcha balanceándonos suavemente por las olas mientras la brisa nos acariciaba la cara y despeinaba la melena, todos bronceándonos con el sol y humedeciéndonos con las gotas de agua que nos llegaban. El barco navegaba tan bien como Cary había anunciado. Kenneth dijo que se podía manejar con tal facilidad que hasta un novato pasaría por un marinero experimentado; incluso me dejó gobernarlo para demostrarlo. Cary lucía una gran sonrisa de orgullo mientras no quitaba el ojo de los mandos y examinaba cada unión y pieza del mecanismo como si temiera que algo fallara.

Después de soltar el ancla, Cary y Kenneth se dedicaron a pescar mientras Holly y yo preparamos el festín. Al terminar de comer, toqué el violín y les enseñé algunas canciones de las montañas que había aprendido de papá George. Yo no podía recordar un momento de mi vida en el que me sintiera tan contenta. Todos nos tumbamos para descansar y la verdad es que dormimos un poco antes de reactivarnos para volver a la costa, esta vez navegando a mayor velocidad, tanto que Holly y yo gritábamos cada vez que las olas golpeaban contra los lados del casco y nos empapaban. Era uno de los días más felices de mi vida y odiaba verlo llegar a su fin.

Kenneth y Holly habían decidido casarse al día siguiente en casa del juez Childs. No iba a ser una gran celebración. El juez les iba a casar delante de unos cuantos amigos y habría una pequeña cena tras la que los recién casados se irían una semana de luna de miel a Montreal. Cary y yo les prometimos cuidar de la casa de la playa y de sus perritos *Prometeo* y *Neptuno*. Cary dijo que cada noche se los llevaría con él.

Todos sabíamos que iba a estar muy ocupado. El señor Longthorpe había decidido contratarle para que le construyera un yate. Kenneth le ofreció su casa para trabajar, cosa que significaba que Cary podía utilizar el estudio y el taller. De todos modos, ahora tenía motivos para estar en casa de Kenneth. Mientras estuvo allí trabajando en el barco de Kenneth la casa se había convertido en nuestro pequeño paraíso, en nuestro refugio apartado de los ojos entrometidos del mundo que nos rodeaba. Nuestros únicos testigos eran las gaviotas y otros pájaros. Y ahora sería lo mismo.

Así pues, a medida que el año escolar llegaba a su fin, poco a poco me fui permitiendo creer que realmente existía el arco iris después de la tormenta. Mamá ya apenas me preocupaba, pues por fin había aceptado que se había ido, casi no vi a mi padre, no supe nada más de Adam y Michelle me evitaba más que yo a ella. Ahora me resultaba fácil deshacerme de todo eso y pensar en el futuro, un futuro en el que cabían Cary y el amor.

Esto era lo que creía cuando volví aquel día de navegar. Bronceada y muy contenta, incluso me sentí ansiosa por compartir la experiencia con la abuela Olivia. Sin embargo, encontré la casa oscura y en silencio, y sólo vi a Loretta en la cocina, que me dijo que la abuela Olivia no había bajado a cenar.

—No es propio de ella hacer esto, pero le he subido la comida y ha cenado en la cama —dijo Loretta—. Esta mujer no está bien. Le pasa algo —sentenció, aunque sin mostrarse afectada ni preocupada, sino que lo dijo de modo realista y siguió con sus tareas.

Desde que fui a vivir a esa casa, nunca me gustó ir a la habitación de la abuela Olivia cuando estaba en la cama, y ahora dudaba. Aunque ya le tenía un poco de respeto, aún no le tenía excesivo cariño, pero de todos modos, tampoco la consideraba de esa clase de personas que permitían que alguien les mostrara afecto. Ni siquiera el juez le hablaba casi nunca con ternura, al menos delante de mí, como si creyera que si lo hacía, ella le pondría en ridículo o le criticaría.

Sin embargo, me sentí un poco preocupada y llamé a su puerta. Como no me respondió, llamé más fuerte hasta que oí:

—¿Quién es?

Abrí la puerta y me fijé en ella; parecía una niña menuda en esa gran cama, con el pelo suelto y el cuerpo empequeñecido por el contraste con el tamaño de los almohadones.

—Me preguntaba cómo te encuentras, porque Loretta me ha dicho que no has bajado a cenar y...

—Estoy bien —dijo con firmeza, pero añadió—: Tan bien como puedo.

—¿Necesitas algo?

Se quedó mirándome y al poco, como si hubiera hecho la pregunta más tonta del mundo, dijo para dejarme en ridículo:

—¿Que si necesito algo? Sí, necesito un cuerpo nuevo. Necesito la juventud. Necesito una familia con un hombre tan fuerte como mi padre. No —añadió—, no necesito nada que tú puedas darme. —Se detuvo y casi me sonrió—. ¿Es que crees que ya has llegado al punto en que puedes ocuparte de todo por mí?

—Yo sólo pretendía...

—Estoy cansada, muy cansada. Las batallas acaban dejándote agotada. Pero no quiero simpatía, y tampoco quiero que nadie se apiade de mí. Sólo estoy diciendo una realidad que un día entenderás por ti misma. Vives, trabajas duro y mueres.

Puedes decirle a Loretta que suba a coger la bandeja. Esto es lo que puedes hacer —dijo mientras agitaba la mano para que me fuera.

Empecé a cerrar la puerta.

—Un momento.

—¿Sí?

—Creo que mañana no iré a la boda. No me siento con ánimos para celebraciones y fiestas. De todos modos, casi no es una boda.

—¿No se molestará el juez?

En esta ocasión, en vez de sonreír con desdén, se echó a reír con sorna.

—No se me ocurre nada que me importe menos que la felicidad de Nelson Childs —dijo.

A continuación, como si de pronto su cabeza se hubiera convertido en una piedra, la dejó caer en la almohada.

La miré con fijeza. A pesar del dinero y el poder que tenía, me dio pena. Sentí la urgencia de decirle a voz en grito: «Me das pena, me das pena tú y tu preocupación por lo que es lo adecuado o bueno para la familia. ¡Mira en lo que te has convertido! Mira lo que tienes al final de tu vida dura y amargada.»

Estas palabras estuvieron a punto de escapárseme, pero me las tragué y en su lugar cerré la puerta y fui a decirle a Loretta que viniera a recoger la bandeja. Luego me acosté pensando en la boda de Kenneth y Holly, y soñando con la mía, agradecida porque yo no iba a acabar como esta triste y vieja mujer.

A la mañana siguiente, la abuela Olivia siguió en cama. No preguntó por mí, y yo no me despedí de ella antes de ir a la boda. Cary, May y tía Sara vinieron a buscarme y se quedaron muy sorprendidos de que la abuela Olivia no asistiera.

—¿Es que no se encuentra bien? —preguntó tía Sara.

—Eso me parece, aunque no puedo creer que exista una enfermedad o un virus tan fuerte como para invadir su cuerpo —dije.

Cary se echó a reír, pero tía Sara me miró como si hubiera dicho una blasfemia y tuve que disimular.

La boda fue sencilla, pero muy bonita. Al juez Childs no

pareció sorprenderle demasiado que la abuela Olivia no asistiera. Estaba muy feliz de que Kenneth le hubiera permitido hacer la ceremonia y disfrutar del júbilo del momento. En el patio habían dispuesto una gran mesa. Primero hubo champán, caviar y otros entremeses, luego nos sentamos para disfrutar de una cena servida por los del mismo catering que la fiesta de *La hija de Neptuno*, y al final hubo un hermoso pastel de boda.

Conocí a los hermanos de Kenneth y a sus respectivas familias. Kenneth y Holly fueron los primeros en marcharse porque tenían que ir a Boston para coger el avión hacia Montreal.

—Vigila a *Neptuno* —me advirtió Holly mientras la acompañaba hacia el Jeep—. Le encanta enterrar los calcetines de Kenneth en la arena, y podría hacer lo mismo contigo y Cary.

Nos dimos un fuerte abrazo.

—Después de todo, yo diría que tu carta astral tenía razón —susurré.

—Sí, sí que la tenía, y aunque no la hubiera tenido yo se la hubiera dado —sentenció con una sonrisa llena de alegría, y entró en el Jeep junto a Kenneth.

Alargó el brazo y nos dimos la mano.

—Cuídate —dijo—. Este mes Mercurio no está en armonía.

—Lo haré —dije, y le solté la mano cuando Cary vino a mi lado.

Nos miramos y sonreímos al pensar en los días que nos esperaban, cuando compartiríamos la casa de la playa a solas, en una especie de luna de miel particular.

Sin embargo, resultó que los dos tuvimos una semana muy ocupada. Cary comenzó a construir el barco del señor Longthorpe y yo tuve que empezar a preparar los exámenes finales, pero cada día después de la escuela él venía a buscarme e íbamos juntos a recoger a May. May había hecho muchas amigas y por suerte para Cary y para mí, al salir de la escuela quería ir con ellas. Como tía Sara casi siempre le dejaba llevar una amiga a casa o que ella fuera a casa de su amiga después de la escuela, a menudo estaba ocupada.

310

Yo solía sentarme sobre una manta en la playa mientras Cary trabajaba en su nuevo proyecto. Antes de acabar y acompañarme a casa dábamos un paseo o nos quedábamos contemplando el mar. Hacia finales de semana, el jueves por la tarde, comenzó a hacer un calor que no era normal y él dejó las herramientas y vino a preguntarme si quería nadar.

—¿Nadar?

—Bañarnos en cueros —me retó.

Aunque estábamos bastante alejados del vecino más próximo y la playa casi siempre estaba desierta, la idea de nadar desnuda a pleno día me asustó.

—¿Y si viene alguien?

—No vendrá nadie.

—Pero podría venir.

—Bueno, a mí no me da miedo —dijo con su típica sonrisa pícara, y empezó a quitarse la camisa.

Se sentó en la arena y se quitó los pantalones y los calzoncillos. Por unos instantes se quedó allí sentado mirando el mar, hasta que se volvió hacia mí y me miró con mucha intensidad, invitándome.

—¿Y bien? —dijo.

Me llevé la mano a la blusa. Él se levantó y se acercó al agua para esperarme. A los pocos segundos, desnuda, me uní a él y nos dimos la mano.

—¿Preparada?

—No —dije—. Seguro que está muy fría.

—Helada, pero deliciosa —me aseguró.

Y corrimos para adentrarnos en el agua mientras gritábamos y reíamos hasta no poder más, hasta que de pronto el agua nos cubrió y nos hizo sentir como carámbanos de hielo. Yo di la vuelta, salí corriendo tan de prisa como había entrado y Cary me siguió mientras se reía de mis gritos. Una vez en la cálida arena, nos dimos un fuerte abrazo.

Cuando sus labios acariciaron los míos, yo estaba temblando. Me frotó la espalda para darme calor y volvimos a besarnos. Como el sol era muy fuerte nos secamos en seguida, pero fue nuestra propia pasión la que nos hizo entrar en calor. Hacer el amor bajo el cielo a pleno sol y delante del mundo aumentaba cada cosquilleo, cada sensación. Sentí el viento en el pelo; la arena en la cara y los labios salados por el agua del mar. Sin embargo, nada más importaba que no fuera el hambre del uno por el otro. Antes de terminar, *Neptuno* se nos acercó y empezó a lamernos y nos hizo reír.

—Me siento como si estuviéramos en nuestro Edén particular —dijo Cary—. Aquí nada puede afectarnos. Melody, somos dichosos. Soy el tipo más afortunado del mundo.

Nos prometimos amor, escribimos nuestras promesas en la arena, yacimos juntos mirando el cielo azul, despreocupados de nuestra desnudez.

—No sé cómo soportaré los días cuando vayas a esa escuela preparatoria de esnobs —dijo Cary.

Me senté y crucé los brazos con la mirada en el mar.

—Seguro que lo odiaré —dije—. Quizá no vaya.

—¿Qué quieres decir? Creía que ya era seguro.

—La abuela Olivia lo cree así, pero yo no.

—¿De verdad? Bueno, ¿qué vas a hacer?

Le miré fijamente y me sonrió.

—¿Te quedarías aquí conmigo?

—A lo mejor —dije.

Y le brillaron los ojos como si tras ellos hubiera unas velitas, pero al poco se le ensombrecieron y negó con la cabeza.

—Vas a graduarte. Todos te dirán que has echado a perder tu vida.

—Yo no vivo para contentar a los demás, sino a mí —dije.

Pero él se sentó y empezó a vestirse.

—¿Cary?

—Melody, no hagamos planes y promesas que no podamos cumplir. Será mejor que te lleve a casa de la abuela Olivia.

Me vestí rápidamente y nos fuimos.

—Cary, ha sido una tarde maravillosa —le dije después de que parara en el camino de la abuela Olivia—. También he estado pensando en el fin de semana. Ella cree que voy a dormir a casa de Theresa.

—Sé que no te gusta nada decir mentiras.

—Si son para estar contigo, no son mentiras, sino una necesidad —dije, y me sonrió.

—Nos veremos mañana —prometió, y se alejó.

312

Le observé unos instantes y me encaminé hacia la gran casa, una casa que de algún modo cada día parecía más vacía y oscura. En cuanto entré y cerré la puerta, Loretta vino a paso rápido por el pasillo.

—Creo que es mejor que subas a ver a tu abuela —dijo.

—¿Por qué? ¿Qué pasa?

—Cuando le hablo no me responde. Estaba a punto de llamar al médico.

—¿No responde?

Subí las escaleras poco a poco mientras Loretta me observaba para irse en seguida como si se hubiera desentendido del problema. Llamé suavemente a la puerta de la habitación, esperé y entré. La abuela Olivia estaba en la cama con la cabeza hundida en la gran almohada. No se volvió para ver quién había entrado. Me acerqué a la cama.

—¿Abuela Olivia?

La miré. Sus ojos se volvieron hacia mí, pero tenía una grotesca mueca en los labios. De pronto, sacó la lengua como si fuera una pequeña serpiente e hizo un horrible sonido gutural que me hizo retroceder.

—¿Qué pasa?

Levanté un poco la sábana y vi su escuálido cuerpo. Tenía el brazo derecho sobre el tórax, con los dedos agarrotados. Vi que se había rascado el pecho y el cuello.

—¡Voy a llamar al médico! —exclamé, y corrí hacia el teléfono.

Después de hablar con el médico, llamé al juez Childs.

Esperé en la sala de abajo mientras el doctor la examinaba. Por fin se presentó con el juez Childs.

—Tu abuela ha tenido un derrame cerebral —afirmó el médico—. Quería llamar a una ambulancia para llevarla al hospital, pero ella ha insistido en quedarse en casa bajo los cuidados de una enfermera. Y, a pesar de su rotunda negativa, he llamado a la señora Grafton, que no tardará mucho en llegar. Es una enfermera muy responsable, pero creo que sólo pasarán días antes de que tengamos que llevar a tu abuela al hospital. Sus constantes vitales de momento están bien —añadió, y miró al juez por si éste quería añadir algo.

—Yo me ocuparé de todo —dijo él.

—¿Se recuperará? —pregunté.

—A su edad no suele darse la recuperación total. Con el tratamiento podría mejorar, pero para ello tendría que estar en el hospital. De momento, preferiría que se sintiera cómoda y feliz.

—¿Feliz?

¿Cómo va a estar feliz en su estado?, me pregunté. Y, además, tampoco creía que antes de esto hubiera sido feliz.

—Bueno, en todo caso, cómoda —dijo el médico—. De momento está dormida. La enfermera no puede tardar mucho —añadió.

El juez le acompañó, pero luego volvió conmigo.

—No es divertido hacerse viejo —dijo con una ligera sonrisa—. Pero ella es una mujer con una fuerza increíble. Podría recuperarse mucho más de lo que el médico cree. De todos modos, dentro de unos días seguro que tendrá que ir al hospital. Cuando suceda, me gustaría que vivieras en mi casa. Al menos hasta que acabes la escuela —concluyó.

—Gracias —dije, aunque sin saber lo que haría.

—Bueno —dijo alzando los ojos hacia la habitación de la abuela y luego mirándome—, ¿estarás bien?

—Oh, sí, estoy bien.

—Llámame si necesitas algo o hay algún cambio. Y se fue.

A los veinte minutos llegó la señora Grafton, una mujer cincuentona, morena, muy seria y profesional. Le enseñé la habitación de la abuela Olivia y entró para examinarla. Le dije a Loretta que arreglara la habitación contigua para ella y fui a llamar por teléfono para contarle lo sucedido a Cary y tía Sara.

—Vengo ahora mismo —dijo Cary.

—No, estoy bien. Estoy muy cansada y quiero dormir. Mañana tengo examen de mates.

—De acuerdo, a ver cómo se encuentra mañana —dijo.

—Cary, dentro de un par de días me gustaría ir a ver al abuelo Samuel para decírselo.

—Ni siquiera te reconocerá —me dijo Cary—, y aún menos te va a entender.

—Pero aún así deberíamos decírselo. Nadie va a hacerlo.

—Vale. No puedes romper los viejos hábitos, ¿verdad, Melody?

—¿Qué quieres decir? —pregunté.

—Ni siquiera ahora puedes dejar de pensar primero en los demás —dijo, y se echó a reír—. Nada, sólo era una broma. No puedo creer que la abuela Olivia haya tenido un derrame.

—Cary, es humana.

—Pues ha estado a punto de engañarme.

Más tarde, antes de dormirme, pensé en lo horrible que era para una mujer que había regido su propia familia con tanta firmeza y autoridad que ésta no sintiera amor, simpatía o pesar por ella cuando más lo necesitaba. Seguro, al margen de con cuánto vigor lo negara, seguro que ella no estaba satisfecha consigo misma ni con lo que había conseguido, ni siquiera en nombre de su familia.

La abuela Olivia se recuperó un poco durante las treinta y seis horas siguientes. El médico vino otra vez y afirmó que había recuperado en parte el habla.

—Aún será un poco difícil entenderla, pero ha mejorado más de lo que esperaba —dijo—. Incluso tiene más control de la mano. Ya veremos —añadió, sin estar preparado para hacer un dictamen tan nefasto como el que hizo anteriormente—. La enfermera se quedará unos cuantos días más y yo vendré a diario —prometió.

El juez Childs también se quedó casi todo el día. Me lo dijo Loretta, pero me lo dijo como si se quejara de que él le diera más trabajo, y pensé que ella debió imaginar que con la abuela Olivia tan incapacitada tendría menos que hacer. Cuando volví de la escuela la tarde siguiente, la señora Grafton me dijo que mi abuela preguntaba por mí y fui a verla en seguida. Me acerqué lentamente a la cama. La señora Grafton la había sentado y peinado. Aún tenía los labios torcidos y el brazo agarrotado, pero cuando estuve a su lado me clavó los ojos y alargó la mano izquierda para coger la mía y hacer que me acercara más.

—No... —pronunció.

—Abuela Olivia, tranquila —le dije suavemente.

—Noaaa... caaaaam biaaaaa —prosiguió.

Negué con la cabeza. No la entendía. Ella lo intentó una y otra vez, pero de sus labios salía la misma confusión. Al final la señora Grafton se acercó y apartó la mano de ella de la mía.

—Señora Logan, intente calmarse.

La abuela negó con la cabeza de forma vigorosa.

—Tiene el espíritu —dijo la señora Grafton—. Aún está llena de brío y vigor.

La abuela Olivia volvió a intentar hablar. La señora Grafton la escuchó y sonrió.

—¿Qué es lo que dice? —pregunté.

—Ha dicho «No ha cambiado nada», si es que eso significa algo —contestó la señora Grafton.

Asentí con la cabeza y miré a la abuela Olivia.

—Yo sé lo que significa. Significa que incluso ahora quiere seguir rigiendo nuestras vidas —murmuré—. Estoy segura de que se pondrá mejor.

Negué con la cabeza, asombrada, y salí.

Al día siguiente, Cary encontró el tiempo para acompañarme a ver al abuelo Samuel. Desde la muerte de la abuela Belinda, no habíamos vuelto a verlo. Ahora, con la enfermedad de la abuela Olivia, me sentí aún más culpable por no haber ido. No había nadie que se asegurara de que estuviera bien cuidado, nadie excepto nosotros, pensé.

Me resultó triste volver a la residencia. Me acordé de que la abuela Belinda ya no estaba. En el vestíbulo vimos al señor Mandel sentado solo en un sofá con la mirada baja. Alzó la cabeza y al vernos sonrió.

—¿Cómo está, señor Mandel? —le pregunté.

—Oh, estoy bien, querida. Bien. Me alegro de volver a verte. Mucho. —Su mirada parecía perdida mientras intentaba comprender qué hacíamos allí. ¿Belinda había muerto o no?, casi oí que se preguntaba.

—Hemos venido a ver a mi abuelo —le expliqué.

—Oh. Oh, sí. Sí. ¿Cómo se llama?

—Samuel Logan —dije.

—Oh, sí. Creo que no lo conozco —dijo mientras asentía con la cabeza.

Luego volvió a bajar la mirada y se quedó en silencio. Le dijimos adiós y cruzamos el vestíbulo hacia la habitación del abuelo Samuel, donde lo encontramos sentado con una manta en el regazo, contemplando el paisaje junto a la ventana.

—Hola, abuelo —le dijo Cary.

Pero el abuelo no apartó la mirada de la ventana hasta que Cary le cogió la mano.

—¿Cómo estás, abuelo? —insistió Cary.

El abuelo Samuel le miró con fijeza y luego a mí.

—Sí, abuelo, también ha venido Melody.

Volvió a mirar a Cary y otra vez a mí.

—Ya la tienes. Bien. Bien —dijo antes de volver a mirar por la ventana.

Cary negó con la cabeza y se encogió de hombros. Yo avancé y cogí la mano del abuelo Samuel.

—Abuelo Samuel, venimos para decirte que la abuela Olivia está enferma. La cuida una enfermera en casa —dije—. El médico no creía que mejoraría, pero lo ha hecho.

Él me miró.

—Yo le dije que no, pero ella dijo que así tenía que ser. Dile a tu madre que lo siento —dijo—. Yo le dije que no.

—Es inútil —dijo Cary—. Ya te lo he dicho. Estamos perdiendo el tiempo. Ni siquiera sabe dónde está. Melody, luego ni se acordará de que hemos venido.

—Supongo que tienes razón —dije.

De pronto, el abuelo Samuel nos volvió a mirar, esta vez con los ojos más vivos.

—Id a mirar y veréis que yo no fui. Yo no firmé nada.

—¿Mirar dónde? —Me volví hacia Cary—. ¿Por qué sigue diciendo eso?

—Ya sabes que está confundido. Seguro que no quiere decir nada —me recordó Cary.

—Yo le dije a ella que no —repitió el abuelo Samuel—. Le dije que era un pecado.

Pasamos otros quince minutos más o menos tratando de hacer entender al abuelo Samuel quiénes éramos y por qué estábamos allí, pero él no dio ninguna muestra de aferrarse al presente. Estaba perdido en sus recuerdos, sumido en ellos.

Al salir, me quejé a la señora Greene de que el abuelo estuviera encerrado en la habitación cuando hacía un día maravilloso.

—Para tu información —respondió ella—, ha estado fuera toda la mañana y le acababan de llevar a la habitación. A no ser que tengas pensado estar aquí las veinticuatro horas, te aconsejaría que te ahorraras las críticas —me espetó, y se marchó.

—Preferiría morir en mi cama antes de que me trajeran aquí —dije—. La abuela Olivia tiene razón al no querer venir.

—Es porque tiene la suerte de poder pagar una enfermera en casa —me recordó Cary—. De lo contrario, ahora estaría en un lugar como éste.

Me llevó a casa y volvió a trabajar en el barco. Yo aún tenía que preparar un montón de exámenes finales, pero cuando me senté a estudiar en mi habitación, no pude dejar de pensar en los ojos del abuelo Samuel y en su gran temor a que le echaran la culpa. ¿Por qué ahora, en ese momento de su vida, era tan categórico? ¿Era porque creía que pronto se iba a encontrar con el Creador?

¿Cómo habían conseguido marginar a mi abuela cuando era tan joven?, me pregunté. ¿Qué le diagnosticaron los médicos? ¿Qué les había contado la abuela Olivia? La curiosidad me impidió estudiar, por lo que bajé por las escaleras, me dirigí a la parte trasera y rodeé la casa hasta el sótano. Allí fue donde encontré las fotografías de mamá y me enteré de los secretos que esta familia tenía enterrados. Pensé que quizá el abuelo Samuel tenía razón. Quizá debía volver y ver qué podía encontrar de nuevo.

La puerta del sótano estaba en la fachada norte de la casa. Pensé que nadie había entrado desde que Cary me lo enseñó el año pasado.

Una vez en la puerta, titubeé. ¿Qué era lo que esperaba encontrar? ¿Quería encontrarlo? ¿Quería leer todas esas cosas horribles? Me detuve y pensé en la vieja agarrotada y enferma que ahora estaba atrapada en su propio cuerpo en la planta de arriba. Quizá se había hecho justicia. Quizá era hora de olvidar.

Y sin embargo, no pude retroceder. Tal vez fue por una curiosidad morbosa; quizá por una necesidad de comprender. Bajé por las escaleras y abrí la otra puerta, entré y tiré de una cuerdecita para encender una bombilla que se balanceó. Me quedé quieta unos instantes, acordándome de las cajas en las estanterías metálicas donde habíamos encontrado las fotografías. Volví a cogerlas y empecé a quitarles el polvo por los lados, por arriba y por abajo; había muchas fotografías, viejos papeles de la escuela, facturas, recibos, un sinfín de documentos de compras y otros acontecimientos de lo más normal. Pensé que eran los mismos documentos que debían tener todas las familias.

Todas las cajas eran iguales. La mente deteriorada del abuelo Samuel estaba llena de pasadizos distorsionados, pensé. Todo aquello era producto de su embrollada imaginación. Y me dispuse a levantarme para irme, pero entonces vi algo que parecía una caja metálica enterrada debajo de unas tablas de madera al otro lado del sótano. Me acerqué, aparté las maderas y cogí la caja. Estaba cerrada con un candado y las llaves no se veían por ningún lado.

¿Por qué la habían enterrado y por qué era la única cerrada con llave? Le quité el polvo y me la llevé conmigo. No entré en la casa, sino que fui al garaje, donde sabía que había herramientas y encontraría un destornillador. Tardé un poco, pero lo utilicé a modo de palanca colocándolo debajo de la tapa y en seguida, haciendo un poco de fuerza, logré que el candado saltara. Levanté la tapa y miré dentro.

Había un montoncito de documentos dentro de distintos sobres. Cogí uno, lo abrí, saqué el papel y me senté para leerlo.

Por supuesto, siempre me había parecido que era una exageración decir «el corazón se me petrificó» o «se me heló la sangre». ¿Cómo podía el corazón pararse de pronto, temblar, derrumbarse y luego volver a recobrarse? ¿Cómo se te podía congelar el cuerpo y de pronto recuperar el calor?

Sin embargo, eso fue lo que me sucedió, y creí que nunca más iba a levantarme, que nunca más volvería a respirar ni podría emitir un sonido. Mis ojos quisieron salirse de sus órbitas debido a las palabras que estaban leyendo.

Pero aun así, no había negación ni movimiento de la cabeza capaz de cambiar la realidad que estaba ante mí.

Recobré la respiración y revisé los demás papeles de la caja, los leí con más sorpresa cada vez. Al final, sintiendo tal temblor que creí que iba a caer desmayada antes de salir, volví a meter los papeles, cerré la caja y me levanté.

Ningún huracán, ningún tornado ni ningún terremoto sacudiría a esta familia tanto como lo que tenía en mis manos.

18

POR FIN, EL AMOR

Subí poco a poco las escaleras; cada paso era más lento y pesado que el anterior. Mi cuerpo se resistía como si me estuviera acercando al fuego. Me sentí como si me dirigiera a la puerta del infierno, tras la que seguro que me encontraría con el mismo diablo. Debajo del brazo, la caja metálica y la horrible información que contenía me quemaban.

El sol de la tarde ya se había ocultado detrás de unas nubes oscuras. Las sombras parecieron crecer justo ante mis ojos mientras recorría el pasillo de la segunda planta hacia la habitación de la abuela Olivia. El corazón me saltaba a cada paso, me sentía como drogada, aturdida, como si caminara por los pasadizos de una pesadilla. Ni siquiera sabía si podría hablar. Pensé que cuando abriera la boca sólo sería para silbar.

Justo antes de llegar a la puerta de su habitación, ésta se abrió y salió la señora Grafton. Al principio no me vio debido a la penumbra, pero cuando avancé hacia la tenue luz, mi presencia la asustó, resopló y se llevó la mano al pecho.

—Oh, no te había visto —dijo, y se detuvo mientras abría y cerraba los ojos, como si me examinara—. ¿Estás bien?

—Tengo que hablar con mi abuela —dije con un tono sombrío y deprimente.

—Tanto está despierta como dormida —dijo ella.

—Pero tengo que hablar con ella —dije.

La señora Grafton se encogió de hombros.

—Como quieras. Yo voy abajo a comer algo y luego le subiré la cena.

Asentí con la cabeza y se alejó. Titubeé y, antes de llamar a la puerta, la mano se me quedó helada en el aire. Esperaba que en cualquier instante aquello realmente acabara siendo sólo una pesadilla. Quizá cuando golpeara la puerta, despertaría de un salto y me encontraría en la cama.

No fue así.

Abrí la puerta y entré en la habitación.

La abuela Olivia estaba recostada sobre dos almohadones. Llevaba el pelo suelto y los mechones le caían a ambos lados de la cara. Tenía los labios, torcidos e hinchados, ligeramente abiertos y los ojos, cerrados. Lisiada y alicaída por la enfermedad, recordaba a cualquiera de los millones de viejos que en los hospitales esperan que su reloj haga el último tic. Sin embargo, sus anillos y pulseras de brillantes, sus sábanas de satén y su camisón de lencería fina evidenciaban con fuerza que esa mujer seguía teniendo poder y prestigio. Podría dar órdenes desde más allá de la tumba.

Me quedé junto a la cama mirándola con fijeza, observando cómo le subía y bajaba el menudo pecho al respirar. Se le movían las aletas de la nariz y le temblaban los labios entreabiertos, por los que se veían unos dientes grises. En la frente se le formaban arrugas a medida que los pensamientos dolorosos y horribles viajaban a la velocidad de la luz por detrás de sus ojos y hacían eco en la oscuridad encerrada en su interior.

Esperé y luego dejé la caja de metal en la cama, junto a ella, y la abrí. Le temblaron los párpados, abrió los ojos y luego los cerró, pero para volver a abrirlos. Me miró y tardó unos segundos en ver y comprender dónde estaba y quién era yo. Abrió la boca y masculló algo. Seguro, pensé, alguna orden.

—He venido a hacerte unas preguntas —le dije—, y quiero que sepas desde ahora mismo que tu enfermedad no impedirá que te exija las respuestas.

Abrió mucho los ojos, tanto de sorpresa como de indignación, y comenzó a protestar hasta que cogí la caja de metal y la levanté lo suficiente para que pudiera verla. La repasó con los ojos, la examinó y luego me miró con expresión grave y ansiosa.

—Sí, abuela, la he encontrado. El abuelo Samuel la mencionó lo bastante como para despertar mi curiosidad y he bajado al sótano, donde habías enterrado todos tus pecados, pero yo la he encontrado y he visto lo que contiene —dije mientras sacaba el primer documento y lo levantaba por unos segundos.

Al poco, dejé la caja en el suelo y desdoblé el documento.

Ella empezó a agitar la cabeza, pero yo seguí adelante.

—Sé que eres muy consciente de lo que hay en éste y en los demás papeles, pero quiero que los vuelvas a mirar. Seguro que lo enterraste todo ahí abajo para no tener que volver a verlos, pero ahora vas a hacerlo.

Agité el papel en el aire y se lo puse delante. Ella lo miró y luego intentó apartar los ojos, pero yo le puse la mano en la frente y le moví la cabeza para obligarla a mirarme a mí y al papel.

—¿Quién te creías que eras? ¿Te creías Dios? ¿Qué te dio el derecho para hacerlo, para controlar el dolor y el sufrimiento de todo el mundo, decidir la vida de los que la querían y a los que ella quería? ¿De dónde sacaste este poder arrogante?

Ella empezó a esforzarse por hablar.

—Fa... mmmm...

—¿Cómo lo conseguiste? —le pregunté mientras sacaba otro documento de la caja—. ¿Cómo conseguiste que él lo hiciera? Está relacionado con todo lo demás, ¿verdad? Abuela, voy a descubrirlo. Voy a conocer hasta el último detalle de la cuestión y voy a sacarlos a la luz —sentencié.

Sus ojos se abrieron tanto como pudieron y por primera vez desde que la había conocido, los vi realmente llenos de miedo. Ella negó con la cabeza de forma vigorosa.

—Naaaaa...

—Sí, abuela, sí. El precioso nombre de los Logan será arrojado a la cloaca a la que pertenece. Puede que tengas poder y riqueza, pero no eres mejor que la mayoría de los criminales corrientes, y ni siquiera fueron ellos los que te ayudaron en esto.

—Fammmmmm...

—Oh, intentas decirme que esto también lo hiciste por la familia, ¿verdad?

Ella asintió con la cabeza.

—¿Lo hiciste para proteger a los demás? —le pregunté con una fría sonrisa.

Y, una vez más, ella asintió con la cabeza, pero yo dejé de sonreír.

—Abuela Olivia, ésta es la mentira más grande de todas. Todo lo que has hecho ha sido para ti, para conservar tu preciada posición elevada y poderosa o tu gran reputación. O para vengarte y herir a los que no te dieron el amor y el respeto que creías merecer. No me hables de «familia». La familia sólo te sirve de excusa para ser malvada. Ahora lo sé.

Ella dejó de mover la cabeza y me observó. Volví a meter los documentos en la caja de metal.

—Claro, aún no sé el final de la historia, pero llegaré hasta él —prometí.

Cerré la caja y me la volví a poner debajo del brazo.

—Cuando te miro, abuela, me doy cuenta de que ahora empiezas a tener lo que mereces. Casi me has dado pena. Casi he hecho lo que más odias: casi me apiado de ti; pero ya no tienes que preocuparte por eso. No encuentro el perdón suficiente para simpatizar ni una pizca contigo. Abuela, en esto tienes la victoria asegurada —le dije.

»Cuando acabe esto, le voy a pedir al médico que te lleve al hospital, que es donde tienes que estar, ¿no te parece? Me dijiste que no dudara cuando llegara el momento, ¿no? Entonces eras muy valiente. Bueno, tía Sara, Cary y yo nos ocuparemos de esto, y ni siquiera el juez Childs se opondrá.

Me detuve.

—Porque doy por sentado que él lo sabe todo, ¿no? —pregunté con la caja debajo del brazo.

Ella me miró por unos instantes, cerró los ojos y volvió a abrirlos mientras negaba con la cabeza.

—¿No lo sabe? ¿Por qué? ¿Quieres decir que después de todo había algo que él te hubiera negado? ¿Tenías miedo de que te lo negara?

Ella asintió con la cabeza y al poco comenzó a agitarla e intentar acercarse a mí, pero yo retrocedí.

—No hay nada, ni una palabra, ni una excusa, nada que justifique lo que has hecho y el dolor que has causado.

Me volví y ella lloró a su modo distorsionado, emitiendo

un sollozo gutural que me provocó un escalofrío. Con las fuerzas que aún le quedaban, logró incorporarse más y volvió a llorar, pero yo le di la espalda y salí de la habitación y dejé tras de mí el eco de sus horribles sonidos.

En cuanto salí de su habitación, bajé al despacho para llamar a Cary.

—Cary, quiero que vengas a buscarme —dije—. Necesito que me lleves a un sitio.

—¿Cuándo?

—Ahora mismo.

—¿Qué pasa? Estás rara —dijo.

—¿Vas a venir o no? —respondí.

—Claro, pero...

—Gracias. Sólo te pido un poco de paciencia y ya te lo explicaré todo en su momento, ¿vale? Por favor —añadí.

—Vale, Melody —dijo—. Ahora vengo.

Después de hablar con él, di un profundo suspiro, cogí el listín de teléfonos, busqué el número y llamé a mi padre. Respondió su mujer.

—Por favor, ¿podría hablar con el señor Jackson? —dije.

—¿De parte de quién, por favor?

—De Melody Logan —dije con cortesía.

—Un momento, por favor.

A los pocos segundos él cogió el teléfono.

—Al habla Teddy Jackson —dijo él con formalidad.

—Recíbeme en tu despacho dentro de media hora —dije.

—¿Perdón?

—Recíbeme en tu despacho. Quiero enseñarte algo y hacerte unas preguntas. Muchas preguntas.

—No acabo de comprender —dijo débilmente.

—Ya lo comprenderás —prometí—. Nos vemos allí.

Y colgué el auricular con el corazón latiéndome tan fuerte que tuve que dar un profundo suspiro y calmarme.

Vi a la señora Grafton llevando la bandeja con la cena para mi abuela. Me miró, pero siguió hacia las escaleras.

Al cabo de veinte minutos, Cary aparcó delante de la casa y yo corrí hacia la furgoneta.

—¿Qué pasa? ¿Es por la abuela Olivia? ¿La han llevado al hospital?

—Aún no —dije—. Cary, llévame a la ciudad.

—¿Adónde?

—Al despacho de mi padre.

—¿Qué?

—Por favor.

Me miró durante unos instantes.

—¿Qué hay en esa caja? —me preguntó

—Te prometo que te lo explicaré lo antes posible —le dije—. Confía en mí.

—Claro.

Se encogió de hombros, puso el motor en marcha y nos pusimos en camino.

—Sea lo que sea, espero que me lo expliques pronto —dijo mientras se dirigía a la calle Commercial, y me miró fijamente—. Melody, nunca te he visto actuar de una forma tan extraña.

Di un profundo suspiro pero no dije nada. Él negó con la cabeza y aceleró. Cuando llegamos al bufet de abogados de Teddy Jackson, vimos que dentro había luz y que su coche estaba aparcado en su plaza reservada. Cary se dispuso a salir de la furgoneta.

—Cary, por favor, espérame aquí —le dije.

—¿Por qué?

—Tengo que hacer esto sola. Por favor.

—Melody, esto no me gusta. Te has metido en un lío. Debería saber de qué se trata para poder ayudarte.

—Cary, no es ningún lío. No es eso. Por favor, sólo un poco más de paciencia —dije.

Aunque reacio, volvió a entrar en la furgoneta y cerró la puerta.

—Gracias —dije, y bajé.

El bufet de mi padre era lujoso, con muchas alfombras y sofás de piel en la sala de espera, paredes revestidas y cuadros al óleo. Había una gran biblioteca de libros de leyes y su despacho era el de mayor tamaño, con unos ventanales al fondo con vistas al puerto. Cuando entré, él estaba mirando el paisaje con las manos en los bolsillos.

—¿A qué viene todo esto? —preguntó, evidentemente un poco molesto por la forma en que le había pedido que me recibiera.

—Se trata de esto —dije mientras dejaba la caja de metal sobre su gran escritorio de madera de caoba.

Él lo miró y se acercó.

—¿Qué es?

Abrió la caja y sacó uno de los documentos. Mientras lo leía, la cara se le sonrojaba más y más. Me clavó la mirada, dejó el papel y leyó otro.

—¿Te lo ha dado ella? —me preguntó.

—No. Lo tenía escondido en el sótano —contesté.

Él asintió con la cabeza, resopló y se sentó en su silla.

—¿Quién más lo sabe?

—De momento sólo yo —dije—. Cary me está esperando fuera en la furgoneta, pero aún no le he dicho nada. Antes quiero saberlo todo, hasta el último sucio detalle.

—Yo no conozco todos los detalles sucios —respondió con gravedad. Le miré fijamente y él los esquivó con un sentimiento de culpa—. Yo no quería hacerlo, pero ella me chantajeó —comenzó, y volvió a mirarme.

Me senté delante de él.

—Vamos, cuenta —dije.

—Yo no sabía que ella sabía lo mío con Haille. Aún no sé cómo lo descubrió. Sospecho que se lo dijo Haille, quizá se burló de ella con esto. No lo sé.

Se incorporó en el asiento.

—Aquella noche ella vino aquí —me explicó—, me llamó a este despacho más o menos de la misma forma que has hecho tú —añadió con una sonrisilla—, y me dijo lo que había pasado, lo que quería y lo que yo tenía que hacer.

»Empecé a negarme, pero ella me dijo que no dudaría en ponerme en evidencia, en hacer que Haille volviera para destruirme justo cuando yo había tenido un maravilloso comienzo de mi carrera.

»Así que hice lo que quería. Me ocupé de toda la parte legal —confesó—. No me alegré por ello y ya nunca pude volver a mirar a Jacob y a Sara a la cara, pero con el tiempo ella me hizo creer que era lo mejor.

—Oh, estoy segura de que te preocupó mucho —dije con desdén.

—Bueno, yo... mira, fue decisión suya —protestó.

—Ella no era la madre; no era el padre. No fue su decisión. ¡La dejaste jugar a ser Dios! —le grité.

Él pareció hundirse en la silla.

—¿Qué le pasó a ella? —pregunté.

Yo no había querido decirle nada a Cary antes de conocer todos los detalles y saber cuál fue su destino final.

Él alzó la mirada.

—¿Olivia no te ha dicho nada?

—La abuela Olivia ha tenido un derrame cerebral. Creía que ya lo sabía todo Provincetown. No puede hablar.

—Oh.

—¿Y bien?

—Melody, yo sólo sé lo que me dijo. Laura y Robert Royce salieron a navegar. Les cogió una tormenta y Robert se ahogó. Olivia me dijo que Karl Hansen recogió a Laura en su barca pesquera y la llevó directamente a su casa. Estaba loca de atar, sufría amnesia traumática. Cuando la encontró en el mar estaba desnuda, y Olivia, bueno, Olivia pensó lo peor, claro. De todos modos, Karl había trabajado para Samuel y sabía quién era Laura. Olivia se ocupó de ello. Se aseguró de que Karl no se lo dijera a nadie y luego decidió llevar a Laura en secreto a un internado. Creo que el asunto la avergonzaba. Obtuvo la custodia legal y llevaron a Laura allí, donde, por lo que yo sé, aún debe estar. Yo nunca...

—¿Nunca te preocupaste de descubrirlo?

—Entonces no estaba en mis manos —protestó—. Di por sentado, a medida que pasaron los años, que ella nunca... que era lo mejor.

—Cosa que te tranquilizaba la conciencia —le acusé. Y me levanté—. Espero que ahora nos ayudes cuando lo necesitemos —dije.

Él asintió con la cabeza.

—Después de descubrir que el hombre que me hizo de padre en realidad era mi padrastro, solía soñar con mi verdadero padre. Imaginaba que era una persona maravillosa, alguien que a lo mejor ni siquiera sabía que tenía una hija, pero que en cuanto se enterara vendría corriendo hacia mí con el deseo de quererme y hacer algo por mí. Soñaba que al final tendríamos una relación padre-hija.

—Melody...

—Ahora —proseguí en seguida—, agradezco que decidieras ser un cobarde. No quiero que nunca nadie sepa que tú eres mi verdadero padre —dije—. No podría superar la vergüenza.

Me observó con la cara roja mientras yo recogía los papeles para meterlos en la caja de metal.

—La verdad es que eres igual que ella —le dije—. Sin duda os unió el destino.

—Melody...

Me volví y me alejé de él con la esperanza de que fuera para siempre.

Cary leyó los documentos de forma insaciable, luego dejó los papeles y me miró con los ojos como platos y los labios tan tensos que parecían a punto de romperse.

—No lo entiendo —dijo, y negó con la cabeza incapaz de creer tanta traición y decepción.

Estábamos sentados en la furgoneta delante de su casa. Nubes negras se alzaban sobre el crepúsculo y llovía con fuerza. Le conté lo que me había dicho mi padre.

—Todo este tiempo hemos creído que el abuelo Samuel deliraba sobre lo que le habían hecho a la abuela Belinda —concluí.

—¿Pero cómo puede ser? ¿Por qué?

Las lágrimas le cayeron por las mejillas como si fueran pequeñas criaturas acuosas huyendo, pero él no pareció darse cuenta, ni siquiera cuando le llegaron a la barbilla.

—Su propia abuela —dijo—. La madre de mi padre...

—Por su retorcida forma de pensar, de alguna manera ella pensó que estaba protegiendo a la familia de la desgracia y el apuro. Nada puede justificar lo que hizo, y yo la condeno por ello tanto como tú —dije—, pero después de haber vivido con ella y de saber cómo es y cuáles son sus creencias, entiendo cómo debió pasar todo esto.

—Yo no. Nunca lo entenderé.

Cerró los ojos y echó la cabeza hacia atrás como si se tragara cierto dolor.

—Mi padre... mi padre se sintió muy culpable por Laura.

—Lo sé.

—Y la abuela Olivia también lo sabía. Tenía que saberlo —añadió en seguida.

—Quizá. Quizá sólo vio su propia culpa, Cary, su propio dolor y sus miedos.

—Ella no siente la más mínima pizca de amor —murmuró entre dientes—. La odio más de lo que he odiado a nadie. Me alegro de que tuviera un derrame cerebral. Espero que se muera esta misma noche —dijo.

—Cary, no seas como ella. Sólo conseguirás llenarte de tanto odio que serás incapaz de amar.

Me miró unos instantes.

—¿Qué hacemos? ¿Se lo digo ahora a mamá?

—No, primero vayamos allí —dije—. Quizá... podamos traerla a casa.

Él asintió con la cabeza mientras sonreía.

—A lo mejor —dijo, y metió la llave del contacto.

—Cary, iremos por la mañana. Ahora es demasiado tarde —dije.

—No. No quiero pensar que pasa cinco minutos más allí —dijo—. Tenemos que ir ahora —insistió, y miró los papeles—. Sé dónde es. Está a unas cuatro o cuatro horas y media.

—Pero llegaremos a media noche —le recordé.

—¿Y eso qué importa? —dijo, y puso el motor en marcha—. Si quieres, te dejo en casa.

—Cary Logan, ¿crees que voy a dejar que vayas solo?

Negó con la cabeza.

—Vale, vamos —dije—. De todos modos, seguro que no podríamos dormir. ¿No deberías decirle algo a tu madre?

—No, no quiero decir una sola mentira más, ni siquiera una de las blancas e inofensivas.

Le sonreí.

—Estoy preparado —dijo, y nos pusimos en marcha—. Más preparado que nunca.

Fue un largo y duro viaje. Cary me habló de Laura más que nunca y recordó cosas que habían hecho juntos y que ella solía decir. Me di cuenta de que eran pensamientos que él mismo se había prohibido durante estos años por el miedo a lo que le supondría revivir esos recuerdos.

Unas cuantas veces durante el trayecto se quedó en silencio, llorando, con las lágrimas en las mejillas mientras revivía la tragedia y la pena de todos.

¿Cómo pudo la abuela Olivia asistir a esas ceremonias sabiendo lo que sabía?, me pregunté. ¿Cómo podía estar tan segura de que estaba haciendo lo correcto por la familia, tan segura de que podía enterrar sus sentimientos y ver sufrir a su propio hijo sin decir nada? En lugar de un corazón en el pecho seguro que tenía un cubito de hielo, pensé. Qué horribles debieron ser sus padres para educarla hasta convertirla en la mujer que era.

No debería sorprenderme. Sin el menor remordimiento, ella había apartado a su propia hermana e incluso a su marido. Delante de su obsesiva fe en el nombre de la familia, las personas no significaban nada. El comportamiento adecuado, el prestigio, el respeto, la riqueza y el poder eran las cinco puntas de su estrella, y esa estrella la tenía incrustada en el rostro de su alma.

Eché la cabeza atrás, cerré los ojos y me dormí un rato. Cuando desperté estábamos cerca de una ciudad. Vi las luces de un restaurante que abría toda la noche.

—¿Quieres un café o algo caliente? —me preguntó Cary.

—Sí, por favor —dije.

Después de aparcar pedimos café y donuts.

Cary se los tomó en un silencio mortal, con los ojos fijos de rabia, brillando con el humo de sus furiosos pensamientos. Yo no dije nada, sino que le cogí la mano y le sonreí. Él salió de su aturdimiento y asintió con la cabeza.

—Estoy bien —dijo—. Estaremos bien.

—Sí, Cary, lo estaremos. Lo estaremos —afirmé.

Tardamos una hora más en llegar a la entrada del internado. Era un edificio de piedra alto y gris, con un parking a la izquierda. Estaba demasiado oscuro para ver con claridad, pero nos pareció que alrededor había unos jardines bonitos. Vimos las altas vallas y los bosques.

Las luces exteriores frente al edificio estaban encendidas. Aparcamos y después de que Cary apagara el motor nos quedamos allí tratando de reunir fuerzas.

—¿Preparada? —preguntó por fin.

Asentí con la cabeza y salimos para dirigirnos a la entrada. La puerta estaba cerrada, pero había un timbre con un pequeño cartel en el que ponía: LLAMAR SÓLO DESPUÉS DE LAS 22.00. Cary llamó y esperamos. Debido al reflejo de las luces del exterior en el vidrio de la puerta, apenas veíamos el interior. Parecía que había un pequeño pasillo y varias puertas de doble hoja. Como no vino nadie, Cary volvió a llamar al timbre, esta vez con más insistencia.

—Cary, es muy tarde.

—Tiene que haber alguien —dijo con tenacidad.

Al final se abrieron unas puertas y salió un hombre pelirrojo con pantalones blancos y camisa azul claro. Parecía menor de treinta años, era delgado y de cintura estrecha, de un metro ochenta de alto y con pecas en la frente y las mejillas. Antes de abrir la puerta, miró a través del vidrio, frunció el ceño y abrió en seguida.

—¿Qué queréis? —preguntó.

—Hemos venido a buscar a una persona —dijo Cary con firmeza.

—¿Eh?

—A mi hermana —dijo Cary.

—¿De qué demonios estás hablando? Son casi las tres de la madrugada —dijo el hombre pelirrojo.

—No me importa qué hora es. Ella no tendría que estar aquí —dijo Cary.

Y avanzó entre la puerta y el hombre, quien se retiró como si creyera que Cary le iba a pegar.

—No podéis entrar a estas horas. El horario de visita empieza a las diez de la mañana —dijo.

—Estamos aquí y vamos a entrar. Ve a buscar a quien dirija esto —le ordenó Cary.

El hombre pelirrojo pasó la mirada de Cary a mí y luego volvió hacia las puertas por las que había venido. Cary las aguantó con la mano para que no se cerraran.

—Os vais a meter en un gran lío por esto —amenazó el hombre.

—Bien —dijo Cary—. Ahora busca al supervisor o a quien sea. ¡Hazlo! —le ordenó Cary con tanta furia que el hombre se fue corriendo.

Le seguimos y entramos en el vestíbulo, donde a un lado había un mostrador con una ventanilla y a la derecha, sillones y sillas, mesitas, revisteros y un televisor. Pensé que la puerta que estaba justo delante de nosotros debía de ser el internado.

Esperamos y al final oímos unos pasos al otro lado de la puerta. Ésta se abrió y una mujer muy gorda con uniforme de enfermera se acercó con rapidez, tenía el pelo castaño muy mal cortado por la nuca y las orejas, y sus caderas rozaban la rígida tela del uniforme de tal modo que hacía frufrú.

—¿A qué viene todo esto? —quiso saber mirando con sus ojos negros a Cary.

Cruzó los brazos sobre sus abundantes pechos y se le acercó muchísimo.

—Trajeron aquí a mi hermana de forma ilegal —le dijo Cary—. Hemos venido para llevarla a casa.

Por unos instantes le observó con una mueca de confusión y luego miró al hombre pelirrojo.

—¿Llamo a la policía? —preguntó él.

—No, aún no —dijo, pues sintió curiosidad–. ¿Quiénes sois y quién es la hermana que buscas? —nos preguntó.

—Soy Cary Logan. Ésta es Melody Logan. Mi hermana se llama Laura. Enséñaselo —me dijo Cary. Y yo saqué algunos documentos de la caja de metal. Ella me miró con desconfianza y luego los cogió y empezó a leer. Cuando acabó vi que se le suavizó un poco la expresión.

—¿Acabáis de descubrirlo? —preguntó.

—Sí, hoy mismo —dijo Cary—. Estos papeles son incorrectos. Mi hermana tenía padres y no tenía ningún tutor legal —le explicó.

—¿Dónde están tus padres? Si los tiene, ¿por qué no han venido ellos también?

—Mi padre murió hace poco y mi madre... mi madre no puede hacer este viaje. De hecho, ella aún no sabe la verdad —le explicó Cary.

La enfermera me devolvió los papeles.

—Se trata de un asunto legal —dijo—. Tiene que llevarse a cabo por la vía adecuada.

—Mire...

—Pero respecto a tu hermana —prosiguió—. Me temo que es tarde.

—¿Qué?

Se me paró el corazón. Avancé un paso y cogí la mano de Cary.

—Por desgracia, esta joven murió muy poco después de ingresar aquí —dijo.

—¿Murió? ¿Cómo? —pregunté.

—Se ahogó. Informamos a su abuela. Constaba como el familiar más próximo.

—¿Cómo se pudo ahogar?

—Fue deliberado, lo provocó ella misma —confesó la enfermera al poco—. No me permiten hablar de los detalles. Cuando pasa algo así, siempre hay asuntos legales. Pero no fue error nuestro —añadió rápidamente—. La verdad es que no entiendo quiénes sois ni por qué estáis aquí —añadió.

Cary se la quedó mirando negándose a creerlo.

—Quiero ver a mi hermana ahora mismo —dijo.

La enfermera me miró para ver si había oído bien.

—¿Es que no has entendido lo que te he dicho? —le dijo.

—Cary, vamos —dije.

—No. Quiero verla ahora mismo. No me iré hasta que la haya visto —insistió.

—Llama a la policía —dijo la enfermera al pelirrojo.

Él se volvió con rapidez y desapareció en el interior.

—Cary, es inútil —le dije, y él negó con la cabeza.

—Está mintiendo —le dijo a la enfermera—. Ella la tiene cogida. Le dijo que dijera esto por si un día venía yo, ¿verdad?

—Por supuesto que no. Yo no sé nada de ti —dijo la enfermera—. Y yo no miento sobre mis pacientes.

Llegó otro enfermero, un hombre más viejo y alto.

—¿Hay algún problema, señora Kleckner? —preguntó.

—Sí —dijo ella—. Pero ya hemos llamado a la policía, Morris. No se permite que nadie entre en el hospital —dijo con los ojos clavados en Cary.

—Cary, vámonos —le rogué.

Pero siguió tan rígido e inmóvil como una de las estatuas de Kenneth; era como intentar arrancar un árbol.

El enfermero más alto tomó su posición en el umbral de la puerta y la señora Kleckner se dirigió a mí.

—Yo no miento. Tenéis que ir por la vía adecuada y veréis que os he dicho la verdad. Sólo os estáis complicando las cosas.

—Lo siento —dije—, pero tiene que comprender que acabamos de enterarnos y que realmente fue ilegal. Seguro que puede imaginarse el impacto. Por eso está tan trastornado. No es que quiera crearles problemas. Por favor, entiéndalo —le rogué.

Ella lo consideró y asintió con la cabeza.

—Esperad. Tengo algo que puede que os ayude a aceptar lo que he dicho —anunció ella, y se marchó.

El enfermero se unió al hombre pelirrojo y los dos bloquearon la puerta.

—Los polis están en camino —dijo él con regocijo.

—Cary, nos estamos metiendo en un lío aún peor —le susurré, pero él no me oyó, sino que siguió con la mirada fija en los enfermeros.

Al poco rato volvió la enfermera con una pequeña bolsa de tela.

—Estos son sus objetos personales. Entre ellos hay esto —dijo mientras sacaba un grueso cuaderno de la bolsa—. Era su diario. Los médicos la animaron a escribirlo con la esperanza de que los pensamientos le podrían ayudar a recordar su identidad. Al parecer nadie vino a buscarlos. Si no hubiera muerto —añadió la enfermera con un tono más severo—, no os lo daría, ¿no?

Cogí la bolsa y el cuaderno, y tiré a Cary de la mano.

—Por favor, Cary. Ella tiene razón.

Él se encogió como si por fin lo aceptara.

—¿Dónde está enterrada? —preguntó suavemente.

—No lo sé. Tendríais que hablar por la mañana con el señor Crowley y preguntarle los detalles. Es el administrador. A las nueve de la mañana estará en su despacho. Ahora debo pediros que os vayáis. La policía está en camino y si aún seguís aquí os arrestarán —nos amenazó.

—Cary...

—Hemos llegado demasiado tarde —dijo más para sí que para mí.

—Lo siento —dijo la señora Kleckner—, pero os he dicho

la verdad. He hecho más de lo que debía y más de lo que aprobaría el señor Crowley, estoy segura.

—Gracias —dije mientras tiraba de Cary con más fuerza.

—Laura —dijo él mientras agitaba la cabeza—. Siento haber llegado demasiado tarde.

Llegamos a la furgoneta justo cuando se acercaba el coche de la policía. Los oficiales hablaron con la señora Kleckner y luego nos interrogaron. Les prometimos que nos íbamos y nos dejaron ir.

Cary condujo de vuelta con toda la fuerza de su rabia y su odio. Apenas intercambiamos una palabra. Lo único que le importaba era saber dónde estaba enterrada Laura. Cuando llegamos al camino de la casa de la abuela Olivia ya era media mañana. Los dos estábamos cansadísimos, pero las emociones aún nos daban fuerzas para seguir.

Cuando entramos en la casa, Loretta vino corriendo por el pasillo.

—¿Dónde has estado? —me preguntó.

—¿Qué pasa?

—Anoche tu abuela se puso mucho peor y la llevaron de urgencias al hospital —dijo.

—No se va a morir —dijo Cary mientras movía la cabeza—. No se va a ir tan fácilmente.

A Loretta casi se le salieron los ojos de las órbitas.

—¿Qué? —dijo.

—Nada. Nos vamos al hospital —le respondí.

Y nos fuimos.

Cuando llegamos encontramos al juez Childs hablando con el médico en el vestíbulo.

—¡Melody! ¿Dónde habéis estado? —preguntó—. Todo el mundo estaba preocupadísimo.

—No importa dónde hemos estado —dijo Cary—. ¿Cómo está? ¿Puede hablar?

—Me temo que no —dijo el médico—. Está en coma.

Cary relajó los hombros, pero luego se le iluminó la cara por alguna ocurrencia.

—¿Tú sabías lo de Laura? —le preguntó al juez.

—¿Qué? ¿El qué de Laura?

—Cary, él no lo sabe —dije—. Ella me lo dijo.

—Melody, ¿de qué está hablando? —preguntó el juez.

Fuimos a la cafetería del hospital para comer algo y yo le conté la historia a mi abuelo, quien la escuchó horrorizado.

—Supongo que nunca la he llegado a conocer de verdad —dijo él—. Para esconderme esto... Era una mujer muy reservada y decidida, que literalmente no necesitaba a nadie. Lo siento —le dijo a Cary—. Investigaré lo que haga falta. Te lo prometo —añadió—. Ahora id a casa a descansar un poco. Ya me encargo yo de esto.

—Gracias, abuelo —dije, y él sonrió.

Acompañé a Cary a su casa para ayudarle con tía Sara y May, y después subimos a su refugio del altillo, donde nos dormimos abrazados.

De momento parecía el lugar más seguro del mundo.

EPÍLOGO

La abuela Olivia murió al cabo de dos días sin haber recuperado la conciencia ni un segundo. El médico dijo que fue una bendición, pues en el caso de que hubiera salido del coma, hubiera estado mucho peor, y Olivia Logan no era la clase de mujer que podía vivir en una institución donde la cuidaran.

Cary no quiso asistir al funeral, pero a mí me pasó algo extraño. De pronto lo vi todo desde la perspectiva de la abuela Olivia. ¿Para qué airear los trapos sucios de la familia en público?

—Cary, al fin y al cabo —le expliqué—, vas a seguir viviendo aquí y construirás tu futuro.

Él me escuchó y negó con la cabeza con una sonrisa.

—Melody, quizá tú fuiste la elección correcta para ocupar el trono de la abuela Olivia. En eso le doy la razón al diablo, pero en nada más —añadió con firmeza—. De acuerdo, seré claro. Creo que voy a necesitarte para asegurarme de que de ahora en adelante hago lo adecuado —bromeó.

Kenneth y Holly habían vuelto del viaje de luna de miel y todos pasamos una noche juntos comentando los recientes acontecimientos.

—Era una mujer muy fría y dura que daba tanto miedo que casi ningún hombre se atrevió a retarla, sobre todo los hombres de su familia —puntualizó Kenneth—. Recuerdo el miedo que me daba cuando era joven y venía a casa con Haille, Chester y Jacob. Cuando nos pedía algo, lo hacíamos y lo hacíamos en el acto. Pero nunca me pareció que era feliz.

—Tampoco quiso que nadie lo fuera —murmuró Cary.

Nos quedamos callados; era mejor dejar pasar los rayos y truenos y esperar los cielos más brillantes.

El funeral fue tan grande como se esperaba. Decidimos no traer al abuelo Samuel, ya que no iba a entender nada, y todos estuvimos de acuerdo en que eso le crearía mayor confusión.

No sé cómo pude pasar los exámenes finales, pero lo hice y mis notas fueron tan buenas como esperaba. Estuve en casa de tía Sara y me encerré en la habitación de Laura, me pasé casi dos días escribiendo y reescribiendo mi discurso de graduación.

Desde la hospitalización y luego la muerte de la abuela Olivia, me había mudado otra vez a casa de Cary, tía Sara y May. Odiaba la idea de quedarme en aquella gran mansión llena de oscuridad, sombras y secretos de familia.

Un día el juez empezó a estudiar los documentos de la herencia y fuimos a su casa para que nos informara. La abuela Olivia cumplió su promesa... había dejado instrucciones para que al final la mayor parte de la fortuna de la familia obrara en mi poder. Mientras tanto, ésta quedaba depositada bajo la supervisión de sus banqueros y corredores de bolsa, y al juez se le nombraba albacea.

—Tendréis que tomar una decisión respecto a la casa —dijo él—. Podéis ponerla a la venta o mudaros allí.

—Vendámosla —dije en seguida—. Creo que no conserva demasiados recuerdos felices para la familia.

—Lo comprendo —dijo el juez.

Con una fortuna tan grande en nuestras manos, Cary podía estar seguro de que su negocio de la construcción de barcos llegaría a hacerse realidad. Seguiría adelante con su modesto comienzo y constituiría su propia empresa. Kenneth le aconsejó y juntos buscaron la mejor zona para situar la fábrica.

La noche antes de mi graduación, Cary y yo dimos un paseo por la playa, pues yo estaba demasiado nerviosa para poder dormir. Desde el fallecimiento de la abuela Olivia, tanto yo como la familia éramos el centro de atención. Estaba muy nerviosa y convencida de que los asistentes medirían con lupa cada palabra de mi discurso.

—Melody, ¿has pensado ya lo que quieres hacer? —me preguntó Cary.

Nos detuvimos en la orilla y contemplamos el resplandor de la luna que llegaba hasta el confín del mundo.

—Cary, no voy a ir a la escuela preparatoria. La vida que la abuela Olivia me había organizado no es la que yo quiero —le dije—. Yo no quiero esforzarme para que mi nombre salga en las columnas de sociedad.

—Eres muy inteligente y quizá deberías ir a la universidad, pero yo...

—Cary, yo no quiero ir a la universidad sólo para alardear de que soy universitaria. Quizá vaya el año que viene, pero a alguna que esté cerca. Ahora creo que tengo claro lo que quiero.

—¿Y qué es? —me preguntó mientras se volvía hacia mí.

—Quiero algo más sencillo, pero con más contenido. Cary, quiero lo que nunca he tenido. Una familia de verdad, un amor de verdad.

—¿Y todo esto podrías tenerlo conmigo? ¿Ahora? —me preguntó con timidez—. Podríamos emprender juntos este negocio, construir nuestro propio hogar y...

Le puse los dedos sobre los labios.

—Me preguntaba cuándo tendrías el valor de preguntármelo —dije, y nos echamos a reír.

Nos besamos y abrazamos. El mar parecía desprender más brillos que nunca y las estrellas, las estrellas jamás resplandecieron tanto.

El día siguiente fue espléndido. Sin una sola nube en el cielo, con una cálida y suave brisa, la ceremonia de graduación se pudo celebrar en el exterior. Inicié mi discurso con los primeros versos de una canción de las montañas que me había enseñado papá George hacía muchísimos años.

He venido desde mi lejana casa
con sólo una esperanza y una oración,
Pero tengo una maleta llena de recuerdos
para sentir el calor en las noches solitarias.

Me volví hacia mis compañeros de graduación y hablé del hecho de graduarse como si se tratara de levar el ancla y disponerse a navegar... de ser los capitanes de nuestro propio destino. Estábamos diciendo adiós a nuestros padres, amigos y profesores, que se quedaban en la orilla, e iniciando nuestra propia carrera. Hablé del valor y de la oportunidad que habíamos tenido, y di las gracias a nuestras familias y profesores por habérnosla dado. Para concluir, canté los primeros versos de *Esta tierra es tu tierra*, y entonces ocurrió algo divertido: los presentes se unieron a mí y la cantaron entera.

Me sentí abrumada por el aplauso y las felicitaciones que siguieron. Las personas que no me conocían bien me dijeron lo orgullosa que hubiera estado la abuela Olivia. A Cary se le ensombrecieron los ojos de enfado, pero reprimió la rabia en cuanto le miré para reprenderle.

A continuación celebramos una fiesta en casa de tía Sara, a la que asistieron Kenneth, Holly y el juez Childs, así como Roy Patterson y Theresa. Cary se encargó de cocer las almejas y yo toqué el violín. El juez Childs dijo que al día siguiente le llevaría una porción del pastel de graduación al abuelo Samuel.

Poco después Cary y yo fijamos la fecha de la boda.

Entretanto, pasé el verano con May y tía Sara mientras Cary trabajaba en un nuevo barco y empezaba a construir la fábrica en el solar que había encontrado con Kenneth.

Una mañana May vino con el correo y me dijo algo con las manos de forma muy excitada. Era una postal de Palm Springs, California. El texto era muy breve.

> *Hola,*
> *Sólo quería escribirte unas líneas para decirte que he terminado con Richard. Ahora sí que estoy con un agente de verdad. Incluso me ha invitado un fin de semana a Palm Springs y dice que tengo una buena oportunidad para conseguirlo.*
> *Deséame suerte.*
>
> GINA SIMON

—¿Quién es Gina Simon? —me preguntó May con el lenguaje de los signos.

Luego lo pronunció con un gran esfuerzo.

—Una persona que conocí hace tiempo —le respondí—. Nadie, de verdad.

Tiré la carta a la basura, pero más tarde volví y la cogí.

No pude evitarlo. Me sentí como alguien perdido en el desierto al que le habían dado una gota de agua para que la valorara. ¿Qué otra cosa podía hacer?

Subí a mi habitación y guardé la carta con mis recuerdos.

Y luego miré la bolsa de los objetos personales de Laura, las únicas cosas que habían quedado de su extraña y trágica existencia. Ni Cary ni yo habíamos tenido el valor de hacer nada con ellas.

Sin embargo, ya no podía seguir ignorándolas. Cogí la bolsa y saqué el grueso cuaderno que había sido su diario. Luego bajé y me senté en el sillón de madera de la parte trasera de la casa, frente al amplio mar, y comencé a leer.

«Hace muchos años, yo gozaba de una vida de cuento de hadas», empezaba. Levanté los ojos de la página y di un profundo suspiro.

A lo lejos un barco velero parecía atrapado en la calma y parecía pintado sobre el horizonte azul, mientras encima de él unas nubes algodonosas aguardaban al mismo viento.

El mundo entero estaba quieto, conteniendo la respiración. Incluso las gaviotas se habían quedado congeladas en la playa, desde donde me miraban.

Cuando de nuevo sopló el viento, trajo una canción con el deseo de que yo cantara para Laura, para Cary, para todos nosotros.

La cantaría, pensé.

Ahora, por fin, la cantaría.

Índice